HEYNE <

Zum Buch

Die Brüder Lauritzen aus Bergen im Westen Norwegens kommen aus einfachen Verhältnissen, doch ein glücklicher Zufall will es, dass sie am Polytechnikum in Dresden, der renommiertesten technischen Universität jener Zeit, ein Ingenieursstudium absolvieren können. Nach Abschluss ihres Studiums wartet in Norwegen eines der größten Bauprojekte des Landes auf sie – der spektakuläre Bau einer Eisenbahnverbindung zwischen Bergen und Oslo. Doch in der Nacht vor der Abreise aus Dresden verschwindet Sverre, der jüngste der drei Brüder. Er hat sich in seinen Studienkollegen Graf Albert Manningham verliebt und folgt diesem nach London. Auf dem Familiensitz der Manninghams führen die beiden fortan ein unbeschwertes Leben. Sie widmen sich der Kunst, Musik und Literatur und nehmen an allen bahnbrechenden kulturellen Entwicklungen des beginnenden 20. Jahrhunderts teil. Doch die weltpolitischen Ereignisse werfen ihren Schatten auf das junge Glück, und plötzlich steht Sverre allein da.

Zum Autor

Jan Guillou wurde 1944 im schwedischen Södertälje geboren und ist einer der prominentesten Autoren seines Landes. Seine preisgekrönten Kriminalromane um den Helden Coq Rouge erreichten Millionenauflagen. Auch mit seiner historischen Romansaga um den Kreuzritter Arn gelang ihm ein Millionenseller, die Verfilmungen zählen in Schweden zu den erfolgreichsten aller Zeiten. Heute lebt Jan Guillou in Stockholm.

Lieferbare Titel

Der Kreuzritter – Verbannung
Der Kreuzritter – Aufbruch
Der Kreuzritter – Rückkehr
Der Kreuzritter – Das Erbe
Die Brückenbauer
Die Brüder
Die Heimkehrer
Schicksalsjahre
Die Schwestern
Der Sohn

Jan Guillou

DIE BRÜDER

Roman

Aus dem Schwedischen von Lotta Rüegger
und Holger Wolandt

WILHELM HEYNE VERLAG
MÜNCHEN

Die Originalausgabe erschien unter dem Titel
DANDY bei Piratförlaget, Stockholm

MIX
Papier aus verantwortungsvollen Quellen
FSC® C014496

Verlagsgruppe Random House FSC®N001967

6. Auflage
Vollständige deutsche Taschenbuchausgabe 11/2014

Published by agreement with Salomonsson Agency
Umschlaggestaltung: Johannes Wiebel | punchdesign, München
unter Verwendung von Motiven von shutterstock.com,
© Claudio Divizia und © Pierre-Jean Durieu
Satz: Christine Roithner Verlagsservice, Breitenaich
Druck und Bindung: GGP Media GmbH, Pößneck
Printed in Germany

ISBN: 978-3-453-41813-4

www.heyne.de

I

EINE ANDERE WELT

Wiltshire, Juni 1901

Sverres Gelassenheit beruhte hauptsächlich darauf, dass Albie immer nur sehr vage von seinem Zuhause in Wiltshire erzählt hatte. Ab und zu hatte er eher beiläufig das »Haus« erwähnt und gelegentlich die »Felder« und die »Schafzucht«, was nach einem etwas größeren norwegischen Bauernhof geklungen hatte, insbesondere wegen der Schafe.

Im Zug nach Salisbury hätte Albie vielleicht die letzte Möglichkeit nutzen können, das eine oder andere zu klären. Stattdessen waren sie in eine ausgelassene Diskussion darüber geraten, welchen Beitrag ihre Wissenschaft zur Verbesserung des wichtigsten Verkehrsmittel Englands, der Eisenbahn, leisten konnte. Sie waren frischgebackene Diplomingenieure der Universität Dresden und besaßen damit die beste technische Ausbildung der Welt. Für die Menschheit war soeben das Jahrhundert unfassbarer Fortschritte angebrochen, die vielleicht sogar das Ende jener Barbarei, die Krieg hieß, mit sich bringen würden. Immer noch klangen ihnen diese Worte des Rektors am Examenstag in den Ohren. Die Verantwortung dafür trugen vor allem die Ingenieure. Die neue Technik würde das menschliche Dasein von Grund auf verändern. Nichts war unmöglich, warum also nicht sofort damit beginnen, sich ein paar rasche Verbesserungen für den Bahnverkehr auszudenken?

Sverre war auf Eisenbahnen spezialisiert und Albie auf Maschinenbau, das Thema lag also fast auf der Hand.

Albie breitete die Arme aus, reckte sich glücklich unbekümmert – sie hatten ein ganzes Erste-Klasse-Abteil für sich –, hob dann in einer für ihn typischen Geste den Zeigefinger und formulierte die Frage:

»Was stört uns am meisten, während wir hier sitzen? Lass uns damit beginnen. Was sollte man umgehend verbessern? Was fällt einem als Erstes auf?«

»Der Ruß«, stellte Sverre fest und deutete verdrossen auf seine Manschetten. »Ich habe ein frisch gestärktes weißes Hemd angezogen, als wir heute Morgen im Hotel Coburg aufgestanden sind. Jetzt kann ich es nicht einmal mehr zum Abendessen tragen, fürchte ich. Und dann wären da noch der Lärm und das Gerüttel, möglicherweise auch die geringe Geschwindigkeit.«

Albie dachte einen Augenblick nach und nickte dann. Das waren die unmittelbaren Probleme, die gelöst werden mussten, daran bestand kein Zweifel.

Sie begannen mit dem Ruß, der größten Unannehmlichkeit, insbesondere an einem warmen Sommertag wie diesem, an dem man gerne mit geöffnetem Fenster reiste. Die Lokomotiven wurden von mit Kohle befeuerten Dampfmaschinen angetrieben, und der Rauch war überaus unangenehm. Zwei Lösungen boten sich an: entweder die Kohleabgase mithilfe eines Filtersystems zu reinigen, oder – eine drastische Methode – das Antriebssystem auszutauschen. Die neuen Automobile wurden mit Petroleumprodukten angetrieben. Auch diese Art von Verbrennungsprozess brachte Ausstöße mit sich, verglichen mit dem Kohlerauch eines Zuges waren sie jedoch nur unbedeutend. Theoretisch ließen sich die mit Kohle befeuerten Dampfmaschinen durch etwas größere Verbrennungsmotoren vom Automobiltyp ersetzen. Was das kostentechnisch bedeuten würde, war eine andere Frage, denn Kohle war in England praktisch gratis.

Andererseits hatte bereits Rudolf Diesel in seiner Abhandlung »Theorie und Konstruktion eines rationellen Wärmemotors zum Ersatz der Dampfmaschine und der heute bekannten Verbrennungsmotoren« festgestellt, dass bei einer Dampfmaschine neunzig Prozent der Energie verloren gingen. Das war eine kolossale Vergeudung und damit auch verschwendetes Geld. Rudolf Diesels neuer Motor, zumindest die Experimentalversion, wurde von Erdnussöl angetrieben. Dieses ließ sich zwar nicht ohne Weiteres in ausreichenden Mengen beschaffen, war aber im Unterschied zur Kohle kein endlicher Rohstoff und außerdem sauberer und weniger schädlich. Also ein Dieselmotor?

Oder Elektrizität?, überlegte Sverre. Sauber und leise. Die Verunreinigung durch Kohle beschränkte sich auf die Kraftwerke, in denen man die elektrische Energie herstellte. Dort ließe sich auch der Kohlerauch auf vernünftige Art filtern.

Unverzüglich wandten sie sich dem Thema Elektromotoren zu. Bislang existierten keine, die genügend Kraft entwickelten, um einen ganzen Zug anzutreiben, aber das lag nicht unbedingt an praktischen Problemen. Vielleicht hatte bisher einfach niemand den Bedarf gesehen. Die Technik existierte schließlich, sie musste einfach nur weiterentwickelt werden. Ein größeres Problem stellte da schon der Transport der Elektrizität vom Kraftwerk zur Lok dar. Elektrische Leitungen mit Transformatorstationen gab es bereits, so weit also keine Schwierigkeiten. Wie wäre es mit einer dritten, stromführenden Eisenbahnschiene, von der die Lok ihre Kraft mithilfe eines Senkschuhs oder eines Skis an der Unterseite bezog?

Keine gute Idee. Eine bodenläufige Stromschiene, die kreuz und quer durch England verlief, würde – einmal ganz abgesehen von dem rein metallurgischen Problem raschen Verschleißes und der Lärmbelästigung – den Tod Hunderttausender Kühe und Zehntausender Kinder zur Folge haben.

Auf diesen vernichtenden Einwand kam Albie.

Sverre stellte mit einem Seufzer fest, dass man wohl eine Übertragung der elektrischen Kraft durch die Luft ersinnen müsse.

Sie ließen das Problem des Antriebs vorerst auf sich beruhen und wandten sich dem Aspekt des Lärms zu. Die Schienenstöße verursachten das unerträgliche Rattern und Dröhnen. Was könnte dagegen unternommen werden?

Auf diesem Gebiet nun kannte sich Sverre aus. In Ländern mit großen Temperaturschwankungen, erklärte er, seien großzügige Schienenlücken vonnöten, da sich Metall, insbesondere Eisen, bei Wärme ausdehne und bei Kälte zusammenziehe. Hier habe man es mit einem unumgänglichen physikalischen Gesetz zu tun, es sei denn, Eisenbahnräder ließen sich flexibler gestalten. Gold eigne sich in der Theorie, verschleiße dafür aber rasch und weise andere offensichtliche Nachteile auf. Gummiräder wie bei Automobilen würden sich noch schneller abnutzen. Aber wenn es eine Möglichkeit gäbe, dieses neue Material im Innern der Räder zu verwenden, also nicht in direktem Kontakt mit den Schienen, ließe sich das durch die Schienenstöße verursachte Rumpeln beträchtlich dämpfen. Also Gummiräder mit einem Reifen aus Stahl?

Mit dieser Überlegung gaben sie lachend auf, der Zug näherte sich Salisbury. Jetzt hatten sie ihr neues Leben fast erreicht.

*

In Antwerpen vor Betreten des Postdampfers hatte Sverre ein letztes Mal gezögert. Dort, wirklich erst dort, mit Sicht auf England jenseits der Meerenge, war es ihm vorgekommen, als würde er den Rubikon überschreiten.

Er hatte sich alle Mühe gegeben, seine Unsicherheit vor Albie zu verbergen. In Albies Nähe und wenn sie sich in die Augen sahen, fiel es ihm nicht schwer. Albies schöne, ironische, intelligente, flehende und herrische braune Augen vertrieben jegliche Zweifel. Außerdem wurde er getragen von dem berauschenden Gefühl, sich in der neuen Epoche des Friedens und der Technik zu befinden, die sie jetzt gemeinsam erobern würden und in der alles möglich war. Gemeinsam würden sie Berge versetzen, nicht nur im übertragenen Sinne, sondern notfalls sogar buchstäblich, beispielsweise beim Kanalbau.

Dies war die eine und eindeutig ausgeprägteste Seite seiner Empfindungen.

Was die andere Seite dafür nicht weniger quälend machte. Weil sich unmöglich schönreden ließ, dass er ein Verräter war. Er hatte Norwegen verraten, genauer gesagt die

Wohltätigkeitsloge *Die gute Absicht* in Bergen, die sowohl ihm als auch seinen Brüdern Lauritz und Oscar eine Ausbildung finanziert hatte, die den drei vaterlosen Fischerjungen von der Osterøya sonst verschlossen geblieben wäre. Ohne die Unterstützung der Loge hätten sie ihre Lehre in Cambell Andersens Seilerei absolviert und wären mit der Zeit Seiler geworden, weder mehr noch weniger.

Der Zufall hatte jedoch die Mitglieder des Wohltätigkeitsvereins dazu veranlasst, sie, einer Märchenfee gleich den Zauberstab schwingend, mit einer höheren Ausbildung zu segnen, was einer Erste-Klasse-Fahrkarte in die Oberschicht gleichkam. Innerhalb weniger Jahre wären sie vermögend gewesen. Die Stellen und die Gehälter, die man den drei Brüdern nach dem Examen in Dresden geboten hatte, ließen daran keinen Zweifel.

Die Ausbildung, die ihnen geschenkt worden war, brachte aber auch Verpflichtungen mit sich, denen er sich wie ein Zechpreller entzogen hatte. Seinen Teil der Verantwortung hatte er ungefragt seinen Brüdern aufgebürdet, ein unentschuldbares Verhalten.

Ein Gespräch mit den Brüdern wäre sicherlich nicht sehr fruchtbar verlaufen. Lauritz war ein großer Bruder, den man bewundern musste, seine eiserne Disziplin, sein besessenes Training, um Europas bester Velodrom-Rennfahrer zu werden, seine feste Entschlossenheit, der beste Diplomingenieur seines Jahrgangs zu werden, sein unermüdlicher Fleiß, obwohl er oft vom Training erschöpft gewesen war. Nichts vermochte Lauritz aufzuhalten.

Diese Eigenschaften konnten selbst einen Bruder ein wenig einschüchtern. Lauritz würde sich nie von so etwas Weltlichem und Trivialem wie der Liebe davon abhalten lassen, zu erledigen, was seine Ehre ihm abverlangte. Daher war nie infrage gestellt worden, dass sie alle drei nach Bergen zurückkehren und anschließend für einen Lohn, der kaum höher war als der eines Bahnarbeiters, in Schnee und Eis auf der Hochebene arbeiten würden, fünf Jahre lang, genauso lang wie die Studienzeit.

Anschließend, wenn sie alle über dreißig waren, eröffneten sich ganz sicher neue Möglichkeiten. Wie oft hatten sie nicht über die neue Ingenieursfirma Lauritzen & Lauritzen & Lauritzen in Bergen gescherzt! Mit vierzig würden sie dann mit Frau und Kindern in einer schönen Villa in Bergen ein respektables, bürgerliches Glück leben. Das war der Plan, den nichts durchkreuzen durfte. Am allerwenigsten Gefühlsduseleien. Für Lauritz waren starke Emotionen ein Ausdruck von Unmännlichkeit.

Diesem unerbittlich harten und prinzipientreuen Lauritz erklären zu wollen, dass es Gefühle gab, die alle Prinzipien über den Haufen warfen, noch dazu Gefühle, die in den Augen Gottes einen Frevel darstellten, wäre vollkommen unmöglich gewesen. Lauritz glaubte zu allem Überfluss nämlich auch noch an Gott. Er hätte sich nur angeekelt abgewandt. Es hätte einen fürchterlichen Abschied gegeben. Daher war es sinnvoll gewesen, feige und prinzipienlos die Flucht zu ergreifen.

Seltsam, wie sehr die Brüder sich ähnelten und zugleich unterschieden. Für niemanden in Dresden hatte je irgendein Zweifel bestanden. Da kommen die drei norwegischen Wikingerbrüder, hatte man gesagt. Sie waren ungefähr gleich groß, hatten dieselben breiten Schultern und dasselbe rotblonde Haar. In den ersten Jahren hatten sie sogar denselben Schnurrbart getragen, bis Sverre aus politischen Gründen dazu übergegangen war, glatt rasiert aufzutreten.

Äußerlich so gleich und innerlich doch so verschieden. Die beiden älteren Brüder interessierten sich keinen Deut für Kunst und Musik, für Sverre waren sie lebensnotwendig. Er sah die Schönheit in einer guten Skizze, einem kühnen Brückenschlag über einem Abgrund auf der Hardangervidda oder einer eleganten Gleichung. Lauritz und Oscar hingegen konnten einen Gustave Doré, obwohl ihnen das Motiv hätte vertraut sein müssen, nicht von einem Claude Monet unterscheiden, und die einzige Musik, die sie möglicherweise interessierte, war Blasmusik an einem Sonntagnachmittag im Park.

Es gab keinen Grund, die Brüder ihres Geschmackes wegen, den sie trotz allem mit den meisten anderen Menschen teilten, zu kritisieren. Sverre hatte eine besondere Gabe, seine Brüder hingegen nicht. So musste man es betrachten. Aber seltsam war es schon, dass sie sich trotz der garantiert gleichen Eltern, der gleichen Kindheit und Jugend und der symbiotischen Studienjahre so unterschiedlich entwickelt hatten. Lauritz nutzte jede freie Minute, um wie besessen Rennrad zu fahren. Oscars einziges Steckenpferd war sein Gewehr, und jeden Sonntag nahm er an Übungen der Dresdner Scharfschützenkompanie teil. Man hätte meinen können, diese Beschäftigung wäre ihm mit der Zeit vielleicht etwas eintönig geworden, aber mitnichten. Leichter nachzuvollziehen war sein diskretes Faible für das Nachtleben.

Sie hatten sich jedoch bislang immer geliebt, wie sich Brüder eben lieben. Bis vor Kurzem, bis zum Verrat des jüngsten Bruders.

Nun rackerten sich Lauritz und Oscar auf der Hardangervidda ab. Man konnte sich unschwer vorstellen, wie es ihnen dort erging, vielleicht war es ja jetzt im Juni nicht ganz so schrecklich. Einmal hatten sie während der Sommerferien nach der Heuernte zu dritt die Osterøya verlassen und waren eine Woche lang auf der Hardangervidda gewandert, um sich ein Bild davon zu machen, was sie erwartete, wenn sie den Bau des am höchsten gelegenen und schwierigsten Eisenbahnabschnitts nach Beendigung ihrer Ausbildung in Dresden in Angriff nehmen würden. Zur Sommerzeit präsentierte sich die Hardangervidda magisch schön in ungeahnter Farbenpracht. Sverre hatte vor Ort eine Reihe Bilder gemacht, sogar einige Aquarelle. Es gehörte nicht viel Fantasie dazu, eine weiße, wirbelnde Schneedecke über die ganze Landschaft zu ziehen und sich eine Temperatur von minus 35 Grad vorzustellen. Die Schönheit verwandelte sich dabei in eine Hölle.

Die Bergenbahn war zweifelsohne Norwegens größtes technisches Projekt, ein heroisches Projekt und eine gelungene Metapher des 20. Jahrhunderts als eines Jahrhunderts der Technik. Nun denn. Die Arbeit an sich war jedoch technisch nicht sonderlich anspruchsvoll und zeichnete sich vor allem durch große körperliche Anforderungen aus. Es handelte sich mehr um eine Kraftprobe als um eine technische Herausforderung. Vielleicht war das ungerecht oder auch nur die leichtfertige Ausrede eines Menschen mit einem schlechten Gewissen.

Dort oben rackerten sich jetzt Lauritz und Oscar im Kampf gegen die Elemente ab, während sich der Verräter, ihr jüngster Bruder, an den schönen Künsten in Paris erfreute – Albie und er hatten dort auf der Reise nach Antwerpen eine zweitägige Pause eingelegt – und an der üppig grünen südenglischen Landschaft mit den sanften Hügeln und der pastoralen Idylle.

Vielleicht war es ja sein Verhältnis zur Kunst, das die Voraussetzungen für die inzwischen wahrscheinlich unüberwindbare Kluft zwischen den Brüdern geschaffen hatte. Im Haus von Frau Schultze hatten sie gut, jedoch sehr bescheiden und diszipliniert gelebt. Die Universität schickte jedes Quartal einen Bericht an *Die gute Absicht* in Bergen, in dem die Studienresultate der Brüder bis auf eine Stelle hinter dem Komma aufgelistet wurden. Anschließend wurde pünktlich Geld an die Filiale der Deutschen Bank in der Altstadt überwiesen. Sie hatten wahrlich keine Not gelitten. Aber das Geld aus Bergen erlaubte ihnen keine Ausschweifungen. Ordentliche, saubere Kleidung, drei Mahlzeiten bei ihrer Vermieterin, das war alles.

Mit der Zeit brachte Lauritz Geldprämien von seinen Radrennen nach Hause, die er penibel teilte: eine Hälfte für seine Brüder und sich, die andere für *Die gute Absicht* in Bergen. Es war Geld, das ihren Wohltätern nicht fehlte und das sie nie eingefordert hatten.

Es begann damit, dass Frau Schultze ihn bat, den Türrahmen des großen Speisezimmers zu dekorieren, in dem sonntags gegessen wurde, wenn mehr als vier Gäste teilnahmen. Natürlich wünschte sie sich »Wikingerkunst«, und dagegen war nichts einzuwenden. Dieser Auftrag kostete Sverre vier Arbeitstage und ein schlechtes Ergebnis bei einer unwichtigen Prüfung, das sich schnell wieder aufholen ließ.

Die Gäste, die Frau Schultze an Sonntagen empfing, begeisterten sich wie scheinbar ganz Deutschland für die

Wikinger und altnordische Ornamentik. Damit nahm alles seinen Anfang. Die ersten Gäste, die etwas in Auftrag gaben, bezahlten nicht viel. Als Sverre das zu bunt wurde, nahm er, auf seine Studien verweisend, nur noch widerstrebend Aufträge an. Prompt stieg die Nachfrage, aber auch für einfachste Arbeiten stieg der Preis dramatisch an, wobei schwarze Reliefs auf Goldgrund am teuersten waren.

Er ließ seine Brüder an dem Gewinn teilhaben, nicht aber die Wohltätigkeitsloge, ein Umstand, den Lauritz seltsamerweise nie kommentierte.

Dank dieser zusätzlichen kunsthandwerklichen Arbeit war er ab seinem dritten Jahr in Dresden niemals knapp bei Kasse, obwohl er immer mehr Geld für modische Kleidung für sich und seine Brüder ausgab, in denen sie alle Kommilitonen überglänzten.

Diese leidenschaftliche Begeisterung für Kleider führte ihn vermutlich mehr als alles andere mit Albie zusammen. Es gab eine große Gruppe englischer Studenten in Dresden, es hieß sogar, die englische Landsmannschaft sei größer als die der deutschen Provinzen, möglicherweise mit Ausnahme von Sachsen. Deutschland und die deutsche Kultur waren während der letzten Jahre in England in Mode gekommen, was den englischen Studenten deutlich anzumerken war, deren Bewunderung alles Deutschen gelegentlich geradezu übertrieben wirkte. Trotzdem kleideten sie sich eher englisch als deutsch, wobei die Unterschiede gering waren.

Besuchte man ein Konzert oder die Semperoper, warf man sich natürlich in Schale, das verstand sich von selbst und war Teil des Vergnügens. Aber ein Frack war ein Frack und ließ sich nicht groß variieren. Ein Besuch der Soireen des Kunst- und Opernvereins stellte eine größere Herausforderung dar, denn hier galt es, in einfacher Eleganz aufzutreten, was viel schwerer war. Die Engländer wählten zu diesen Anlässen normalerweise einen Smoking, ein Kleidungsstück, das Sverre eher fantasielos fand. Es handelte sich dabei um einen einfachen Frack mit schwarzer statt weißer Fliege, in dem alle gleich aussahen. Mit Ausnahme jener Engländer natürlich, die darauf bestanden, graue Hosen zu dem schwarzen oder mitternachtsblauen Jackett zu tragen, ein Stil, den sie »Oxford Grey« nannten.

In so einem Zusammenhang waren Albie und er sich erstmals begegnet. Sie trugen beide keinen Smoking, sondern hatten sich deutlich mehr ins Zeug gelegt und tauschten sich recht ausgiebig über die Schneidereien in der Stadt aus.

Eins führte zum anderen. Albie war in der Kolonie englischer Ingenieursstudenten beliebt und lud öfter als die anderen nach Veranstaltungen zu sich nach Hause ein. Das konnte er sich auch erlauben. Er wohnte in einer großen Wohnung mitten in der Stadt und hatte sowohl einen Butler als auch eine Haushälterin. Das war bei den Engländern nichts Ungewöhnliches, die ausnahmslos aus wohlhabenden Familien zu kommen schienen und erklärten, dass man seine Studien in Oxford und Cambridge ebenfalls auf diese Weise organisiere. Die Feste der englischen Studenten waren entweder rauschend und glamourös oder, wie oft bei Albie, ruhiger und philosophisch. Es wurde zwar auch gerne getrunken, aber mäßiger. Ab und zu hörte man bis spät in die Nacht Grammofonmusik oder las Gedichte vor, deutsche und englische.

Es war ein angenehmes Beisammensein, und Albie war ein ausgesprochen großzügiger Gastgeber. Außerdem bot sich für Sverre dort die Gelegenheit, seine Englischkenntnisse, die er sonst nur durch die wenigen amerikanischen Lehrbücher trainierte, kostenlos zu verbessern. Aber Englisch lesen war wesentlich einfacher als Englisch sprechen oder verstehen.

Erstaunlicherweise sprach Albie im Unterschied zu seinen Landsleuten kein Sächsisch, sondern ein schönes, perfektes Hochdeutsch. Er bestätigte, dass man ihn überall in Deutschland für einen Deutschen hielt, erläuterte aber nie, wie er diese Fähigkeit erworben hatte, und leugnete, deutsches Blut in den Adern zu haben.

Albies hervorragendes Deutsch kam noch mehr zu seinem Recht, wenn die anderen Gäste nach Hause geschwankt und sie allein waren, was immer öfter geschah. Manchmal brachen die anderen Gäste erstaunlich früh auf, als hätten sie einen kleinen Wink erhalten.

Sie blieben im Hinblick auf die Vorlesungen des folgenden Tages viel zu lange auf und unterhielten sich buchstäblich über alles zwischen Himmel und Erde, über Norwegen und England, über Bach und Mozart, über den Durchbruch des Impressionismus, Wagners Wikingerromantik im Verhältnis zur bedeutend raueren Wirklichkeit jener Zeit, über Sozialismus und Frauenwahlrecht, über Deutschlands zögerliche Teilnahme am Wettstreit um die Kolonien, die vielleicht allzu übertriebenen Bestrebungen Englands in dieser Hinsicht und die holländische Helldunkelmalerei im Vergleich zu den helleren Farben der modernen französischen Malerei. Wer hätte nicht gerne einen Vermeer besitzen wollen, wenn man bedachte, wie viele moderne französische Kunstwerke plus einer Kopie des alten Meisters man dafür eintauschen konnte.

In diesen einsamen Stunden war die Welt schmerzlich schön, so schön wie gewisse Abschnitte in Tschaikowskys Sinfonie »Pathétique«. Während endloser Gespräche verglichen sie Bachs mathematische und Tschaikowskys emotionale Methode, schöne Kunst zu schaffen.

Zusammen mit Albie wurde das Leben größer und reicher. Dieses Gefühl überwältigte Sverre ganz besonders, wenn er daran dachte, wie sein Leben verlaufen wäre, wenn er als Seiler in Bergen geblieben wäre und ihm somit der Blick auf die Welt großenteils verschlossen geblieben wäre. Manchmal hatte er das Gefühl von einem starken Überdruck in seinem Inneren, wie in einem allzu fest aufgepumpten Autoreifen, der zu platzen drohte. Anfangs war es eine Art fiebriger Erregung, die er nicht in Worte fassen konnte, weder sublime noch alltägliche. Er erkannte nicht die heimliche und in den Augen vieler schändliche Bedeutung dieser überwältigenden Gefühle.

Nachdem ihn Albie zum ersten Mal zum Abschied geküsst hatte, behutsam und zärtlich, aber auf den Mund, ging er wie berauscht im roten Licht des Sonnenaufgangs am Elbufer nach Hause, ein absichtlicher Umweg. Er sang, was ihm gerade einfiel, hauptsächlich Schubert. Seine Gefühle waren stärker als jede Vernunft. Er ahnte nicht und dachte nicht, dass er an einem entscheidenden Wendepunkt im Leben angekommen war.

*

Albie wurde wie immer von einem schlechten Gewissen gequält. Zu viele Dinge hatte er Sverre verschwiegen. Nicht einmal andeutungsweise hatte er die Katastrophe, die ihn gezwungen hatte, England zu verlassen und ein neues Leben oder zumindest den Anfang eines neuen Lebens in Deutschland zu suchen, erwähnt. Er hatte Sverre gegenüber kein Wort über seine früheren Ausschweifungen – eine der vielen verschönernden Umschreibungen – verloren, über seine fröhlichen Tage mit den Bohemiens und Dandys Londons, um bei den verschönernden Umschreibungen zu bleiben.

Anfangs war es, als wolle er Sverre beziehungsweise ihr enges Verhältnis durch seine Diskretion schützen. Sverre war rein, unbefleckt wie ein Heiliger und der Inbegriff einer Unschuld vom Lande. Nicht im Geringsten tuntenhaft. Sverre war ein Wikinger, muskulös wie eine griechische Statue im British Museum. Sein blauer Blick verströmte ein Flair von salzigem Meer und Fischernetzen, gleichzeitig war er Ingenieur der besten technischen Universität der Welt und eine verträumte Künstlerseele und überdies der am elegantesten gekleidete Mann Dresdens – eine märchenhafte und natürlich unwiderstehliche Kombination von Eigenschaften.

Anfangs hatte er befürchtet, Sverre durch die leiseste Andeutung, dass es vor ihm schon andere Männer gegeben hatte, abzuschrecken. Je mehr Zeit er hatte verstreichen lassen, desto größer war die Lüge geworden und immer schwerer aus der Welt zu schaffen.

Dennoch wäre es durchaus möglich gewesen, als ein Anfang von den positiven Seiten zu erzählen. Denn einer der Dandys im Kreise Oscar Wildes zu sein hatte Augenblicke voller Freiheit und Glück bedeutet. Wie damals, als sie alle gemeinsam mit grünen Nelken im Knopfloch verspätet zur Premiere von *Lady Windermeres Fächer* erschienen waren. Zu jener Zeit liebten alle, die in London etwas auf sich hielten, Oscar. Insbesondere, als er in seiner Dankesrede von der Bühne aus dem Publikum zu seinem guten Geschmack und seinem hervorragenden literarischen Urteilsvermögen gratulierte, da alle im Salon das Stück fast so sehr zu schätzen gewusst hätten wie er selbst. George Bernard Shaw hätte mit einer solchen Rede an sein Publikum einen Skandal hervorgerufen. Aber Oscar befand sich während seiner Rede in einer himmlischen Dimension, schützend eingehüllt in Liebe wie Watte und Seide, der allen um sich herum das Gefühl vermittelte, er sei der Prince of London und damit unverwundbar geworden.

Nur wenige Jahre später geriet Oscar Wilde in die Tretmühle hinter der Readinger Zuchthausmauer, verurteilt zu zwei Jahren Zwangsarbeit für die »Liebe, die ihren Namen nicht zu nennen wagt«, die aber in der Sprache der Strafgesetzgebung als *besonders unanständige Tat* bezeichnet wurde. Diese Katastrophe war an jenem Abend im St. James's Theatre undenkbar.

Nachdem das volle Ausmaß des Skandals deutlich geworden war, nach der Verurteilung Wildes, und der Hass auf alles, was er angeblich verkörperte, immer wieder durch die Presse wogte, fand die glückliche Zeit ein so jähes und brutales Ende, dass einem selbst die Erinnerung daran unwirklich vorkam. Plötzlich war es riskant, im Samtjackett mit einer grünen Nelke im Knopfloch ein Restaurant in der Stadt aufzusuchen. Allein glatt rasiert aufzutreten konnte das – oft berechtigte – Misstrauen der Umgebung wecken. Sich positiv über französische Kunst oder Literatur zu äußern, war mittlerweile äußerst unklug, grenzte geradezu an Landesverrat.

Der *Daily Telegraph* lieferte voller Ernst die politische Erklärung. Man schrieb, alles wurzele in einer satanischen Konspiration der Franzosen, heimlich unaussprechliche französische Sitten einzuführen, um kurzfristig die Moral der englischen Jugend zu untergraben und somit längerfristig die englische Rasse auszulöschen. Es handele sich also um eine besonders heimtückische und feige Art der Kriegsführung vonseiten des französischen Erzfeindes. Folglich machten sich Oscar Wilde und sein Gefolge sowohl des Verrats an England als auch am britischen Weltreich schuldig. Die Nachwelt würde vermutlich über diese Unüberlegtheiten lachen. Aber wer dem ausgesetzt war, den konnte schon die Panik packen. Albie suchte sie noch jahrelang in seinen Albträumen heim.

Als die Aufregung in London ihren Höhepunkt erreichte, floh er nach Wiltshire in sein Elternhaus und sah seinen Vater nach acht Monaten zum ersten Mal wieder.

Dieser saß vertieft in seine Buchhaltung oder ähnlich triviale Dinge in dem kleinen Arbeitszimmer neben der Bibliothek. Er hatte mit einer Szene gerechnet und damit, dass sein Vater ihn zurechtweisen und mit Sanktionen drohen würde. Mit der Streichung seines Unterhalts zum Beispiel. Nichts davon geschah.

Sein Vater blickte gelassen auf und nickte, als hätten sie sich erst vor Kurzem gesehen, bedachte die Kleidung seines Sohnes kommentarlos mit einem raschen Blick und ließ nur ein feines Lächeln ahnen.

»Gut, dass du kommst«, sagte er. »Ich schlage einen Nachmittagsspaziergang vor, da besprechen wir alles. Ich erledige dies hier nur noch rasch, du kannst dich inzwischen umziehen.«

Daraufhin vertiefte sich der Vater erneut in seine Papiere. Albie blieb also nichts anderes übrig, als auf sein Zimmer zu gehen, braune Halbschuhe, Knickerbocker und Tweedjacke anzuziehen und eine Mütze aufzusetzen. Binnen zehn Minuten verwandelte er sich von einem Dandy in einen Country Gentleman. Sein lila Samtjackett, den langen weißen Mantel und seinen Hut hängte er zuhinterst in den Schrank.

Wenig später gingen sie im Park spazieren. Sein Vater wirkte vollkommen ruhig, zögerte jedoch, etwas zu sagen. Es war ein grauer Tag, und es nieselte.

Nach einer Weile begann sein Vater schließlich zu sprechen. Die Lage spitze sich zu und erinnere immer mehr an die französische Verfolgung der Hugenotten im 17. Jahrhundert. Die moralische Entrüstung in London nehme bestialische Ausmaße an. Zwar sei Lord Alfred Douglas, der geliebte Bosie Oscar Wildes, dem Gefängnis und der Schande entgangen, ebenso wie die werten Cousins Henry James Fitzroy und Lord Arthur Somerset einige Jahre zuvor. Wirklich eine unerfreuliche Geschichte, dieser sogenannte Cleveland-Street-Skandal. Damals hätten sich die Mühlen der Gerechtigkeit begnügt, einige Bordellbesitzer und einfachere Kunden zu zermahlen. Dass es dem Sohn des Prince of Wales gelungen sei, aus dem Netz zu schlüpfen, wundere niemanden. Und wie gesagt, auch die werten Cousins seien mit dem bloßen Schrecken davongekommen. Jetzt gebe es jedoch allen Grund zu der Annahme, dass die – wenn man so wolle – glücklichen Zeiten unwiderruflich vorüber seien. Jetzt sei allen Ernstes eine Epoche hemmungsloser Verfolgungen zu befürchten. Daher sei ein mehrjähriges Studium im Ausland angezeigt.

Albie hatte dem nichts hinzuzufügen und keinerlei Einwände. Sein Vater hatte die Lage nüchtern und präzise dargelegt.

Schweigend schritten sie eine Weile nebeneinander einher, zwei spazierende Herren, die sich über die für Gentlemen üblichen Themen wie Wetter, Kricket und Fasane unterhielten. Das Wichtigste schien gesagt. Die Lage war erörtert worden, und Albie begann bereits, sich sein Leben in Paris auszumalen. Daher überraschte ihn die nächste Äußerung seines Vaters sehr.

»Ich schlage vor, dass du dich in deinen weiteren Studien auf Maschinenbau konzentrierst«, sagte er in einem Ton, als plauderten sie über das Wetter.

Als Albie nach einigen Sekunden, während derer er noch glaubte, es handele sich um einen typisch englischen, ironischen Scherz, einsah, dass es seinem Vater ernst war, war es, als habe ihn der Schlag getroffen.

Maschinenbau? Etwas so Simples und Banales, etwas für Kutscher, Schmiede und die niederen Beamten in ihren Büros in London? So geisttötend, so erbärmlich!

Er konnte sich anschließend nicht mehr erinnern, wie er seine Einwände formuliert hatte, wahrscheinlich hatten ihm die Worte im Hals festgesteckt. Sein Vater lächelte nur. Er hatte sicher lange darüber nachgedacht, wie er seinem Sohn diesen höchst prosaischen Vorschlag unterbreiten sollte, und war auf Einwände gut vorbereitet.

Das 20. Jahrhundert, begann er, würde das große Jahrhundert der Maschinen und der Technik werden. Maschinen würden nicht nur die Landwirtschaft grundlegend verändern, sondern auch das Verkehrswesen und die Industrie. Wer das frühzeitig erkenne, könne nicht nur sich selbst über alle Maßen bereichern, sondern auch der Menschheit zum Guten dienen.

Und was bedeutete dies nun für Albie? Wie künstlerisch er sich auch kleiden und wie unkonventionell und provozierend er sich ausdrücken möge, wie beharrlich er auch verkünde, die Literatur sei die einzig sinnvolle Beschäftigung, so bestehe doch kein Zweifel daran, dass er allem voran mathematisch begabt sei. Dessen brauche er sich keinesfalls zu schämen. Alle Zeugnisse aus Eton seien in diesem Punkt eindeutig gewesen.

Er dürfe nicht vergessen, dass ihm diese Begabung in Eton einiges eingebracht habe. Hatte er etwa nicht in seinen letzten beiden Jahren dort unzählige mathematische Hausaufgaben nicht nur für seine Klassenkameraden, sondern auch für bedeutend ältere Kommilitonen und sogar für die Aufsicht führenden Prefects erledigt? Was diese eine Stunde gekostet hätte, habe er in fünf Minuten bewältigt. Nicht wahr? Habe ihm diese ungewollte Gabe etwa nicht die besten Finanzen aller Studenten in Eton, wo es strenge Regeln für die finanzielle Unterstützung von zu Hause gab, beschert? Könne man daraus nicht auch Schlüsse für die Zukunft ziehen?

Es gebe also folgende Möglichkeiten: entweder sich mit etwas, was man liebe, aber nicht beherrsche, in Albies Fall Poesie und Literatur, abmühen, oder sich auf etwas einlassen, wofür man sich bestens eigne, und es mit der Zeit lieben zu lernen.

Wieder folgte ein langes Schweigen. Sie erreichten den großen Bach. Das Frühjahrshochwasser hatte die Brücke mitgerissen, es war Zeit umzukehren.

Albie fühlte sich in der Logik gefangen. Sein Vater

brauchte nicht einmal auszusprechen, dass ihm als einzigem Sohn eine besondere Verantwortung zufiel. Aber auch ungeachtet dieses Schattens, der ihm überallhin folgte, war er sachte und methodisch in eine Ecke gedrängt worden, aus der es kein Entkommen gab. Was er sich für sein Leben wünschte, war eine Sache. Die Logik gebot leider etwas ganz anderes.

»Nun gut«, sagte er. »Dann eben Maschinenbau.«

»Excellent«, antwortete sein Vater. »Ich glaube, das ist ein sehr kluger Entschluss, sowohl für die Familie als auch für dich selbst, vielleicht sogar für England. Nun also zur Frage, wo man Maschinenbau studieren kann. Cambridge hat, wie bekannt, einen sehr guten Ruf, was die Naturwissenschaften betrifft. Eine Rückkehr ans Trinity College würde jedoch kaum die von uns gewünschten Veränderungen herbeiführen.«

Das war eine gelinde, möglicherweise ironische Untertreibung. Albie hatte am Trinity College das Leben eines Bohemiens geführt, außerdem war er seiner ständigen Absenzen wegen gerade bis zum Semesterende relegiert worden. So gesehen fehlten ihm also jegliche Gegenargumente.

»Ich verstehe, Vater«, antwortete er resigniert. »Ich soll ein neues Leben außerhalb der Boheme beginnen. Also im Ausland?«

»Genau. Womit wir bei der interessanten Frage angelangt wären, wo im Ausland?«

»In Frankreich!«

»Ich habe schon befürchtet, dass du mir mit Frankreich kommen würdest …«

Der Hass seines Vaters auf Frankreich durfte keinesfalls

mit der ausgeprägten Abscheu eines *Daily Telegraph* und anderer notorisch frankophober Londoner Zeitungen verwechselt werden, er sah die Dinge aus einem ganz anderen Blickwinkel. Frankreich leistete in Bezug auf Literatur, bildende Künste und in gewissem Maße auch auf moderne Musik Großartiges. Aber das Land war zuallererst Europas Bestie, war seit Ludwig XIV. und Napoleon blutrünstig und kriegerisch bis zur Besessenheit. Erst als sich Österreich, Preußen, England, sogar Schweden und in gewissem Maße der russische Winter mit vereinten Kräften der Bestie widersetzten, wurde sie gezähmt. Englands nächster Krieg würde zweifellos und unvermeidlich wie immer gegen Frankreich geführt werden. Aus gutem Grund waren Albie und seine Schwestern von deutschen statt von den französischen Gouvernanten, die manche Cousins leider immer noch vorzogen, erzogen worden, setzte der Vater seine lange Predigt fort.

Im Gegensatz zu Frankreich repräsentierte Deutschland Europas friedliche Morgenröte. Er wusste, wovon er sprach. Der Historiker Frederic William Maitland war in Eton sein Mitschüler gewesen, sie waren gleichaltrig und hatten beide das Trinity College besucht, er allerdings wie auch Albie aus Familientradition. Maitland hatten Stipendien und seine einzigartige Begabung zu einem Platz verholfen.

Sein Vater und Maitland hatten während der ersten Jahre im Trinity College nebeneinander gewohnt, zusammen gefeiert und … ja. Aber darüber hinaus hatten sie unendliche Diskussionen über die Zukunft Europas geführt.

Maitland hatte Deutschland immer als das Vorbild Europas dargestellt, allerdings auch als ein Land unpraktischer Träumer in Wolken blauen Tabakrauchs und schöner Musik. Wahrscheinlich waren die Deutschen das friedlichste Volk Europas, man musste sich nur die Geschichte der letzten fünfhundert Jahre ansehen. Dass Frankreich sie 1870/71 zu einer Auseinandersetzung gezwungen hatte, lag ganz einfach daran, dass die Franzosen sich wie immer weitere Territorien unter den Nagel reißen wollten und glaubten, Europas jüngster Staat sei eine leichte Beute. Kein Wunder, dass die ganze Welt während des den Deutschen aufgezwungenen Krieges mit Deutschland sympathisierte. Ein Segen, dass Deutschland gesiegt hatte! Seither hatte Deutschland in vollkommenem Frieden mit seinen Nachbarn gelebt.

Und obwohl man natürlich nur schwer in die Zukunft schauen konnte, stand zumindest eins fest: Bald würde sich England erneut mit Frankreich im Krieg befinden, wahrscheinlich aufgrund eines Konflikts über den Sudan oder ein anderes Gebiet in Afrika. Gegen Deutschland würde England natürlich nie einen Krieg führen.

»Wenn du dich also fragst, warum du manierliches Deutsch, aber miserables Französisch sprichst, dann hast du jetzt die Antwort!«, beendete sein Vater seine leidenschaftliche Lobrede auf das Land des Friedens und der schönen Künste, das sich während der letzten Jahre nun auch noch auf dem Gebiet der Technik als führend erwiesen hatte.

Von Neuem hatte ihn sein Vater in eine Sackgasse bugsiert, die nur einen Beschluss erlaubte. In einem Land zu studieren, das in der nahen Zukunft erneut Feindesland werden würde, war natürlich unklug. Das machte Deutschland zum Land der Wahl, und Albie war überredet. Er weinte auch nicht den frohen Pariser Zeiten nach, die ihm nun entgehen würden, denn eigentlich war ihm bewusst, dass seine ohnehin mäßige Studiendisziplin an der Sorbonne rasch in einem Vergnügungsstrudel untergegangen wäre. Nicht umsonst war Paris Oscar Wildes europäische Lieblingsstadt.

Blieb also nur noch die formale Kapitulation.

»Und wo in Deutschland soll ich diese Maschinen studieren? Was schwebt dir vor, Vater?«, fragte er gemessen.

»In Dresden. Dort erhält man gegenwärtig nicht nur die meiner Meinung nach – sollen sie in Cambridge sagen, was sie wollen – beste technische Ausbildung der Welt. *Gute Reise, mein lieber Sohn!*«

Mit augenscheinlicher, geradezu selbstverständlicher Leichtfertigkeit hatte ihn sein Vater in die Arme Sverres getrieben, obwohl sie sich beide in diesem Augenblick keine solche Laune des Schicksals hätten vorstellen können.

Nach wenigen Wochen in Dresden war es ihm gelungen, ein Abonnement für die Semperoper zu ergattern, in der er natürlich Gleichgesinnten begegnete und auch Sverre. Nach der Vorstellung trafen sich die Opernbegeisterten beim Opernverein, um zu kritisieren und zu diskutieren und auch um, wenn nötig – und das war es fast immer – ein paar Gläser zu trinken.

Als Erstes fielen ihm an Sverre auf die Entfernung und im Gedränge seine Kleidung und die handgenähten Schuhe auf. Aber es verstrich noch eine Weile, bis sie, ohne sich auffällig darum zu bemühen, in einer kleinen Gesellschaft gemeinsam in die Stadt zogen.

Seit jenem Mal, besser gesagt seit jenem Augenblick, denn es gab einen bestimmten Augenblick, als sie sich zum ersten Mal richtig sahen, war Sverre ständig bei ihm, wenn auch zu Anfang vor allem in seiner Fantasie. Seither wuchs ein immerhin von schönsten Rosenranken umschlungener Lügenturm höher und höher.

Nun, direkte Lügen waren es nicht, eher Ausflüchte und Unausgesprochenes, was aber auf dasselbe hinauslief. Er selbst wusste alles über Sverres Leben, über die Kleinstadt Bergen, die malerische, felsige Insel, die Fischerboote, die wütenden Stürme, die tragischen Todesfälle des Vaters und Onkels, die aus sechs Kindern Halbwaisen machten, und die Lehrlingszeit in der Seilerei.

Aber was wusste Sverre über ihn? Dass er eine Art Schafzüchter aus der englischen Provinz war.

Sie konnten einander in den Sommerferien nicht nach Hause einladen, was sich bequem damit erklären ließ, dass Sverres Mutter tiefreligiös war und feste Vorstellungen davon hatte, was eine normale Sünde und was ein Frevel war. Und sein radrennsportbesessener ältester Bruder war offenbar ebenso reaktionär borniert wie intolerant.

In diesem Umfeld hätte jede noch so kleine, unvorsichtige Zärtlichkeit sie verraten, und davor fürchtete sich Sverre ganz offensichtlich. Das funktionierte zumindest als Ausrede, was Norwegen betraf.

Albie formulierte seine Ausrede vager. Vermutlich hätte sein Vater besorgt die Stirn gerunzelt, mehr aber nicht, wenn er einen norwegischen Kommilitonen, der eindeutig mehr war als ein Kommilitone, mitgebracht hätte.

Albies Vater unterschied sich sehr von Sverres Mutter. Schon immer hatte er großes Verständnis für junge Männer aufgebracht, die sich, bevor sie sich auf ihre Pflicht besannen und eine Familie gründeten, erst einmal Ausschweifungen hingaben. Über diese Dinge hatten sie sich vor seiner Abreise nach Dresden sehr offen unterhalten. Sein Vater hatte wie alle anderen männlichen Familienmitglieder Eton besucht und wie diese die Nähe männlichen Beisammenseins erlebt. So war es auch am Trinity College gewesen. Fast mit Bedauern in der Stimme erzählte er, wie seine Sturm-und-Drang-Zeit, wie er sie nannte, abrupt endete, weil sein Vater viel zu früh aus dem Leben gerissen wurde und für ihn die Zeit der Pflichterfüllung anbrach.

Es war ein Naturgesetz, das man akzeptieren musste. Heirat, gerne eine gute Partie, mindestens einen Sohn zeugen, besser noch ein paar in Reserve, Ende des schönen Lebens.

Sein Vater hatte in zweierlei Hinsicht Erfolg gehabt. Er hatte reich geheiratet und einen Sohn bekommen. Aus den Reservesöhnen war jedoch nichts geworden. Albie hatte drei Schwestern: Alberta, Margrete und Penelope.

Es empfahl sich nicht, einen Freund mit nach Hause zu bringen, wenn alle auf eine Verlobung hofften. Es war keine Katastrophe, aber wenig empfehlenswert. Möglicherweise hatte er aus reiner Feigheit Sverres Bedenken zu seinen eigenen gemacht und nicht unbedingt ausgesprochen, aber doch angedeutet, dass sie sich beide in derselben Klemme befänden.

Natürlich reiste er ohne Begleitung zu der Beerdigung seines Vaters. Wenn sein Großvater nicht im Burenkrieg gefallen und aus diesem Grund viel zu jung gestorben wäre, hätte man erbliche Turbulenzen befürchten können. Albies Vater war an Magenkrebs gestorben, am Ende war es sehr schnell gegangen.

Die tiefe Trauer schwand nach einem Jahr, aber er spürte, dass ihn die Narben bis an sein Lebensende begleiten würden. Am meisten betrübte ihn, dass er seinem Vater erst nach der Verurteilung Oscar Wildes richtig nahegekommen war. Vor seiner Flucht nach Deutschland hatte er nicht einmal geahnt, wie künstlerisch gebildet und an Literatur interessiert sein Vater war, und noch viel weniger, dass er dieselben Neigungen hegte wie er selbst.

Viel zu spät hatte er entdeckt, dass sein Vater nicht nur ein Country Gentleman war, mit dem man wie mit allen Männern dieses Schlages nur eintönige und dürftige Unterhaltungen führen konnte, sondern dass er, wenn er nachmittags über seinen Schreibtisch gebeugt saß, möglicherweise den *Faust* las und sich nicht unbedingt mit Rechnungen oder dem Erntebericht beschäftigte. Trauerte sein Vater um die allzu kurze Freiheit im Kreise hochbegabter junger Männer, die seine Träume geteilt hatten? Wahrscheinlich. Aber das würde Albie nie erfahren.

Und nun sah er sich selbst in dieselbe Lage versetzt. Er musste heiraten und irgendwie einen Sohn zeugen und möglichst noch einen zweiten, weil sonst seine Mutter und seine Schwestern, falls er wegen eines Unfalls oder aus einem anderen Grund frühzeitig starb, ausziehen und irgendeinem Cousin alles überlassen mussten. Die Erbfolge war so etwas wie ein Gesetz der Natur, das sich nicht verändern ließ.

Und da war noch eine Sache, die er Sverre gegenüber im Ungefähren belassen oder, ehrlicher ausgedrückt, die er ihm vorenthalten hatte.

Jetzt näherte sich die Stunde der Wahrheit mit der gnadenlosen Geschwindigkeit von vierzig Meilen in der Stunde. Bald würden sie in Salisbury eintreffen. Er konnte nur auf zwei Dinge hoffen.

Ehe er England an jenem gewittrigen Morgen vor fünf Jahren verlassen hatte, hatte er den ehrlichsten Text seines Lebens verfasst. Es war kurz nach dem Prozess gegen Oscar Wilde gewesen. Damals betrachtete er sich selbst als einen Künstler, verführt zu der romantischen Sichtweise auf die Welt wie alle anderen jungen Männer im Dunstkreis Oscars, ermuntert dazu wie alle anderen jungen Männer von Oscar persönlich. Albie hatte mit seinem Herzblut geschrieben, so schonungslos ehrlich, wie die Kunst es laut Oscar erforderte.

Er hatte auf fünfzig Bögen nicht nur über den Prozess und das Leben der Boheme, die glückliche Zeit unmittelbar vor der Katastrophe, sondern auch über sein eigenes Leben in dieser Zeit und all das, was er Sverre vier Jahre lang verheimlicht hatte, geschrieben. Für all dies gab es also ein schriftliches Zeugnis.

In ein paar Tagen würde er die Erzählung aus seinem Safe nehmen und sie Sverre übergeben, koste es, was es wolle. Aber wenn sie von nun an ein neues gemeinsames Leben einleiten wollten, war Ehrlichkeit eine Conditio sine qua non, eine notwendige Voraussetzung.

Das neue Haus stand bereits und sollte Sverre davon überzeugen, dass er sehr ernsthaft ihr gemeinsames Leben vorbereitete. Ob gut oder schlecht, die Entscheidung rückte näher. Diese Erkenntnis war erschreckend, aber auch erleichternd.

*

Im Nachhinein musste Sverre zugeben, dass er es mit einem Minimum an Aufmerksamkeit und simpelster Kombinationsgabe hätte vermeiden können, so vollkommen überrumpelt zu werden. Beispielsweise hätte ihm auffallen müssen, dass sie auf dem trubeligen Bahnhof der London & South Western Railway in Salisbury nicht von einer gewöhnlichen Droschke, sondern von einer Pferdekutsche abgeholt wurden, deren Türen kein gewöhnliches Stadtwappen zierte.

Dass Albie und er wie selbstverständlich ihre neunzehn Gepäckstücke unbewacht zurückließen, deutete er als eine charmante Eigenheit der englischen Provinz, wo offenbar keine Gefahr bestand, dass jemand eine der auffällig teuren Reisetaschen oder einen der wertvollen Koffer stahl. Dies und anderes hätte er bereits bei seiner Ankunft in Salisbury zumindest ansatzweise verstehen müssen.

Möglicherweise hatten ihn seine ausgeprägten Fantasiebilder blind für die Realität gemacht. Er hatte sich bis ins kleinste Detail ausgemalt, wie es bei Albie zu Hause aussah. Ein hübscher Bauernhof auf einer Anhöhe, umgeben von grünen Wiesen, ein lang gestrecktes Gebäude mit hellen Kalksteinmauern, ein paar Scheunen und Schuppen, etwa hundert Schafe, die in der Umgebung weideten, ein vornehmer Hof etwas feinerer Leute.

Ihr Wagen hatte bald das offene Land erreicht. Es war ein Sommertag mit einem fast wolkenlosen Himmel und in Anbetracht der ständigen Klagen der Engländer über ihr Wetter erstaunlich warm.

Albie unterhielt sich anfangs fröhlich mit dem Kutscher in einem Sverre kaum verständlichen Dialekt. Aber recht bald verstummte er und schien sich in Gedanken zu verlieren.

Sie fuhren an mindestens drei Höfen vorbei, die Sverres Vorstellungen entsprachen, dann ging es durch einige idyllische Dörfer mit Bruchsteinhäusern, Rosen und Strohdächern. Sehr englisch.

»Ist es noch weit?«, fragte Sverre, nachdem sie für ihre Verhältnisse ungewöhnlich lange geschwiegen hatten.

»Nein. Keine zwanzig Minuten mehr«, antwortete Albie. »Ich habe übrigens eine Überraschung für dich vorbereitet, die mit unserer Arbeit zu tun hat. Ich hoffe, sie wird dich freuen.«

Sverre fiel keine passende Antwort ein. Und da es ja eine Überraschung sein sollte, konnte er keine Fragen stellen. Außerdem klang Albie seltsam fremd, fast abwesend.

Soeben hatten sie ein Dorf durch das schmiedeeiserne Tor in einer drei Meter hohen Ziegelmauer verlassen. Die Wärter hatten das Tor geöffnet, salutiert und keinerlei Anstalten gemacht, Passiergelder oder irgendwelche Reisedokumente einzufordern.

Und schon fuhren sie wieder durch die Landschaft.

Weiter ging es an ein paar Teichen vorbei, auf denen Enten und Schwäne schwammen, dann durch einen lichten Eichenwald mit majestätischen, viele hundert Jahre alten Bäumen, unter denen große Hirschrudel ästen.

»Was sind das für Hirsche?«, fragte Sverre. »Solche habe ich noch nie gesehen.«

»Das ist Damwild, es ist hier in der Gegend recht zahlreich«, antwortete Albie.

Damit war die Unterhaltung schon wieder zu Ende. Albie wirkte immer noch seltsam angespannt. Da ging Sverre plötzlich auf, dass es sich bei dem hohen Eisentor um eine Ein- und nicht um eine Ausfahrt gehandelt hatte.

Von dem schmalen Sandweg, der sich zwischen den Eichen hindurchschlängelte, sahen sie ein sehr großes Gebäude, ein Krankenhaus, eine Kaserne oder irgendeine andere öffentliche Einrichtung, die auf dem Land völlig deplatziert wirkte. Von dem weißen Bauernhof auf der Anhöhe war immer noch nichts zu sehen.

Als sie sich wenig später dem imposanten Bauwerk näherten, erkannte Sverre, dass der Weg auf einem großen Vorplatz vor einer breiten Freitreppe und einem hohen Portal endete. Auf den unteren Treppenstufen hatten sich mehrere Personen aufgestellt.

Albie holte tief Luft und schloss die Augen, als stünde ihm eine große Anstrengung bevor. Dann erteilte er grimmig seine Anweisungen.

»Wir gehen von rechts nach links. Zuerst begrüße ich alle, dann stelle ich dich vor. Meiner Mutter, meinen Schwestern und meiner Großmutter küsst du die Hand, bei den anderen genügt ein Händedruck!«

Sverre saß wie versteinert da. Die Szenerie war nicht misszuverstehen, so wenig wie die knappe Anweisung Albies. Mit diesem Schloss und einer Adelsfamilie hatte er nun wirklich nicht gerechnet.

Als der Kutscher vor dem Empfangskomitee vorfuhr, eilten zwei junge Männer in hellblauen Uniformen herbei und öffneten auf beiden Seiten des Wagens den Schlag und klappten gleichzeitig die Stufen herunter, bevor sie Haltung annahmen.

Die erwartete ländliche Idylle platzte wie eine Seifenblase. Sverres Mund war trocken, und er fürchtete, weder auf Englisch noch auf Deutsch ein Wort über die Lippen zu bringen, dann gelang es ihm aber doch noch, eine rasche Frage zu zischen.

»Wie spreche ich die Damen an?«

Albie, der bereits im Begriff war auszusteigen, drehte sich rasch um. Seine Nervosität war wie weggeblasen, und er schenkte ihm sein reizendstes Lächeln, als sei genau dies seine besondere Überraschung.

»Mylady reicht fürs Erste. Folge einfach meinem Beispiel, Liebling, das schaffen wir mühelos!«

Behände sprang er auf den Kies und ging mit ausgebreiteten Armen auf die hübsch gekleideten Damen zu, die in der ersten Reihe der Wartenden standen. Sverre folgte schräg hinter ihm. Albie umarmte seine Mutter, küsste sie und beantwortete rasch ein paar Fragen nach dem Verlauf der Reise. Dann begann die eigentliche Prozedur.

»Liebste Mama, darf ich dir Diplomingenieur Sverre Lauritzen vorstellen, meinen künftigen Kompagnon, von dem ich schon so viel erzählt habe? Sverre, meine Mutter, Lady Elizabeth.«

Plissierte Seide, am Hals elegant ausgeschnitten, sehr geschmackvoll, von einer Brosche geziert, vermutlich ein Aquamarin. Die Dame mittleren Alters, die keine vollendete, aber eindrucksvolle Schönheit war, streckte ihm die rechte Hand entgegen. Er nahm sie vorsichtig mit seiner Linken und berührte sie flüchtig mit den Lippen.

Sie hieß ihn herzlich willkommen, und er murmelte eine Antwort. Dann stellte Albie ihm seine Schwestern vor, Lady Margrete, genannt Margie, und Lady Penelope, genannt Pennie. Er küsste ihnen ebenfalls die Hand. Die beiden sprachen Deutsch und scherzten mit ihm. Als er sie mit gnädige Frau ansprach, löste dies große Heiterkeit aus, was ihn unsicher machte. Als Nächstes wurde eine ältere Dame begrüßt, offenbar die Großmutter, Lady Sophy. Albie raunte ihm zu, dass sie mit Lady Sophy anzusprechen sei, obwohl man sie im Familienkreise nur Auntie nenne. Erneuter Handkuss. Und wieder war Sverre unfähig, das Geschehen um sich herum zu begreifen. Es war wie ein Albtraum, in dem er taub war und sich die Münder der anderen bewegten, ohne dass er etwas hörte.

Ein groß gewachsener Mann im Jackett, der neben der Großmutter stand, wurde einfach nur mit seinem Vornamen, James, vorgestellt, aber es gelang Sverre nicht, ihn in der Rangordnung zu platzieren. Das war verwirrend. Er versuchte es mit Sir, wurde jedoch reserviert zurechtgewiesen, dass der Name James und ein Händedruck völlig genüge.

Anschließend kam eine Dame mittleren Alters an die Reihe, die nicht ganz so elegant gekleidet war wie die Damen der Familie, aber auch nicht so einfach wie die Dienstboten, die weiter hinten standen. Sie hieß Mrs. Stevens, und Sverre vermutete, dass er ihr wie James einfach nur die Hand geben musste.

Die nächste Dame wurde trotz ihres englischen Namens, Mrs. Jones, auf Deutsch vorgestellt. Albie erklärte, Mrs. Jones sei das ehemalige Fräulein Gertrude, die Nachfolgerin Fräulein Hildes, die unseligerweise mit einem der Buchhalter durchgebrannt sei. Das ehemalige Fräulein Gertrude war inzwischen Mrs. Jones geworden, Ehefrau des Oberbutlers Henry Jones, somit im Haushalt fest verankert und, soweit bekannt, ohne Absichten, das Weite zu suchen. Sverre konzentrierte sich darauf, wiederum einfach nur die Hand zu schütteln.

Die Begrüßung der schwarz-weiß gekleideten Dienstboten vollzog sich bedeutend schneller. Anschließend begaben sich alle ins Haus, angeführt von den Damen, gefolgt von Sverre, den Albie diskret vor sich herschob und ihm dabei ins Ohr flüsterte, er solle sich nur an ihm orientieren, dann würde schon alles glattlaufen.

Die Dienstboten verschwanden wie Geister in verschiedene Richtungen, und die Familie versammelte sich in einem kleineren Salon im Erdgeschoss, den man durch eine Bibliothek und ein Herrenzimmer erreichte und der in einem Stil möbliert war, den Sverre kunsthistorisch nicht einzuordnen wusste. Er tippte auf 18. Jahrhundert, sehr englisch, definitiv nicht französisch. James servierte Tee, Sandwiches und Scones.

Sverre wusste nicht, ob er sich wie in einem Traum oder im Schockzustand fühlte. Er bemühte sich, die freundlichen, allgemein gehaltenen Fragen zu beantworten, was ihm am leichtesten fiel, wenn sie von den Schwestern gestellt wurden, die darauf bestanden, Deutsch mit ihm zu sprechen, ein Deutsch, das fast so perfekt war wie Albies. Die Teezeremonie dauerte etwa eine halbe Stunde, als Lady Elizabeth sich plötzlich erhob. Auch Albie erhob sich unverzüglich, und Sverre war geistesgegenwärtig genug, es ihm gleichzutun. Lady Elizabeth sagte etwas über die lange Reise und das Willkommensdinner um acht Uhr.

Daraufhin hakte sich Albie bei Sverre unter und geleitete ihn aus dem Salon, als könne er nicht allein gehen. Draußen in der frischen Luft kehrte sein bis dahin lahmgelegtes Denkvermögen wie eine Erlösung wieder.

»Mein allerliebster Albie, warum hast du mich nicht vorgewarnt?«, fragte er, als sie die rauen Kalksteinstufen der Haupttreppe hinuntergingen.

»Weil ich befürchtet habe, dich abzuschrecken. Dann, nachdem sich diese Angst verflüchtigt hatte, fand ich es bedeutungslos, weil unsere Beziehung über solch banalen finanziellen und sozialen Fragen steht. Und zuletzt habe ich mich geschämt, weil ich nichts gesagt habe. Wie auch immer, jetzt sind wir hier.«

»Über diese Antwort hast du offenbar lange nachgedacht.«

»Darauf kannst du dich verlassen. Seit wir in Antwerpen an Bord gegangen sind ungefähr.«

»Sie war jedenfalls wohlformuliert.«

»Danke, mein Lieber.«

Sie gingen schweigend durch den unüberschaubar großen Park auf ein langes, zweistöckiges Gebäude mit riesigen Fenstern zu, die vom Boden bis ins Obergeschoss reichten, vermutlich eine Art Orangerie.

Die erste Hürde war überwunden, das Allerwichtigste war gesagt. Trotzdem gab es noch einige Unklarheiten. Doch Sverre zögerte zu fragen. Albie sah so rührend schuldbewusst aus, und die Unterhaltung sollte schließlich nicht in eine Art Verhör ausarten. Gleichzeitig konnte Sverre seine Neugier kaum zügeln.

»Du weißt, dass ich aus, wie man zu sagen pflegt, sehr einfachen Verhältnissen komme?«, begann er vorsichtig.

»Aber ja. Eine typisch englische Ausdrucksweise. Gewiss doch. Schließlich hast du im Gegensatz zu mir alles über dich und deinen Hintergrund erzählt. Viele Menschen schämen sich einer derartigen Herkunft und tun alles Erdenkliche, um sie zu verbergen, um nicht von Leuten wie mir durchschaut zu werden. Aber du hast das nie getan. Bei uns war es umgekehrt.«

Die Antwort verwirrte Sverre, aber er kam nicht dazu, weitere Fragen zu stellen, da sie an der Tür des länglichen weißen Gebäudes angelangt waren. Albie hielt vielsagend zwei Schlüssel in die Höhe, überreichte einen davon Sverre und schloss auf.

»Das ist die Überraschung, von der ich sprach«, sagte er, als sie in die Diele traten.

Der Anblick war überwältigend. Die Wände waren weiß gekalkt wie in einer protestantischen Kirche, die gerahmten Lithografien erinnerten an die Ingenieurskünste, dazwischen hingen aber auch einige dramatische Ölgemälde von dampfenden Lokomotiven und gewaltigen Ozeandampfern, die ähnliche Assoziationen hervorriefen. Es duftete frisch geputzt, nach Farbe und nach Neubau. Eine doppelläufige, hufeisenförmige Treppe aus hellem Eichenholz führte ins Obergeschoss. Die Modernität und das Licht bildeten einen starken Kontrast zu dem dunklen, alten Schloss ein paar hundert Meter entfernt.

Albie öffnete eine kleine Tür, und sie betraten eine große Bibliothek, in der vier Zeichentische standen, wie sie sie auch in Dresden verwendet hatten.

»Die Bibliothek ist gut ausgestattet, sie umfasst nahezu die gesamte technische Literatur auf unserem Gebiet. Zweitausendsechshundert Bände«, erklärte Albie, ging mit ein paar raschen Schritten durch den Raum und öffnete die nächste Tür.

Dort, am äußeren Ende des Erdgeschosses, lag eine komplett ausgerüstete mechanische Werkstatt. Was immer am Zeichentisch im angrenzenden Arbeitszimmer ersonnen wurde, konnte sofort versuchsweise umgesetzt werden.

Eine Wendeltreppe im hinteren Ende der Werkstatt führte in einen großen Salon, ein klassisches Herrenzimmer mit einer Bibliothek, die Literatur und Geisteswissenschaften umfasste. Die Einrichtung war im Unterschied zur technischen Bibliothek im Erdgeschoss konservativer, die Wände waren mit dunklem Holz getäfelt, den Boden bedeckten Perserteppiche, ein paar Palmen standen in Kübeln in den Ecken, Seestücke hingen an den Wänden, und es gab ein Grammofon mit einer beachtlichen Schallplattensammlung. Neben dem Herrenzimmer lagen vier Gästezimmer, spartanisch eingerichtet, fast ohne Wandschmuck und statt des Stucks mit einem griechischen Fries, einem symmetrischen Muster, an der Decke versehen.

Sverre folgte Albie schweigend durch das gesamte Obergeschoss bis in ein Badezimmer von der Größe eines besseren Salons. Statt einer Badewanne gab es ein kleines Bassin, in das man mithilfe eines Treppchens aus Messing und Mahagoni hinabstieg. Die Ausstattung mit den kobaltblauen und weißen Fliesen mutete griechisch an.

Direkt an das große Badezimmer anschließend hatte jeder von ihnen ein eigenes Schlafzimmer mit geräumigen Schränken an der inneren Schmalseite. Der Stil war hier eher dunkel-orientalisch. Vor den großen, ehemaligen Orangeriefenstern hingen gefältelte Tüllgardinen und schwere rubinrote Samtvorhänge. Vor dem großen schwarzen Eisenbett standen kreuz und quer Sverres sämtliche Koffer und Reisetaschen, die sich ohne sein Zutun vom Bahnhof in Salisbury hierherbewegt hatten.

Ihm fehlten die Worte. Während der gesamten Führung hatte er geschwiegen. Jetzt ließ er sich inmitten seines Gepäcks auf einen Ledersessel sinken, seufzte demonstrativ und wischte sich mit seinen Manschetten – er hatte ohnehin vor, das Hemd zu wechseln – den Schweiß von der Stirn.

»Nicht schlecht, was?«, fragte Albie.

»Allerdings«, erwiderte Sverre leise. »Dies ist also die Überraschung?«

»Ja, dies ist die Überraschung. Hier haben wir die Freiheit, die wir brauchen, um Neues zu schaffen. Die Dienstboten wohnen nicht hier, sie erscheinen nur zu den Mahlzeiten und ziehen sich dann zurück. Die Küche liegt direkt unter uns. Dort gibt es wie auch hier oben im Bad fließendes Wasser. Du wirkst eher gefasst als glücklich.«

»Ich bin gefasst *und* glücklich.«

»Jetzt packen wir erst einmal aus, danach sehen wir uns im Bad, einverstanden?«

Sverre nickte stumm und lächelte vorsichtig. Dann sah er Albie paralysiert hinterher, der sich übertrieben pfeifend durch das Badezimmer in sein eigenes Schlafzimmer zurückzog. Nicht über einen Korridor, sondern durch das Badezimmer waren ihre beiden Schlafzimmer verbunden. Für gewöhnlich schliefen sie in einem Bett, wenn sie die Nacht zusammen verbringen konnten. Wie würde es von nun an sein? Eine Nacht bei Albie, eine Nacht bei ihm?

Reglos saß er in seinem Sessel. Das ihn umgebende Durcheinander war von vorübergehender Art, sobald er die Taschen und Koffer auspackte und die Sachen wegräumte, wäre alles perfekt. Vor den Fenstern standen zwei prachtvolle Sträuße rote Rosen, offenbar eine früh blühende Sorte. Südengland war wegen des milden Klimas und des vielen Regens für seine Rosen berühmt.

Er sah ein, dass er diesem Gemütszustand nicht nachgeben durfte, der dem genussvollen Gefühl glich, morgens etwas länger liegen zu bleiben, auch wenn er dann zur ersten Vorlesung des Tages rennen musste.

Schließlich schlug er mit beiden Händen auf die lederglänzenden Armlehnen des Sessels, erhob sich etwas steif und ging energisch auf seine zwei Bücherkisten zu, in denen er seine Bücher alphabetisch verpackt hatte. Er würde sie neu sortieren müssen, da gut die Hälfte der Bücher in die humanistische Bibliothek im Obergeschoss gehörte, die andere Hälfte in die technische Bibliothek im Erdgeschoss. Er begann also damit, seine Bücher umzupacken, eine Kiste Technik, die andere Humanistisches. Das Einsortieren hob er sich für später auf.

Nachdem er die beiden Kisten auf den Korridor geschleppt hatte, machte er sich daran, die Kleider auszupacken und in den geräumigen Schränken eine praktische Ordnung herzustellen. Freizeitkleidung neben der Tür, dann Kleidung für das Dinner an Wochentagen, dahinter die Fräcke und schließlich Diverses für Spaziergänge und Ausflüge in die Stadt. Darunter, in etwa passend, seine Schuhe.

Es gab ausreichend Schubladen und Fächer für seine Hemden und Unterwäsche. Sverre arbeitete eifrig und methodisch und hörte, wie Albie das Badewasser einlaufen ließ.

Nachdem er die Kleider eingeräumt hatte und gerade die Reisetaschen und Koffer auf den oberen breiten Regalfächern in den Schränken verstaute, trat Albie ins Zimmer, warf sich Sverres Frack über den Arm und suchte ein passendes Frackhemd heraus.

»Ich hänge die Sachen vor die Schlafzimmertür, dann kann sich Jones bis zum Dinner darum kümmern, die Reiseknitter zu beseitigen. Wir sehen uns in zehn Minuten im Bad«, sagte er und verschwand, ohne eine Antwort abzuwarten.

Sverre ließ sich erneut auf den modernen Ledersessel sinken. Das Zimmer war außerordentlich geschmackvoll gestaltet. Die Fenster reichten bis zur Decke, und das grün glänzende Leder der Polster harmonierte perfekt mit den schweren rubinroten Verhängen und dem afghanischen Teppich im selben Rot mit einem schwarzen Muster. Vor den riesigen Fenstern stand eine Palme, an den Wänden hingen Bilder griechischer Sportler aus der Antike, die bekannte Abbildung des Diskuswerfers in der Mitte. Albie hatte einen guten Geschmack und Sinn für einfache, klare Linien. Keine Exzesse oder gewagte Farbkombinationen. Einzig die roten Laken, die unter dem Überwurf hervorschauten, hätten sich möglicherweise im Scherz als dekadent bezeichnen lassen können, waren sie doch farblich ganz auf den Teppich abgestimmt, dessen schwarzes Muster hinwiederum mit dem schwarzen, eisernen Bettgestell harmonierte.

Sverre hörte, dass das Wasser abgedreht wurde und Albie vor Wohlbehagen stöhnte, als er sich ins Badewasser gleiten ließ. Plötzlich kam Sverre ein Bad noch verlockender vor. Er riss sich die Kleider vom Leib, ließ sie einfach auf den Boden fallen und trat nackt ins Badezimmer. Albie lag lang ausgestreckt im Bassin, eine Darbietung männlicher Schönheit, die sicherlich beabsichtigt war. Sverre stieg in das funkelnde Blau und umarmte ihn, und schlagartig verflüchtigte sich das Gefühl der Starre und Unsicherheit, und ihre Leidenschaft entbrannte schnell und selbstverständlich, als hielte man ein Streichholz an einen ordentlich im Kamin aufgeschichteten Brennholzstapel. Nichts war mehr schwierig oder fremd.

Anschließend lagen sie lange in stiller, inniger Umarmung da und schaukelten leicht im Wasser, bis es kühler wurde und Albie zu frösteln begann. Sie stiegen aus dem Wasser und holten sich jeder ein Badetuch.

»Was das Dinner betrifft«, sagte Albie mit neuer Energie, während er sich kräftig frottierte, damit ihm wieder warm wurde, »so erwarten wir einige Gäste, überwiegend Nachbarn und Cousins. Der wichtigste ist Lord Somerset, der Mann meiner ältesten Schwester Alberta, die du bei dieser Gelegenheit auch gleich kennenlernst. Wir sind vermutlich um die zwanzig Personen. Es ist das Willkommensmahl für mich, anschließend wird es dann ruhiger.«

»Und wie passt der norwegische Bauer in diesen illustren Kreis der Adligen?«, fragte Sverre mit wiederkehrender Besorgnis.

»Ganz einfach. Lord Somerset wird neben meiner Mutter platziert, einer der Nachbarn, vermutlich der älteste, führt meine Großmutter zu Tisch, das bleibt dir also erspart. Als mein Gast wirst du zwischen meinen beiden unverheirateten Schwestern platziert, die beide nur zu gerne Deutsch sprechen. Du hast also keinen Grund zur Beunruhigung.«

Albie warf das Badetuch beiseite, lächelte unwiderstehlich, vielleicht aber auch nur selbstironisch, und drückte Sverre an sich.

Behutsam schob Sverre ihn von sich, nahm Albies Kopf in beide Hände, sah ihm in die Augen, als suche er nach etwas Verborgenem, und sprach dann aus, was ihn verunsicherte.

»Und worüber soll ich mit deinen Schwestern sprechen? Oder besser, worüber darf ich nicht sprechen?«

»Dein gesellschaftliches Gespür kann sich mit dem meiner Großmutter messen. All right! Wir rasieren uns jetzt, dann rauchen wir eine Zigarette oder zwei, bevor wir uns ankleiden, und währenddessen erläutere ich dir die für dich wissenswerten Dinge.«

Sie hatten jeder eine Toilette mit separatem Eingang vom Schlafzimmer aus am Ende des großen Bads, mit Wasserklosett, Waschbecken, elektrischer Beleuchtung und einem Wandspiegel. Sie rasierten sich sorgfältig, jeder am eigenen Waschbecken, ehe sie sich am Rauchtisch in Albies Schlafzimmer wieder vereinten, das genauso eingerichtet war wie Sverres, nur mit umgekehrter Farbgebung. Was bei Sverre grün war, war bei Albie rot und umgekehrt.

Beide trugen Bademäntel, und Albie fror immer noch etwas. Die Zigaretten waren türkischen Ursprungs und besaßen goldene Mundstücke.

»Es ist ganz einfach«, erklärte Albie nach dem ersten genüsslichen Zug. Sverre kannte niemanden, bei dem das Rauchen so verlockend aussah. »Meine beiden jüngeren Schwestern würden dich lieben, wenn du eine Frau wärst.«

Er legte eine Kunstpause ein, sicherlich mit Absicht, um Sverre zu verwirren, dem es ganz richtig schwerfiel, den Inhalt des Satzes zu verstehen.

»Du kannst nicht folgen?«, spottete Albie.

»Nein, kann ich nicht. Sind sie auch …?«

»Bewahre! Lesbische Frauen gibt es nur in größeren Städten und in intellektuellen Kreisen, aber nicht in der eher fossilen Oberschicht auf dem Land. Hier liest man, wenn ich so sagen darf, kaum Sappho. Du musst noch einiges über England lernen, aber das hier ist erst dein zweiter Tag, zerbrich dir also nicht so sehr den Kopf. Folgendermaßen verhält es sich: Wärst du meine Geliebte, meine Verlobte oder zukünftige Frau und einigermaßen üppig, fähig, einen oder vorzugsweise zwei oder drei Söhne zu gebären, dann würden sie dich lieben. Jetzt bist du aber erfreulicherweise ein Mann.«

»Erfreulicherweise? Nicht für Pennie und Margie, wie mir scheint?«

»Nein. Da hast du vollkommen recht, fürchte ich. Denn wenn ich einen Sohn bekomme, was ich unglücklicherweise früher oder später bewerkstelligen muss, dann können Pennie und Margie bis an das Ende ihrer Tage hier wohnen, falls es uns nicht gelingt, sie zu verheiraten. Selbst wenn ich das Zeitliche segne. Dasselbe gilt auch für Mutter und Großmutter.«

»Und andernfalls?«

»Andernfalls erhält irgendein Cousin, ich weiß nicht einmal genau, welcher, den Titel und damit auch den Landsitz und die übrigen Besitztümer und schickt alle Verwandten des vorigen Earls in die Wüste.«

»Earl? Und das bist du?«

»Genau, der 13. Earl of … Aber ich habe nie darum gebeten, und das spielt für uns auch keine Rolle. Zurück zur Frage!«

»Welcher Frage?«

»Wenn dich meine jüngeren Schwestern ganz nebenbei fragen, ob du verlobt bist oder Heiratspläne hast, wollen sie nur in Erfahrung bringen, ob dir Männer lieber sind, denn diesen Verdacht hegen sie natürlich. Du verneinst, weil alles andere nur allzu viele Lügen nach sich ziehen würde. Aber mit dem Zusatz, und das ist wichtig, dass deine geliebte Hannelore oder Brigitte aus Deutschland oder wie immer du sie nennen willst, die große Liebe deines

Lebens, von ihrem überaus konservativen Vater gezwungen wurde, dir einen Korb zu geben, weil du von so geringer Abstammung bist. Kannst du folgen?«

»Allerdings.«

»Gut. Von diesem Liebeskummer hast du dich noch nicht wieder erholt und träumst noch immer von deiner geliebten Hannelore oder Brigitte und so weiter. Wenn sie dich nach Details fragen, vergiss nicht, dass sie erstaunlich viel über Deutschland wissen. Schaffst du das?«

»Mich zu verstellen? Das weißt du doch. Leute wie wir müssen sich meist verstellen. Auf der Osterøya immer. Hier in … wie heißt dieses Anwesen eigentlich?«

»Manningham House.«

»Hier in Manningham House sicher nur gelegentlich. Habe ich dich richtig verstanden?«

»Ja! Für deinen zweiten Tag in England hast du schon eine Menge verstanden. Aber vergiss nie, dass du mir mehr bedeutest als alles andere und dass wir gemeinsam mit allem fertigwerden. Auch hier in dieser anderen Welt.«

II

DIE LIEBE, DIE IHREN NAMEN NICHT ZU NENNEN WAGT

Manningham House, September 1901

Den ganzen Sommer über waren sie fleißig wie die Bienen und rackerten sich ab wie Galeerensklaven. Albies Beschreibung wechselte je nach Laune. Sverre hatte fast ein schlechtes Gewissen, weil ihre Arbeit so leicht von der Hand ging und oft in reines Vergnügen überging. Beispielsweise als ihm Albie das Reiten beibrachte. Oder als sie sich in das Pub in Andover (Albie war Viscount of Andover, ein Titel, den sein erster Sohn bei seiner Geburt übernehmen würde) fahren ließen, um Unmengen Bier zu trinken. Sie sangen, genauer gesagt grölten, auf dem gesamten Heimweg. Nein, nicht auf dem ganzen Weg, denn sie schliefen ein, bevor sie ihr Ziel erreichten. Oder als Albie Sverre dazu überredete, sein Porträt zu malen oder als sie wie früher einfach nur im Herrenzimmer saßen, Whisky tranken, Musik hörten und bis zum Sonnenaufgang ihre Gedanken schweifen ließen.

Trotzdem hatten sie einiges zustande gebracht. Sie hatten ihr Projekt *mit der frischen Röte der Entschließung, die noch nicht von des Gedankens Blässe angekränkelt war*, in

Angriff genommen. Ausgangspunkt waren die Ideen, die sie während der Fahrt ausgeheckt hatten. Die Kohle als Antriebsmittel von Zügen musste durch etwas anderes ersetzt werden. Die Einbahnräder mussten flexibler werden, damit die Reise angenehmer und sicherer vonstattenging.

Auf Gut Manningham gab es wahrhaftig genug Material zum Experimentieren. Albies Vater war von dem Gedanken besessen gewesen, die Technik zur Rationalisierung der Landwirtschaft voranzutreiben, und hatte zu diesem Zweck eine unbrauchbare Maschine nach der anderen bestellt, die meisten aus Amerika. Die eigenartigen Apparate waren nach und nach in irgendwelchen Ecken verstaubt.

Das Beeindruckendste war eine Universalmaschine, die laut der amerikanischen Werbeschrift, die mit dem Wunderding aus Illinois geliefert worden war, sowohl dreschen als auch sägen, pumpen und sogar Äcker umpflügen konnte und zwar »ebenso effektiv wie sechzehn Männer und acht Pferde«.

Es handelte sich um ein Robinson-Lokomobil, also eine fahrbare Dampfmaschine, die von einem van-Duzen-Motor, einem Glühkopfmotor, angetrieben wurde. Dreschen und Pumparbeiten wurden auf dem Gut von bedeutend geländegängigeren Maschinen bewältigt, aber noch bestand die kecke Hoffnung, die Wundermaschine ließe sich dazu bewegen, wie vom Hersteller versprochen Äcker zu pflügen. Auf die Frage, was geschehen sei, als Albies Vater mit der Maschine zu pflügen versucht habe, wiesen sie mit skeptischer Ironie auf den größten Nachteil des mechanischen Pfluges hin: Er kam nicht vom Fleck, weil die Räder auf der Stelle durchdrehten. Also waren sie wieder zu Pferden und anderen Zugtieren übergegangen.

Zwei Probleme galt es zu lösen: den unzureichenden Antrieb und, soweit Sverre das beurteilen konnte, die fehlerhafte Beschaffenheit der Antriebsräder. Die mannshohen Eisenräder auf beiden Seiten der Maschine waren fast vollkommen glatt, ein kurzer Blick genügte, um sich die abrutschenden Räder zu erklären.

Sie brachten ein paar Tage damit zu, die Maschine und den van-Duzen-Motor zu restaurieren, und führten dann eine Probefahrt von den Ställen zum Vorplatz und zurück durch. Die Gärtner benötigten anschließend mehrere Stunden, um die ordentlich geharkten Kiesflächen wiederherzustellen.

Nachdem sie fünf Pflugscharen an der Maschine montiert und eine Weide umzupflügen versucht hatten, blieben sie wie erwartet stecken. Selbst auf einer trockenen Wiese drehten die großen Antriebsräder durch und gruben sich dabei, je mehr Gas gegeben wurde, immer tiefer ein.

Dennoch waren sie sich einig, dass der Gedanke, Zugtiere durch Maschinen zu ersetzen, klug war und eine logische Entwicklung darstellte. Aber die Konstruktion musste grundlegend verbessert werden, es war also an der Zeit, sich dem Reißbrett zuzuwenden.

In ihrem Ingenieursbüro ersannen sie bereits am ersten Tag zwei einfache Veränderungen. Der augenfälligste Fehler war, dass die Antriebsräder keinen Halt fanden. Sie zeichneten Räder, die zwar den gleichen Durchmesser besaßen, aber von Stahlbändern mit zwei Finger breiten v-förmigen Aufsätzen umspannt wurden. Dass diese Veränderungen die Bodenhaftung um ein Vielfaches erhöhen würden, sah man bereits auf dem Reißbrett. Jetzt mussten sie diese Räder nur noch in einer mechanischen Werkstatt einer Werft in Southampton fertigen lassen, dann war das erste Problem gelöst.

Albie fand auch, dass der Abstand zwischen den Pflugscharen und der Maschine zu gering war, wodurch diese einen ungünstigen Winkel zur Unterlage aufwiesen. Dieser Fehler konnte in der eigenen Werkstatt behoben werden, indem man die Stahlbalken, die den Pflug zogen, einfach verlängerte.

Ein weiteres Problem stellte wohl auch die Zugkraft dar, die Leistung des van-Duzen-Motors war nicht sonderlich beeindruckend. Aber damit würden sie sich befassen, wenn die anderen Verbesserungen durchgeführt waren.

Anschließend widmeten sie sich einige Zeit lang anderen Beschäftigungen. Albie zog sich in die gut sortierte technische Bibliothek zurück und vertiefte sich in das Thema Motoren.

Sverre begab sich unterdessen mit einer Zeichnung eines neuen Radtyps für Pferdefuhrwerke zum Personentransport in die Wagenmacherwerkstatt. Von einer bereits auf dem Gut existierenden Konstruktion ausgehend, einem mit Eisenriemen bereiften hölzernen Speichenrad, zielten seine Experimente darauf ab, die Lauffläche u-förmig einzukerben und diese Kerbe mit mehreren Schichten Lederstreifen aus der Sattlerei zu füllen. Der Gedanke war einfach. Der scheppernde Stahlriemen würde durch weiches Leder ersetzt werden, was den Lärm bedeutend reduzieren musste.

In Erwartung der ersten Prototypen aus der Wagenwerkstatt und Sattlerei des Gutes begab er sich mit seiner Staffelei in den Park, um herauszufinden, mit welcher Methode sich das schimmernde, wechselhafte Licht zwischen den Kronen der Eichen wiedergeben ließ.

Es verstrichen einige Wochen, ehe die neuen, verbesserten Antriebsräder aus Southampton eintrafen. Sverre hatte sich während dieser Zeit vor allem der Malerei gewidmet, nicht nur dem Spiel des Lichts zwischen den großen Eichen, sondern auch Albies Porträt, das nie zu seiner Zufriedenheit ausfiel, obwohl Albie es überschwänglich lobte.

Die markant umgestaltete Pflugmaschine erwies sich als doppelt so erfolgreich wie die Originalversion aus Illinois, was bedeutete, dass sie erst nach zwanzig Metern stecken blieb und nicht schon nach zehn. Die Zugkraft war definitiv unzureichend. Wenn es gelang, diese zu verstärken, vorzugsweise zu verdoppeln, hatte man aller Voraussicht nach die funktionstüchtige Pflugmaschine, die sechzehn Männer und acht Pferde ersetzen konnte.

Darüber hinaus konnte man auf die ursprüngliche Dampfmaschine verzichten, die höchstens durch ihr Gewicht zum Pflügen beitrug. Die Pflugmaschine durfte allerdings auch nicht zu leicht sein, weil man dann selbst mit verdoppelter Zugkraft überhaupt nichts gewann. Das war jedoch ein rein mathematisches Problem und hatte Zeit, bis die Frage gelöst war, mit welchem Motor sie die Pflugmaschine antreiben konnten.

Als ihre Überlegungen Anfang September so weit gediehen waren, überraschte Albie Sverre eines Abends mit der Mitteilung, er müsse eine Geschäftsreise nach Augsburg unternehmen, wo Rudolf Diesel höchstpersönlich eine Maschinenfabrik betreibe. In erster Linie ging es darum, einen funktionierenden Motor für die Pflugmaschine zu besorgen. Albie erklärte, er sei nach eingehenden Studien zu dem Schluss gelangt, dass Rudolf Diesel in der Lage sei, diesen Motor zu liefern. Bei dieser Gelegenheit wollte er natürlich auch noch die Möglichkeit diskutieren, nach Diesels Grundlagen einen noch größeren Motor herzustellen, mit dem man die Eisenbahnzüge der Zukunft antreiben könnte. Maschinen fielen ja unter Albies und nicht Sverres Verantwortung.

Albies Erklärungen klangen durchaus einleuchtend, trotzdem beschlich Sverre ein Gefühl der Enttäuschung, wenn nicht gar der Eifersucht, natürlich nicht auf Rudolf Diesel, da ihnen eine Trennung bevorstand, die schlimmstenfalls Wochen dauern würde. So hatte er sich das neue Leben in der anderen Welt nicht vorgestellt.

Aber solch irrationale Einwände konnte er kaum vorbringen. Ihr gemeinsames Leben war nicht nur privater Natur. Sie wollten zusammen auch Bedeutsames vollbringen. So jedenfalls hatten sie es vereinbart, als Albie während ihres letzten Semesters in Dresden die bahnbrechende Idee eines gemeinsamen Lebens nicht nur in Schönheit und künstlerischem Genuss, sondern auch in wissenschaftlicher Arbeit formulierte.

Auf jenen Tag war eine der langen Nächte gefolgt, in denen Sverre singend durch stille Dresdner Straßen nach Hause ging.

Aber hier und jetzt, in der neuen Wirklichkeit, an die er sich merkwürdigerweise schnell gewöhnt hatte nach seinem Umzug aus einem normalen Leben in ein Schlaraffenland, in dem alles anders war, wurde ihr soziales Experiment zum ersten Mal ernsthaft auf die Probe gestellt. Natürlich musste Albie diese Reise machen und Rudolf Diesel aufsuchen, denn dieser Besuch konnte für die Zukunft, und nicht nur für ihre, von großer Bedeutung sein.

Am Tag seiner Abreise wartete Albie mit einer weiteren

Überraschung auf. Der Kutsche war vorgefahren, und der Kutscher wartete geduldig. Sie hatten beschlossen, zu Hause voneinander Abschied zu nehmen, Bahnhofsabschiede waren so banal.

Sie umarmten sich zärtlich in der Diele, wo sie niemand sah, bevor sie sich auf dem Vorplatz die Hand gaben, sich auf männlich-respektable Weise umarmten und lautstark auf den Rücken klopften.

Albie stellte einen Fuß auf den Wagentritt, zögerte etwas und sprach dann aus, was er sich vermutlich vorher zurechtgelegt hatte.

»Du weißt über mein Leben, bevor ich nach Dresden kam, immer noch so gut wie nichts, mein lieber Sverri. Ich habe etwa fünfzig beschriebene Blätter auf dem türkischen Tischchen in der Bibliothek im Obergeschoss hinterlegt, auf denen alles steht, möglicherweise stellenweise etwas schwülstig formuliert, weil ich es in der Phase geschrieben habe, als ich Schriftsteller werden wollte. Ich praktizierte etwas, was man damals *neuen Journalismus* nannte. Wenn ich nach Hause zurückkomme, kennen wir uns endlich bis in den tiefsten Seelenwinkel. Im Guten wie im Schlechten, hauptsächlich im Guten, hoffe ich.«

Seine vorbereitete Rede war zu Ende, er sprang in die Kutsche und gab den Befehl zum Abfahren. Sverre blickte ihm nach und hoffte, dass er sich umdrehen und winken würde. Was er denn auch mit ausufernder und gefühlvoller Gestik tat, bevor der Wagen auf dem Weg zum Tor hinter der großen Eiche verschwand. Albie stellte sich im Wagen hin und winkte mit beiden Armen wie ein Ertrinkender.

*

Zu Sverres neuen Gewohnheiten als einsamer Gentleman im Ingenieurshaus gehörte bald, am Afternoon Tea der Schwestern Penelope und Margrete und Mrs. Jones, dem ehemaligen Fräulein Gertrude, oben im Schloss teilzunehmen. Der Diplomingenieur aus Dresden, der außerdem Norweger war und alles über die Wikinger wusste, stellte eine deutliche Bereicherung der täglich stattfindenden deutschen Konversationsübung dar, in der Wikinger auch schon vorher eines ihrer vielen der Zeit verpflichteten Gesprächsthemen gewesen waren. Nun konnten sie sich alles aus berufener Quelle bestätigen lassen.

Sverre hatte dieser ganze Wikingerunsinn bereits während seines zweiten Jahres in Dresden tödlich gelangweilt, was er sich den Damen gegenüber natürlich nicht anmerken ließ. Er bestätigte, was sich bestätigen ließ, und korrigierte vorsichtig die schlimmsten Irrtümer über Berserker, Fliegenpilze und die Tradition, Greise von schroffen Felsen zu stürzen, wenn sie nicht mehr produktiv zur Gemeinschaft beitragen konnten. Aus dem einen ergab sich rasch das nächste. Er brachte einen Skizzenblock mit zu den Treffen und zeichnete Wikingerornamente, Schiffe, Waffen und Trachten, zum Scherz fertigte er kleine Karikaturen der Damen in Wikingertracht an, was auf größeren Anklang stieß, als ihm lieb war. Denn jetzt drängten sie darauf, das Porträt Albies zu sehen, über das sich ihr Bruder geheimnisvoll und begeistert geäußert hatte. Die drei Damen luden sich ins Ingenieurshaus ein, um das Gemälde anzuschauen. Er versuchte es mit der Ausrede, er sei noch nicht recht zufrieden, das Porträt sei alles andere als fertig, aber das half natürlich nicht. Die jungen Damen waren es gewohnt, ihren Willen durchzusetzen. Lady Penelope rief

James und befahl, den Afternoon Tea des nächsten Tages in der Ingenieursvilla zu servieren. James zog sich mit einem »Excellent, Mylady« zurück, somit stand die Sache fest.

Früh am nächsten Morgen begann Sverre damit, das Porträt umzuarbeiten, da sein Bild von Albie sicher nicht dem seiner Schwestern entsprach.

Er hängte das Gemälde im langen Galeriegang auf, der im Untergeschoss an der Rückseite der Ingenieursvilla verlief. Einstweilen war dieser Teil des Gebäudes noch leer und verlassen, eine weiße Wand auf der einen Seite, Glas auf der anderen. Dieser Ort war für Kunstausstellungen wie geschaffen, jetzt, wo keine exotischen Pflanzen mehr darin standen.

Als das Nachmittagslicht durch die Fenster fiel, ging er zu dem Gemälde hinunter und betrachtete es lange, bis er das Porträt für neutral genug befand, dass nichts mehr zu erkennen war, was die Damen des Hauses hätte verstören können. Das Porträt ähnelte Albie, wie eine Fotografie ihrem Objekt ähnelt.

Irgendwann nahmen die Dienstboten die Küche ein und begannen den Afternoon Tea vorzubereiten. Auf Sverres Anweisung hin, seiner ersten in Manningham, deckten sie oben im Herrenzimmer und nicht in dem nüchternen Esszimmer.

Wo der Tee getrunken und die Sandwiches und frisch gebackenen Scones verzehrt wurden, war nebensächlich, die Damen erschienen Punkt drei Uhr, um sich das Werk anzusehen. Sie bewunderten es unter andächtigem Schweigen, ehe sie sich dazu äußerten. Dann folgten aufrichtige Ausrufe des Lobes und der Begeisterung.

Die Konsequenz war unvermeidlich. Lady Margrete

und Lady Penelope bestellten unverzüglich je ein Porträt bei ihm.

Sie waren neunzehn und siebzehn Jahre alt und hatten somit gerade das heiratsfähige Alter erreicht. Da sie nun einmal Albies Schwestern und außerdem Ladys waren, gab es nur eine Antwort: dass er diesen Auftrag mit größter Freude übernehmen würde.

Jetzt stellte sich jedoch die Frage, wie sie dargestellt werden wollten. Die Frauen auf den bereits im Haus hängenden Porträts wurden in der Regel sitzend auf einer Couch oder in einem großen Sessel abgebildet und trugen Seidenkleider mit ausladenden Röcken, deren Wiedergabe je nach Gusto ein Albtraum oder eine spannende technische Herausforderung war. Wollten Albies Schwestern so gemalt werden?

Schon wieder schien er in die Kunstfalle gegangen zu sein, genau wie damals bei Frau Schultze in Dresden, als man ihn in die Massenproduktion für Wikingerprodukte gedrängt hatte. Allerdings war er damals dafür bezahlt worden, dass er seine Studien stiefmütterlich behandelte. Jetzt würde er wieder von seiner Arbeit abgehalten werden, aber ohne Entgelt, das verstand sich wahrscheinlich von selbst. Margrete und Penelope kamen aus einer reichen Familie, Geld war für sie eine Selbstverständlichkeit, die man aber nie selbst in die Hand nahm.

Wie auch immer, er war gefangen und hatte keine andere Wahl, als die Zähne zusammenzubeißen und sich eine Weile auf die Porträtmalerei zu konzentrieren. Die eigentliche Arbeit, seine Experimente mit verschiedenen Radkonstruktionen, musste warten, bis Albie wieder da war und sie gemeinsam daran weiterarbeiten konnten.

Abends, wenn das spärliche Licht keine Malerei mehr zuließ, konnte er sich außerdem Albies langer Erzählung zuwenden, die immer noch unberührt auf dem türkischen Tischchen im Herrenzimmer lag.

Bisher hatte er es nicht gewagt, sich das Manuskript vorzunehmen. Auch in dieser Hinsicht musste er sich zusammennehmen, damit das erledigt war, wenn Albie nach Hause kam.

Es war nicht ganz klar, weshalb er sich so vor Albies Text fürchtete. Vielleicht war es ja Albies Andeutung von den guten und schlechten Dingen. Sverre wollte nichts Schlechtes über Albie wissen. Vielleicht befürchtete er aber auch nur, dass es sich um einen peinlichen, kitschig-überspannten Text mit allzu juvenilen Betrachtungen über das Wesen der Liebe oder die Bedeutung der Kunst handeln könnte.

Die erste Lektüre der in Schönschrift abgefassten Betrachtungen Albies stellte daher eine vollkommene Überraschung dar. Sie begann als dramatischer Bericht über ein Verbrechen, so grell sensationell und packend wie die Groschenhefte, die für 50 Pfennig das Bändchen unter der Hand und diskret vor dem Dresdner Hauptbahnhof zu erstehen waren.

In dem Melodram – denn um ein solches handelte es sich – spielte ein gediegener Schurke die Hauptrolle, der von Rachegelüsten und brennendem Hass erfüllte Marquis von Queensberry. Es wurde ordentlich dick aufgetragen.

Ein unvoreingenommener Leser konnte die bösen Absichten des Marquis durchaus nachvollziehen. Dessen ältester Sohn, Lord Francis Archibald Douglas, der Viscount of Drumlaurig, hatte sich gezwungen gesehen, Selbstmord zu begehen, um seine Ehre zu retten und seiner Familie einen Skandal zu ersparen. Der Selbstmord war notdürftig als Jagdunfall kaschiert worden, was aber niemanden überzeugte, weil, wie der Autor anmerkte, man der englischen Aristokratie einiges nachsagen könne, aber wohl kaum, dass sie nicht mit Jagdwaffen umgehen konnte.

Das Motiv für den Selbstmord, der drohende Skandal, war die Beziehung des jungen Lords zum Premierminister Lord Rosebery, also ein Verhältnis, das nach dem Gesetz »über besonders unanständige Handlungen« eine Straftat darstellte. Und obwohl es wenig wahrscheinlich war, dass so herausragende Gentlemen vor Gericht geschleift und wie Botenjungen oder Seeleute verurteilt wurden, hätte ein Skandal katastrophale Folgen für die liberale Regierung haben können.

Der rasende Marquis von Queensberry verfügte also, vermutlich in Form von Liebesbriefen, über Beweise, die die Regierung stürzen konnten, und besaß auch gute Gründe, diese Macht auszunutzen.

Sein jüngster Sohn, Lord Alfred Douglas, genannt Bosie, unterhielt nämlich seit etlichen Jahren eine offene, aber skandalöse Beziehung zu Oscar Wilde. Keiner der beiden machte ein Geheimnis aus seinen hellenistischen Idealen, im Gegenteil, und keiner der beiden fühlte sich vom Arm des Gesetzes oder vom rasenden Vater Queensberry bedroht. Oscar Wilde hielt sich hinter seinem Schild aus Kunst und Popularität für unverwundbar, und Lord Alfred Douglas glaubte, sein Titel sei Schutz genug.

Anfänglich wirkte der Ein-Mann-Kreuzzug Queensberrys, seinen zweiten Sohn vor einem Schicksal zu bewahren, das schlimmer war als der Tod, nur lächerlich. Sobald er Bosie und Oscar Wilde in einem der besseren Lokale Londons begegnete, überhäufte er sie mit Unflätigkeiten, die ihn vulgär erscheinen ließen, dem berühmten Autor aber nichts anhaben konnten.

Wenn es um Schlagfertigkeit ging und darum, die Lacher auf seine Seite zu ziehen, gab es in ganz London keinen anspruchsvolleren Gegner als Oscar Wilde. Queensberry wurde immer wieder ausgelacht, nicht zuletzt bei der Premiere des erfolgreichen Theaterstücks »Bunbury oder ernst sein ist alles«, als er versuchte, sich mit einem Korb verfaulten Gemüses Zutritt zum Theater zu verschaffen, aber an der Tür abgewiesen wurde. Die Polizisten, die dabei behilflich waren, begegneten dem Marquis zwar ausgesucht höflich, aber sehr resolut.

So hätte es bis zur Ermüdung aller, einschließlich des Marquis, weitergehen können. Das nahmen zumindest die Bohemiens um Oscar Wilde einschließlich des Autors der Erzählung, Albie, an. Aber sie unterschätzten sowohl die List als auch die Entschlossenheit des Marquis.

An diesem Punkt musste Sverre abrupt die Lektüre unterbrechen. Seines anfänglichen Misstrauens zum Trotz hatte ihn der Text so gefesselt, dass er alles um sich herum vergessen hatte. Der dramatische Boulevardroman berührte Albie in seinem tiefsten Wesen, und nichts hätte Sverre wichtiger sein können. Während des Lesens war ihm jegliches Zeitgefühl abhandengekommen, was ihm erst auffiel, als er die Leselampe einschalten musste.

In zehn Minuten musste er sich zum Abendessen im Schloss einfinden, und er war noch nicht umgezogen. Um sich nicht zu verspäten, musste er auf die Rasur verzichten, aber seine hellen Bartstoppeln waren im Unterschied zu Albies dunklen ohnehin kaum zu sehen. Da es kein Feiertag war, musste er nur einen Smoking tragen, der sich bedeutend schneller anziehen ließ als ein Frack.

Pünktlich und nicht einmal sonderlich außer Atem betrat er den Salon, in dem der Aperitif serviert wurde. Während des Essens – Schildkrötensuppe, gedünsteter Lachs, Kidney Pie, Feigen in Cognac – drehte sich die Unterhaltung hauptsächlich um die Porträts von Margrete und Penelope. Ihre Mutter, Lady Elizabeth, bevorzugte die übliche Pose, in großer Gala auf einer Couch. Die beiden Mädchen waren noch unentschlossen und diskutierten eifrig, ob sie sich auf konventionelle oder vielleicht ganz neue, moderne Weise malen lassen sollten. Vor dem Stall in Reithosen? Oder während des Federballspiels?

Gegen letztere Variante legte die Großmutter ein entschiedenes Veto ein.

Ein Buch lesend in der Bibliothek? Margretes Vorschlag weckte keinerlei Begeisterung, da Bücher nicht sehr feminin waren. Margrete wandte ein, dass Frauen schließlich auch Bücher läsen. Und warum wurden Frauen immer nur gefällig dargestellt, als hätten sie keine eigenen Gedanken oder keinen eigenen Willen?

Aber wie sollte sie sich für ein Bild kleiden, auf dem sie ein Buch las? Sie könne doch wohl kaum einen Morgenmantel tragen, wie sie es beim Lesen gerne tat, wandte ihre Mutter ein.

Margrete erwiderte provokant, dass sie sich das durchaus vorstellen könne. Ein solches Bild sei viel wahrhaftiger. So würde zumindest nicht der Eindruck entstehen, sie säße einem Künstler Modell, dessen einzige Aufgabe darin bestehe, sie als gute Partie erscheinen zu lassen!

Darüber entbrannte ein Streit. Allerdings ohne laute Stimmen oder Unterbrechungen, sondern kultiviert, geordnet und diszipliniert. Ein Streit unter adligen Damen, ohne Aggression, aber mit Ironie. Sverre sah fasziniert zu, ein solches Schauspiel hatte sich ihm während seiner bald vier Monate in Manningham House noch nicht geboten.

Margrete musste, was den Morgenmantel betraf, schließlich nachgeben. Die Mehrheit der Anwesenden hielt dies auf einem Porträt für ein zu intimes, wenn nicht gar skandalöses Kleidungsstück. Vielleicht hatte Margrete den Morgenmantel nur aufgegriffen, um sich einen taktischen Rückzieher zu ermöglichen. Sie beharrte darauf, ein Buch lesen zu wollen, gerne in formeller Alltagskleidung mit hochgeschlossener Bluse ohne jeden Hauch von Erotik.

Die Großmutter war ob letzter Bemerkung entsetzt. Sverre glaubte zu verstehen, was Margrete beabsichtigte. Ein kühner Gedanke – die Darstellung der inneren, intellektuellen Schönheit erforderte Sorgfalt. Er fand das sehr einleuchtend. Aber niemand bei Tisch fragte ihn nach seiner Meinung, als sei er kein Gast mehr, sondern ein Auftragsmaler, der auf Bestellung liefern sollte.

Nicht ganz unerwartet, zog Penelope die übliche Pose im Salon in großer Gala mit langen Handschuhen vor.

Auf dem Weg zurück zur Ingenieursvilla kämpften zwei Seelen in Sverres Brust. Sein eines Ich stellte sich vor, Margretes Revolte so darzustellen, dass nur sie selbst es sehen konnte, nicht aber die anderen. Mit diesem Porträt wollte er sofort nach dem Mittagessen am nächsten Tag beginnen. Ihre jüngere Schwester Penelope musste erst noch ein ausreichend ausdrucksvolles Kleid beschaffen, wofür eine Reise nach London erforderlich war.

Sverres zweites Ich grübelte über das nach, was er bislang in Albies Romantext gelesen hatte, besonders den sogenannten neuen Journalismus. Zumindest handelte es sich um einen Text, der Anspruch auf Wahrhaftigkeit erhob, genauer gesagt, schonungslose Wahrhaftigkeit.

Schließlich gewann Sverres Neugier wieder die Oberhand. Er wollte wissen, wie es weiterging. Sobald er seine Smokingjacke in den Schrank gehängt und sich seiner schwarzen Fliege entledigt hatte, zog er seine Hausjacke an, begab sich quer durch das Obergeschoss zu seiner Leseecke im Herrenzimmer und schaltete die Lampe ein.

Er hatte die Lektüre wegen des Abendessens an einem dramatischen Wendepunkt unterbrechen müssen, an dem der bösartige, rachsüchtige Marquis von Queensberry dabei war, wider alle Vernunft und Moral zu siegen.

Ob aus reiner Schlauheit oder bloßem Glück oder nur, weil sein jüngster Sohn Bosie so eingebildet und einfältig war, konnte der Autor nicht entscheiden. Die Beschreibung des Verlaufs war jedoch klar und konkret.

Der Marquis hinterließ im Vestibül des Albemarle Club eine Nachricht an den Schriftsteller Oscar Wilde. Auf das Kuvert schrieb er: »An Oscar Wilde, Somdomit.«

Sverre musste das Wort in einem Wörterbuch nachschlagen, wo es nicht stand. Dass es sich bei *Somdomit* aber um eine grobe Verunglimpfung handeln musste, ging aus dem Kontext hervor.

Weiter unten im Text erfuhr er, dass der Marquis das Wort falsch geschrieben hatte und eigentlich *Sodomit* meinte.

Auch dieses Wort war Sverre unbekannt. Er musste erneut das Wörterbuch konsultieren und errötete, als er las, worum es ging. Abgesehen von den einleitenden Erklärungen, die mit Tieren zu tun hatten, waren Sodomiten Leute wie Albie und er.

Nach Gottes Gesetz gehörten sie unverzüglich hingerichtet. Diese Strafe wurde im zweiten und fünften Buch Mose erwähnt.

Sverre verlor den Faden. Für ihn war Gott passé. Was ein orientalisches Hirtenvolk vor zweitausend Jahren geglaubt hatte oder nicht, hatte im modernen 20. Jahrhundert ganz einfach keine Bedeutung mehr. Gottesvorstellungen hatten in älteren Zeiten Auswirkungen auf die Moral, die Gesetze, aber auch die Kunst. Man brauchte nur an Mozarts Requiem zu denken.

Jetzt war das anders. Die Kunst hatte die Fesseln der Religion abgeworfen, in dem Jahrhundert, in dem die Menschen wie Vögel fliegen, wie Walfische tauchen und bald auch über Kontinente hinweg miteinander würden sprechen können.

All diese Einwände waren traurigerweise irrelevant, das wusste er. Seine eigene Mutter hing diesem Aberglauben immer noch an und – noch schlimmer – sein ältester Bruder, der über eine Bildung verfügte, in deren Nähe sie aus natürlichen Gründen nie gekommen war. Ihre Kunst – sie war eine eigenständige Künstlerin mit einem außerordentlichen Gespür für Farben – wies keinerlei Verbindung zu ihrem primitiven Glauben auf. Trotzdem war sie in den Fesseln der Religion gefangen, trotzdem glaubte sie an einen höheren, befehlenden Willen, der sagte, dass solche Menschen wie ihr jüngster Sohn wegen ihrer Art zu lieben hingerichtet werden sollten. Das war so unmenschlich, dass dagegen weder Tränen noch Gebete halfen.

Noch schlimmer war es bei Lauritz und seinem Gott! Glaubte er wirklich, dass es der Wunsch seines Gottes war, seinen Bruder Sverre auf dem Scheiterhaufen brennen zu sehen?

Diese Überlegungen waren alle sinnlos. In diesem Punkt hatte er seit Langem resigniert. Es war die kalte, sachliche Beschreibung des Wörterbuches gewesen, die ihn abgelenkt hatte.

Albie trank immer einen Whisky, wenn er aufgebracht, ausgelassen oder bedrückt war. Sverre trank immer mit, aber nie allein. Jetzt war der Augenblick für eine Ausnahme.

In der Hausbar, in der Jones die Karaffe täglich mit frischem Wasser füllte, standen zehn Sorten zur Auswahl.

Er nahm die erstbeste Flasche, füllte ein Glas, verdünnte, kehrte zu seinem Lesesessel zurück, trank einen Schluck und beruhigte sich etwas.

Zurück zur Sachfrage, wie Albie gesagt hätte.

Bei der heimtückischen oder auch gelungenen Provokation des Marquis von Queensberry handelte es sich um eine effektive Falle. Der Marquis wollte sich der Verleumdung anklagen lassen. So sah der Köder aus.

Der offenbar nicht allzu geniale Oscar Wilde fiel auf diese Finte herein, wohl auch deswegen, weil ihm sein Liebhaber Bosie, sein böser Dämon, die abwegigsten Ratschläge gab. Sonst hätte sich die Katastrophe vielleicht vermeiden lassen.

Als Albie diesen Abschnitt geschrieben hatte, trat sein Abscheu trotz seines vorherigen Ehrgeizes, objektiv und sachlich zu sein, in den Vordergrund. Bosie wirkte auf einmal unermesslich eingebildet, snobistisch, arrogant und geradezu bösartig selbstsüchtig. Der Leser konnte sich des Eindrucks nicht erwehren, dass Bosie dem Autor Oscar Wilde das Grab geschaufelt hatte.

Anschließend folgten einige Seiten über Einzelheiten des Prozesses, und der Text verlor jegliche Spannung und literarische Finesse. Sverre begann querzulesen, wie er das früher bei gewissen Passagen in seinen Lehrbüchern getan hatte, um rascher zum Wesentlichen vorzudringen.

Nachdem es dem bösartigen Marquis oder, wie Sverre ihn sah, dem von Trauer und Hass verblendeten Vater erst einmal gelungen war, Wilde in einen Prozess zu verwickeln, war das logische Ende nicht mehr abzuwenden.

Immerhin hatte der Marquis die englische Regierung in der Hand. Stellte sich heraus, dass Premierminister Rosebery ebenfalls ein »Sodomit« war, würde das zum Sturz der Regierung führen. Der Prozess konnte daher nur einen Ausgang finden. Die Stellung Englands in der Welt und das Wohlergehen des britischen Weltreichs forderten eine Verurteilung. Eine andere Schlussfolgerung war undenkbar.

Gegen Ende des konfusen Prozessberichts – und das in einem Text, der so vielversprechend begonnen hatte – tauchte dann doch noch ein Abschnitt verzweifelter, aber wunderbarer Prosa auf.

Der Staatsanwalt versuchte im vermutlich bereits dritten Prozess den Schriftsteller Oscar Wilde mit einem Schriftstück, das von dem nach allem zu urteilen widerwärtigen Bosie, also von Lord Alfred Douglas, verfasst worden war, in eine Falle zu locken. Es war ein Gedicht, dessen Schlusszeile lautete: »Ich bin die Liebe, die ihren Namen nicht zu nennen wagt.«

Offenbar war allen klar gewesen, worum es ging. Der Staatsanwalt wollte triumphieren, indem er den bereits arg gebeutelten Oscar Wilde dazu brachte, die rhetorische Frage zu beantworten, von welcher schüchternen Liebe da die Rede sein könne.

Albies Text begann wieder zu leuchten, die künstlerische Präzision vom Anfang, ehe es um irgendwelche juristischen Spitzfindigkeiten gegangen war, war wieder da. Wenn sich Sverre getraut hätte, hätte er den ganzen Abschnitt rot angestrichen.

Es war, als würde Oscar in diesem Augenblick plötzlich aus seiner Lähmung erwachen. Er hob den Kopf, holte tief Luft und sprach wie früher, ohne Manuskript, trotzdem druckreif, ohne zu zögern und sich auch nur einmal zu versprechen. Vermutlich waren es die schönsten Worte, die je jemand im Old Bailey vorgebracht hatte:
»Die Liebe, die ihren Namen nicht zu nennen wagt, ist in diesem Jahrhundert dieselbe große Zuneigung eines älteren zu einem jüngeren Mann, die es schon zwischen dem David der Bibel und Jonathan gab, die, die Platon seiner Philosophie zugrunde legte, und die, die man in den Sonetten Shakespeares und Michelangelos findet. Es ist diese tiefe, geistige Zuneigung, die ebenso rein wie vollkommen ist und die allen großen Kunstwerken zugrunde liegt. Ebenjenen von Shakespeare und Michelangelo und meinen eigenen Briefen, die das Hohe Gericht hat vorlesen lassen. In unserem Jahrhundert hat man diese Liebe missverstanden, und zwar in einem Grade, dass sie sich als Liebe beschreiben lässt,

die ihren Namen nicht zu nennen wagt. Um dieser Liebe willen befinde ich mich jetzt hier. Sie ist schön, sublim und die edelste Form der Hingabe. Sie hat nichts Unnatürliches. Sie ist in ihrer Natur intellektuell und wird zwischen älteren und jüngeren Männern immer existieren. Der Ältere trägt mit seinem Intellekt bei und der jüngere Mann mit seiner Freude, mit seinen Hoffnungen und mit seiner Lust auf das vor ihm liegende Leben. Die Welt versteht nicht, dass es sich so verhält. Die Welt verhöhnt diese Liebe und schickt Männer ihretwegen manchmal auf die Anklagebank.«

Sverre las diesen Absatz drei Mal, bis er ihn auswendig konnte. Es waren erschütternde Zeilen, er hatte selten etwas so Ergreifendes gelesen. Es war auf einer Stufe mit dem Schönsten von Schiller und Goethe anzusiedeln, insbesondere wenn man bedachte, dass es sich sowohl um Kunst als auch Wirklichkeit handelte. Noch dazu nicht um irgendeine Wirklichkeit, sondern um verbotene Wirklichkeit.

Was Albie bislang geschrieben hatte, stimmte Sverre in seiner wechselnden literarischen Qualität in mehr als einer Beziehung traurig. Offenbar war er auf diesen Bosie eifersüchtig. Also blieb Sverre gar nichts anderes übrig, als auf einen englischen Schriftsteller eifersüchtig zu werden, von dem er zwar gehört, aber nie etwas gelesen hatte.

Für einen Abend war das alles etwas viel. Der Rotwein vom Abendessen und der Whisky danach trübten seine Gedanken. In der richtigen Gesellschaft konnte das ein erhebendes Gefühl sein, aber nicht, wenn man mit seinen Gedanken allein war.

Noch dazu, wo er am nächsten Tag die Arbeit an Margretes Porträt beginnen wollte. Er musste alles Gelesene vergessen, um traumlos schlafen zu können.

*

Als Erstes mussten sie sich auf einen Raum einigen. Als Margrete die Bibliothek vorschlug, wo sie normalerweise las, und darin einen bequemen Ohrensessel, sah Sverre seine Idee bereits ruiniert und damit natürlich auch die ihre. Die Bibliothek war mindestens hundert Quadratmeter groß und gute fünf Meter hoch. Alle Wände waren mit Büchern bedeckt. Leitern, die sich an Schienen hin- und herschieben ließen, ermöglichten zumindest den Bedienten den Zugang zu sämtlichen Werken, auch denen in den oberen Regalen.

Neben der Tür hingen ein paar Kupferstiche, sonst gab es nur Bücher. In der Mitte standen ein Billardtisch und in drei Ecken Lesesessel mit Tischchen daneben. Drei Personen konnten also gleichzeitig in beruhigendem Abstand voneinander lesen. Margrete bevorzugte den Platz in der hinteren Ecke bei den Fenstern. Dort wollte sie sitzen, weil das ihr Porträt authentisch machen würde, da sie dort auch in Wirklichkeit las. Ein solches Arrangement hatte nichts Gekünsteltes oder Falsches. Oder doch?

Sverre wollte sie nicht enttäuschen, musste ihr aber in jedem Fall sagen, wie es sich verhielt.

»Ein Bild von dir hier drinnen ist nicht authentisch«, wandte er vorsichtig ein.

»Was? Wie meinst du das? Warum nicht? Ich sitze immer hier und lese.«

»Du bist hier umgeben von fünf oder sechs Tonnen Büchern. Die lasten auf dir. Das sind nicht deine Bücher, du verschwindest zwischen ihnen wie zwischen zwei Vollblütern, die alle Aufmerksamkeit von dir ablenken würden.«

»Und wenn du den Bildausschnitt manipulierst und einige Tonnen Bücher einfach verschwinden lässt?«

»Schon besser. Aber du versinkst in dem Ohrensessel. Ich müsste das Bild in der Frontalen malen. Schaust du ins Buch, oder siehst du den Betrachter an? Das Licht kommt von hinten und fällt dir nicht ins Gesicht.«

»Ja, ja, meinetwegen. Hast du einen besseren Vorschlag?«

»Ja. Das alte Arbeitszimmer deines Vaters hinter dem Herrenzimmer.«

»Aber das ist doch nur ein Kabuff!«

»Jedenfalls der vollkommene Gegensatz zu dieser Bibliothek! Wie wäre es, wenn ich dir einfach zeige, was ich mir vorstelle?«

Margrete war äußerst widerwillig, aber die Höflichkeit schien es ihr dann doch abzuverlangen, ihm ein Stück entgegenzukommen und vor Ort ihre Gegenargumente vorzubringen. Sverre hoffte, sie überreden zu können. Sie war intelligent, das wusste er seit seinen ersten Tagen in Manningham, und besaß einen Sinn für Bilder. Sie verstand sofort, warum ihr Porträt in einem Meer aus Büchern nicht den von ihr oder von ihm gewünschten Eindruck vermitteln würde.

»Jetzt musst du mir wirklich erklären, wie du es dir vorstellst«, sagte sie und verschränkte demonstrativ die Arme vor der Brust, als sie in das kleine, seit Langem nicht mehr benutzte Arbeitszimmer traten.

Sverre stellte sie sich an dem Schreibtisch mit der grünen, lederbezogenen Platte auf einem Stuhl, der nicht zu dominant war, mit Büchern im Hintergrund. Sie sollte im Profil sitzen, damit das Licht des einen Fensters auf ihr Gesicht fallen konnte. In diesem Raum stünde ihre Person im Zentrum und ihr Buch, und nichts würde von diesem Eindruck ablenken. Dieser Raum als ihr Zufluchtsort, an den sie sich zurückzog, um in Ruhe lesen zu können. So hätte der Betrachter nicht den Eindruck, das Bild wäre gestellt, und man käme ihrer Persönlichkeit unendlich viel näher.

Seine Argumentation hatte ihr Interesse geweckt. Fast hatte es den Anschein, als würde sie nachgeben. Sverre bat sie, sich an den Schreibtisch zu setzen und ein Buch zur Hand zu nehmen, egal welches, und es aufzuschlagen.

Sie betrachtete eine Weile die Bücher, die immer in Reichweite ihres Vaters gestanden hatten, nahm eines heraus, legte es vor sich hin und schlug es in der Mitte auf. Dann stützte sie beide Ellbogen auf, beugte sich vor und tat so, als läse sie.

»Interessant«, meinte Sverre. »Ich glaube, ich verstehe, was du vor Augen hast.«

»Lass hören!«, erwiderte sie, ohne hochzuschauen.

Die von ihr eingenommene Pose war zwar psychologisch ausdrucksvoll, aber als Bild undenkbar. Wie sollte er ihr das nur erklären?

»Du liest ernsthaft ein Buch«, begann Sverre. »Du bist kein feines Mädchen, das Schund liest oder die Bücher, die feine Mädchen lesen sollten. Du liest ernsthaft und hast dir das Buch selbst ausgesucht. Du bist eine Intellektuelle. Genau das willst du ausdrücken. Wer hat im Übrigen das Buch geschrieben, das du dir als Lektüre für das Porträt vorstellst?«

»Heinrich Heine«, antwortete sie, weiterhin ohne hochzuschauen.

»Nicht schlecht. Und welches seiner Bücher?«

»Entweder *Reisebilder*, weil sie so abwechslungsreich und unterhaltend sind, oder *Das Buch der Lieder*, weil es so politisch ist. Halsbrecherische Verse, Ironie, Satire, alles. Kein Wunder, dass es in Deutschland verboten war. Nun? Habe ich die Prüfung bestanden?«

»Das war keine Prüfung. Ich war einfach nur neugierig. Du hast also ein Buch gewählt, das deine Schwestern oder Cousinen nie gewählt hätten?«

Sie schaute hoch, lächelte kurz, aber erwiderte nichts.

Sverre drehte Margrete an den Schultern, sodass sie schräg am Schreibtisch saß, und bat sie, das Buch im Schoß zu halten und zum Fenster zu schauen, als hätte sie kurz in der Lektüre innegehalten, um nachzudenken.

Sie erklärte, das gefalle ihr nicht. Sie wolle kein romantisch-verträumtes Mädchen sein, das etwas herbeisehne, in der Regel den Mann fürs Leben. Diese würde ganz sicher einen einfacheren, auf dem Land spielenden englischen Liebesroman lesen. Fehlte nur der Strauß roter Rosen auf dem Schreibtisch.

Nein, erklärte er. Keine Rosen, insbesondere keine roten. Aus dem von ihr genannten Grund. Hingegen Schreibzeug und Papier. Die Frau auf dem Bild sollte jederzeit ihr Buch beiseitelegen, Notizen machen oder einen ihrer zahlreichen täglichen Briefe schreiben können.

»Du hast vollkommen recht«, sagte sie. »Du hast verstanden, was ich will, und vor allen Dingen, was ich nicht will. Aber da wir schon einmal hier sind, darf ich dich etwas ganz anderes fragen?«

»Natürlich.«

»Bist du für oder gegen das Frauenwahlrecht?«

»Dafür, natürlich.«

»Das habe ich geahnt. Ist Albie inzwischen ebenfalls dafür?«

»Natürlich. Wir sind beide für das allgemeine und gleiche Wahlrecht.«

»Seid ihr in Dresden zu dieser Überzeugung gekommen?«

»Vermutlich. Ich muss zugeben, dass ich zu Hause in Norwegen nicht viel über Fragen der Demokratie nachgedacht habe.«

»Monatelang habe ich unzählige Essen über mich ergehen lassen und mir alle Mühe gegeben, dieser alten Streitfrage auszuweichen, ohne zu ahnen, dass ich beide Gentlemen auf meiner Seite habe. All right, Herr Künstler. Du hast den Auftrag.«

»Das freut mich. Ich freue mich schon darauf, ein Bild zu malen, dessen Wert wir beide kennen, deine Familie jedoch möglicherweise nicht. Aber gestatte du mir auch noch eine Frage: Wieso kam dir das mit dem Frauenwahlrecht ausgerechnet jetzt in den Sinn?«

»Wegen deiner Art, in Bildern zu mir zu sprechen. Obwohl du ein Mann bist, nimmst du mich als Menschen wahr. Übrigens, was hältst du von meiner Kleiderwahl?«

Es war nicht ganz einfach, auf diese Frage eine taktvolle Antwort zu finden. Die zugrunde liegende Idee war gut. Hochgeschlossene Bluse mit Rüschenkragen, grauer langer Rock und schwarze Stiefel ohne Absatz, wie man sie im Haus trug. Kein Prunk und keine Oberflächlichkeit, sie war eine junge Frau, der andere Dinge bedeutend wichtiger waren. Deswegen sollte ihr Porträt auch anders werden als jene, die es bislang im Haus gab.

»Der Gedanke ist richtig. Ich verstehe, was du mit dieser Kleidung beabsichtigst«, sagte Sverre nach längerer Bedenkzeit. »Aber ich finde, du bist zu weit gegangen. Du stammst nicht aus dem Kleinbürgertum und wirst auch nie dazu gehören. Du bist Lady Margrete. Weder du noch ich können das ändern. Natürlich will man sich von den politischen Überzeugungen seiner Familie distanzieren … Du musst entschuldigen, ich gehe zu weit. Entschuldige vielmals.«

»Keine Ursache! Sprich weiter!«

»*Well*, du bist Lady Margrete, hast aber politisch radikale Ansichten, du hegst ein echtes Interesse an Literatur, der Glanz der Oberschicht interessiert dich nicht. So weit bin ich einverstanden, und das will ich auch in deinem Porträt darstellen.«

»Und was würdest du ändern wollen?«

»Bei Albies Willkommensessen und zwei späteren Gelegenheiten hast du ein Medaillon mit einem Frauenporträt getragen. Könntest du dir vorstellen, die Halskette anzulegen?«

»Um zu zeigen, dass meine Familie vermögend ist? Was hat das mit mir zu tun?«, lautete die Gegenfrage.

»Wer ist die Frau auf dem Porträt?«

»Meine Urgroßmutter väterlicherseits. Warum sollte ich dieses Medaillon tragen?«

Als Erstes wies er darauf hin, dass ihr dieser Schmuck ja wohl gefalle, weil sie ihn hin und wieder trage. Also sei er Teil ihrer Persönlichkeit. Dann fügte er hinzu, das Porträt in dem privaten Raum würde sehr strikt ausfallen, ruhig und reflektierend in undramatischen Farben. Da würde die Goldkette einen sehr interessanten Farbakzent setzen. Außerdem gäbe der Schmuck dem Betrachter zu verstehen, dass er kein Dienstmädchen vor sich habe, das sich weggeschlichen habe, um ein paar Seiten zu lesen, erdreistete er sich abschließend.

Margrete dachte lange nach und nickte dann energisch.

Sie dazu zu bringen, die weiße Bluse gegen eine hellgelbe oder champagnerfarbene auszutauschen, war einfacher. Er argumentierte mit dem Licht, das durch die leicht vergilbten Tüllgardinen einfalle. Eine Bluse in einer ähnlichen Farbe sorge für Wärme.

Am schwierigsten war die Frage der Frisur. Sie trug ihr Haar in einem strengen Knoten. Diese Frisur passte zu dem, was sie sich ausgedacht hatte. Sie wünschte sich ein von jeglicher Erotik befreites Porträt. Sie wollte als Mensch und nicht als geschlechtliches Wesen wahrgenommen werden.

Als Sverre die Möglichkeit ansprach, das Haar vielleicht offen zu tragen, ging sie sofort auf die Barrikaden. Sverre beschloss, die Sache erst einmal auf sich beruhen zu lassen. Immerhin hatte er in allen anderen Fragen seinen Willen durchgesetzt. Zu gegebener Zeit würde er ihr vorführen, wie sich der Unterschied auf dem Porträt ausmachen würde.

In diesem Augenblick kam die Sonne hinter dem großen Baumwipfel auf der anderen Seite des Vorplatzes hervor und fiel im goldenen Schnitt diagonal durch den Raum. Sverre konnte weder sein Erstaunen noch seine Begeisterung unterdrücken. Margrete blickte auf und betrachtete das Phänomen misstrauisch.

Sverre griff zu seinem Skizzenblock. »Wenn es dir recht ist, würde ich jetzt gerne gleich ein paar Skizzen anfertigen.«

*

Nach dem Abendessen verbrachte Sverre einige Stunden an einem der Zeichentische im Arbeitszimmer und variierte seine Skizzen. Die Grundidee war bereits deutlich zu erkennen. In der Kunstgeschichte gab es unendlich viele ähnliche Motive. Eine Frau am Fenster legt sinnierend eine Hand auf den Bauch. Sie erwartet ein Kind. Eine Frau schaut aus einem Fenster, und die Sonne fällt ihr ins Gesicht. Sie wird bald schwanger. Eine Frau blickt auf eine italienische Landschaft. Bald wird ein Ritter kommen, zumindest hofft sie das. Eine Frau liest am Fenster einen Brief, ein blaues Kopftuch ist die einzige helle Farbe. Vermeer. Frauen an Fenstern haben immer einen Bezug zu Männern. War Margrete das bewusst?

Hier saß eine Frau am Fenster ohne eine Beziehung zu einem Mann. Möglicherweise das erste Mal in der Kunstgeschichte. Jedenfalls wollte sie das zeigen, und darin war er ganz ihrer Meinung. Sollte sie vielleicht eine Zigarette in der Rechten halten, die auf der grünen, verschlissenen Schreibtischplatte lag? Nein, vermutlich war eine Zigarette zu provozierend. In der ländlichen Aristokratie rauchten Frauen nicht, wenn sich die Herren nach dem Essen zum Rauchen zurückzogen. Kurz gesagt, eine Zigarette war ein interessanter Gedanke, jedoch unmöglich.

Und ein Stift?

Wenn jemand ein Buch mit einem Stift in der Hand las, tat er das, um Einfälle zu notieren oder besonders gute oder misslungene Formulierungen anzustreichen. So jemand liest engagiert und nicht nur zur Zerstreuung.

Er skizzierte einige Varianten und war sich bald sicher, dass Margrete die Idee verstehen und gutheißen würde.

Im Herrenzimmer im Obergeschoss lag Albies Manuskript und seine Aufmerksamkeit. Der Eifer, mit dem er an Margretes Porträt arbeitete, war echt. Er war aber auch eine Ausflucht. Die Fortsetzung von Albies Erzählung machte ihm Angst.

Ewig konnte er dem jedoch nicht ausweichen. Wenn Albie zurückkehrte, konnte er schlecht zu ihm sagen, er habe leider nicht die Zeit gefunden zu lesen, was sein Geliebter, wenn auch als exaltierter 21-Jähriger, mit seinem Herzblut und tiefstem Ernst geschrieben hatte. Er musste weiterlesen. Er löschte die Arbeitslampe und ging hoch in die Bibliothek.

Er hatte dort aufgehört, wo der offenbar einzigartige Schriftsteller Wilde, der bedauerlicherweise auch Albies unglückliche Liebe gewesen war, wegen besonders unanständiger Handlungen zu zwei Jahren Zwangsarbeit verurteilt wurde. Was gab es danach noch zu sagen? Wieso war noch so viel Text übrig?

Der Abschnitt, der auf die Verurteilung Oscar Wildes folgte, war erschütternd. Es ging um den Hass, die Schadenfreude und den Irrsinn, die in der Londoner Presse zum Ausdruck gekommen waren. Albie zitierte fürchterliche Dinge.

Man bezeichnete Oscar Wilde als Ausländer, nicht nur, weil er offenbar Ire war, sondern auch, weil er als Fürsprecher der degenerierten französischen Kultur galt.

Degenerierte französische Kultur?

Der *Daily Telegraph* wusste sogar Beispiele zu nennen, dass Mr. Wilde nicht nur ein typischer Vertreter des französischen Dandytums war, sondern ebenso der »lasterhaften französischen Kunst wie beispielsweise des Impressionismus«.

Sverre musste das Ganze noch einmal lesen, weil er glaubte, sich verlesen zu haben. Édouard Manet, Paul Cézanne, Auguste Renoir, Edgar Degas und Claude Monet wurden kollektiv verdammt. Wer sich erdreistete, die größten Künstler der Gegenwart zu bewundern, beging laut Londoner Presse Landesverrat. Und zwar verriet er nicht nur England, sondern, was noch schlimmer war, das gesamte British Empire.

Herbert Spencer wurde abgestaubt, ein Philosoph, von dem Sverre bislang nur als Autor des »Überlebens des Stärkeren« gehört hatte. Er führte den Beweis, dass nicht nur chronisch Kranke, Arme, Geisteskranke, politisch Unzufriedene und inzwischen auch sexuelle Abweichler »degeneriert« waren, sondern alle Menschen, die sich außerhalb der Norm bewegten. Somit konnten auch Genies degeneriert und damit gefährlich für die Gesellschaft sein. Genetisch oder möglicherweise auch moralisch waren die Genies ebenso gefährlich wie Schwerverbrecher und die schlimmsten Kretins. Das galt insbesondere für Schriftsteller. Und zwar nicht nur für Oscar Wilde. Es gab unzählige, gefährliche Schriftsteller, die die Gesellschaft vergifteten, wie beispielsweise Ibsen und Kierkegaard, Franzosen wie Baudelaire, Paul Verlaine, Stéphane Mallarmé und Edmond de Goncourt oder englischsprachige, besonders gefährliche Autoren wie Byron, Keats, Shelley und Poe.

Ein Norweger, dachte Sverre erschüttert. War Ibsen eine Gefahr für die Gesellschaft? Vermutlich, für die Reaktionäre stellte er mit *Ein Volksfeind* und *Ein Puppenheim* jedenfalls ein großes Ärgernis dar. Aber »degeneriert«? Da befanden sich Albie und er also in unerwartet guter Gesellschaft. Ganz zu schweigen von den Künstlern, die als ebenso gefährlich wie die sexuellen Abweichler galten.

Ohne die wörtlichen Zitate mit Datum und Seitenzahl aus der Londoner Presse hätte Sverre Albies Bericht für Fieberfantasien gehalten.

Im Übrigen war auffällig, dass sich unter den europäischen Künstlern und Schriftstellern keine Deutschen als den Verführer der englischen Jugend befanden. Kannten die englischen Journalisten etwa die deutsche Kultur nicht? Nein, unmöglich. Oder erkannten die englischen Journalisten die deutsche Kunst als nicht degeneriert an?

Sverre wollte weder Whisky trinken noch zu Bett gehen, weil er ohnehin nicht würde einschlafen können. Albie hatte wirklich eine unerhörte Geschichte zu Papier gebracht, eine Geschichte, wie sie von der Gegenwart nicht wahrgenommen wurde und von der Nachwelt nur allzu leicht vergessen werden würde. Aber da Albie die Vorarbeiten geleistet hatte, würde früher oder später ein Akademiker, Journalist oder Schriftsteller diesen Irrsinnsausbruch bei der Londoner Presse im Jahre 1895 detailliert beschreiben können. Dann war mit einem harten Urteil der Nachwelt zu rechnen.

Vorausgesetzt natürlich, dass dieser Irrsinn vorübergehen und die Nachwelt ihn genauso betrachten würde, wie er es tat. Die Alternative, dass in Zukunft diese Sichtweise die Normalität darstellen würde, wäre fürchterlich. In diesem Falle würde die eine Hälfte der Menschheit die andere ausrotten und gleichzeitig alle Kunst und Schönheit im Leben auslöschen. Dantes Höllenvision würde Wirklichkeit werden.

Nein, unmöglich. Sie befanden sich im 20. Jahrhundert. Die Technik würde den Menschen von so viel Schufterei befreien, dass er seine Energie auf das Schöne im Leben, nach dem alle Menschen in ihrem Innersten strebten, für das aber augenblicklich vielleicht nur ein Prozent von ihnen Zeit und Mittel besaßen, richten konnte. Die neue Technik würde einen neuen, gleichberechtigteren Menschentyp schaffen. Vermutlich würden die Ideen der deutschen Sozialisten siegen, alle Vernunft sprach dafür. Trotzdem war es beunruhigend, dass so viel einfältige Bösartigkeit inmitten einer wohlorganisierten, modernen Gesellschaft gedeihen konnte. Dass all die Londoner Redakteure, die ja doch respektable Bürger sein mussten, nach allen Regeln der Kunst ein anständiges Leben führten und nicht als die Bestien in Erscheinung traten, die sie waren, wenn sie ihren Hass zu Papier brachten und ihren Lesern entgegenschleuderten. Diese guten, anständigen, maßvollen, respektablen Bürger repräsentierten die politische Macht. Was geschah, wenn die Ingenieurswissenschaften dieser politischen Mehrheit, also der Macht, Maschinen lieferten, die verblüffende Dinge leisten konnten? Beispielsweise ein Pflugmobil, das überall vorwärtskam? Würden sie es in einen Panzer umwandeln und auf dem Schlachtfeld einsetzen? Und wie sah die Zukunft der elektrischen Motoren aus? Würde die politische Macht sie als Hinrichtungsmaschinen einsetzen, um den Gesellschaftsorganismus vor der Degeneration zu bewahren?

Nein, das waren bloße Albträume. Das englische Bürgertum mochte verrückt sein, in Deutschland sah es anders aus. Albies Vater hatte ganz recht gehabt, dass in Deutschland Europas Morgenröte zu finden sei. Sollten die verrückten Engländer doch im eigenen Saft schmoren, wie man zu sagen pflegte.

*

Margrete fand die Idee, einen Stift in der Hand zu halten, bezaubernd und lachte, als Sverre meinte, er habe sich erst eine Zigarette vorgestellt. Sie rauchte zwar nicht, aber vielleicht war es eine gute Idee, damit anzufangen. Dann könnte sie sich nach dem Essen zu den Herren gesellen? Sie lachten beide über den komischen Gedanken. Sverre skizzierte sie rasch im Hausmantel, mit blasierter Miene, halb geschlossenen Lidern und einer Zigarette zwischen den Lippen.

Sie wählte eine von Sverres Skizzen, die er selbst für die beste hielt. Dann nahm sie Platz, den teuren Goldschmuck um den Hals, aber noch immer mit hochgestecktem Haar. Sverre begann zu arbeiten.

Sie hielt einen Stift in der Hand und war in ein Buch vertieft. Sie las wirklich. An der Pose war nichts auszusetzen, aber da sie in das Buch schaute, bekam der Betrachter keinen Kontakt zu ihr.

Sverre wollte zu ihren Augen vordringen, wagte das aber nicht zu sagen, da er mit Einwänden rechnete. Sie saß nicht dort, weil sie sich vor Sehnsucht verzehrte, sie las ernsthaft.

Anderthalb Stunden später – die Sonne fiel direkt ins Zimmer – bat er sie, aus dem Fenster zu schauen und sich ihm etwas zuzuwenden. Das tat sie.

Als das Licht auf ihre braunen Augen fiel, die dieselbe Farbe hatten wie Albies, war ihm klar, dass er dieses Bild nur für sich malen würde. Erst jetzt sah er trotz ihrer prinzipiellen Anstrengungen, genau das zu verbergen, wie schön sie war. Nicht schön im konventionellen Sinne, denn an Schönheit wurde sie von ihrer blondlockigen, blauäugigen und äußerst selbstbewussten kleinen Schwester Penelope übertroffen. Margrete war eine klassische Schönheit, die mehr in der Art lag, wie sie sprach und dachte, als in den Linien ihres Gesichts und ihren Körperformen, die sie wiederum im Unterschied zu ihrer kleinen Schwester nach besten Kräften zu verbergen trachtete.

Diese Beobachtung ließ Sverre in ganz neuen Bahnen denken. Welche Frauen hatte er in Dresden besonders geschätzt? Er hatte immer eine gewisse Scheu vor ihnen empfunden, aber besonders ihre Augen und ihre Sprache waren ihm wichtig gewesen. Er hatte bis zum Überdruss seine Kommilitonen sagen hören, was ihnen als Erstes an einer Frau auffiel, verschiedene Körperteile und ihre Üppigkeit etwa. Für ihn war eine schöne Frau eine gebildete Frau, die sich ausdrücken konnte. Im konventionellen Sinne schöne Frauen in seinem Alter schüchterten ihn ein. Frauen, die sich ungeachtet ihres Alters sprachlich mitteilten, übten die umgekehrte Wirkung auf ihn aus. Er hatte beispielsweise mit größtem Vergnügen mit etlichen von Frau Schultzes Freundinnen Umgang gepflegt, von denen einige verwitwet gewesen waren, hatte das hin und wieder sogar richtiggehend erregend gefunden. Interessant.

Margrete verfügte über diese innere Schönheit, um es konventionell, aber in Ermangelung passenderer Worte auszudrücken. Das sah Sverre, wenn sie miteinander sprachen. Das musste er versuchen, in ihrem Porträt einzufangen. Dafür war dieses besondere Nachmittagslicht in ihren Augen erforderlich. Ohne das Licht in ihren Augen würde Margrete nicht wahrhaftig werden, weder auf die Art, die ihr, noch auf die, die ihm vorschwebte.

Als sie seine detaillierteren Skizzen, die inzwischen mehr das Aussehen von richtigen Bleistiftporträts hatten, genauer betrachteten, waren beide nicht recht zufrieden. Die Skizzen waren gut, aber nicht so gut, wie sie sich beide das erhofft hatten. Etwas fehlte, die Bilder schwiegen.

»Könnten wir nicht spaßeshalber etwas Neues ausprobieren?«, schlug Sverre vor, aber Margrete durchschaute ihn sofort.

»Du meinst, ich soll aus dem Fenster schauen?«

»Ja, in etwa. Wir könnten es zumindest versuchen?«

In der folgenden Nacht arbeitete er, jetzt mit Ölfarben, wie besessen. Er malte drei Varianten ihres Gesichts in dem speziellen Licht, das ihren Augen mehr Leben verlieh. Die übrige Komposition deutete er nur skizzenartig an, damit eine Vorstellung davon entstand, wie das fertige Porträt einmal aussehen könnte. Für Albies fürchterliche Erzählung blieb keine Zeit, und das lag nicht nur daran, dass er sich vor der Fortsetzung fürchtete. Er musste Margrete überzeugen, und jetzt bot sich die Gelegenheit dazu.

»Gute Güte!«, rief sie am nächsten Nachmittag, als sie seine Entwürfe sah.

Sverre konnte ihre Reaktion nicht recht deuten. Das machte ihn etwas nervös.

Lange und eingehend betrachtete sie die drei Varianten erst aus der Nähe, dann auf Abstand. Das ließ hoffen. Schließlich nickte sie, erst langsam, dann energischer, als hätte sie einen Entschluss gefasst. Sie legte die Ölskizzen vorsichtig auf der grünen Schreibtischplatte ab, ging zu ihm und küsste ihn erst auf die linke, dann auf die rechte Wange.

»Verzeih«, sagte sie, als sie wieder am Schreibtisch Platz nahm. »Ich hatte unrecht, und du hattest recht. Das bin sehr viel mehr ich. Man erkennt mich sofort, zumindest tue ich das.«

»Der Stift in deiner rechten Hand gleicht das, was du schmachten nennst, mehr als aus«, plauderte Sverre. »So denkt man, dass du gerade eine Idee notieren willst, du schaust hoch und grübelst, niemand …«

»Ich gebe mich geschlagen«, fiel sie ihm ins Wort. »Ich habe es mit eigenen Augen gesehen. Hast du möglicherweise genauso recht, was meine Frisur betrifft?«

»Ja, allerdings.«

»Dann hast du jetzt die Gelegenheit, mich zu überzeugen!«

Er musste sich sammeln. Er hatte sie fast so weit. Aber Margrete besaß ein hoch entwickeltes Gespür für sprachliche Nuancen. Fing er an zu stottern oder sagte er etwas Falsches, war vielleicht alles zerstört.

»Hast du etwas dagegen, wenn ich auf Deutsch antworte?«, fragte Sverre. Sie hatten sich darauf geeinigt, nur während der Konversationsstunde Deutsch zu sprechen, damit er sein Englisch verbessern konnte.

»Natürlich nicht!«, erwiderte sie.

Jetzt kam es also darauf an. Ihre zu einem Knoten hochgesteckten Haare drückten Disziplin, Zurückhaltung und intellektuellen Ernst aus, waren jedoch gleichzeitig ein Ausdruck für das Vorurteil, dass eine Frau, die als Mensch wahrgenommen werden wollte, traditionell unfeminin zu sein hatte. Wieso musste eine Frau ihr Haar hochstecken, um ein anspruchsvolles Buch zu lesen? Eine echte Intellektuelle konnte auch im Morgenmantel lesen, wenn sie wollte. Diese Möglichkeit – oder eher Unmöglichkeit – hatten sie ja schon im Scherz in Betracht gezogen.

Außerdem hatte er sie in den vier Monaten, die er sie jetzt kannte, nie mit Haarknoten gesehen. Warum also nicht wie immer aussehen, statt sich zum Lesen, im übertragenen Sinne, ein Büßerhemd anzulegen? So ein Porträt sei viel authentischer und würde obendrein einen viel größeren Respekt vor der Literatur ausdrücken, da die Literatur allen Menschen gehöre, zwar nicht als Besitz, jedoch als Möglichkeit. Deswegen solle sie ihre Haare so tragen wie immer, wenn sie ein Buch lese und sich nicht zufällig vor den Augen eines Porträtmalers befinde.

Während er ihre Antwort abwartete, hielt er den Atem an. Ihr Bild könnte das beste und schönste Gemälde werden, das er je geschaffen hatte, wenn sie mit Ja antwortete.

Sie kaute an dem Bleistift, der zur Komposition gehörte, und schien nachzudenken, ehe sie auf Deutsch antwortete.

»Was ich an dir liebe, Herr Diplomingenieur Lauritzen, ist nicht nur dein wunderbares Talent, sondern auch deine Gabe, dieses zu vermitteln. Mit deiner Hilfe verstehe ich die Kunst viel konkreter, und es entsteht kein Durcheinander aus Gefühlen und Sinneseindrücken. Ich überlasse es also dir, und zwar mit vollem Vertrauen. Du suchst die passende Frisur aus!«

III

EISBLAU ODER LEUCHTEND ROT

Manningham House, Oktober 1901

Die Reise nach London gestaltete sich für Sverre anfänglich als recht anstrengende Angelegenheit. Lady Penelope war der Meinung, ihr fehle ein passendes Kleid für das Porträt, was Sverre kaum glauben konnte. Er hatte inzwischen mehrere Hundert Male mit ihr diniert, und es verstrich sicher ein ganzer Monat, ehe er eines Kleidungsstückes ansichtig wurde, das er wiedererkannte. Es wäre Sverre sicher nicht schwergefallen, eines aus der großen Vielfalt auszusuchen, das sie auf einem Porträt gut zur Geltung brachte, aber das vorzuschlagen stand ihm natürlich nicht zu.

Lady Penelope erklärte, sie sei unsicher, ob sie eisblau oder leuchtend rot wählen solle, das ließe sich erst in London entscheiden.

Eisblau war eine Farbe, die Sverre viel bedeutete. Das Blau der Gletscher, das je nach Tageszeit eine Skala von fast Weiß bis Tiefviolett aufwies. Er hatte oft versucht, diese Variationen des Lichts auf seinen Aquarellen wiederzugeben, wenn er mit seinen Brüdern auf der Hochebene gewandert war und sie sich auf dem Weg den Hardangerjökeln hinauf befunden hatten. Aber was man sich unter eisblauer Seide vorzustellen hatte, war ihm nicht klar. Noch diffuser erschien ihm die Benennung »leuchtend rot«. Und wer wusste, für welche Farbvariationen sie sich am Ende entschied. Sein Vorrat an Farbtuben würde dem ganz sicher nicht gewachsen sein. Also wäre es das Beste, Penelope nach London zu begleiten, sich den Stoff anzusehen, den sie auswählte, und sich anschließend in einem Geschäft für Künstlerbedarf mit den passenden Farben einzudecken.

Lady Elizabeth fand auch, er solle sich Penelope, Mrs. Stevens und Mr. Jones anschließen, um die passenden Farben zu kaufen, sobald Penelope ihren Stoff gewählt hatte.

Damit geriet Sverre in eine peinliche Lage. Lady Elizabeth hielt es natürlich für selbstverständlich, dass ein Gentleman Kosten von zehn Pfund oder mehr aus eigener Tasche beglich. Betrüblicherweise besaß er nicht einmal einen Halfpenny.

Als Albie nach Deutschland gefahren war, hatte er sich von Sverre eine Geldsumme geben lassen, die ihm selbst vielleicht wie Kleingeld erschienen war, bei der es sich aber um Sverres gesamtes Barvermögen gehandelt hatte, 2000 Reichsmark. Das war überaus praktisch, denn so brauchte Albie keine Bank aufzusuchen, um Bargeld für kleinere Ausgaben zu wechseln.

Damals hatte das keine Rolle gespielt, denn auf Manningham brauchte Sverre natürlich kein Bargeld.

Jetzt war die Lage anders. Er musste Farben für eine beträchtliche Summe erwerben und war blank. Er hatte einen Tag Zeit, das Geld zu beschaffen. Geld von den

Dienstboten zu leihen oder, noch schlimmer, von den Gastgebern erschien ihm absolut unmöglich. Er befand sich in einem goldenen Käfig, in dem andere Regeln galten als draußen im freien Leben.

In seiner Verzweiflung wandte er sich an James, den Butler, der sich um alles kümmerte und für alles die Verantwortung trug. Nach dem Tee am nächsten Tag, also weniger als einen Tag vor der Abreise, vereinbarten sie ein diskretes Treffen in der Ingenieursvilla.

James fand sich natürlich pünktlich dort ein und machte einen Diener.

»Sie wollten mit mir sprechen, Sir.«

»Ja! Ausgezeichnet, dass Sie hier sind, James, ich benötige tatsächlich Ihre Hilfe in einer schwierigen Angelegenheit. Möchten Sie nicht Platz nehmen?«

»Vielen Dank, ich bleibe lieber stehen, Sir. Womit kann ich Ihnen dienen?«

Sie befanden sich im Herrenzimmer. Sverre saß im Hausmantel in seinem Lesesessel und rauchte eine Zigarette. Es war ein Fehler gewesen, James dazu aufzufordern, sich zu setzen. Das wäre für beide peinlich gewesen. Für einen englischen Country Gentleman hatte er noch viel zu lernen.

Wie brachte er sein Anliegen am besten vor? James wartete mit unbeweglicher Miene ab.

»Wir haben ein kleines Problem«, sagte er auf möglichst englische Art.

»Ich verstehe, Sir. Wir wollen sehen, wie es sich lösen lässt«, entgegnete James, ohne erkennen zu lassen, was er dachte.

»Wie Sie wissen, James, begleite ich Lady Penelope,

Mrs. Stevens und Mr. Jones nach London, um einige Besorgungen zu erledigen.«

»Das ist mir bekannt, Sir. Der Wagen ist rechtzeitig zum frühen Zug morgen bestellt.«

»Die Sache ist die, dass man mich gebeten hat, ein Porträt Lady Penelopes zu malen. Sie wird Stoff für ein neues Kleid kaufen, in dem sie mir Modell sitzen will.«

»Das ist mir ebenfalls zur Kenntnis gelangt, Sir.«

Sverres Verlegenheit nahm weiter zu. Diese Parodie aus Höflichkeitsfloskeln konnte bis in alle Ewigkeit weitergehen, ohne dass er etwas erreichte. Er musste endlich mit seinem Anliegen herausrücken.

»Ich habe keinen Penny, da Lord Albert so frei war, sich vor seiner Abfahrt meine Reisekasse zu borgen. Er konnte schließlich genauso wenig wie ich voraussehen, dass dieser unerwartete pekuniäre Bedarf auftreten würde ... Jetzt verhält es sich aber so, dass ich einige Farben anschaffen muss, die zu Lady Penelopes Wahl des Kleiderstoffes passen ...«

»Ich verstehe, Sir. Ich bin davon überzeugt, dass wir dieses kleine Problem dezent lösen können. Mrs. Stevens kann Ihre Auslagen im Geschäft für Künstlerbedarf begleichen. Gab es sonst noch etwas, Sir?«

»Das war das Problem. Glauben Sie ...«

»Das Problem, so es denn überhaupt eins war, ist bereits gelöst, Sir.«

Damit zog sich James mit ausdrucksloser Miene und einem Diener leise und diskret zurück.

Sverre versuchte sich vorzustellen, wie James das Problem lösen würde. Wie kam das nötige Geld für die Farbe in die Geldbörse der Hausdame Mrs. Stevens, und wo kam es ganz konkret her? Nicht von James, nicht von Mrs. Stevens, also von Lady Elizabeth. Das hieß, dass James bei Lady Elizabeth vorstellig werden und die Sache erklären müsste. Wie, überstieg Sverres Vorstellungskraft. Am Ende würde Mrs. Stevens die Summe diskret ausgehändigt werden, und niemand würde jemals über diese Angelegenheit sprechen.

In einer solchen Welt war Albie also aufgewachsen. Wen wunderte da sein entspanntes Verhältnis zu Geld. »Ein Gentleman fragt nie, wie viel Geld er auf dem Konto hat. Das ist etwas für die Mittelklasse!«

Hatte Albie das wirklich gesagt? Oder war es der unbehagliche Bosie gewesen? Doch, so musste es sein. Ihm war schleierhaft, wie er die beiden so grundverschiedenen Menschen verwechseln konnte, aber Albies Erzählung beschäftigte ihn offenbar mehr, als er dachte.

Er begab sich in den Kunstsalon hinunter. So nannten sie im Scherz den langen weißen Korridor, der an der Rückseite des Hauses verlief.

Dort hingen drei Porträts. Zwei von Albie, davon eines für die weibliche Verwandtschaft, möglicherweise mit Ausnahme Margies. Daneben ein Porträt Margies, das beste Gemälde, das er je gemalt hatte. Er hatte eine Grenze überschritten und ein vollkommen neues Selbstvertrauen erlangt. Sowohl sich selbst, aber auch Albie gegenüber hatte er seine Malerei immer damit bagatellisiert, dass er rasch und überzeugend alles kopieren und sicher ein guter Fälscher werden würde, wenn es drauf ankäme. Aber das Porträt von Margie, die er im Stillen nicht mehr Lady Margrete nannte, war zweifellos seine bisher gelungenste Arbeit. Das zweitbeste war Albies Porträt. Er hätte sich zwar gewünscht, es wäre umgekehrt gewesen, aber es ließ sich nicht leugnen.

In beiden Fällen war ihm etwas gelungen, was er nie zuvor zustande gebracht hatte. Er hatte seine Gefühle auf die Leinwand gebannt. Margie war auf eine Art schön, wie er sie sah. Ihre Mutter und Großmutter würden vermutlich nicht zufrieden sein. Insbesondere wenn neben Margies Porträt das von Penelope hing, oberflächliche Dutzendware, wie sie sie bestellt hatte.

Albie hatte darauf bestanden, im Frack porträtiert zu werden. Sverre hatte also jeglichen Ausdruck auf sein Gesicht und vor allen Dingen seinen Blick konzentrieren müssen, was ihm nicht viel Spielraum gelassen hatte.

Vielleicht war es überflüssig gewesen, Albies Blick vor der Inspektion der Schwestern zu verändern, gewissermaßen zu entmagnetisieren. Albies verführerischer Blick auf den Betrachter galt nicht notwendigerweise nur Männern. Warum hatte er befürchtet, die Frauen könnten das glauben? Schließlich kannten nur Albie und er dieses Geheimnis. Also beschloss er, den ursprünglichen Zustand des Porträts wiederherzustellen, bis das Gemälde nicht nur dem Albie bis aufs Haar glich, wie alle ihn kannten, sondern auch dem Albie, den er vor sich sah, wenn sie beide allein waren. Oder zwei Varianten anzufertigen, eine private und eine offizielle.

Je länger er sich die Porträts anschaute, desto stärker wurde das Gefühl, sich endlich befreit zu haben. Er hatte etwas geschaffen, das er nicht für möglich gehalten hatte. Sogleich kam ihm eine Idee, geboren aus dem berauschenden Gefühl, vielleicht doch kein vollkommen trivialer Künstler zu sein.

Eines Tages während der ersten Wochen in Manningham hatte Albie für ihn eine Führung durch das Haupthaus vom Weinkeller bis hinauf auf den Speicher veranstaltet, was eine gute Weile in Anspruch genommen hatte, da es außer den Räumen für die Dienstboten, um die sie taktvoll einen Bogen machten, etwa fünfzig Zimmer gab. Die Salons und Gästezimmer unterschieden sich zwar hinsichtlich ihrer Einrichtungen in verschiedenen Stilepochen, waren aber im Übrigen recht ähnlich. Die Küchenregion interessierte Sverre umso mehr. Dort ging es lebhaft zu, eine verborgene Maschinerie war unablässig in Bewegung, um das gesamte Haus in Gang zu halten. Was im Speisesaal im ersten Stockwerk steif und zeremoniell von Bediensteten im Frack serviert wurde, war kurz zuvor in Windeseile im organisierten Chaos der Küche fertiggestellt worden, begleitet von einem Schwall von Flüchen und Scherzen, von denen Sverre nur die Hälfte verstand.

Als er sich dieses Bild von Neuem vergegenwärtigte, sah er ein, dass sich ihm hier eine einzigartige Möglichkeit bot. Unten im Dunkel wurde produziert, oben im Licht wurde gegessen und getrunken. Unten herrschte das pralle Leben mit frivolen Geschichten, oben kühle Konversation und blasierter Konsum.

Er könnte zwei Bilder malen, *upstairs* und *downstairs*, wie man auf Englisch sagte, und sie nebeneinanderhängen. Nein, das wäre taktlos und zu deutlich. Es genügte, wenn diese beiden voneinander getrennten Welten an derselben Wand hingen. Nicht nebeneinander, aber an derselben Wand. Ein warmes Gefühl der Erregung erfüllte ihn, als er sich die vielen Möglichkeiten, die sich mit dieser Idee eröffneten, durch den Kopf gehen ließ. Das war der Durchbruch. Er konnte mehr erreichen, als er je zu hoffen gewagt hatte. Solange er von diesem Gefühl beseelt war, musste er alle Möglichkeiten nutzen. Die Modernisierung der Eisenbahnräder musste warten.

Am nächsten Morgen stiegen sie in eine geschlossene Kutsche, zum einen weil es regnete, zum anderen weil diese geräumiger war und vier Personen nicht unangenehm dicht zusammenzurücken brauchten. Sverre saß Mrs. Stevens gegenüber, Penelope zu seiner Rechten, und dieser gegenüber saß Mr. Jones. Die Damen trugen Reisekostüme, die Herren ein dunkles Jackett. Penelope beklagte sich unverzüglich darüber, dass diese Art von Kutschen Seekrankheit hervorriefe. Sverre bereute zu spät seine voreilige Erklärung, dass sich dies mühelos beheben ließe. Nun war er in der Pflicht, eine Vorrichtung zu konstruieren, mit der sich die Federung regulieren ließ.

Als sie eine Stunde später in den Zug stiegen, stellte er fest, dass die Familie Manningham einen eigenen Eisenbahnwaggon besaß, der sich nach Bedarf an den regulären Zug anhängen ließ. Darum also hatten Albie und er ein ganzes Erste-Klasse-Abteil für sich gehabt, als sie von Paddington nach Salisbury gefahren waren. Das brachte ihn erneut auf das Thema Räder. Wenn es ihnen gelang, den Prototyp eines neuen Eisenbahnrads zu entwickeln, müsste man sie eigentlich ohne größeren bürokratischen Aufwand am eigenen Waggon testen können.

Während der Reise nach Paddington sprach Penelope unablässig über die schwierige Entscheidung zwischen Eisblau und leuchtend Rot. Sverre war unterdessen in Gedanken bei seinen geplanten Küchengemälden.

London erschien Sverre verrußter und chaotischer als Berlin. Er erkannte den Tower, den Royal Palace und den Piccadilly Circus wieder, laut Albie das heimliche Herz Londons. Was genau er damit meinte, war Sverre nie richtig klar geworden.

Vor dem Bahnhof wartete eine etwas größere Droschke, ein Vierspänner. Soweit Sverre es beurteilen konnte, hatte das nichts mit erhöhter Zugkraft zu tun, sondern war eine Klassenfrage. Vier Pferde waren einfach eleganter als eines oder zwei.

Die Wahl des richtigen eisblauen Farbtons zwischen an die zwanzig verschiedenen Seidenstoffen in der Damenschneiderei in der Oxford Street dauerte geschlagene zwei Stunden. Penelope saß unbekümmert auf einem vergoldeten Stuhl mit roten Samtpolstern. Louis-seize, vermutete Sverre, der ungeduldig von einem Bein aufs andere trat. Er stand mit Mrs. Stevens und Mr. Jones hinter Penelope, um bei Bedarf jederzeit Fragen zu beantworten, aber niemand beachtete sie, und die beiden beflissenen Schneidermeister, die Lady Penelope Manningham bedienten, hielten Sverre vermutlich für einen weiteren Bediensteten und nicht für den Künstler persönlich.

Anschließend nahm Penelope wie selbstverständlich die wartende Kutsche und Mr. Jones für sich in Anspruch und begab sich in ein größeres Warenhaus, in dem die Familie ein Konto besaß, also kein Bargeld vonnöten war, aber jemand, der ihre Einkäufe tragen konnte. Mrs. Stevens und Sverre wanderten unterdessen eine Stunde durch London, bis sie das beste Geschäft für Künstlerbedarf erreicht hatten.

Blaue Farben waren die teuersten, und Sverre brauchte

mindestens drei Tuben sowie Zinkweiß und Ocker. Diskret bezahlte Mrs. Stevens seinen Einkauf.

Auf dem weiten Weg zur Paddington Station unterhielten sie sich ausgiebig über Deutschland, aber nur sehr wenig über Manningham House.

*

Nach gut drei Wochen kehrte Albie wohlgelaunt nach Hause zurück und erzählte begeistert, was er alles Interessantes erlebt hatte. Gleichzeitig legte er eine Nervosität an den Tag, die Sverre nur allzu gut wiedererkannte.

Beim Willkommenstee im chinesischen Salon sprach Albie nur flüchtig von seinem Besuch bei Rudolf Diesel. Der Versuchsmotor wog in seiner momentanen Ausführung 4,5 Tonnen, da das Einspritzverfahren einen hohen Druck erforderte, der wiederum besondere Anforderungen an die Belastbarkeit der Maschinenteile stellte. Daher das hohe Gewicht. Einstweilen kam also ein solcher Motor für den Antrieb von Pflugmaschinen nicht infrage. Im Laufe eines Jahres würde das Gewichtsproblem jedoch vermutlich gelöst sein.

Umso ausführlicher sprach er von seinem kurzen Abstecher nach Paris. Er hatte einige wunderbare Gemälde gekauft und lud für den kommenden Nachmittag alle zur Vernissage in dem für Kunstausstellungen wie geschaffenen, langen, hellen Gang in der Ingenieursvilla ein, wenn das Licht am günstigsten war. Die Bemerkung seiner Mutter, das treffe sich gut, da man mit der Vorführung der Porträts bis zur Rückkehr des verlorenen Sohnes gewartet habe, schien er kaum zur Kenntnis zu nehmen. Er wechselte rasch das Thema. Der fahrig nervöse Albie brachte Sverre gehörig aus dem inneren Gleichgewicht.

Die Stunden, die ihnen vor dem Willkommensessen blieben, verbrachten sie mehr oder weniger im Bad, etwas anderes wäre undenkbar gewesen. Sich zu einer Aussprache gegenüberzusitzen wäre schwierig geworden. Zu banal, hätte Albie behauptet. Zu unerträglich, hätte Sverre gesagt.

Die rasch entflammende Leidenschaft ließ alle Beklemmungen und Gewissensbisse vergessen. Als Sverre Albie in seinen Armen hielt, verflüchtigte sich alles außer der Tatsache, wie sehr er sich nach Albie gesehnt hatte. Sie rangen spielerisch miteinander, Albie liebte Sverres rohe Naturkraft. Der Kampf endete in einer erneuten leidenschaftlichen Umarmung, und sie küssten sich fast wie Ertrinkende.

Anschließend lag Albie in Sverres Armen, als wolle er sich vor der Kälte schützen, von der er wusste, dass sie unweigerlich kommen würde.

»Ich war ein böser Junge«, flüsterte er.

»Ich weiß«, erwiderte Sverre ebenfalls flüsternd.

»Es soll nie wieder vorkommen.«

»Auch das weiß ich.«

Keiner von beiden verspürte das geringste Bedürfnis, dieses Gespräch zu vertiefen, es waren keine weiteren Worte nötig, das spürten sie beide. So lagen sie schweigend da, bis Albie vor Kälte erschauerte. Da zog Sverre Albie an sich wie ein kleines Kind und trug ihn lachend die Treppenstufen hinaus aus dem Bassin. Er legte ihn vorsichtig auf den blau-weißen Kachelboden und warf ihm dann ein großes Badetuch zu.

»Ich habe dir ein fantastisches Geschenk mitgebracht«,

sagte Albie, als er sich wie immer sehr energisch mit dem Badetuch trocken rubbelte. »Ich muss es dir zeigen, bevor wir uns zum Dinner umziehen. Stell in deinem Zimmer eine Staffelei und eine Lampe auf, dann treffen wir uns in fünf Minuten dort.«

Als Sverre im Bademantel nach unten ging, um eine Staffelei und eine zusätzliche Lampe zu holen, überlegte er, was Albie ihm wohl mitgebracht hatte. Albies Geschmack deckte sich nicht immer mit Sverres, er konnte Originelles nicht immer von Kitschigem unterscheiden.

Sicherheitshalber schraubte Sverre seine Erwartungen so weit wie möglich herunter, als Albie entzückt mit einem zur Hälfte geöffneten großen Paket unterm Arm ins Zimmer trat.

»Bist du bereit?«, fragte Albie.

»Ich bin bereit«, erwiderte Sverre vorsichtig.

Albie zog ein Gemälde aus dem knittrigen Papier und stellte es auf die Staffelei.

Sverre hatte sich auf grelle Farben gefasst gemacht, aber das genaue Gegenteil bot sich ihm dar, eine Komposition aus Braun, Ocker, verschiedenen Gelbtönen und Weiß, die einen Eindruck von sowohl Licht als auch Dunkel vermittelte. Das Bild zeigte eine Tänzerin im Tüllröckchen, die vornübergebeugt ihren Schuh zuband.

Sverre glaubte zu träumen.

»Ist es wirklich, was es zu sein scheint?«, fragte er.

»Ja, es ist genau das!«

»Ein Degas?«

»Derselbe, unser lieber Freund Edgar. Ich soll im Übrigen herzliche Grüße ausrichten. Und hier kommen noch weitere drei!«

Das nächste Gemälde zeigte ein ähnliches Hinter-den-Kulissen-Motiv, die beiden anderen stellten Tänzerinnen auf der Bühne bei starkem Gegenlicht dar. Offenbar hatte der Künstler bei der Arbeit hinter der Bühne gestanden.

Sverre war sprachlos. Die Bilder waren weltberühmt, zumindest die Motive. Abgesehen von der Grazie der Bewegungen der Tänzerinnen, der fantastischen Art, mit der Degas das Gegenlicht handhabte, und dem fast rohen Realismus gewisser Details, wie der Darstellung der verschlissenen Schuhe aus der Nähe, musste der Wert dieser Kunstwerke unermesslich sein.

Sverre nickte stumm. Er hatte Albie mit seinen eigenen vier Gemälden überraschen wollen, die bereits im Erdgeschoss hingen, aber die würden ihm jetzt kaum noch imponieren. Er hatte sich ihre Wiedervereinigung in derselben Abfolge vorgestellt, nur unter gegenteiligen Vorzeichen. Erst das griechische Bad, dann eine zusätzliche Lampe, um die bislang gelungensten Werke des Künstlers Sverre im Untergeschoss in Augenschein zu nehmen. Wie peinlich das jetzt war. Ausgerechnet Edgar Degas!

Als sie sich gegenseitig halfen, die Fräcke zu justieren, die Fliegen zurechtzuzupfen, Staub von den Schultern zu bürsten, die Hemdknöpfe anzubringen und Manschettenknöpfe zu wählen, erzählte Albie begeistert und auf seine unwiderstehliche, unschuldige Art, wie er in den Besitz der Bilder gelangt war.

Albie pflegte Kontakte zu einigen Malern in Paris. Bereits als Zwanzigjähriger war er erstmals mit Oscar Wilde dort gewesen. Sverre beschlich ein leises Gefühl der Eifersucht. Nun hatte es sich gezeigt, dass einer seiner Bekannten von damals ein sehr enger Freund Edgar Degas' war.

Dieser hatte zu berichten gewusst, dass der Maler, der inzwischen schlecht sah und nicht mehr so malen konnte wie früher, einige Vorstudien seiner berühmten, vor etwa zwanzig Jahren entstandenen Ballettsuite veräußern wollte. Albie hatte umgehend Kontakt zu ihm aufgenommen und ihm erzählt, wie leidenschaftlich er und sein norwegischer Freund sich für das Ballett begeisterten. Nun gebe es einen besonderen Anlass, seinem Freund ein Geschenk zu machen, und dafür eigne sich nichts auf der Welt besser als diese Ballettstudien.

Degas war offenbar sehr gerührt gewesen und hatte einen recht bescheidenen Preis gefordert, die Studien freundlicherweise signiert, dem norwegischen Freund Grüße ausrichten lassen und viel Glück gewünscht. Dann hatte er ihm noch einen jungen spanischen Maler empfohlen, der Pablo Soundso heiße und gerade seine erste Ausstellung gehabt habe, wobei die Kritiken sehr unterschiedlich ausgefallen, aber keine Käufe getätigt worden seien. Obwohl er das durchaus verdient habe. Edgar Degas jedenfalls glaube an ihn. Sicherheitshalber hatte Albie also gleich noch fünf, sechs Werke dieses Pablo gekauft, die bei der Vernissage am nächsten Tag betrachtet werden konnten.

Während des großen Dinners für zwanzig Personen zur Feier der Rückkehr Lord Albert Fitzgeralds vom Kontinent fühlte sich Sverre entspannt und glücklich. Seine Tischdame war eine »Cousine«, Lady Sybil aus Dorset. Lady Sybil wollte sich über Kunst unterhalten. Man hatte ihr ihren Tischherrn als Künstler vorgestellt, eine Bezeichnung, die Sverre mit Stolz erfüllte.

Sich mit den Gästen in Manningham über Kunst zu unterhalten war eine ausgesprochen einfache Aufgabe. Sverre kannte natürlich die Kunstwerke, über die sich solche »Cousinen« unterhalten wollten, denn es handelte sich immer um ganz berühmte Werke. So ging es stets um Themen wie die Frage, ob der Michelangelo-David in Florenz nicht einen unverhältnismäßig großen Kopf habe. Daran war weiter nichts auszusetzen. Sich für Kunst zu interessieren und etwas von Kunst zu verstehen waren grundverschiedene Dinge.

Schon das Interesse verdiente Respekt. Sverre unterhielt sich auch tausendmal lieber über Kunst, selbst wenn es dabei nur um Davids Kopfgröße ging, als über Kricket, ein Thema, das gerne von wohlerzogenen jungen Damen aufgegriffen wurde, die voraussetzten, dass Kricket das Einzige war, worüber man sich todsicher mit einem Gentleman unterhalten konnte.

Das Dinner verlief wie gewohnt reibungslos. Man unterhielt sich angeregt, gelegentlich machte jemand eine witzige Bemerkung, aber nie kam bei Tisch etwas Unpassendes zur Sprache. Sie stießen miteinander an, es wurden kurze Tischreden gehalten, und es wurde erneut angestoßen, und Sverre und Albie, die bei größeren Einladungen in der Regel recht weit voneinander entfernt saßen, tauschten hin und wieder heimliche Zeichen aus.

Sie betrieben diese Art der verborgenen Kommunikation wie einen Sport. Ein Gentleman fasste sich bei Tisch nicht an die Nase (das bedeutete »besonders unanständige Handlungen«). Ein solches Manöver musste also schnell, unbemerkt und beispielsweise kaschiert durch Betupfen des Augenwinkels mit der Serviette erfolgen, was erlaubt war. Undenkbar war es auch, bei Tisch mit dem Messer auf etwas zu deuten (das bedeutete »griechisches Bad«), und deswegen musste auch dieses Manöver blitzschnell während eines intensiven Gesprächs ausgeführt werden, sodass die Missetat nur dem Eingeweihten auffiel.

Das Spiel machte umso mehr Vergnügen, als ihnen noch wenige Stunden zuvor der Angstschweiß wegen eines möglichen Geständnisses des anderen auf der Stirn gestanden hatte. Zu diesem Vergnügen gesellte sich, immer wieder im Bewusstsein aufblitzend, die Gewissheit, dass ihrer zu Hause in der Ingenieursvilla ein Schatz harrte: die vier Ballettstudien von Degas.

Sverre versuchte sich vorzustellen, was sich, während sie hier oben dinierten, wohl unten im hektischen Chaos der Küche abspielte. Er sah es förmlich in Augenblicksbildern vor sich. Die Küche in dunklen, vom Feuerschein erhellten Farben vermischte sich mit den Ballettstudien in noch dunkleren Nuancen.

Es war fast peinlich, dass sie ein Kutscher mit einem geschlossenen Wagen erwartete, als sie allen eine gute Nacht gewünscht hatten und in die nur zweihundert Meter weit entfernte Ingenieursvilla zurückkehren wollten. Es war zwei Uhr nachts, sie waren relativ lange im Herrenzimmer geblieben, weil sich zwei Gentlemen-Cousins höflich, aber vehement über den Burenkrieg in die Haare geraten waren.

Wie lange der Kutscher wohl im Regen gewartet hatte? Eine Stunde? Zwei?

Die Fahrt dauerte höchstens zwei Minuten. Der Kutscher stieg vom Bock und spannte einen großen Regenschirm auf. Sie verschwanden ausgelassen im Haus.

Sie waren sich einig, dass sie beide zu viel getrunken hatten, eilten auf die Toilette und ließen sich dann jeder im eigenen Schlafzimmer ins Bett fallen. Gelegentlich, wenn sie zu viel getrunken hatten, schliefen sie allein.

Das große englische Frühstück, dessen Duft sie weckte, wurde taktvollerweise erst um zehn Uhr am nächsten Tag serviert. Sie frühstückten im Morgenmantel und genossen ihren Kaffee, eine kontinentale Sitte, die Albie bereits in den ersten Tagen nach ihrer Ankunft resolut in Manningham eingeführt hatte.

»Und?«, fragte Albie ausgelassen, nachdem er seine Leinenserviette beiseitegeworfen hatte. »Wollen wir unsere Degas-Bilder aufhängen? Deine, genauer gesagt. Schließlich waren sie mein Mitbringsel für dich.«

»Nein«, erwiderte Sverre und warf ebenfalls seine Serviette beiseite. »Dort unten hängen bereits einige Gemälde, die du dir zuerst noch ansehen sollst.«

Albie musterte ihn eindringlich und erhob sich dann so rasch, dass sein Stuhl umfiel, bevor er zu der Tür eilte, die aus der Küche in den Kunstsalon führte. Sverre folgte ihm.

Die Gemälde hingen ganz hinten vor der Werkstatt, und Albie war eine gute Weile vor Sverre dort, der nervös seine Schritte verlangsamte.

Mit großen Augen schritt Albie die Bilderreihe ab. Diese Miene hatte Sverre noch nie an ihm gesehen, also ging er davon aus, dass sie nicht geziert war. Auf leisen Sohlen näherte er sich Albie, bis sie nahe beieinanderstanden. Albie ging zwischen den Porträts hin und her. Die Luft war elektrisch geladen, und es kostete Überwindung, das Schweigen zu brechen. Schließlich ergriff Albie das Wort.

»Mein geliebter Sverre, was hast du getan!«, rief er mit zugleich vorwurfsvoller als auch bewundernder Stimme. Sverre war verunsichert.

»Das sind die vier besten Gemälde meines Lebens«, erwiderte er leise.

»Aber warum zwei Porträts von mir? Mir gefällt das rechte übrigens besser.«

»Mir auch. Aber ich hatte das Gefühl, mich durch dieses Porträt zu verraten, weil es enthüllt, dass der Künstler nicht unbedingt neutral zu seinem Objekt steht, um es englisch auszudrücken.«

»Aber warum ein liebevolles Porträt und ein kühles?«

»Mal sehen, was die Damen heute Nachmittag sagen.«

»Mein Gott, Sverri, verzeih mir!«

»Was soll ich dir verzeihen?«

»Dass ich beim Betrachten der Bilder wie Narziss nur von mir spreche. Meine Güte, was hast du mit Margie angestellt! Du hast sie so dargestellt, wie sie sich selbst sieht oder vielmehr sein möchte, so, wie ich sie manchmal sehe. Und … das ist doch Vaters altes Arbeitszimmer! Gewagt!«

Albie brachte kein weiteres Wort über die Lippen. Er schüttelte den Kopf und umarmte Sverre wortlos. Eine Weile standen sie so da, dann machte sich Albie los und rannte ohne weitere Erklärung den Korridor entlang Richtung Küche. Sverre blieb allein zurück. Er war sich nicht sicher, wie er Albies Reaktion deuten sollte, und begann, seine Gemälde einer kritischen Musterung zu unterziehen. Welche Fehler hatte er begangen? Sicherlich viele. Maître Degas hätte sie ohne Frage schonungslos aufzählen können. Aber niemand hätte ein treffenderes Porträt von Margie malen können. Zu diesem Schluss gelangte er voller Trotz. Es ging nicht nur um die technische Ausführung, sondern um den Kontakt zwischen Maler und Modell, der im Porträt geradezu greifbar war.

Über das Porträt Penelopes gab es nichts zu sagen. Es sah aus wie die meisten anderen Frauenporträts im Haupthaus, obwohl die Farben klarer und heller waren. In diesem Sinne war das Porträt französischer.

Am allerbesten jedoch war das Küchenbild. Es sprach zwar nicht für seinen Charakter, aber so viel Eigenlob musste sein. Er hätte es niemals für möglich gehalten, so etwas bewerkstelligen zu können. Natürlich besaß er ein gewisses Talent und konnte sicher hundert Meisterwerke aus dem Gedächtnis kopieren. Aber das hier war etwas anderes. Ein derartiges Küchenbild hatte vor ihm noch niemand gemalt. Aus diesem Bild sprach sein neues, befreites Ich. Die Verwandlung hatte sich während der vorurteilsfreien Arbeit mit Margie vollzogen. Sie hatte nicht gewusst, dass er nur ein studentischer Kleckser aus Dresden war, der Kulissen für Revuen gemalt, lustige Karikaturen seiner Kommilitonen angefertigt und einen falschen Rembrandt produziert hatte – ein Scherz, der sich zu einem Skandal ausgewachsen hatte. Sie hatte ihn ernst genommen und ihn befreit. Diese Gemälde, das war er selbst und sonst niemand.

Albie kam durch den langen weißen Korridor auf ihn zugelaufen. Sein offener Morgenmantel flatterte um seine Beine. In den Händen hielt er eine Flasche Champagner und zwei Gläser, ein geradezu wilder Anblick.

Er überreichte Sverre ein Glas und schenkte ein. Atemlos hob er dann sein Glas und stieß so energisch mit Sverre an, dass es überschwappte.

»Auf einen Meister!«, rief er, trank und verschluckte sich.

Eine Weile standen sie schweigend vor dem Küchenbild,

das doppelt so groß war wie die anderen. Sie hatten ihre Gläser geleert, und Albie schenkte nach.

»Wenn Émile Zola Maler wäre, hätte ich geschworen, dass dieses Bild von ihm stammt.«

»Ich nehme das mal als Lob«, erwiderte Sverre vorsichtig.

»Aber was siehst du eigentlich?«

»Ich sehe, dass sich auf diesem Bild die Ereignisse förmlich überschlagen. Die Köchin Mrs. Saunders hält ein gebratenes Rebhuhn in ihrer kräftigen Linken, grad so, als wolle sie es daran hindern, ihr zu entkommen. Gleich wird sie es mit dem großen Messer, mit dem sie der neuen, verängstigt wirkenden Magd droht, zerteilen. Diese ist damit beschäftigt, Rebhuhnhälften auf einer Platte anzurichten und hat offenbar gerade vorher etwas falsch gemacht. Von den Ofentüren dröhnt es, aus der Kohlenöffnung glüht es, eine Ofentür wird klappernd von der zweiten Köchin geöffnet, im Schlund des Ofens kommen weitere gebratene Rebhühner zum Vorschein, doch, es ist wirklich ein Schlund. Schneebesen klingeln in Töpfen, und Wie-immer-sie-heißt beaufsichtigt das Herstellen der Saucen. Zwei Kammerjungfern schleichen mit einer Tragestange am Bildrand entlang, an der alle Warmwasserflaschen, mit denen sie die Betten der Gästezimmer vorwärmen sollen, aufgehängt sind. Auf diesem Bild ist wirklich einiges los! Es duftet, brodelt und stinkt. Im Hintergrund, auf der Treppe, steht der zweite Kellner, der Neue, McInnes heißt er, und raucht, vollkommen gelassen, als ginge ihn die fieberhafte Geschäftigkeit nichts an. Wenn alles angerichtet ist, wird er die Platten eine Treppe nach oben tragen, alles andere ist ihm gleichgültig. Ich sage nur: Unglaublich!«

»Du hast wirklich ein Auge für die Details. Auf McInnes im Hintergrund bin ich wirklich recht stolz. In gewisser Weise ist er die Pointe des ganzen Bildes«, meinte Sverre. »Was fällt dir sonst noch an ihm auf?«

»Sein Frack sitzt perfekt. Aber er ist kein Gentleman, er ist Kellner, nicht mehr und nicht weniger. Wie kommt es, dass ich das sehe?«

»Das sieht man nicht. Aus derselben Person wird im Herrenzimmer ein Gentleman. Nur die Küche macht ihn zum Kellner. Aber was hat Zola damit zu tun?«

Recht viel, zeigte sich, zumindest laut Albies langer, eingehender Auslegung. Es bestehe kein Zweifel an dem, was man sehe, begann er, während er ihre Champagnergläser ein weiteres Mal nachfüllte und die Flasche auf den Boden stellte. Es handelte sich eindeutig um keine Restaurantküche. Auf der Treppe nach oben wartete der Kellner. Zwanzig Rebhühner wurden gerade angerichtet, zehn weitere warteten im Ofen. Es handelte sich eindeutig um ein besseres Essen auf dem Land. Ein Stockwerk höher wartete die Oberklasse darauf, sich den Bauch vollzuschlagen, selbstverständlich davon ausgehend, dass gebratene Vögel einfach auf den Tisch geflogen kamen wie schon immer und in alle Zukunft.

Hier unten in der Küche hingegen befanden sich die arbeitenden Menschen, die die parasitäre Oberklasse über ihren Köpfen bald um ihre Macht bringen würden, sei es durch eine Revolution oder durch die Einführung des allgemeinen Wahlrechts. Das flackernde rote Licht auf den verschwitzten Gesichtern symbolisiere dies oder erinnere zumindest daran.

Sverre fand, dass Albie allzu viel Politisches in das Bild

hineininterpretierte. Die abwesende Oberschicht auf dem Bild sollte die Gedanken des Betrachters stattdessen auf höchste Effektivität, Organisationstalent und berufliches Können lenken. Die Menschen auf dem Bild wurden in keinster Weise unterdrückt, sie führten eine erstklassige Arbeit aus, die nur wenige ebenso gut leisten konnten, es ging ihnen gut, sie waren fröhlich und von Berufsstolz erfüllt. In dieser Momentaufnahme hatten sie jedenfalls keine Zeit für den Klassenkampf.

»Du darfst die Aussage deines Bildes nicht herunterspielen, ihm nicht die Schärfe nehmen, weil du mir gegenüber höflich sein möchtest. Schließlich bin ich ja der Unterdrücker aus dem Obergeschoss«, wandte Albie ein. »Deswegen musste ich auch sofort an Zola denken. Das Bild zeigt eine untergehende Welt, die vielleicht bald verschwunden ist, nicht zuletzt aufgrund des technischen Fortschritts. Wie wird unsere Küche da unten in zehn Jahren aussehen?«

»Weniger Personal, Elektrizität, Maschinen, mehr Licht, keine Kohlen, einheitlichere, praktischere Kleidung, größere, freiere Arbeitsflächen, große Fenster?«, improvisierte Sverre. »Aber in diesem Fall kann nicht von einer untergehenden, sondern von einer modernisierten Welt die Rede sein.«

»All right, nicht so wichtig. Zur Hauptsache! Was ist mit deiner Malerei passiert? Entschuldige, dass ich das nicht eher aufgegriffen habe, denn das ist wirklich fantastisch, Sverri! Einen größeren Unterschied zu Saskia van Uylenburgh kann man sich nicht vorstellen.«

Unverzüglich verließen sie das ernste Thema und wandten sich lachend einer ihrer Lieblingsgeschichten über

Rembrandts berühmtestes Porträt seiner Ehefrau Saskia zu.

Der Diebstahl des Gemäldes aus dem Kaiser-Friedrich-Museum in Berlin hatte großen Wirbel verursacht. Daraufhin hatten sie sich einen ausgesprochen gelungenen studentischen Streich erlaubt. Das Gemälde war so berühmt, dass es genügend Vorlagen gab, nach denen gearbeitet werden konnte. Erst fertigte Sverre nach recht mühsamen Farbexperimenten eine Fälschung an. Aber das hätte nie funktioniert. Mithilfe der Chemiker von der Universität führten sie einige Versuche durch, bei denen sie Farbproben im Ofen erhitzten, nicht so sehr, um sie rascher zu trocknen, wie um die Krakelüren der Oberfläche des Gemäldes echt erscheinen zu lassen. Danach stellten sie das im Ofen behandelte Gemälde in der Aula aus und nahmen 50 Pfennig Eintritt. Bei einem Trödler hatten sie einen ausreichend alten Rahmen aufgetrieben und drapierten die Fälschung in roten Samt. Das Publikum strömte herbei, und es wurde ein sehr großer Erfolg oder Skandal, je nachdem, wie man die Sache sah. Schließlich kam die Polizei und machte sowohl Gemälde als auch Aussteller dingfest. Der bedeutendste Kunstexperte der Stadt wurde hinzugezogen und stellte mithilfe eines Vergrößerungsglases und eines Säuretests fest, dass das Gemälde mit einer für die Mitte des 17. Jahrhunderts typischen Technik gemalt worden sei. Zweifellos handele es sich um das in Berlin gestohlene Porträt Rembrandts. Als Albie und Sverre unter dem Verdacht des schweren Diebstahls beziehungsweise der Hehlerei dem Haftrichter vorgeführt wurden, schlug die Komik in Schrecken um.

Als Sverre immer verzweifelter – just in jenem Augenblick war es nicht so spaßig wie später im Rückblick – versicherte, alles sei nur ein Scherz und er habe das Bild gemalt, wollte man ihm keinen Glauben schenken. Der Kunstexperte hatte schließlich bereits sein Urteil abgegeben, und den beiden vermeintlichen Kunstdieben, die so dumm gewesen waren, das weltberühmte Gemälde für Pfennigbeträge auszustellen, drohte eine lange Gefängnisstrafe.

Zu guter Letzt gelang es Albies Anwälten, vermutlich den teuersten Anwälten in ganz Sachsen, die Kunstexperten dazu zu bewegen, dem Haftprüfungstermin beizuwohnen. Sverre erhielt die Gelegenheit, zu demonstrieren, dass die Nägel, mit denen die Leinwand auf den Rahmen gespannt worden war, einem modernen deutschen Typ entsprachen und dass der Rahmen aus Ulmenholz bestand, das so frisch war, dass es immer noch nach Ulme duftete.

Die Anklage wurde sofort geändert. Jetzt bezichtigte man sie der besonders schwerwiegenden Kunstfälschung, worauf die Anwälte einwendeten, kein vernünftiger Mensch käme auf die Idee, einen weltberühmten Rembrandt zu fälschen, weil dieser praktisch unverkäuflich sei. Es handele sich um einen Studentenscherz, geschmacklos zwar wie viele zuvor, aber nichtsdestotrotz nur einen Scherz.

Der zunehmend amüsierte Richter ließ die Studenten mit einem strengen Verweis davonkommen. Er beschloss aber auch, die Fälschung zu konfiszieren, die damit in staatlich-sächsischen Besitz überging. Ihr weiteres Schicksal war unbekannt. Vermutlich hing das Gemälde inzwischen zu Hause bei dem Richter an der Wand.

Auf diese Episode spielte Albie an, als er von Sverres

Talent sprach, seine unglaubliche Begabung nachzuahmen, was andere gemalt hatten.

Aber die Gemälde, die jetzt den Beginn ihrer Kunstsammlung in dem langen weißen Galeriegang darstellten, waren radikal anders. Als sei ein Schmetterling aus seinem Kokon geschlüpft, wie Albie meinte.

Sverre musste zugeben, in ähnlichen Bahnen gedacht zu haben, auch wenn er nicht auf die Idee gekommen wäre, sein bisheriges Leben mit dem einer Puppe und sein jetziges mit dem eines Schmetterlings zu vergleichen.

Sie begaben sich ins Obergeschoss, nahmen in den Sesseln des Herrenzimmers Platz und führten das Gespräch sitzend und ohne Gläser in der Hand fort. Vom Vergleich aus dem Tierreich einmal abgesehen, handelte es sich in der Tat um eine bemerkenswerte Metamorphose.

Sverre stimmte Albies Beobachtungen in vielem zu. Er versuchte zu erklären, was während der Arbeit an Margies Porträt in ihm vorgegangen war. Er hatte nicht nur ihr, sondern auch sich selbst gegenüber etwas aussagen wollen. Plötzlich hatte er sie so gesehen, wie sie war, in ihrer Wirklichkeit und nicht auf dem Gemälde eines Außenstehenden. Das war ein sehr seltsames Erlebnis gewesen, und manchmal befürchtete er, dass sich das Fenster auf diese wunderbar duftende und stinkend hässliche Welt genauso plötzlich, wie durch einen Windstoß, wieder schließen könnte und er sich in eine Person zurückverwandelte, die einfach nur andere Werke kopierte. Deshalb wollte er die Inspiration nutzen, solange sie anhielt. Am liebsten wollte er gleich mit weiteren Bildern wie jener Küchenszene beginnen. Von den Ställen, in denen die Hufschmiede beschäftigt waren, von der Wagenremise, in der sich immer zwei Kutscher bereithielten, Karten spielten und darauf warteten, dass aus dem großen Haus geklingelt wurde, von der Sattlerei, kurz gesagt, vom ganzen Gut Manningham.

»Eine vollständige Dokumentation der sterbenden Welt«, fasste Albie missvergnügt zusammen.

»Ganz und gar nicht«, wandte Sverre ein. »Eine Dokumentation dessen, was niemals dokumentiert wird, ein unbekanntes Bild der Welt. Auf einer zugegeben simplen Ebene, ähnlich wie die Darstellung deiner Zeit mit Oscar Wilde.«

»Ach? Du hast mein kleines Opus gelesen?«

»Natürlich. Von klein kann allerdings nicht die Rede sein.«

»Und? Was hältst du davon?«

»Viel. Vor allen Dingen, dass es historisch wichtig ist, einen Irrsinn schildert, der, wie schändlich er auch immer gewesen sein mag und wie peinlich er für England ist, trotzdem in den Geschichtsbüchern erwähnt werden muss.«

»Aber was hältst du von …?«

»Warte!«, fiel ihm Sverre ins Wort und hob die Hand. »Das ist ein weites Feld und ein Thema, das uns beiden am Herzen liegt. Wir wollen es uns für heute Abend aufheben, wenn wir wieder allein sind und nicht ständig auf die Uhr schauen müssen, während wir uns unterhalten.«

»Ein guter Vorschlag«, gab Albie zu. »Wie du schon sagtest, es gibt einiges zu besprechen. Sollten wir vielleicht über die Reaktion der Damen auf deine Gemälde eine Wette abschließen?«

Vielleicht nicht ganz überraschend gewann Albie die Wette. Es gelang ihm, die Reaktion seiner Mutter, seiner Großmutter und seiner zwei Schwestern, sogar gewisse Formulierungen bis ins kleinste Detail vorherzusagen.

Pennie und Margie waren von ihren eigenen Porträts äußerst entzückt, betrachteten aber beide das der Schwester mit gewisser Skepsis, die sie höflich zu verbergen suchten.

Der Großmutter gefiel das Porträt Pennies besser, es sei zweifellos das schönste Bild der ganzen Ausstellung, die vier Ballettstudien Degas' und die fünf sehr bunten Gemälde des Spaniers eingerechnet.

Lady Elizabeth trug kaum etwas zur Kunstkritik bei, außer dass sie ihrer Schwiegermutter darin beipflichtete, dass das Küchenmotiv zwar sehr lebhaft, als Kunstwerk betrachtet aber vielleicht etwas zu alltäglich sei. Außerdem wies das Bild einen eindeutigen Fehler auf: die Kammerjungfern, die mit ihrer Last an Warmwasserflaschen zu den Gästezimmern gingen.

Das Hauptgericht wurde gegen neun Uhr serviert, die Wasserflaschen jedoch erst eine Stunde später auf die Zimmer gebracht.

Sverre gab zu, in diesem Punkt geschummelt zu haben. Er habe die Wasserflaschenprozedur bewusst vorverlegt, um mehr Dynamik in das Bild zu bringen.

Die Kritik der Damen war insgesamt jedoch alles andere als negativ. Wie Albie scherzend meinte, hatte Sverre seine erste Vernissage glanzvoll bestanden. Und die Stimmung wurde im Laufe des »Kunstausstellungsdinners« geradezu ausgelassen. Wie Lady Elizabeth es ebenso diplomatisch wie wahrheitsgemäß zusammenfasste, sei doch das Allerwichtigste, dass Pennie und Margie sehr angetan seien und somit alle freudig auf den Künstler anstoßen könnten.

Und so geschah es dann auch.

Albie und Sverre kehrten recht früh und ziemlich nüchtern in die Ingenieursvilla zurück. Sie zogen sich um, setzten sich ins Herrenzimmer, und Albie schenkte Whisky ein, seine Lieblingssorte aus den Highlands. Beide zündeten sich eine Zigarette an.

»Und?«, fragte Albie, nach dem genüsslichen ersten Zug.

Sverre hatte sich zurechtzulegen versucht, wie er das Gespräch beginnen sollte, was aber gar nicht so einfach war, weil es so viele Möglichkeiten gab, große Fragen, kleine Fragen, tragische Aspekte, Unklarheiten, Textpassagen, die ihn sprachlich beeindruckt hatten, Erfreuliches und Unerfreuliches.

»Es ist, wie du es gesagt hast«, begann er vorsichtig. »Jetzt kenne ich dich besser, im Guten wie im Bösen. Und genau wie du gehofft hast, überwiegend im Guten. Und das ist doch wohl das Wichtigste?«

»Inwiefern im Bösen?«, fragte Albie rasch.

»Ich bin natürlich schrecklich eifersüchtig auf Oscar Wilde. Keiner wird sich in deinen Augen je mit ihm messen können. Und da ich eifersüchtig bin, kann ich mich nicht auf mein Urteilsvermögen verlassen. Entschuldige, aber können wir das vielleicht auf Deutsch besprechen?«

»Selbstverständlich! In welcher Hinsicht kannst du dich nicht auf dein eifersüchtiges Urteilsvermögen verlassen?«

»Ich finde ihn eingebildet, größenwahnsinnig, taktlos, charakterlos, notorisch untreu, kindisch genieverehrend, insbesondere was ihn selbst betrifft, ein offensichtlich glänzender Gesellschafter ohne jeglichen Bezug zur Realität.«

»Diese Worte hast du dir im Voraus zurechtgelegt.«

»Ja, genau wie du es sonst tust. Man lernt voneinander, wenn man zusammenlebt und auf immer zusammenzubleiben gedenkt.«

»Das klingt aber jetzt dramatisch. Wie auch immer, deine Charakterisierung trifft zu. So war Oscar. Trotzdem musste man ihn lieben, das war das Rätselhafte an ihm.«

»Wenn er jetzt ins Zimmer träte, würdest du ihn dann sofort lieben?«

»Nein!«

Diese rasche Antwort ohne jedes Zögern überraschte und erfreute Sverre. Vor allem Letzteres, weil sie ihm vollkommen aufrichtig erschien, so aufrichtig, wie es nur zwischen zwei Männern sein konnte, die sich ausgesprochen nahestanden. Aber er fragte nicht weiter, sondern wartete Albies Erklärung ab, der die Stille nie sonderlich lange ertrug.

Man müsse unbedingt berücksichtigen, hob Albie an, dass er erstmals als verwöhnter zwanzigjähriger Bursche mit Oscar Wilde und seinem Kreis in Berührung kam und sich wie ein Kalb im Frühling benahm, das nach einem langen Winter auf die grüne Weide gelassen wird, wild und ausgelassen. Es stellte eine unbeschreibliche Befreiung dar, sich offen und demonstrativ von den ganzen verkommenen, erzkonservativen, bigotten und schwachsinnigen englischen Vorschriften für das Verhalten, die Kleidung und die Verpflichtungen eines Gentleman zu distanzieren, insbesondere für jemanden in seiner Position, der im Unterschied zu Bosie gezwungen sein würde, irgendwann einen

Erben zu zeugen. Das Leben in dieser kurzen, traumähnlichen und fantastischen Zeit mit den grünen Nelken sei wie ein einziger Freiheitstaumel gewesen. Die kindische Freude daran, die Welt zu schockieren, war wirklich nicht zu unterschätzen. Sie sei vielmehr ein Aufruhr gewesen als die Freude an verbotenen Früchten.

Und noch etwas anderes konnte gar nicht genug betont werden. Er sei erst einundzwanzig gewesen, als er diesen Text verfasst hatte. Das lag nun sechs Jahre zurück, wovon er die letzten drei zusammen mit Sverre in Dresden, in einer ganz anderen Welt, verbracht hatte.

Vor sechs Jahren war er mit der entmutigten Einstellung nach Dresden gereist, der Spaß sei nun vorbei und der Ernst des Lebens stehe bevor. Er musste sich zusammennehmen, normal werden, und zwar nicht nur, was nächtliche Ausschweifungen, sondern auch die konkretere Lebensplanung betraf.

So war es seinerzeit seinem Vater ergangen, wie Sverre hatte lesen können. Albies Vater hatte sich in recht jungen Jahren den Konventionen und seiner Verantwortung gebeugt, indem er die ihm auferlegte Verantwortung übernommen, allerdings nur einen Sohn gezeugt hatte.

Albie hatte sich darauf eingestellt, es ihm gleichzutun, bis er Sverre begegnet war. Seither konnten ihm alle Prinzipien gestohlen bleiben.

Albie verstummte und zündete sich eine weitere Zigarette an. Jetzt war Sverre mit einem entsprechenden Bekenntnis an der Reihe. Das war nicht leicht. Auf der Osterøya gab es keine grünen Nelken, vermutlich nicht einmal in Bergen, zumindest war ihm nichts dergleichen bekannt. Er hatte nie das Gefühl gehabt, anders zu sein, er war wie seine Brüder zum Dorschfischen aufs Eis gegangen, war wie sie gerudert, hatte geschreinert, Schafe gehütet und Heu gewendet. Später hatte er wie sie die Seilerlehre begonnen und studiert. Der einzige Unterschied zwischen ihnen hatte darin bestanden, dass er besser zeichnen und schnitzen konnte, Oscar wiederum war der bessere Schütze und Lauritz der Radrennfahrer gewesen. Aber solche Unterschiede waren belanglos.

Bis zum heutigen Tag begriff er nicht, wie es zu seiner Veranlagung gekommen war. Seit drei Jahren grübelte er nicht mehr über diese Frage nach, weil er zu dem Schluss gelangt war, dass sie sinnlos war. Dass sie sich nie trennen und immer zusammen aufwachen würden, war das einzig Wichtige und hatte nichts mit sozialer Revolte zu tun.

Offenbar fand Albie, dass sie vom Thema, welchem auch immer, abgekommen waren.

»Hast du dich in Margie verliebt?«, fragte er, nachdem Sverre verstummt war. Einer seiner üblichen Tricks war, das Gespräch durch eine vollkommen überraschende Frage abrupt in eine andere Richtung zu lenken.

»Ja, natürlich«, antwortete Sverre überrumpelt. »Das erkennt man doch an dem Porträt.«

»Ja, es ist wirklich fantastisch. Der Goldregen der Liebe als quer durch das Bild verlaufender Lichtstrahl war ein genialer Einfall.«

Albie verstummte, trank einen Schluck Whisky und wartete auf Sverres Entgegnung. Dieser brauchte eine Weile, bis ihm eine Antwort einfiel.

»Man könnte vielleicht sagen, dass es sich in diesem Fall um die Liebe handelt, die ihren Namen nicht zu nennen wagt«, meinte er, ohne eine Miene zu verziehen.

Albie lachte.

»Touché!«, erwiderte er. »Aber du siehst doch ein, dass weder deine finanziellen Verhältnisse noch deine Herkunft den Anforderungen genügen?«

»Durchaus«, erwiderte Sverre im selben scherzhaften Ton und wieder auf Englisch. »Aber jetzt wollen wir den Dingen nicht vorgreifen. Natürlich liebe ich Margie, denn sie hat mich innerlich befreit und mir dadurch ermöglicht, wahrhaftig zu malen. Aber was die Liebe betrifft, hat Platon diese Frage bereits geklärt.«

»Ich weiß. Sollen wir wieder Deutsch sprechen?«

»Nein, der Anfang ist gemacht, jetzt können wir wieder Englisch sprechen. Apropos Platon …«

Er machte eine vielsagende Pause, ehe er sich einem der schwierigsten Themen zuwandte, nämlich Oscar Wildes Beschreibung der Liebe, die ihren Namen nicht zu nennen wagt, vor Gericht. Sverre hatte die Lektüre dieses Abschnitts stark berührt, und er konnte ihn auswendig. Aber darum ging es ihm nicht.

Es ging um den älteren Mann, der dem jüngeren seinen Intellekt schenkt, und den jüngeren, der dafür seine ganze Lebensfreude zurückgibt und das Streben nach dem Schönsten im Leben, das seiner harrt. Wie ließ sich das auf sie selbst übertragen? Indem Albie die Rolle Oscar Wildes und er selbst jene Bosies übernahm?

Er bereute seine Worte sofort. Der Gedanke war richtig, aber er hätte ihn eleganter formulieren sollen. Es war idiotisch, sich mit Bosie zu vergleichen. Aber gesagt war gesagt.

Albie schüttelte lachend den Kopf.

»Was spielt das für eine Rolle?«, fragte er und breitete

die Arme aus. »Wir sind wir, hier und jetzt. Was Oscar vor Gericht gesagt hat, war Poesie und hatte nicht unbedingt mit den naturwissenschaftlichen oder historischen Wahrheiten zu tun, mit denen wir Ingenieure uns befassen. Ingenieure gibt es viel zu viele und Künstler viel zu wenige. Dieser Gedanke beschäftigt mich schon den ganzen Tag. Wer so malen kann wie du, sollte seine Zeit nicht als Ingenieur verschwenden. Werde Maler, versprich mir das hier und jetzt!«

IV

DIE UNFREIWILLIGE UNSCHULD UND DER STÄRKSTE MANN DER WELT

London, Juni bis August 1905

Das Criterion am Piccadilly Circus war kein normales Pub. Allein schon die Eleganz der Einrichtung und der Kleidung der Gäste stellte dies klar. Wer gewisse Zeichen zu deuten wusste, dem fiel die geradezu schockierend große Anzahl glatt rasierter Männer auf. Die Anzahl roter Schlipse ebenfalls.

Daher sorgte das Eintreten der beiden ausländischen Riesen für ein gewisses Aufsehen. Insbesondere da sie, ohne zu zögern, breitbeinig und schaukelnd auf den angestammten Tisch Lord Archibald Cavendishs zugingen und dort ohne Weiteres Platz nahmen.

Zwei nervöse Kellner eilten herbei, um das peinliche Missverständnis so rasch und diskret wie möglich aufzuklären. Den beiden riesigen Ausländern schien jedoch an Diskretion nicht gelegen zu sein. Sie bestellten doppelte Pints Lagerbier, falls es das gebe. Andernfalls gäben sie sich auch mit dunklem Bitter zufrieden. Alles mit lauter Stimme und unterstreichender Zeichensprache, während die Kellner sie flüsternd zu bewegen suchten, aufzustehen und vorzugsweise das Lokal wieder zu verlassen oder zumindest an der langen Theke Platz zu nehmen. Man sprach aneinander vorbei, und die Eindringlinge wiederholten mit noch lauterer Stimme ihre Bestellung, woraufhin sich die beiden Kellner mit halbwegs gewahrter Würde zurückzogen.

Ein interessantes Schauspiel schien bevorzustehen. Die Kellner waren zweifellos auf dem Weg zum Entree, um sich die Unterstützung der beiden uniformierten Rausschmeißer zu sichern. Problematisch war die beeindruckende Massigkeit der unverschämten Gäste. Sich der bedrohlichen Lage, in der sie sich befanden, völlig unbewusst und in Erwartung ihres Bieres, nicht aber der Rausschmeißer und eines Handgemenges, unterhielten sie sich unbekümmert.

»Da werden Geoffrey und Stanley aber alle Hände voll zu tun haben, wenn sie die beiden aus dem Lokal schaffen wollen. Ich freue mich schon auf das Schauspiel«, meinte Albie amüsiert.

Der Tisch, an dem sie für gewöhnlich saßen, stand zufälligerweise neben dem Lord Archibalds, also äußerst günstig.

»Das sind sozusagen meine Landsleute«, meinte Sverre. »Der eine ist Schwede, der andere Däne.«

»Du könntest dich also in deiner wilden nordischen Sprache mit ihnen unterhalten? Mit ihrem Englisch ist es, soweit ich gehört habe, nicht weit her.«

»Durchaus. Sollen wir dafür sorgen, dass sie sitzen bleiben dürfen? Gib zu, dass sie dich auch interessieren.«

Albie erhielt keine Gelegenheit zu antworten, denn jetzt näherten sich vier angespannte Männer. Die Vorhut bildeten die Rausschmeißer Geoffrey und Stanley, hinter deren Rücken sich die Kellner versteckten. Aus der Nähe schien auch den beiden Rausschmeißern das Problem bewusst zu werden. Ihre Haltung ließ eine gewisse Unsicherheit erkennen.

»Was ist hier los?«, brüllte Geoffrey nichtsdestotrotz kühn und deutete demonstrativ auf Lord Archibald Cavendishs Tisch, auf dem eine ungeheuerliche Muskelkraft zur Schau gestellt wurde, nachdem die beiden Riesen ihre Jacken abgelegt und ihre Oberarme entblößt hatten, deren Umfang den Oberschenkeln eines durchschnittlichen Criterion-Gastes entsprach.

»Bitte, greif ein!«, flüsterte Sverre.

Albie nickte und wandte sich dem Schauspiel zu.

»Entschuldigen Sie, Geoffrey, aber ich glaube, es handelt sich hier um ein Missverständnis«, sagte er, was die gesamte Rausschmeißerdelegation aus dem Konzept brachte. »Ich weiß zufällig, dass Lord Archibald im Augenblick auf Capri weilt. Darum bin ich mir sicher, dass er nichts dagegen hätte, dass meine Gäste an seinem freien Tisch sitzen. Wenn Sie jetzt so freundlich wären, den Herren ihre Bestellung zu bringen? Auf meine Rechnung natürlich, ich glaube, es handelte sich um zwei Pints pro Person. Und wenn Sie dann freundlicherweise noch den Tisch der Herren etwas näher an unseren heranrücken würden, um uns die Unterhaltung zu erleichtern? Vielen Dank, ich weiß das sehr zu schätzen.«

Albies Wünschen wurde ungefähr zeitgleich mit ihrer Äußerung entsprochen. Die beiden Rausschmeißer zogen sich diskret zurück, der eine Kellner eilte auf die Bar zu, der andere rückte den Tisch der Ausländer näher an Albies und Sverres heran, nicht ohne misstrauische Proteste der beiden unfreiwilligen Gäste.

Sverre sah ein, dass er ihnen schleunigst eine Erklärung schuldete.

»Ich heiße Sverre Lauritzen, bin Ingenieur aus Bergen und freue mich, Ihre Bekanntschaft zu machen«, begrüßte er sie auf Norwegisch. »Und das hier ist mein englischer Freund Albert Manningham. Entschuldigen Sie, dass wir uns eingemischt haben, aber man war im Begriff, Sie rauszuwerfen.«

»Diese Zwerge wollten uns rauswerfen?«, erwiderte der Schwede bestürzt.

Der Däne lachte. Er schien den Gedanken an einen Rausschmiss aus dem Criterion ungeheuer komisch zu finden.

Die vier Pints helles Lagerbier für die beiden skandinavischen Riesen kamen förmlich vom Bartresen angeflogen. Daraufhin brach die Unterhaltung ab, sie sahen sich feierlich in die Augen und leerten, ohne einmal abzusetzen, das erste Glas. Dann knallten sie ihre leeren Gläser gleichzeitig auf den Tisch, seufzten zufrieden und wischten sich mit den Hemdsärmeln den Schaum aus dem Schnurrbart.

»Danke«, sagte der Däne, den die Entwicklung der Dinge sichtlich amüsierte. »Es hätte mich natürlich interessiert, wer wen rausgeworfen hätte, aber ein Bier ist mir dann doch lieber.«

»Was machen Sie in London, und wie hat es Sie ins Criterion verschlagen?«, nahm Sverre das Gespräch wieder auf.

»Übersetz mir das, mein Lieber, worüber unterhaltet ihr euch?«, wollte Albie wissen.

»Ich bin hier, um heute Abend um sieben Uhr den Weltrekord im athletischen Gewichtheben zu brechen. Mein Name ist Arvid Sandberg. Danach geht es weiter nach Newcastle, auch dort ist ein neuer Weltrekord fällig sowie ein Ringkampf. Aber heute Abend treten wir in einem Lokal oder Cabaret auf, das Albert Royal Hall heißt, falls Ihnen das etwas sagt?«

»Ja, das sagt uns etwas«, antwortete Sverre und wandte sich rasch an Albie, um zu übersetzen.

Die weitere Unterhaltung verlief lebhaft und nicht ganz ohne Komplikationen, da Sverre sprachlich vermitteln musste und die Geschichte der beiden Athleten anfänglich recht unwahrscheinlich klang.

Der Schwede hatte in Skandinavien, Russland, Deutschland, Finnland, Frankreich und den USA den Titel »stärkster Mann der Welt« errungen, aber noch nicht in England. Seltsamerweise besaß jedes Land seinen eigenen »stärksten Mann der Welt«. In England war das ein kleiner, verschlagener Geselle mit dem Künstlernamen Eugen Sandow, dem es bislang immer gelungen war, sich jedem Herausforderer zu entziehen.

Die stärksten Männer der Welt waren Varietékünstler. Sie knieten unter einer Plattform und hoben vierzehn Männer oder mehr in die Luft, hielten ein Wippbrett mit einem Automobil darauf in der Waagerechten oder hoben schlimmstenfalls ein Pferd in die Luft, was recht beschwerlich war, da die armen Gäule oft panisch wurden und scheuten. Sie jonglierten mit echten und weniger echten Gewichten. Wer das meiste Gewicht hob, war der Stärkste. Im Vorjahr hatten die Griechen eine neue Regel durchgesetzt, die vorschrieb, dass die Stange mit einer einzigen

Bewegung in die Luft gehoben und dann mit gestreckten Armen gehalten werden musste. Das lag daran, dass es einen griechischen Gewichtheber gab, der mit dieser neuen Regel bei den Olympischen Spielen die Goldmedaille erringen konnte. Durch dieses Manöver war der Weltrekord auf bescheidene 142 Kilo gesunken. Der Weltrekord musste bei jedem neuen Auftritt einfach nur um ein Kilo gesteigert werden. An diesem Abend würde er auf 144 Kilo steigen, in zwei Tagen in Newcastle auf 145 Kilo, dann würden sie weiter ins Casino de Paris ziehen, dort würden es 146 Kilo sein und so weiter. Arvid Sandberg hatte für die Sommertournee einen Vertrag für zehn Weltrekorde unterschrieben. Es versprach eine gute Saison zu werden, denn für jeden gebrochenen Weltrekord gab es einen Bonus.

Bei der Reise nach England handelte es sich eigentlich nur um einen kleinen Abstecher, um, wenn möglich, dieses Eugen Sandows habhaft zu werden und natürlich, um ein paar Weltrekorde aufzustellen, die die Kasse aufbesserten. In Paris stand professionelles Ringen an. Gewonnen hatte, wer den Gegner zu Boden warf, und die Kämpfe konnten stundenlang dauern. Im Ringkampf war der Däne, der Beck-Olsen hieß, überlegen. Er entschuldigte sich, weil er sich jetzt erst vorstellte. Arvid Sandberg war noch ein relativ unerfahrener Ringkämpfer, was seine Kraft nicht ganz wettmachen konnte. Aber je häufiger man kämpfte, desto mehr lernte man schließlich.

Albie warf ein, ob nicht Biertrinken im Criterion – die skandinavischen Athleten waren bei der zweiten doppelten Runde angelangt – eine etwas unkonventionelle Trainingsmethode für einen Anwärter auf einen Weltmeistertitel sei.

»Allerdings!«, lachte der Schwede. »Wenn es ein richtiger und kein griechischer Wettkampf wäre.« 144 Kilo seien kein Problem. Mit achtzehn habe er bereits 152 Kilo gestemmt. Im Übrigen sei der Einwand aber nicht ganz unberechtigt. Zwei Liter Bier genügten zur nachmittäglichen Auflockerung durchaus. Danach ein paar Stunden Schlaf, ordentlich gepinkelt und rauf auf die Bühne. Apropos Bühne: Ob sie die Herren wohl als kleinen, aber tief empfundenen Dank für ihre Freundlichkeit zur Abendvorstellung einladen dürften? Sie würden zwei Freikarten an der Kasse hinterlegen.

Darauf stießen sie an. Albie und Sverre nippten an ihren geschliffenen Weingläsern, die beiden skandinavischen Riesen spülten den Rest ihres Biers runter. Dann erhoben sie sich und zogen sich ihre riesigen Jacken wieder an. Sie hielten Albie und Sverre ihre gewaltigen Pranken zum Abschied hin und verließen mit schweren, wiegenden Schritten, die keinerlei Angetrunkenheit verrieten, das Lokal.

Albie bestellte mehr Wein, sie nippten und verfielen in nachdenkliches Schweigen. Die Begegnung mit den Athleten hatte etwas Surreales und Verspieltes, ein Zustand, den sie auf ihren Londonreisen so sehr schätzten. Aber der leichtsinnige Lebensstil stieß an eine peinlich konkrete Grenze. Ein Dandy konnte nach Herzenslust auf den Straßen und in den Pubs Londons herumtanzen, solange er einen Vater hatte, der sich um die Finanzen der Familie kümmerte. Aber nachdem Albie die Pflichten seines Vaters geerbt hatte, war das nicht mehr möglich. Diese Erkenntnis hatte Albie erstmals ereilt, als er verreist war, ohne Sverre eine einzige Zwei-Pence-Münze für Farben zurückzulassen. Diese Erinnerung schmerzte Albie, und er entschuldigte sich immer wieder, obwohl der Vorfall schon einige Jahre zurücklag.

Und nun hatten sie also dagesessen und sich über das Albie verhasste Thema Finanzen unterhalten. Das Gespräch war bis zum Verkauf des Hauses in Mayfair gediehen, als die beiden Athleten das Criterion betreten hatten.

Albie seufzte und zwang sich, noch einmal auf das ungeliebte Thema zurückzukommen.

Das Anwesen in Mayfair war über zweihundert Jahre im Besitz der Familie gewesen und vor sechzig oder siebzig Jahren ausgebaut worden. Damals hatte man die Saison in London verbracht, wenn das Wetter in Wiltshire allzu feucht und kalt war. Dieser Lebensstil war nicht nur überholt, es war auch ausgesprochen unwirtschaftlich, den gesamten Haushalt auf diese Art hin- und herzuziehen. In Manningham eine Zentralheizung zu installieren kostete nur einen Bruchteil. Rein geschäftlich, wenn man sich denn auf diese Ebene herablassen wollte, war der Zeitpunkt für den Verkauf des Mayfair-Hauses äußerst gut gewählt. Das behauptete jedenfalls Albies Freund aus Cambridge, Keynes, der Nationalökonom war. Der rücksichtslose Industrialismus und der effektivitätsheischende Viktorianismus hatten eine ganz neue Klasse von Neureichen hervorgebracht, die bereit waren, ungeheuer viel Geld für ein weißes Haus in Mayfair mit einem Wappen über der Tür zu bezahlen. London wurde von solchen Leuten förmlich überschwemmt. Deswegen erfreute sich Literatur über Etikette auch momentan größter Beliebtheit, als ließe sich die neureiche Mittelschicht zur Oberschicht erziehen.

Sverre bemühte sich, Albies Vortrag andächtig anzuhören und keine Ungeduld über die vielen irrelevanten Details wie Benimmregeln erkennen zu lassen. Das war nun einmal eine amüsante Eigenheit Albies. Wenn es um Mechanik oder Philosophie und Kunst ging, konnte er sich durchaus präzise ausdrücken und direkt zum Kern der Sache vordringen. Aber sobald es um Finanzen ging, wurde er vage und weitschweifig.

So auch jetzt, denn plötzlich kam er auch noch auf Margie zu sprechen. Der Beschluss zu verkaufen war Albie unter anderem dadurch erleichtert worden, dass Margie sich plötzlich in den Kopf gesetzt hatte, allein in dem Haus zu wohnen, allerdings mit ausreichend Personal. Dass sie in London studieren wollte, war eine Sache, gegen die Albie nichts einzuwenden hatte. Aber dass eine Studentin mit Butler, Küchenpersonal und Kammerzofe in sechsundzwanzig Zimmern wohnte, war grotesk und ein kompletter Anachronismus.

Den durch den Verkauf erzielten Erlös konnten sie nun für eine umfassende Renovierung und Modernisierung Manninghams, für die Mechanisierung der Landwirtschaft und für neue Automobile, die die altertümlichen Pferdetransporte ersetzten, und Ähnliches verwenden.

Margie verfügte außerdem über eine Leibrente, dank der sie, was auch immer geschehen mochte, versorgt war. Im Unterschied zu Pennie hatte sie es sich nicht zum Ziel gesetzt, schnellstmöglich standesgemäß zu heiraten. Dafür musste man Verständnis aufbringen. Falls Margie das Leben eines Dandys in London jenem einer Lady auf dem Land vorzog, so stand es Sverre und ihm nicht zu, etwas dagegen einzuwenden.

Jetzt müsse Pennie nur noch verheiratet werden, fuhr Albie fort. Dann seien, soweit er es beurteilen könne, die meisten seiner verdammten Pflichten erfüllt. Um die Verwaltung des Guts Manningham brauche er sich dann nicht mehr zu kümmern, und es würde jährlich Gewinne statt Verluste einbringen. Dann würde man sich endlich wieder wichtigeren Dingen im Leben zuwenden können.

Sverre fand, dass Albie die unbegreifliche, fast bizarre Neigung hatte, sich in finanzielle Probleme zu vertiefen, die eigentlich keine waren. Seiner eigenen Lebenserfahrung nach, die von der Armut seiner Kindheit auf der Osterøya und auch später geprägt war, gab es in dieser Hinsicht nur ein Problem, nämlich kein Geld zu haben. Wie gleich Albie und er auch sein mochten, wie ähnlich sie dachten, wie gleich ihre Fantasien und Träume auch aussahen, so lag dieser Abgrund zwischen ihnen.

»Hörst du mir überhaupt zu? Ermüde ich dich mit diesen trivialen Dingen?«

Albie hatte ihn ertappt. Er hatte in der Tat nicht mehr zugehört und war mit seinen Gedanken abgeschweift. Er gab es unumwunden zu.

»Entschuldige, ich habe den Faden verloren, das stimmt. Du weißt ja, dass ich finde, dass du dir wegen dieser Dinge zu große Sorgen machst. Aber was du bislang gesagt hast, klingt alles sehr gut. Du wirst die Verantwortung für deine Schwestern los, und Manningham funktioniert von allein. Worin besteht dann eigentlich das Problem? Woher kommen diese Seelenqualen?«

Albie wirkte zuerst etwas gekränkt, überlegte es sich dann aber anders und hob sein Glas.

»Lass uns darauf anstoßen«, sagte er. »Ich vermute, dass ich mich eigentlich entschuldigen müsste, weil ich dir mit diesen Dingen in den Ohren liege, ich hätte bedeutend schneller auf meine gute Nachricht zu sprechen kommen können.«

»Und die wäre?«

»Ich habe uns ein neues Haus gekauft. In Bloomsbury.«

»Ach ja? Wo ist denn das? Das erstaunt mich jetzt aber sehr, hast du mir doch eben ausführlich erläutert, wie klug es war, das Anwesen in Mayfair zu verkaufen. Und jetzt kaufst du also ein neues Haus?«

»Immer mit der Ruhe. Es handelt sich um ein kleines dreistöckiges Gebäude am Gordon Square, das ein Zwanzigstel des Hauses in Mayfair kostet. Der Gordon Square liegt mitten in London zwischen der Euston Road und Holborn. Ich bin mir sicher, das Haus wird dir gefallen.«

Die Royal Albert Hall war bis zum letzten Platz ausverkauft, aber die beiden Athleten hatten ganz richtig zwei Eintrittskarten an der Kasse beim Haupteingang für sie hinterlegt. Es handelte sich um einen Kabarettabend mit bunt gemischtem Programm, eine Veranstaltung, wie sie Albie und Sverre sonst nie besuchten. Tanzdarbietungen, Jongleure, Feuerschlucker, Zauberer, die eine oder andere verschreckte Solistin und weitere ähnlich schlichte Nummern.

Albie war skeptisch. Er hatte Sverre einige Freunde vorstellen wollen, die an diesem Abend ihren neuen Donnerstagsclub ins Leben rufen wollten. Er meinte, die Diskussionen dort seien sicher interessanter als dieses volkstümliche Spektakel. Sverre hatte seinen Skizzenblock auf den Knien und ließ sich von Albies ironischen Einwänden nicht beeindrucken. Falls der biertrinkende Schwede aus dem Criterion wirklich auf der Bühne erschien, um einen

Weltrekord zu brechen, war allein das eine gute Geschichte. Sverre schwebte eine neue Bilderserie vor, der menschliche Körper, radikal anders als die Serie Arbeiterbilder aus Manningham, die ihm zum Schluss fast zu viel geworden waren.

Der Versuch, den Weltrekord im Gewichtheben zu brechen, tauchte im Programm als Schluss- und Hauptnummer auf. Zwischen den einzelnen Nummern verkündete der Conférencier immer wieder, wie lange das Publikum noch auf den stärksten Mann der Welt warten müsse. Langsam, aber sicher stieg die Spannung, und sogar Albie ließ sich schließlich anstecken.

Als es endlich so weit war und der rote Vorhang aufging, war die Bühne bis auf eine von Scheinwerfern angestrahlte Scheibenhantel und eine Waage leer. Beim ersten Trommelwirbel trat der Conférencier mit zwei stämmigen Bühnenarbeitern und einem Herrn, den er als Beamten der Handelskammer vorstellte, auf die Bühne. Die Scheibenhantel wurde auf die Waage gewuchtet, die 320 englische Pfund anzeigte, zwei Pfund mehr als der bisherige Weltrekord. Der Conférencier gab bekannt, dass bei dem Versuch, den Weltrekord zu brechen, drei Ansätze erlaubt seien, mehr jedoch nicht. Dann verließen er und seine Helfer die Bühne, nachdem diese die Scheibenhantel wieder im Scheinwerferlicht platziert hatten.

Lichtkegel tanzten über die Bühne, das Orchester spielte einen Tusch, die Spannung stieg, und der Gewichtheber ließ seltsam lange auf sich warten. Dann plötzlich ein Trommelwirbel, und Albies und Sverres neue Bekanntschaft betrat die Bühne, jetzt mit glänzender Pomade im Haar, die seine braunen Locken fast gänzlich geglättet hatte, gewichstem Schnurrbart, Ringerleibchen, einer Reihe Medaillen auf der Brust und einem breiten Gürtel. Er wurde mit Jubel und begeistertem Applaus begrüßt. Der Schwede umkreiste die Scheibenhantel einige Male und betrachtete sie beinahe feindselig, dann beugte er sich vor, um sie zu packen, überlegte es sich dann aber anders, umrundete sie noch einige weitere Male und schien schließlich einen Entschluss zu fassen. Er trat vor und ergriff die Stange, und weißes Talkumpuder stob von seinen Händen auf. Der Trommelwirbel schwoll zu einem Crescendo an und verstummte dann abrupt.

Mit einem Schrei riss der Athlet in der Hocke die Stange über den Kopf, schien zu schwanken, erhob sich dann seltsam unbeschwert und hielt das Gewicht mit ausgestreckten Armen über den Kopf. Fanfaren und stürmischer Beifall vermischten sich, der Gewichtheber ließ die Stange mit einem ohrenbetäubenden Knall zu Boden fallen und hob triumphierend die gewaltigen Arme. Dann verbeugte er sich dreimal vor dem Publikum, winkte und zog sich zurück. Der Applaus toste noch lange, nachdem er die Bühne verlassen hatte, aber er kam kein weiteres Mal zum Vorschein.

Stattdessen erschien der Conférencier und hob, um Ruhe bittend, die Arme.

»Meine Damen und Herren, heute Abend haben wir noch eine Extranummer für Sie in petto!«, gab er bekannt und wartete, bis es etwas ruhiger wurde. »Der stärkste Mann der Welt, kein Geringerer als der Stolz Londons, Eugen Sandow!«

Erst Erstaunen, dann ohrenbetäubender Jubel. Der Conférencier bat erneut um Ruhe und sprach dann weiter.

»Meine Damen und Herren: Gewichtheben als Sport fordert seinen Mann. Das haben wir gesehen. Aber was Kraft angeht, kommt man mit Hantelstangen bei unserem Eugen Sandow nicht weit. Er wird uns zeigen, wie wahre Kraft aussieht. Hier ist er!«

Der Conférencier verschwand, und unter tosendem Jubel erschien ein sehr athletischer Mann auf der Bühne, dessen Kleidung sich sehr von jener des bereits in den Schatten gestellten Weltrekordlers unterschied. Sandow war fast nackt. Über die eine Schulter hatte er ein Leopardenfell drapiert, an den Füßen trug er Ledersandalen und vor dem Geschlecht hatte er einen platten Gegenstand befestigt, der ein Feigenblatt vorstellen sollte. Ein rundes Podest wurde rasch auf die Bühne gerollt, der Varietékünstler stellte sich darauf, warf das Leopardenfell zu Boden und ließ seine Muskeln spielen, während das Podest rotierte.

Der Anblick war verzückend und unwirklich. Albie und Sverre hatten schon davoneilen wollen, um dem schlimmsten Gedränge an den Ausgängen zu entgehen, jetzt saßen sie ganz gebannt vornübergebeugt da.

Eugen Sandows Körper war überirdisch. So sahen Skulpturen aus der griechischen Antike aus. Lebendig gewordener Marmor. Sandow war sich seiner Vorbilder sehr wohl bewusst. Ab und zu nahm er bekannte Posen aus der Kunstgeschichte ein wie die des Diskuswerfers in verschiedenen Varianten. Die Rückenmuskeln bewegten sich wellenartig, kühn und mühelos ließ er Armmuskeln und Gesäßmuskeln spielen.

Zur großen Enttäuschung des Publikums, inklusive Albies und Sverres, fiel der künstlerische Teil des Auftritts Eugen

Sandows recht kurz aus. Plötzlich sprang er von dem kleinen rotierenden Podest, trat ein paar Schritte zurück und streckte die Arme in die Luft. Erst hatte es den Anschein, als wolle er den Jubel des Publikums entgegennehmen, aber dann ertönte ein weiterer Tusch.

Von der Decke wurde eine Eisenstange herabgelassen, an deren Enden zwei schmale geflochtene Körbe hingen. In jedem der Körbe saßen zwei Männer in Anzug und Melone. Sandow ergriff die Stange, die weiter abgesenkt wurde, und schließlich stand er zitternd vor Anstrengung da und hielt vier Männer mit ausgestreckten Armen.

Der Conférencier eilte herbei und gab bekannt, das Gewicht von vier Männern entspräche genau dem Doppelten des gerade eben errungenen Weltrekords. Er bat um Applaus für den stärksten Mann der Welt, den Londoner Eugen Sandow!

Das Publikum fiel auf den Trick herein und applaudierte stürmisch.

In den Kulissen kam es zum Tumult. Der schwedische Weltrekordler protestierte lauthals und versuchte sich auf die Bühne zu drängen. Erstaunlicherweise gelang es den Bühnenarbeitern, ihn zurückzuhalten. Das Publikum erhob sich, um dem deutlich erschöpften Sandow zuzujubeln, der jetzt seine Last einfach fallen ließ, mit schmerzhaften Folgen für seine menschlichen Gewichte. Das überging Sandow einfach, indem er auf den vorderen Bühnenrand zulief, dadurch alle Aufmerksamkeit auf sich zog und weiteren Beifall einheimste, während die malträtierten menschlichen Gewichte im Hintergrund weggescheucht wurden.

»Man braucht kein Diplomingenieur zu sein, um diese

Taschenspielertricks zu durchschauen«, stellte Albie fest, als sie endlich vor dem runden, tortenähnlichen Ziegelgebäude in einer Droschke saßen.

»Nein, wirklich nicht«, pflichtete ihm Sverre bei. »Dieses Gewicht mit ausgestreckten Armen in die Luft zu halten hätte ich vermutlich auch geschafft, aber das halbe Gewicht vom Boden hoch und zwei Meter in die Luft zu heben wäre mir nie gelungen. Kein Wunder, dass der Schwede erbost war. Schade eigentlich, eine im Übrigen choreografisch märchenhafte Nummer mit solchem Unsinn zu verderben. Besonders hat mir der Part mit den lebendigen Skulpturen gefallen, das kannte ich noch nicht. Du?«

»Wirklich nicht«, gab Albie zu. »Kann man durch Training Männerkörper auf diese Weise verwandeln?«

»Natürlich, wie sonst?«

»Ob die alten Griechen diese Technik kannten?«

»Das habe ich mir noch nie überlegt. Ich habe die antiken Skulpturen immer als künstlerische Idealbilder des Mannes betrachtet, als Künstlerfantasien. Aber jetzt kommen mir Zweifel. Dass Diskobole in Wirklichkeit so ausgesehen haben, ist ein überwältigender Gedanke.«

Sie verstummten, gleichermaßen überwältigt von den Erinnerungsbildern. Sverre fragte nicht einmal nach ihrem Ziel, obwohl es schon nach neun war und sie sich in den Außenbezirken, in South Kensington, befanden.

Nach einer Weile hielt die Droschke auf dem Gordon Square. Albie stieg als Erster aus, warf dem Kutscher eine Halfcrown zu, reichte Sverre wie einer Dame die Hand beim Aussteigen und deutete hoch zu einer weißen Fassade. In keinem der Fenster brannte Licht.

»Das ist unser neues kleines Haus«, sagte Albie. »Aber hier werden wir heute Nacht nicht wohnen, es ist noch nicht eingerichtet.«

»Und wo fahren wir dann hin?«, fragte Sverre, misstrauisch nach diversen Erfahrungen mit Albies gelegentlich impulsiven Anwandlungen, bestimmte Männerrunden aufzusuchen, die er nicht sonderlich erfreulich fand. Das war jedoch schon lange nicht mehr vorgekommen.

»Nicht, was du denkst«, versicherte Albie und deutete auf die Tür des Nachbarhauses. »Hier wird der neue Donnerstagsclub abgehalten. Ich glaube, du wirst dich dort sehr wohlfühlen.«

Albie öffnete die Haustür, ohne zu klingeln, und ging mit Sverre mit der Selbstverständlichkeit eines Hausherrn die knarrende Treppe hinauf in den zweiten Stock, öffnete eine Wohnungstür und breitete die Arme aus, um die erste Person, die ihm in den Weg kam, zu umarmen. Sverre war einen Moment lang perplex, ehe er einen Blick in die Runde geworfen und gesehen hatte, dass es sich nicht um das handelte, was er kurz befürchtet hatte. Das Zimmer wurde von vielen kleinen Ampeln erleuchtet, und es herrschte das totale Chaos, eine Unmenge Leute lag auf Kissen und Sofas herum, und die nächste Person, die sich erhob, wurde von Albie umarmt.

»Das ist Thoby, einer meiner Freunde aus Cambridge«, stellte Albie ihn Sverre vor, und Sverre gab ihm die Hand. »Und das hier ist mein lieber Freund Sverre«, fuhr er mit der Präsentation fort.

Als Sverre Thoby begrüßte, entdeckte er weiter hinten zwischen zwei gleichaltrigen Frauen Margie. Sie lagen wie drei kleine Tiere auf einem Kissenberg. Der Nächste, der sich mit Mühe von einer Couch erhob, hieß Clive und wurde als Kunstkritiker vorgestellt.

Dann kam Margie auf Sverre zu, umarmte ihn und küsste ihn schamlos auf den Mund. Daraufhin übernahm sie – schließlich war sie eine Lady, was auch die Kurzhaarfrisur und das einfache Kleid nicht verbergen konnten – die Aufgabe, ihn der übrigen Gesellschaft vorzustellen.

»Meine beste Freundin Vanessa von der Royal Academy und ihre Schwester Virginia, die Schriftstellerin werden möchte.«

»Ich bin Schriftstellerin«, fauchte Virginia und reichte Sverre die Hand.

»Wir servieren zweierlei Erfrischungen, Kakao mit Gebäck oder Whisky. Was wünschen die Herren?«, fuhr Margie, ganz die Gastgeberin, unbekümmert fort.

»Whisky, danke«, antworteten Albie und Sverre gleichzeitig.

Vanessa holte eine Flasche und zwei Gläser und reichte sie ohne Umschweife Albie, der mit dem Rücken zur Couch, auf der sich der Kunstkritiker Clive jetzt wieder ausstreckte, auf dem Fußboden Platz nahm. Nach kurzem Zögern setzte sich Sverre neben Albie.

»Willkommen im Bloomsbury-Donnerstagsclub«, sagte Albies ehemaliger Kommilitone Thoby und hob eine Tasse, in der, Margies Angebot nach zu schließen, Kakao sein musste.

»Ich stoße vermutlich zum ersten Mal mit einem Kakaotrinker an«, meinte Albie, wobei nicht zu erkennen war, ob ihn dieser Umstand wirklich schockierte.

»Die Etikette ist uns nicht so wichtig«, meinte Thoby mit einer ironischen Verbeugung. »Außer in einem Punkt!

Egal, worüber wir sprechen, wir verlangen von allen, die sich an der Unterhaltung beteiligen, absolute Ehrlichkeit. Und Freundschaft. Mehr nicht.«

»Das klingt wie eine Contradictio in Adjecto«, wandte Albie blitzschnell ein. »Wie soll man eine Freundschaft aufrechterhalten können, wenn man immer ehrlich ist, ganz zu schweigen von absolut ehrlich?«

»Genau dieser Frage wollen wir hier auf den Grund gehen«, antwortete Thoby ebenso rasch.

»Gute Güte«, seufzte Albie, »worüber habt ihr euch dann unterhalten, bevor wir gekommen sind? Über Planetenkonstellationen?«

»Nein, über den Gegensatz Vitalismus–Mechanismus«, erwiderte eine der beiden Schwestern.

»Und noch mal gute Güte«, wiederholte Albie mit einem ironischen Lächeln. »Diese alte Frage ist natürlich eine enorme Herausforderung an die Ehrlichkeit.«

Einige Leute lachten verlegen, dann folgte Schweigen.

»Apropos Ehrlichkeit, so habe ich gerade die moralisch erbauliche Geschichte erzählt, wie es mir gelang, in die Royal Academy aufgenommen zu werden, ohne dass es mir zusteht«, meinte Margie.

Sverre fiel auf, wie selbstverständlich sie mit ihrem charakteristischen Akzent sprach, ohne auch nur ein einziges Mal über eine Silbe zu stolpern. Sie hatte die Rolle der wohlerzogenen, aber schweigenden jungen Dame weit hinter sich gelassen. Und wie sie es angekündigt hatte, erzählte sie den beiden neu hinzugekommenen Diskussionsteilnehmern die Geschichte jetzt ein weiteres Mal.

Vor der Aufnahmeprüfung an der Royal Academy musste eine größtmögliche Anzahl Skizzen eingereicht werden. Sie hatte alles zusammengerafft, was ihr nicht allzu peinlich war. Bei der Auswahl hatte sie der Versuchung nicht widerstehen können, dass es bei ihr zu Hause einen meisterhaften Künstler gab, der Hunderte von Skizzen um sich herum verstreute, von denen die meisten im Papierkorb landeten.

Sie hatte also die Papierkörbe geplündert und ihre Mappe beträchtlich aufgebessert.

Kurz vor dem Vorstellungsgespräch bei der Royal Academy, denn so weit war sie vorgedrungen, war einer der älteren Lehrkräfte auf seinen Stock gestützt an sie herangetreten und hatte sie um ein Gespräch unter vier Augen in seinem Dienstzimmer gebeten.

Errötend, mit klopfendem Herzen und beschämt war sie dem alten Herrn in sein Zimmer gefolgt. Auf seinem Schreibtisch lagen ihre Skizzen ordentlich in zwei Stapeln. Der eine Stapel ihre eigenen Versuche, der andere das Material, das sie aus den Papierkörben des Künstlers gerettet hatte. Der alte Mann deutete auf die Stapel und fragte unumwunden:

»Habe ich recht?«

Ihr blieb nichts anderes übrig, als zu gestehen. In Tränen auszubrechen lag ihr nicht, aber gestehen musste sie. Daraufhin machte sie sich auf eine Moralpredigt, die Verweisung von der Royal Academy und schlimmstenfalls ein offizielles Verfahren gefasst.

Aber der alte Mann lächelte nur. Und sein kurz gefasster Kommentar würde ihr für immer im Gedächtnis haften bleiben.

»Mylady, Sie scheinen sehr stark von diesem meisterhaften, aber mir unbekannten Künstler beeinflusst zu sein, wie ich sehe. Das verstehe ich. Aber ich verstehe nicht, warum

Sie nicht auf Ihre eigenen Fähigkeiten vertrauen. Jetzt beschränken wir uns darauf, dem Kollegium nur Ihre Skizzen vorzulegen, und dann wird alles zu Ihrer Zufriedenheit verlaufen.«

Die anderen hatten diese Geschichte bereits gehört, schienen sie aber auch beim zweiten Mal amüsant zu finden und applaudierten. Aber Margie hatte noch eine weitere Pointe in Bereitschaft.

»Und dort sitzt er also, der ziemlich meisterhafte Künstler!«, sagte sie und deutete auf Sverre.

Sverre, der neben seinem großen schwarzen Skizzenblock saß, kam sich wie ein auf frischer Tat ertappter Ganove vor. Die neugierige Begeisterung, die ihm jetzt entgegenschlug, machte die Sache noch schlimmer. Insbesondere da alle zu erwarten schienen, dass er auch etwas zu der Angelegenheit zu sagen hatte.

Wie ein Boxer durch den Gong wurde er durch das Auftauchen eines großen, schlaksigen Mannes in Tweedanzug mit Weste und rotem Bart und runder Brille gerettet. Nach der allgemeinen Begeisterung zu urteilen, war er ein guter Freund aller Anwesenden. Er ging auf Vanessa zu, umarmte sie und tat dann so, als würde er einen Fleck auf ihrem Kleid entdecken.

»Aber Vanessa!«, rief er. »Sind da wirklich Spermaflecken auf deinem Kleid? Und so weit oben?«

Vanessa lachte nur. Niemand schien über diese Bemerkung im Mindesten schockiert zu sein. Sverre fragte sich, in was für eine Gesellschaft er da eigentlich geraten war. Seine Verwunderung nahm auch im Laufe der folgenden Stunde nicht ab.

Lytton Strachey, so hieß der jüngst Eingetroffene, verwandelte die Unterhaltung zu einer Vorführung der Schlagfertigkeit. In rasendem Tempo wurden die aktuellen Themen abgehandelt, Vitalismus und Mechanismus in weniger als zehn Minuten, und alle warfen mit langen Zitaten von Henri Bergson und Friedrich Nietzsche um sich.

Sverre sah mit Erstaunen, dass sich Albie mit demselben Eifer und derselben Gewandtheit wie Lytton in die Diskussion warf. Er distanzierte sich vehement vom Vitalismus, der seiner Meinung nach die Romantik schwächte, dann machte er sich über Nietzsches *Also sprach Zarathustra* lustig, in dem der lächerliche, sogenannte Übermensch in Gestalt eines »esoterischen Blödmanns« erschien, der hoch gelegene Plätze aufsuchte, um seine »Sinne zu berauschen«, ohne auch nur im Geringsten zur Entwicklung der Menschheit beizutragen. Während die Ingenieure, also Leute wie er selbst und Sverre, eine neue Welt für den neuen Menschen bauten, der wahrhaftig nicht die Zeit hatte, auf einem Berg zu sitzen und seine eigene geistige Überlegenheit zu genießen.

So ging es immer weiter, Diskussionen über alles und nichts wogten hin und her. Sverre hatte das Gefühl, einem Tennismatch beizuwohnen und dem hin und her sausenden Ball hinterherzuschauen. Neben ihm saß der ihm so vertraute Mann und offenbarte eifrig gestikulierend und schwadronierend ganz neue Seiten seiner selbst.

Sinn der Diskussion war es eher, die gegensätzlichen Auffassungen anzufachen, als zu einem gemeinsamen Schluss zu kommen. Sie entwickelte sich zunehmend zu einer Art Zweikampf zwischen Lytton und Albie, und Sverre war nicht in der Lage, zu entscheiden, wer der *top dog* war, obwohl er intuitiv Albies Partei ergriff, bis sich dieser irgendwie in das griechische Ideal des älteren und des jüngeren Mannes verhedderte, so wie es Oscar Wilde dargestellt hatte.

»Ha! Jetzt habe ich dich doch!«, triumphierte Lytton und begann auf und ab zu gehen, während sein roter Bart vor Eifer wippte.

»Der freie griechische Mann, den du unglücklicherweise erwähnt hast, Albie, bestieg mit Lust und Liebe seine Sklaven, seine Kriegsgefangenen, seine Frau und natürlich auch den einen oder anderen Knaben, der ihm in den Weg kam. Das war sein Vorrecht als überlegener Mann, egal, ob er Krieger oder Philosoph war. Undenkbar wäre jedoch gewesen, sich mit einem anderen freien Mann zu verlustieren, ganz zu schweigen davon, dass sich dieser mit ihm verlustiert hätte. Der Akt an sich war weder ein Ausdruck der Liebe noch der Zärtlichkeit und noch viel weniger der intellektuellen noch anderer Gleichstellung. Das ist alles Unsinn. Für uns Urninge gibt es keine griechischen Ideale.«

»Urninge?«, fragte Albie erstaunt und begriff zu spät, dass er auf Lyttons Lieblingstrick hereingefallen war, bei verbalen Duellen die Initiative zu behalten, indem er den Gegner am Ende einer Erklärung mit etwas Unbekanntem überraschte.

»Genau, Urninge«, fuhr Lytton zufrieden fort. »Wenn ich es richtig verstanden habe, seid ihr beide eher nach Deutschland orientiert. Magnus Hirschfeld lanciert in seinem neuesten Werk, dem ›Jahrbuch für sexuelle Zwischenstufen‹, das vor zwei Jahren erschienen ist, ein drittes Geschlecht. Eben jene Urninge. Im Übrigen vertritt er die These, dass es zu unseren Eigenarten, also denen der Urninge, gehört, nicht pfeifen zu können.«

Lytton pfiff demonstrativ, alle lachten, und somit hatte er Albie überrumpelt und besiegt. Zu Fall gebracht, könnte man sagen. Sverre fand diesen Wortwechsel sowohl unsympathisch als auch sinnentleert.

*

Es dauerte bedeutend länger, nach Newcastle zu reisen als nach Paris. Der Zug fuhr frühmorgens ab und würde erst am späten Abend sein Ziel erreichen.

Am Vorabend in Bloomsbury war es spät geworden, und Sverre fühlte sich während der ersten Stunden, in denen er zu schlafen versuchte und gleichzeitig das Schlagen der Räder auf den Schienenstößen verfluchte, sehr verkatert.

Mittlerweile war er im Besitz eines Patents für die neue Radkonstruktion. Die Prototypen hatten im letzten Jahr am Privatwaggon des Gutes Manningham perfekt funktioniert. Allen Gästen war der beachtliche Unterschied aufgefallen.

Die Freude über das Patent währte allerdings nur kurz. Keine Eisenbahngesellschaft wollte Geld in die Innovation investieren. Man war der Meinung, dass die zusätzlichen Kosten durch keinen Wettbewerbsvorteil aufgewogen wurden. In gewissem Sinne waren die langwierigen metallurgischen Studien, alle Reisen zu Spezialisten in Sheffield, alle Experimente mit verschiedenen Arten von Rohgummi und alle Grübeleien also vergeblich gewesen.

Sein Versuch, anhand seiner technischen Kenntnisse die Welt zu verbessern, war gescheitert, und vier Jahre seines

Lebens waren vergeudet. Immerhin gab es auf Manningham zwei neu entwickelte Traktoren, die mit Dieselmotoren ausgestattet waren. Sachlich betrachtet hatte Albie die Nase vorn. Aber die allgemeine Entwicklung vollzog sich in rasendem Tempo. Es gab viel zu viele Traktorentypen, als dass man das in jeder Beziehung überlegene Manningham-Modell hätte patentieren lassen können. Jede einzelne ihrer Verbesserungen und Erfindungen war zu geringfügig, auch wenn sie in ihrer Gesamtheit ein sehr gutes Resultat ergaben.

Als Ingenieur hatte er bisher also nichts von besonderem Wert geleistet. Und als Künstler? Diese Frage wagte er sich kaum zu stellen.

Kunst war nicht nur Technik, also nicht nur die Fähigkeit, eine Hand zu zeichnen. Das beherrschte er. Aber Kunst war auch die Fähigkeit, die Wirklichkeit so unwirklich darzustellen, dass sie noch wirklicher wurde oder so ähnlich. Diese Dinge ließen sich nur schwer in Worte fassen. Die Fähigkeiten eines Matisse. Oder ein origineller Motivkreis. Wie im Werk Gauguins.

Das Problem bestand natürlich darin, dass die, die gerne mit der Form experimentierten, mit den Farben statt beispielsweise mit dem Motiv wie die Expressionisten, immer die zu sein schienen, die eben keine Hand zeichnen konnten.

Wie, ehrlich gesagt, auch Margie.

Es war natürlich wunderbar, dass sie an der Royal Academy studieren durfte und das auch noch aufgrund ihrer eigenen Fähigkeiten und ohne Hilfe seiner verworfenen Skizzen. Vieles an ihr war bewundernswert, insbesondere ihre Entschlossenheit, mit der sie sich von den Familientraditionen lossagte, ihre Weigerung, sich eine gute Partie zum Lebensziel zu machen und sich in das gut möblierte Gefängnis einzuordnen, in das man die Mädchen von klein auf hineinerzog. Sie erhielten keine höhere Ausbildung, sondern wurden dressiert in Benimm, Gesang, Musik, Sprachen und der Fertigkeit, einem großen Haushalt vorzustehen. Margies Freundinnen Vanessa und Virginia schienen auf dieselbe Art erzogen worden zu sein, zumindest waren ihnen einige Klagen über die Dienstboten entschlüpft, die ihn an Penelope erinnerten, wenn sie sich von ihrer schlimmsten Seite zeigte. Im Übrigen war es recht erstaunlich, dass sich die drei Freundinnen mit ihrem Hintergrund so gut mit den Streithähnen Lytton Strachey, Clive Bell, Thoby Stephen, übrigens dem Bruder von Vanessa und Virginia, und natürlich Albie verstanden.

Für die Sverre von ihren nächtlichen Dresdner Unterhaltungen über Kunst und Musik gänzlich unbekannte und unsympathische Art Albies zu diskutieren gab es eine Erklärung.

Als sie nach dem Bloomsbury-Abend in der Kutsche saßen, gab Albie ihm zu verstehen, das sei eine verspielte Reminiszenz an die Cambridge-Zeit. Lytton, Thoby und Albie waren alle Mitglieder des Diskussionsclubs »The Apostles« gewesen, der Diskussionen als einen nicht ernst zu nehmenden Sport betrieben hatte.

Die eintönige, grüne englische Landschaft zog an dem Abteilfenster vorbei, ebenso monoton wie das regelmäßige Rattern über die Schienenstöße. Schließlich fielen Sverre die Augen zu. Zwischendurch wurde er wach, zwang sich aber immer wieder dazu einzuschlafen. Einmal träumte er, dass Margies Gesicht sich in Albies verwandelte. Er erwachte abrupt wie aus einem Albtraum und konnte nicht wieder einschlafen. Also zog er seinen Skizzenblock aus der Reisetasche und machte sich daran, die Bilder von Eugen Sandow um Details wie Haare, Augen und Schnurrbart zu ergänzen. Als ihn diese Tätigkeit zu langweilen begann, ging er in den Speisewagen.

Er hatte keinen Tisch reserviert, war jedoch so spät dran, dass sich sicher ein Platz finden würde.

Er bekam einen Tisch zugewiesen, der rasch mit einem frisch gestärkten Tischtuch, einem Weinglas, Bleikristall, und Besteck für drei Gänge gedeckt wurde.

Die Speisekarte war auf Englisch und Französisch, was etwas überraschte, wenn man bedachte, wie sehr die Engländer die Franzosen verachteten.

»Ich kann unsere Dover Sole Meunière als Hauptgericht empfehlen«, sagte der Kellner verbindlich, vielleicht auch heimtückisch, weil er Sverres Gedanken gelesen hatte.

»Danke, aber ich glaube, ich nehme heute lieber das Steak. Wie ist das Aberdeen Angus, ich hoffe, nicht zu durchgebraten?«, erwiderte Sverre so britisch wie nur möglich.

Er zog das Mahl in die Länge und trank zu dem zu durchgebratenen Steak eine Flasche Château Margaux. Der Wein würde es ihm hoffentlich erleichtern, wieder einzuschlafen, wenn er in sein Erste-Klasse-Abteil zurückkehrte, das er einstweilen noch für sich hatte.

Mittlerweile war er ein Gentleman, der recht gut bei Kasse war und keine sonderlich großen Ausgaben hatte. Die Kleider aus der Savile Row gingen auf das Manningham-Konto, Speisen, Getränke und Dienstboten in London ebenfalls. Er hatte nicht die Absicht, je wieder in die peinliche Lage zu geraten, sich nicht einmal eine Tube blauer Farbe leisten zu können.

Die Vereinbarung zwischen ihnen war simpel und Sverres Meinung nach viel zu großzügig. Albie erstand Pennies und Margies Porträts sowie das Gemälde mit dem Küchenmotiv, Käufe, die in der Manningham-Buchführung aufgelistet wurden. Anschließend hatte Sverre, nach höchst informellen Verhandlungen im griechischen Bad, den formellen Auftrag erhalten, die aussterbenden Handwerkstraditionen Manninghams zu dokumentieren. Eventuell ließ sich die Serie auch auf die Veränderungen der neuen Zeit ausdehnen.

Seine Bezahlung entsprach der eines etablierten englischen Künstlers. Seither besaß er ein Konto bei der Bank of England, das ein Gefühl der Befreiung von einem für Albie kaum nachvollziehbaren Ausmaß ausgelöst hatte.

Als er in sein Abteil zurückkehrte, war es immer noch leer. Die grüne, eintönige Landschaft vor dem Fenster hatte sich nicht verändert, und die Schienenstöße rumpelten fürchterlich.

Der Blick aus dem Fenster vermochte seine Fantasie nicht zu beflügeln. Hier gab es keine Berge, keine Fjorde oder schwarzen Wälder, alles war einheitlich grün, und das einzige Bild, das ihm in den Kopf kam, war Margie mit ihrer neuen Knabenfrisur und ihrem neuen legeren Bohemestil. Frech war sie mittlerweile auch und scheute wie die Schwestern Stephens nicht davor zurück, rüde zu fluchen, wenn auch in ihrem perfekten Upper-Class-Englisch, das die Worte komischerweise ihrer Schärfe beraubte.

Während er mit der Bildserie über das Arbeitsleben auf Manningham beschäftigt war, begann sie mit einem neuen, teuren deutschen Fotoapparat zu fotografieren. Hin und wieder tauchte sie wie zufällig auf, wenn er mit vorbereitenden Skizzen beschäftigt war, führte nahezu aufdringliche Detailstudien aus, was ihn störte und die Arbeiter in Verlegenheit brachte.

So hatte es begonnen. Als Nächstes besuchte sie ihn im Atelier und in der Galerie, wo er nachmittags saß und in Öl arbeitete. Dort zeigte sie ihm ihre Porträtfotos, weil sie fand, diese könnten ihm als Vorlagen nützlich sein. Sverre teilte ihre Auffassung ganz und gar nicht, er verließ sich lieber auf sein Gedächtnis und seine Skizzen, aber das sagte er natürlich nicht.

Nach einiger Zeit wollte sie neben ihm sitzen und ihm eingehender bei der Arbeit zusehen. Zu diesem Zeitpunkt ungefähr hatte er begriffen, worauf das Ganze hinauslaufen sollte.

Sie wollte Künstlerin werden, und wie hätte ausgerechnet er ihr das ausreden sollen. Also hatte er ihr geraten, ihre Technik zu perfektionieren, indem sie unablässig übte und alles in ihrer Nähe skizzierte. An ihrem starken Willen, zu üben und zu lernen, war nichts auszusetzen.

Das Problem war nur, dass sie nicht skizzieren konnte. Nach einiger Zeit schlug er ihr vor, etwas ganz anderes auszuprobieren, mit Farben zu experimentieren, einfach Farbkombinationen zu kreieren und zu sehen, wo die Fantasie sie hinführte. Vielleicht hatte er sie mit diesem Rat auch einfach nur loswerden wollen, aber als er ihre Collagen sah, die nichts Konkretes darstellten, was auch gar nicht beabsichtigt war, stellte er fest, dass sie Fantasie und ein bemerkenswertes Gefühl für Farbkombinationen besaß. Eine Zeit lang spielten sie also zusammen mit Farben und saßen dicht nebeneinander, so dicht, dass er ihren Oberschenkel an seinem spürte und befürchtete, dass das unschicklich sein könnte.

Sie gab nicht auf, sondern kämpfte weiter, und allein das war bewundernswert. Der erfreuliche Umstand, dass sie in die Royal Academy aufgenommen wurde, stellte ihre Freikarte ins Leben dar, ein Leben mit den neuen Freundinnen, Vanessa und deren jüngerer Schwester, die Schriftstellerin werden wollte, eine Art vornehmer Boheme so fern von dem Leben, für das sie bestimmt gewesen war, dass man es sich kaum vorstellen konnte. Außerdem war sie liebenswert. Hätte er sich eine Idealschwester Albies ausdenken müssen, dann wäre in seiner Fantasie genau so jemand wie Margie entstanden.

*

Die Veranstaltung fand außerhalb der Stadt an der Tyne statt. Es war leicht, den Ort zu finden, weil die Leute in Nordengland viel hilfsbereiter als in London waren, auch wenn ihr Dialekt nur schwer verständlich war.

Er war spätabends im Royal Station Hotel eingetroffen, das neben dem Bahnhof lag. Ein recht hässliches, aber protziges Bauwerk im viktorianischen Stil, von dem sich die Engländer nicht so recht befreien mochten. Das Zimmer war jedoch wunderbar und das Frühstück solide englisch.

Auf der gekiesten Uferpromenade waren viele Leute unterwegs: Kinder in Matrosenanzügen und Kniestrümpfen, Väter mit großen geflochtenen Picknickkörben, Frauen, die außer Hörweite ihrer Männer in Grüppchen für sich gingen, Arbeiter in dunklen Anzügen und Melone, Männer aus der Middle Class in Jackett und grauen Hüten flachen Typs, die gerade in Mode gekommen waren, einzelne Pferdedroschken und sehr wenige Automobile, die sich hupend zwischen all den Hindernissen ihren Weg bahnten.

Eine Idylle, die genauso gut deutsch oder norwegisch hätte sein können, das glückliche Bild einer neuen Zeit, einer neuen, friedlichen und fortschrittlichen Welt. Die Menschheit schickte sich an, den großen Sprung in das gewaltige Jahrhundert der Technik zu tun. Falls der nicht bereits vollzogen war.

Sverre wurde von einem Schwindel ergriffen. Das passierte ihm manchmal, wenn ihm bewusst wurde, wie unvorhersehbar das Leben war. Er befand sich auf einem Kiesweg in Nordengland, und das war seine Wirklichkeit. Was Oscar und Lauritz wohl jetzt gerade in ihren Wirklichkeiten taten? Wie er einer Notiz in der *Times* entnommen hatte, war die Bergenbahn fertiggestellt, kämpfte jedoch noch mit gewissen Anfangsschwierigkeiten, die in der Notiz nicht näher erläutert wurden, vielleicht Schneeverwehungen oder Erdrutsche. Vermutlich waren seine Brüder also damit beschäftigt, diese zu beseitigen.

Wenn sie ihn jetzt vor den Toren Newcastles sehen könnten, unterwegs, um Männer in Trikots und Leopardenfellen beim Kraftsport abzubilden, würden sie ihm da verzeihen oder ihn wenigstens verstehen können? Vermutlich nicht.

Er war bei einer Art Zirkus angelangt. Das große graue Zelt war mit roten, blauen und weißen Wimpeln geschmückt. Daneben stand eine Tribüne, umgeben von aufgestellten Bankreihen wie in einem Amphitheater. Sverre vermutete, dass es vom Wetter abhing, ob die Vorstellung drinnen oder draußen stattfand. Es war ein milder Sommertag mit klarem Himmel, also hatte man die Tribüne im Freien gewählt, weil vor dieser bedeutend mehr Zuschauer Platz fanden als im Zirkuszelt. Die Schlange vor der Kasse war zweihundert Meter lang. Auf den Plakaten war der Name des schwedischen Weltrekordlers falsch geschrieben. Ein imposantes, farbiges Bild zeigte ihn mit übergroßer Hantelstange, die er über seinem Kopf hielt. Es war jedoch bei Weitem nicht so eindrucksvoll wie das Bild des anderen Stars, des schweißglänzenden Eugen Sandow mit einem Leopardenfell über der Schulter.

Sverre kaufte eine Karte der teuersten Kategorie, um den Protagonisten möglichst nahe zu kommen. Als er im Programmheft blätterte, stellte er zufrieden fest, dass die Hauptattraktion hier, im Gegensatz zu der Londoner Vorstellung, der Kraftsport sein würde.

Neben dem Zirkuszelt standen grellbunt bemalte Wagen, in denen sich die Artisten umziehen konnten. Sverre entdeckte die beiden skandinavischen Riesen, als sie einen Wagen betraten, der beunruhigend zu schaukeln begann.

Es dauerte recht lange, bis sich die Arena mit Zuschauern gefüllt hatte. Die Vorstellung begann jedoch zur vorgesehenen Zeit.

Als Erstes standen Schaukämpfe auf dem Programm, die von Männern durchschnittlicher Statur vorgeführt wurden. Gegen Ende der Nummer tauchten die beiden Skandinavier im Hintergrund auf und wurden unverzüglich von den kleineren, agileren Ringkämpfern angegriffen, die gegen die beiden Riesen zur allgemeinen Heiterkeit natürlich nichts ausrichten konnten. Der Auftritt endete damit, dass der Schwede auf die Knie fiel, beide Arme zur Seite streckte und die vier Ringer auf seinen Oberarmen Platz nahmen. Unbeschwert, als seien sie Stoffpuppen, hob er sie hoch und trug sie unter allgemeinem Jubel einige Runden auf der Bühne herum.

Dann war es Zeit für den Kampf der beiden Giganten. Es war wie ein Zusammenstoß zweier Dampflokomotiven. Dieser Eindruck wurde von ihrem lauten Keuchen verstärkt, als sie einander hin und her über die Bühne trieben, während sie sich gegenseitig zu packen suchten. Zu guter Letzt brachte der Däne den Schweden zu Fall, dann rangen sie eine Weile miteinander, bis der Schwede in einer Brücke abwärtsgedrückt wurde und all seine Kraft aufbieten musste, damit seine Schultern nicht auf der Matte landeten. Plötzlich gelang es ihm, sich wie durch ein Wunder zu befreien, und die Rollen waren vertauscht. Der offenbar im Voraus vereinbarte Kampf wogte noch einige Male hin und her. Einmal hatte der eine die Oberhand, dann wieder der andere. Sowohl auf der Bühne als auch auf Sverres Skizzenblock herrschte hohes Tempo.

Die Statur und Kraft der beiden Varietékünstler war beeindruckend, aber bereits während Sverre an seinen Skizzen arbeitete, wusste er, dass diese bierbäuchigen Kraftprotze nicht waren, was er suchte. Kraft war eines, Schönheit etwas ganz anderes.

Bis zum Auftritt Eugen Sandows verging fast eine Stunde. Dieses Mal hatte er zwei Gehilfen dabei, zwei Männer von ähnlicher Statur wie er selbst, ohne ein Gramm überflüssiges Fett am Körper und mit Muskeln, die sich bis ins kleinste Detail deutlich unter der Haut abzeichneten.

Sandow hatte sich eingeölt, damit das Sonnenlicht die Kontraste zwischen den verschiedenen Muskelgruppen noch verstärken konnte. Seine Gehilfen hingegen waren weiß bemalt, sodass sie bei den anschließenden Posen, die sie einnahmen, ihren griechischen Vorbildern verblüffend ähnlich sahen. Sverre konnte die Vorbilder aus dem British Museum oder Berlin mühelos identifizieren.

Dann war es Zeit für Eugen Sandows großes Finale, das ihn allein auf dem rotierenden Podest zeigte. Die Darbietung ähnelte sehr stark jener in der Royal Albert Hall, nahm aber mindestens dreimal so viel Zeit in Anspruch. Sverre fertigte eine Skizze nach der anderen an, wobei ihn eine regelrechte Euphorie erfasste. Er hatte das Gefühl, ganz neuen Ideen auf der Spur zu sein, die er nicht bewusst in Worte fassen konnte, dazu fehlte ihm die Zeit, die aber darauf hinausliefen, allen zeitgenössischen Vorstellungen über den modernen, verweichlichten und degenerierten Menschen etwas entgegenzusetzen und den Männerkörper in lebendige Kunst zu verwandeln und die antiken Stilideale in einem vollkommen modernen Umfeld wiederauferstehen zu lassen.

Als Abschlussnummer stand Arvid Sandbergs Weltrekordversuch auf dem Programm. Dieses Mal mussten zwei Pfund mehr als zwei Tage zuvor in London gehoben werden. Der Conférencier gab stolz bekannt, dass, so es Gottes Wille sei, Newcastle London als Stadt des Weltrekords ablösen würde, was beim Publikum große Begeisterung hervorrief.

Die Darbietung vollzog sich genau wie jene in London, die Hantelstange wurde feierlich gewogen, die Regel, dass bei dem Versuch, einen Weltrekord zu brechen, nur drei

Versuche erlaubt seien, wurde verlesen, und schließlich umkreiste der Schwede schnaubend die Hantelstange, als müsse er sich sammeln oder als zögere er angesichts der unglaublichen Herausforderung. Dann packte er die Stange.

Auch dieses Mal wurde der Weltrekord wieder gebrochen, mit dem kleinen Unterschied, dass der Athlet beim ersten Versuch so tat, als müsse er aufgeben. Ein Raunen der Enttäuschung ging durch das Publikum. Vereinzelte ermutigende Zurufe waren zu hören. Arvid Sandberg drehte drei weitere schnaubende Runden um die Hantelstange, ehe er zu einem neuen rasenden Angriff ansetzte. Laut brüllend riss er die Stange nach oben, hielt sie mit ausgestreckten Armen über den Kopf und erhob sich dann, scheinbar ohne die geringste Anstrengung. Jetzt war also Newcastle die Stadt des Weltrekords, und der Beifall wollte kein Ende nehmen. Ein kleines Mädchen lief auf die Bühne und überreichte dem Weltrekordler einen Strauß rote Rosen.

Sverre wartete höflich, bis sich Applaus und Jubel gelegt hatten, und eilte dann davon, um Sandow aufzusuchen.

Er fragte sich zu dem Wohnwagen durch, in dem dieser und seine Gehilfen untergebracht waren.

»Herein!«, brüllte jemand auf Deutsch, als er anklopfte.

Er öffnete die Tür und trat ein. Sandow und seine zwei Gehilfen saßen an einem kleinen runden Tisch und hatten Gläser mit einem Getränk unbestimmbar grauer Farbe vor sich stehen. Die Gehilfen hatten sich notdürftig ihre weiße Farbe abgewaschen, Sandow das Öl, und alle drei trugen Trainingshosen.

»War das nicht Deutsch?«, fragte Sverre auf Deutsch, als er eintrat.

»Natürlich! Friedrich Wilhelm Müller, zu Diensten«, antwortete Eugen Sandow mit einem deutlichen ostpreußischen Dialekt. »Und wer sind Sie?«

»Ich bin Sverre Lauritzen aus Dresden, nun, eigentlich stamme ich aus Norwegen. Ich bin Maler«, stellte sich Sverre vor. »Ich wusste nicht, dass Sie Deutscher sind, Herr Müller.«

Die beiden anderen Männer erhoben sich, und Sandow stellte seine englischen Gehilfen vor. Möglicherweise lag es an der unerwarteten sprachlichen Gemeinsamkeit mit Sandow/Müller, dass Sverre so freundlich empfangen wurde. Wenig später hatte er sein Anliegen vorgetragen, dass er vorhabe, die lebendigen Skulpturen, die er in London und Newcastle gesehen habe, künstlerisch abzubilden. Der Wunsch, sie noch einmal in Aktion zu sehen, habe ihn zu der Reise hierher bewogen.

Eugen Sandow alias Friedrich Wilhelm Müller schien das hartnäckige Interesse Sverres zu schmeicheln. Er entdeckte Sverres Skizzenblock und bat darum, ihn sich ansehen zu dürfen. Anschließend wurden sie sich recht rasch einig.

Sandow betrieb eine Gymnastikeinrichtung in London, The Institute of Physical Culture in der St. James's Street unweit des Piccadilly Circus. Dort wollten sie sich in zwei Tagen treffen und Sverres Arbeit detaillierter diskutieren.

Außerdem könne Sverre schon jetzt zwei Bücher erwerben, die er in der Bahn auf dem Heimweg lesen könne und die sich als Vorbereitung auf seine Bildschöpfungen eigneten, da beide mit zahlreichen Fotografien illustriert seien. Ob er ihm vielleicht auch ein wenig kräftigende Sandow-Schokolade anbieten dürfe?

Sandow kramte eine Papiertüte hervor, die mit einem Farbbild seiner selbst verziert war, auf dem er vier Männer in geflochtenen Körben an ausgestreckten Armen in die Höhe hielt. Sverre wusste nicht recht, ob Sandow scherzte, und antwortete zurückhaltend, sie würden eher ins Geschäft kommen, wenn er einen kräftigenden Sandow-Whisky anzubieten habe. Die beiden Engländer, die offenbar gut Deutsch verstanden, lachten genauso laut wie Sandow selbst.

Im Nachtzug zurück nach London blätterte Sverre lange in den beiden Büchern, die ganz richtig mit zahlreichen Fotografien illustriert waren. Es ging um »Kraft und die Kunst, diese zu erhalten« sowie »Sandows System körperlichen Trainings«. Eine neue Welt eröffnete sich seiner Fantasie, er sah die Gemälde bereits vor sich und hatte endlich ein vollkommen neues Betätigungsfeld entdeckt.

Als er auf die Liege seines Schlafwagenabteils sank, erfüllte ihn ein warmes, selbstbewusstes Glück wie schon lange nicht mehr. In letzter Zeit hatte er oft gezweifelt. Jetzt vermochte ihn nicht einmal der Lärm der Schienenstöße zu stören, nachdem er von Bildern erfüllt eingeschlafen war.

Das warme Glücksgefühl hielt auch am nächsten Morgen an, als er sich rasierte, was in dem schaukelnden Schlafwagen nicht ganz einfach war. Er freute sich bereits darauf, den ganzen Tag seinen neu erstandenen Büchern zu widmen.

Als er den Speisewagen betrat, um ein spätes Frühstück zu sich zu nehmen, sah er jedoch ein, dass er seine Pläne ändern musste. Beck-Olsen und Arvid Sandberg saßen sich, aufgrund ihrer Leibesfülle je zwei Plätze einnehmend, gegenüber, ein wunderbar komischer Anblick.

»Hier ist die Gefahr, rausgeworfen zu werden, bedeutend geringer«, meinte Sverre, und der Weltrekordler rückte lächelnd auf der lederbezogenen Bank zur Seite. Sverre, der auch kein kleiner Mann war, zwängte sich mit einer halben Pobacke darauf.

Den Essensresten nach zu schließen, hatten die Riesen mindestens zwei Dutzend Bratwürste und dazu Bacon und Spiegeleier verspeist. Anschließend hatten sie herzhaft dem Bier zugesprochen. Beide hatten gute Laune, Arvid Sandberg, weil es Eugen Sandow nicht gelungen war, ihm in Newcastle mit kindischen Tricks die Schau zu stehlen. Beck-Olsen freute sich, dass die Englandreise bald vorüber war und man sie wieder wie Menschen behandeln würde, was hier nie der Fall war. Die englischen Großmäuler taten geradezu so, als würden sie ihre eigene Sprache nicht verstehen.

Während Sverre begann, Porträts von ihnen zu skizzieren, fragte er sie über ihren Hintergrund aus. Beide kamen aus ähnlich ärmlichen Verhältnissen wie er. Sandberg war in einem kleinen Ort mit einer Schmiede in Västmanland, einer waldreichen Gegend dreihundert Kilometer nordwestlich von Stockholm, aufgewachsen. Beck-Olsen hatte seine Kindheit in einer Ziegelei in Jütland verbracht. Irgendwann in ihrer Jugend hatten sie festgestellt, dass sie stärker waren als alle anderen. Und nachdem beide den Turnervereinen der jeweiligen Hauptstädte beigetreten waren, hatten sie dieselbe Entdeckung gemacht. Der Rest war jahrelanges hartes Training gewesen.

Im Augenblick mussten sie eine Zwangspause einlegen,

da die Polizeibehörde in Stockholm öffentliche Ringkämpfe verboten hatte. Der Stockholmer Polizeipräsident war zu dem Schluss gelangt, Ringen sei unmoralisch oder unsittlich oder sogar beides. Angeblich sei bei dem Kampf vor Publikum zu viel von den Hinterbacken zu sehen, was verderblich aufreizend wirken könne. Insbesondere wenn gleichzeitig Alkohol ausgeschenkt werde. Nach zähen Verhandlungen wurden Berns Salonger, das Mosebacke Etablissement und andere Varietétheater vor die Wahl zwischen Ringkämpfen und Alkoholausschank gestellt. Alle wählten die Schanklizenz.

Aber in Kopenhagen und Kristiania seien Ringkämpfe nach wie vor gestattet. Übrigens werde Arvid in genau einem Jahr und auch in den darauffolgenden Jahren etwa zur selben Zeit in Kristiania auftreten. Da sei Sverre als Norweger natürlich besonders willkommen.

Nach einer Reihe haarsträubender Anekdoten aus der Welt des Varietés ließ sich Sverre dazu verleiten, ebenfalls Bier zu trinken, was er um diese Tageszeit nie tat. Wenig später musste er sich entschuldigen, um ein Nickerchen zu halten.

Wieder in seinem Schlafwagenabteil, das Bettzeug war inzwischen weggeräumt worden, überfiel ihn eine unerwartete Schwermut. Die Reiseberichte der beiden Athleten hatten ein überwältigendes Heimweh in ihm ausgelöst, gefolgt von den bislang erfolgreich unterdrückten, sorgenvollen Gedanken seines schlechten Gewissens.

Arvid Sandbergs und Beck-Olsens Ehrlichkeit und Rechtschaffenheit stimmten ihn unerklärlich melancholisch. Sie verrichteten im Schweiße ihres Angesichts die Arbeit, für die sie sich am besten eigneten. Außerdem waren sie Väter und Ernährer, die sich die Freilichtsaison in Europa nicht entgehen lassen konnten, wofür sie Frau und Kinder zu Hause zurücklassen mussten. Arvid zeigte Sverre ein Foto seiner dreijährigen Tochter in einem etwas zu langen und sicher auch zu teuren Kleidchen. Beck-Olsen verwahrte Fotos zweier blonder Knaben, die nur wenig älter waren als das Mädchen, in seiner Brieftasche. Keiner der beiden starken Männer unternahm auch nur den geringsten Versuch, sein Heimweh zu verbergen. Ihre Augen glänzten beim Betrachten der Fotos. Sie reisten zweiter Klasse und nicht im Schlafwagen, um möglichst viel Geld zu sparen, obwohl sie gut verdienten und Arvid außerdem noch einen Weltrekordbonus von 25 Pfund erhalten hatte.

Hätten Sverre und seine Brüder die Seilerei von Cambell Andersen in Bergen nicht verlassen, wären aus ihnen vermutlich auch solche harten Arbeiter geworden. Stattdessen war er zu einem Mann herangewachsen, der Nächte damit zubringen konnte, die Arbeiterfrage, das Frauenwahlrecht, Freud, den Vitalismus, die Homosexualität, Treue und Untreue oder ob die Kunst als Agitation aufzufassen sei oder unpolitisch zu sein habe und Ähnliches, zu diskutieren. Derartige Fragen beschäftigten Beck-Olsen und Arvid Sandberg wohl weniger. Ob er in Bergen ein wahrhaftigerer Mensch geworden wäre? Eine nicht zu beantwortende Frage, vielleicht auch eher eine leise Besorgnis.

Es war das Jahr 1905. Vor fünf Jahren war er zum letzten Mal auf der Osterøya gewesen, vor vier Jahren hatte er Lauritz in einem kurzen Brief mitgeteilt, dass er dem gemeinsamen Leben mit den Brüdern den Rücken kehren würde.

Er hatte aufrichtig geschrieben, dass er einen Mann liebte, was auf der Hardangervidda wie auch in Bergen, aber insbesondere in den Augen ihrer Mutter Maren Kristine einer Katastrophe gleichkam.

Lauritz schien damals von einem Zorn alttestamentarischer Wucht ergriffen worden zu sein, der bis heute anhielt. Es bereitete Sverre größere Mühe, sich vorzustellen, wie Oscar die Sache damals wohl aufgenommen hatte. Zum einen war er nicht im Geringsten religiös, konnte ihn also nicht aus diesem Grund verurteilt haben. Auch in anderen Dingen war er toleranter als Lauritz. Von den drei Brüdern war er derjenige gewesen, der sich am meisten für die deutschen Sozialisten interessiert hatte, die einzige politische Bewegung in Europa, die Homosexuelle verteidigte.

Homosexuelle war das neue Wort. Das klang entweder wie ein medizinischer Begriff oder eine Beschreibung der Sexualität zwischen Menschen, was in gewisser Weise sicher zutraf, jedoch auf wenig erhellende und urteilsfreie Art. Genauso wenig wie »Urninge«.

Wie auch immer, sicher war es Oscar viel leichter gefallen als Lauritz, diese Sache zu akzeptieren, derentwegen sie vermutlich heute noch in Streit geraten würden. Er fragte sich, welche Erklärung sie Mutter Maren Kristine für das Verschwinden ihres jüngsten Sohnes gegeben hatten. Die Wahrheit ja wohl kaum, wenn sie sie schonen wollten. Aber die eigene Mutter zu belügen war nicht einmal für einen Erwachsenen einfach. Vielleicht hatten sie ihr ja die halbe Wahrheit erzählt. Dass Sverre wegen einer Liebe geflohen war, dass die Liebe aber einer Frau galt?

Diese Notlüge genügte doch wohl kaum als Erklärung für sein jahrelanges Schweigen?

Und jahrelang geschwiegen hatte er.

Vielleicht war er ja feiger als seine Brüder, obwohl er noch nie in diesen Bahnen gedacht hatte. Als Jungen waren sie aus derselben Höhe in den Fjord gesprungen, waren gleich tief getaucht und hatten mit gleicher Entschlossenheit dem Vater beim Reffen der Segel bei Sturm geholfen. Er hatte seine älteren Brüder, was die Größe anbelangte, nicht nur eingeholt, sondern sogar überholt, er war größer, stärker und mutiger geworden. Es war ihm immer leichter gefallen als seinen Brüdern, spätnachts noch durch die dunklen Gassen Dresdens zu gehen.

Aber das war etwas anderes. Physischer Mut hatte nichts mit Moral zu tun.

Es war feige gewesen, dass er seiner Mutter nicht geschrieben hatte. Sie hatte ein Anrecht darauf, alles zu erfahren. Und vor allem hatte sie ein Anrecht darauf, von der nagenden Ungewissheit befreit zu werden, die ihr das Leben erschwerte.

Diesen Gedanken verbot er sich eigentlich immer. Das schlechte Gewissen hatte er ganz weit in sein Unterbewusstsein verbannt. In Bloomsbury wurde ständig von Freud und dem Unterbewusstsein gesprochen. Freud war ganz groß in Mode. Sie wollten Freuds Gedanken malender- und schreibenderweise zum Ausdruck bringen, sie diskutierten das Unterbewusstsein und das Über-Ich und sogar solch befremdliche Dinge wie den Penisneid. Vor diesen Themen hatte er peinlich berührt seine Ohren verschlossen und sie als Unsinn abgetan.

Bis jetzt. In der Tat war seine große Scham plötzlich aus diesem Unterbewusstsein an die Oberfläche gestiegen.

Es gab nur eine Möglichkeit, sich von dem schmerzlichen Gefühl zu befreien, das ihn, wie sehr er es auch zu unterdrücken suchte, immer dann heimsuchte, wenn er es am wenigsten erwartete.

Er wollte seiner Mutter Maren Kristine einen langen Brief schreiben. Alles erzählen, die reine und volle Wahrheit und nichts als die Wahrheit, wie es in Deutschland bei der Vereidigung vor Gericht hieß.

*

Das Institute of Physical Culture wurde rasch sein zweites Londoner Zuhause. Er erschien dort bei Sonnenaufgang und verließ die Räumlichkeiten erst in der letzten Abenddämmerung. Elektrisches Licht verschmähte er.

Der Turnsaal war einst ein Restaurant gewesen und besaß daher große Fenster und eine große Tanzfläche aus dunklem, patiniertem Eichenparkett. Von den Wänden des Saals zurückgeworfene blaue Reflexe mischten sich mit dem gelben Licht aus den gegenüberliegenden Fenstern. Dazwischen bewegten sich Männerkörper, die allen Theorien über die Degeneration des modernen Menschen widersprachen.

Man hatte die Wahl, sich entweder der Faulheit hinzugeben oder zu trainieren.

In diesem Punkt wurde Eugen Sandow persönlich. Sverre sei zwar der geborene Athlet, habe seinen Körper aber durch sein Faulenzerdasein jahrelang vernachlässigt. Was sich nicht leugnen ließ.

Schon bald verbrachte Sverre seine Zeit am Institut nicht nur mit Malen, sondern er trainierte auch unter Sandows persönlicher Anleitung. Das machte Sinn, denn die athletische Tätigkeit am eigenen Körper zu erproben ermöglichte ihm ein besseres Verständnis dessen, was er schildern wollte. Seine Malerei veränderte sich. Kräftigere Pinselstriche gaben die Körper stilisierter, weniger fotografisch exakt wider, sodass sie entfernt an Illustrationen aus medizinischen Handbüchern erinnerten.

Zu Hause in Bloomsbury bediente er sich einer entgegengesetzten Technik. Als ihm Margie vorschlug, ihm nackt Modell zu sitzen, konnte er natürlich nicht ablehnen. Teils weil die Freundschaft der Bloomsbury-Gruppe und der gemeinsame Grundsatz, nichts sei peinlich, das unmöglich machten, teils weil es eben Margie war.

Das Atelier befand sich ganz oben im Haus im dritten Stock, wo es am hellsten war. An den Wänden lehnten Stapel seiner Athletenbilder.

Und mittendrin saß Margie.

Nachdem er das anfängliche Gefühl des Verbotenen und Peinlichen überwunden hatte, entstanden in rascher Folge verschiedene Variationen in Matisse-ähnlicher, moderner Linienführung, gewissermaßen von der Idee einer nackten Frau bis hin zu einer realistischen, jungen, bildschönen, nackten Margie.

Anschließend entstand eine Serie auf einem ungemachten Bett, in dem sie mit aufgestütztem Ellbogen dem Betrachter direkt in die Augen schaute. Er versah ihre Konturen mit Gegenlicht, das ihre Haut schimmern ließ. Das Hintergrundlicht kontrastierte mit ihren dunklen Augen und ihrem ebenso dunklen kurzen Haar und den noch dunkleren Schamhaaren im Vordergrund.

Während er verschiedene Variationen ausprobierte, kristallisierte sich die eigentliche Idee heraus. Er wiederholte die Bettszene mit kleinen, fast unmerklichen Veränderungen. Zu Anfang sah man eine schläfrige junge Frau, die, soeben erwacht, sich ihrer Nacktheit nicht bewusst war und keinerlei erotische Gedanken hegte. In der nächsten Fassung des Bildes ließ sich dann ein solcher Gedanke erahnen, danach war er deutlich zu erkennen, und so ging es in der Serie immer weiter, bis sie schließlich im Schlussbild schweißglänzend und eine Zigarette rauchend dalag.

Die zehn Gemälde glichen Abschnitten eines Filmstreifens. Die Veränderung von einem Bild zum nächsten war gering, aber der Unterschied zwischen dem ersten und dem letzten Bild frappierend.

Das erste Bild hätte man bedenkenlos überall ausstellen können, das letzte hätte überall einen Skandal ausgelöst. Und doch war es dasselbe Bild, die verschiedenen Deutungen lagen im Auge des Betrachters, und somit stand der Titel für das Gesamtwerk fest.

Die Arbeit nahm zwei Monate in Anspruch und gestaltete sich zu Beginn am schwierigsten, weil sich Margie ständig nach Zigaretten sehnte. Inzwischen rauchte sie wie die Stephen-Schwestern Kette. Am einfachsten war es demnach beim letzten Bild, als die Zigarette Teil des Sujets war.

Gelegentlich kamen sie auf jenes weit zurückliegende Mal zu sprechen, das eigentlich gar nicht so lange her war, als Sverre ihr erstes Porträt auf Manningham gemalt hatte. Jenes Bild einer in ihren Grundsätzen gefestigten jungen Lady mit intellektuellen Interessen. Damals hatten sie über die Zigarette noch als undenkbares Symbol der Auflehnung gescherzt und sie stattdessen mit einem Stift ausgerüstet. Aber die Zeiten änderten sich und die Menschen mit ihr.

Auch er hatte sich in diesen Monaten verändert und seine anfängliche Befangenheit überwunden. Anfangs hatte er seinen Blick nur rasch und wie versehentlich über ihre Brust und Scham huschen lassen. In der Endphase war sein Blick erotisch aufgeladen und jeder Schweißtropfen auf der Krönung ihres Venushügels ein wichtiges Detail.

Seine Verwandlung konnte ihr nicht entgangen sein, außerdem musste sie sie rein intellektuell vorhergesehen haben.

Als sie ihren Freunden die gesamte Serie präsentierten, reagierten diese genauso begeistert, wie Margie und Sverre gehofft hatten. Film- und Porträtkunst auf diese Weise zu kombinieren war zweifellos genial, das musste sogar der Kunstkritiker Clive zugeben. Wobei er brummend hinzufügte, die Zeit sei noch nicht reif, die Bilderfolge öffentlich vorzuführen. Jedenfalls nicht in England. In Frankreich sei das natürlich etwas ganz anderes.

Nur ein Einwand wurde ausgesprochen, und zwar von Vanessa, die garantiert keine Hand zeichnen konnte. Sie fand die Bilder zu realistisch, zu fotografisch, obwohl sie technisch natürlich verdammt geschickt ausgeführt seien.

An dem letzten, provokantesten Bild musste Sverre noch ein wenig feilen, ehe er die Serie als abgeschlossen betrachten und sich wieder den Männerkörpern zuwenden konnte. Er konnte nicht in Worte fassen, was genau noch fehlte, da es sich mehr um ein Empfinden handelte. Margie nahm ihre Position wieder ein, aber ihre Ungeduld war ihr anzumerken.

Plötzlich setzte sie sich auf, drückte ihre Zigarette in dem bereits übervollen Aschenbecher aus und sah Sverre direkt in die Augen.

Rückblickend hatte er das Gefühl, bereits da gewusst zu haben, was sie sagen wollte.

»Ich bin es verdammt leid, immer noch Unschuld zu sein. Könntest du, liebster Sverre, da nicht Abhilfe schaffen?«

Worum Margie ihn in perfektem Englisch bat, in dem sogar ihre Flüche hübsch klangen, hatte er in seiner Fantasie längst getan. Aber das war etwas ganz anderes.

»Ich will Albie nicht betrügen«, erwiderte er schließlich.

»Jetzt sei nicht kindisch, mein lieber Sverre! Dieses Thema haben wir im Donnerstagsclub hundertmal und mehr erörtert. Ganz abgesehen davon, dass kein Mensch den Körper eines anderen besitzt und so weiter. Würdest du mit einem anderen Mann schlafen, wärst du Albie vielleicht untreu, aber nicht, wenn du mit mir schläfst. Das ist etwas ganz anderes.«

Sverre hatte keine Ahnung, wie er dieses Angebot oder diesen Freundschaftsdienst ausschlagen sollte, oder ob er es überhaupt wollte.

»Aber ich bin doch selber noch Unschuld …«, versuchte er sich aus der Affäre zu ziehen.

Sie lachte nur perlend, sprang auf, umarmte ihn und küsste ihn innigst.

V

DER VERLORENE SOHN

Norwegen, Sommer 1907

Er hatte sich Norwegen wie ein Miniaturland am Rande des Kontinents vorgestellt oder wie ein Märchenland, Transsylvanien ähnlich, mit schwarzen Wäldern voller Werwölfe und anderer übernatürlicher Wesen.

In diesem Augenblick, angesichts der schwindelerregenden Aussicht auf eine unendliche, alpin-öde Landschaft, stimmte dieses Bild nicht. Und doch hatte es gewissermaßen in einem Miniaturland begonnen, als sie endlich nach einer mühsamen Reise, als hätten sie sich auf einen anderen Kontinent begeben, einschließlich der stürmischen Überfahrt vom dänischen Festland nach Kopenhagen, um sechs Uhr morgens in einer Hauptstadt eingetroffen waren, die noch nicht erwacht zu sein schien. Vom Bahnhof führte die einzige Geschäftsstraße schnurgerade zum Parlament und von dort weiter zu einem bescheidenen königlichen Palast. Zwischen dem Parlament und dem königlichen Palast lagen das Nationaltheater und ein neues Hotel mit dem eine Spur zu anspruchsvollen Namen Continental, in dem sie eine Suite mit Balkon zur Straße und praktischerweise mit einem angrenzenden Einzelzimmer für Margie reserviert hatten.

Albies Vorschlag, sie als Anstandsdame auf ihrer Reise zu begleiten, hatte sie rasch angenommen. Schließlich konnte nicht einmal Sverre voraussagen, wie man in dem exotischen Norwegen auf zwei Gentlemen, die ein Doppelzimmer teilten, reagieren würde. In Paris war so etwas kein Problem, in Spanien wurde hingegen sogleich die Polizei gerufen. Aber mit Margie an Sverres Arm ließen sich solche delikaten Umstände elegant umgehen.

Sie hatte jedoch nachdrücklich darauf bestanden, nicht aufgrund ihrer Rolle in diesem romantischen Arrangement mitzureisen. Sie wollte die berühmte norwegische Landschaft erleben, insbesondere die Farben im Fjell, in dem sie sich nun endlich befanden. Sie war begeistert. Diese Landschaft ließ sich besser als alles, was sie je gesehen hatte oder sich überhaupt nur hatte vorstellen können, in ihrer Collagetechnik wiedergeben, besonders wenn sie mit den Blauvariationen im Dämmerlicht arbeitete. Sie war keine technische Seiltänzerin wie Sverre und setzte auf Stimmungen und Farben statt auf die getreue Wiedergabe.

Albie konnte Margies Begeisterung für Norwegen durchaus nachvollziehen, wenn er seinen Blick von den blauen Schatten der Gletscher zu den schneebedeckten, hell funkelnden Gipfeln und wieder hinunter in die grünen Täler mit ihren weiß schäumenden Gewässern schweifen ließ. Fast bedauerte er, nicht ebenfalls Künstler zu sein, ein Gedanke, den er sich sonst nie gestattete, der aber angesichts Sverres und Margies Glücksrausch, wenn sie nach mühevollem, stundenlangem Anstieg einen Kamm überschritten und sich ihnen der erste Blick auf die baumlose Gebirgslandschaft eröffnete, mehr als verständlich war.

Albie hatte sich diese Norwegenreise eher wie einen bequemen Ausflug in eine bäuerliche Kultur vorgestellt, die nichts anderes von ihm erwartete, als dass er sie mit seinen Augen in sich aufnahm. Ein einfaches Land mit einfachen Problemen und einfachen Menschen, die in Kleidung und Betragen sehr an die Menschen des Kontinents erinnerten, aber doch anders waren. Den Männern, die fein gekleidet ihr Hotelrestaurant besuchten, hätte man in jedem Restaurant in London oder Paris begegnen können, möglicherweise waren sie zwei Jahre hinterher, was gewisse Feinheiten der Mode betraf, wirkten aber im Übrigen wie Gentlemen und waren es vielleicht sogar. Sie strömten aus dem Nationaltheater auf der gegenüberliegenden Straßenseite, hatten Geld und ausnahmslos gute Laune und schienen nur selten stirnrunzelnd ernsthafte Gespräche zu führen, aber schließlich mussten sie sich auch keine Sorgen um ein Empire oder Kolonialkriege machen.

Ihr erstes abendliches Vergnügen stand ganz in diesem Zeichen. Sverre, wie gewöhnlich mit einem Skizzenblock bewaffnet, führte sie in ein Zirkusvarieté, in dem ihr alter Bekannter, der stärkste Schwede der Welt, auftrat. Der Schwede stellte wie gehabt einen weiteren Weltrekord nach den zweifelhaften griechischen Regeln auf, die ihm erfreulicherweise sein Einkommen sicherten.

Nach der Vorstellung luden sie den Riesen ins Restaurant im Erdgeschoss ihres Hotels ein und ließen sich mithilfe von Sverres hin und wieder etwas sporadischer Übersetzung mit Geschichten über ein fallen gelassenes Klavier plus Klavierspieler in Wien unterhalten, über betrügerische Veranstalter in Hamburg und den Impresario des Athleten, dessen Namen man sich in Norwegen leicht merken konnte, da er Mr. Norrman hieß, der mit dem

Geld durchgebrannt war. Daher musste der stärkste Mann der Welt jetzt auch unbedingt nach Sankt Petersburg reisen, wo nächste Woche die Weltmeisterschaft im professionellen Ringen begann. Vor Ort würde Mr. Sandberg sich Mr. Norrman zur Brust nehmen und alle Missverständnisse klären, was sich Albie gerne angesehen hätte.

Selbstverständlich unterstützten sie Sandbergs Reise nach Sankt Petersburg. Sverre und Albie trugen je einen Fünf-Pfund-Schein bei.

So weit hatten sich Albies Erwartungen erfüllt. Die Reise verlief in befreiender Sorglosigkeit, die einen großen Bogen um alles Schwere im Leben machte, insbesondere alles, was mit einem schlechten Gewissen zu tun hatte.

Der Freundeskreis in Bloomsbury, diese wundervoll kindischen, scheinbar ständig glücklichen und leichtsinnigen Menschen, mit denen sich ein so verführerisch herrlicher Umgang pflegen ließ, waren sich rührend einig, dass Arbeit nicht das Wichtigste im Leben war. Arbeit war Leibeigenschaft, Fesseln, nicht nur für den Körper, sondern auch für die Gedanken. Das Wesentliche im Leben wurzelte in der Fantasie, der Kunst, der Freundschaft und der Liebe.

Diesem Gedanken oder dieser Lebenseinstellung konnte kaum widerstehen, wer zu einem schlechten Gewissen oder, noch schlimmer, zu Faulheit neigte.

Wie er selbst. Ab und zu musste er sich, fast beschämt, dem bunten, freien Leben entziehen und sich hinter dem Rücken der Freunde mit ganz anderen Dingen befassen, mit den grauen Seiten des Lebens wie Geld, Angestellte, Löhne, Investitionen, neuen Maschinen, Preise für landwirtschaftliche Erzeugnisse und all dem, worüber die Freunde nur höhnisch gelacht hätten.

Anschließend schlich er in ihren Kreis zurück, goss sich ein Glas ein und genoss die Unterhaltung.

Aber er hatte Sverre hintergangen. Nicht im Sinne körperlicher Untreue, darauf verzichtete er, weil sich Sverre das so zu Herzen nahm, sondern, noch schlimmer, er hatte Roger Fry gebeten, einige seiner Londoner Kritikerfreunde mitzubringen, um die wachsende Zahl von Gemälden in der Manninghamer Galerie in Augenschein zu nehmen. Sverre hatte zu diesem Zeitpunkt nichts Böses ahnend eine kleine Reise zu den Nacktbadern, den Neopagans, unternommen, was diesen Verrat also fast schon an Untreue grenzen ließ. Zu seiner Verteidigung konnte Albie nur vorbringen, dass Sverres selbstkritische Haltung wider jede Vernunft ihm zunehmend auf die Nerven ging und für Sverre, der ständig neuen Ideen hinterherjagte und behauptete, nie ans Ziel zu kommen, fast schon destruktive Formen angenommen hatte.

Vielleicht wollte er auch einfach nur Gewissheit haben. In seinen Augen, die natürlich durch Liebe getrübt waren, war Sverre bereits jetzt ohne jeden Zweifel der größte Meister der Gegenwart, der über ein Register verfügte, das umfassender war als alles, was man sich vorstellen konnte.

Roger Fry würde sich in seinem Urteil nicht davon beeinflussen lassen, dass sie befreundet waren, das stand fest. Sverre und er hatten häufiger kleinere Auseinandersetzungen über Rogers Theorien hinsichtlich der Form als »Bedeutungsträger« gehabt.

Roger und seine Kollegen waren sich bereits nach wenigen Minuten in dem wintergartenähnlichen Ausstellungsgang einig und erklärten euphorisch, dass Sverre es nicht nur mit allen zeitgenössischen englischen Malern aufnehmen könne, sondern bei einer Ausstellung in Paris vermutlich einen Durchbruch erleben würde. Insbesondere mit seinen provokanten, vor Kraft strotzenden und erotisch aufgeladenen Körperstudien von Männern.

Die Aussage erleichterte Albie. Endlich hatten sich seine Hoffnungen bestätigt. Gleichzeitig fiel es ihm schwer, Sverre nichts davon erzählen zu dürfen.

Eines schönen Tages, früher oder später, insbesondere später, lange nach Sverres internationalem Durchbruch, würde sich schon eine passende Gelegenheit zur Beichte finden. Schließlich hatte er einen triftigen Grund gehabt. Er hatte sich von einem unabhängigen Sachverständigen bestätigen lassen müssen, dass Sverre auch in den Augen anderer ein großartiger Künstler war.

Das bestärkte ihn dann auch in seiner Überzeugung, dass es richtig und wichtig war, sich weiterhin als Sverres Mäzen zu betätigen.

Ein unbehagliches Wort, ein Ausdruck aus der Wirtschaft. Sponn man den Gedanken sachlich weiter, drängte sich der wenig schmeichelhafte, aber unvermeidliche Schluss auf, dass der 13. Earl of Manningham ein mittelmäßiger Dichter, aber kaum mehr war, ein leidenschaftlicher Musikliebhaber, aber kein Musiker oder Komponist und ganz sicher kein Maler. Trotzdem konnte er die Kunst dadurch fördern, dass er dem Künstler, den er am meisten liebte, alle finanziellen Mittel, die für ein Gelingen nötig waren, zur Verfügung stellte. Er wollte ihn aber nicht nur finanziell unterstützen, sondern ihm auch ein von Kunst, Freundschaft, Liebe und intellektuellem Diskurs erfülltes Leben bieten.

Aus historischer Perspektive war das nur gerecht. Im

15. Jahrhundert waren seine Vorväter als äußerst erfolgreiche Viehdiebe in Wiltshire zu Geld gekommen, die sich mit der ebenso schurkenhaften, konkurrierenden Familie Long befehdeten. Später hatten sie unter den Tudors bei Hofe an Einfluss gewonnen, und zwar ironischerweise als Sheriffs und strenge Hüter des Gesetzes. Als Junge hatte er die gesamte Genealogie auswendig lernen müssen, inzwischen verschwamm das alles in seinem Gedächtnis, es handelte sich ohnehin um einen peinlichen Anachronismus.

Wie auch immer, diese Räuberbarone, die sich seine Vorfahren nannten, hatten sich nach und nach auf Kosten anderer großen Besitz, viel Geld und ein bequemes Leben angeeignet. Es war also durchaus an der Zeit, dass ein nachgeborener Weichling zumindest einige Scherflein zurückgab.

Solche peinlichen, unangenehmen Gedanken hatte er seit seiner Jugend immer verdrängt. Man hatte mit aufrechtem Selbstverständnis ein Manningham zu sein. Er konnte sich nicht erinnern, dass sein Vater ihm gegenüber jemals eine andere Möglichkeit angedeutet hätte. Das war etwas, worüber nie gesprochen wurde. Nicht einmal seine Bloomsbury-Freunde griffen dieses Thema jemals auf, obwohl sie sonst alles andere als zartfühlend waren. Auch sie fanden es vermutlich peinlich.

Und auch er schüttelte nun diese peinlichen Gedanken ab, als ihn eine kalte Windbö in die Gegenwart zurückholte. Sie befanden sich bereits den zweiten Tag im norwegischen Fjell auf einer Höhe von über 4000 Fuß. Er knöpfte auch noch den obersten Knopf seiner Tweedjacke zu und schaute in den Himmel. Das grelle Sonnenlicht war einem diffusen Grau gewichen, als ob es gleich schneien würde, was ihn nicht sonderlich bekümmerte. Er lag auf einem Hang ein paar Hundert Meter von dem fast fertigen Bahnhof in Finse entfernt mit Blick auf den Hoteleingang. Gleichgültig, wie sich das Wetter entwickelte, er würde sich bei Lady Alice in Sicherheit bringen können. Aber wo waren Sverre und Margie? Sverre hatte in seinem schweren Rucksack zwar Ausrüstung für alle Eventualitäten dabei, darauf hatten die gebirgserfahrenen Norweger im Hotel bestanden, da selbst das angenehmste Wetter trügerisch sein könne. Sie würden also zurechtkommen. Aber trotzdem war er beunruhigt.

Er hatte ein schlechtes Gewissen, weil er sich mit einem nicht übermäßig verstauchten Fuß rausgeredet hatte, der nicht so wehtat, dass er sie nicht hätte begleiten können. Wieder eine dieser kleinen Lügen, die er in diesem Moment gerne rückgängig gemacht hätte.

Jenseits des Berges hatte sich ein riesiges weißes Ungeheuer aufgerichtet, schwebte anfangs sachte heran, brandete dann aber unter zunehmendem Gedonner auf ihn zu. Wie verhext stand er da und starrte in das Schneetreiben hinauf, das ihn bald gänzlich eingehüllt haben und ihm schlimmstenfalls die Sicht rauben würde. Irgendwo in dieser fürchterlichen Naturkraft befanden sich Sverre und Margie, die einzigen Menschen, die er wirklich liebte.

So war es, obwohl er sich dessen bisher noch nicht mit dieser Deutlichkeit bewusst geworden war. Jetzt stieg dieser Gedanke an die Oberfläche und lähmte ihn, obwohl tatkräftiges Handeln angebracht war. Eigentlich hätte er sich schnellstmöglich zum Hotel begeben sollen, solange er es noch sehen konnte, trotzdem stand er reglos und mit hängenden Schultern da.

Da erreichte ihn der Wind, die ersten spitzen Schneekörner trafen seine Wangen und Augen, als hätte ihm jemand einen Eimer eiskaltes Wasser über den Kopf gekippt, und erst jetzt setzte er sich eilig durch die zunehmende Dunkelheit in Bewegung. Als er nicht mehr rennen konnte, weil er befürchtete, in dem Geröll zu stolpern, peilte er ein letztes Mal den Bahndamm an, auf dem noch die Schienen fehlten. Von dort waren es weniger als zwanzig Meter zum Hoteleingang, den er nur noch undeutlich im Schneegestöber ausmachen konnte. Er zwang sich, weiterzugehen, zog entschlossen den Kopf ein und kniff die Augen zu. Die Kälte kroch ihm bereits unter die Tweedjacke, über den Rücken bis zu den Schultern, vom Bauch zur Brust und natürlich die Waden hinauf, da er nur dünne Sommerstrümpfe trug. Als er am Morgen das Hotel verlassen hatte, war definitiv noch Sommer gewesen.

Als er endlich den Bahndamm erreichte, war der Wind so stark, dass er sich nur mit Mühe aufrecht halten konnte. In dem dröhnenden Weiß, nein, Grau, immer dunkleren Grau, das ihn umgab, sah er seine Füße nicht mehr.

Das Gefühl des Unbehagens verwandelte sich in schieres Entsetzen. Er hatte den Bahndamm hinter sich gelassen, war noch etwa zehn Yard weitergegangen und verharrte nun schwankend im Wind, um sich zu sammeln und nachzudenken. Rufen war zwecklos. Selbst wenn er aus Leibeskräften brüllte, würde er bei dem Dröhnen des Sturms kaum seine eigene Stimme hören. Wenn er das kleine Hotel verfehlte, erwartete ihn dahinter nur die Wildnis. Blieb er stehen, würde er erfrieren, selbst wenn er sich mit dem Rücken zum Wind zusammenkauerte. Er hatte nur mit halbem Ohr zugehört, als einige der Hotelgäste beim Abendessen am Vortag beschrieben hatten, wie man sich im Schnee eingraben und so vor der Kälte schützen konnte. Aber der Schnee blieb nicht liegen. Selbst wenn sich in der Nähe eine windgeschützte Stelle fand, wusste er nicht, wie ihn das retten sollte.

Er musste sich zusammennehmen, vor allen Dingen durfte er nicht in Panik geraten und einfach losrennen. Er musste nüchtern denken, das war das Wichtigste. Er hatte den Bahndamm überquert, er hatte deutlich gemerkt, wie er die Böschung hoch- und dann auf der anderen Seite wieder hinuntergegangen war, wo er noch einmal etwa zehn Yard zurückgelegt hatte. Also durften es kaum mehr als zehn Yard zum Haus sein. Zwölf bis fünfzehn Schritte. Weiter durfte er nicht gehen.

Er hätte es mit seinem Testament genauer nehmen müssen, aber sein Tod war ihm damals in weiter Ferne erschienen. Margie würde ihre Leibrente behalten, Pennie würde wie vorgesehen heiraten, die Verlobung war bereits abgemachte Sache. Seine Mutter und Großmutter würden schlimmstenfalls das Dach über dem Kopf verlieren, wenn irgendein Cousin – er hatte sich nicht einmal die Mühe gemacht auszurechnen, welcher – als der 14. Earl of Manningham den Besitz und damit alle Verantwortung für die Finanzen übernahm. Falls er diesen Schneesturm überlebte, würde er ihn als eine sehr deutliche Mahnung im Gedächtnis behalten, im Leben eine gewisse Verantwortung zu übernehmen, was auch immer seine Freunde zu Hause davon halten mochten. Wie eine Beschwörungsformel wiederholte er immer wieder, dass er damit beginnen würde, sobald er wieder zu Hause war.

Im nächsten Augenblick stieß er mit der Stirn gegen

etwas Hartes. Erst begriff er nicht, was es war, aber seine starr gefrorenen Finger, die kaum mehr etwas spürten, ertasteten eine Hausecke. Das bedeutete zwei Dinge. Dass er sich zum einen an einer Hauswand festhalten und weiter bis zur Tür vortasten konnte, zum anderen aber nur ein oder zwei Meter davon entfernt gewesen war, das Hotel ganz zu verfehlen und sich im Unwetter zu verirren. Ein oder zwei Meter vom Tod entfernt.

Lady Alice lachte, als sie ihm im Windfang zusah, wie er sich den feinkörnigen, harten Schnee von den Stiefeln trat. Albie fiel es in diesem Augenblick schwer, das Komische an der Situation zu erkennen.

»So ergeht es einem, wenn man auf das Wetter nicht genügend achtgibt. Aber das ist nichts, was sich mit einer guten Tasse heißem Tee nicht wieder ausgleichen ließe«, meinte sie, nachdem sie ihn mit wiedergewonnenem Ernst eingehend in Augenschein genommen hatte und kopfschüttelnd Richtung Küche verschwand.

Wenig später saß Albie in Strümpfen und einer Wolljacke da und wärmte sich die Hände, die ihr Gefühl mit einem brennend-stechenden Schmerz wiedererlangten, an einer großen englischen Teetasse.

»Wäre es möglich, einen Suchtrupp loszuschicken?«, fragte er.

»In diesem Wetter keinesfalls!«, erwiderte Lady Alice kopfschüttelnd. »Sie haben doch selbst gesehen, wie es draußen aussieht. Genauer gesagt haben Sie nichts gesehen. Aber seien Sie unbesorgt, das hier ist nur eine leichte Sommerbrise, kein richtiger Schneesturm. In zwanzig Minuten ist es vorbei, schlimmstenfalls dauert es zwei Stunden.«

»Zwei Stunden!«

»Ja, zwei Stunden. Aber glücklicherweise sind ja alle dort draußen mit Ausnahme Ihrer Schwester Norweger, sie befindet sich also in guter Gesellschaft. Dieser Menschenschlag ist anders als wir beide, Lord Albert. Sie haben die angemessene Ausrüstung dabei und kehren mit einem Mordshunger rechtzeitig zum Abendessen zurück. Dann werden wir uns einen richtig netten Abend machen. Mit anderen Worten, kein Grund zur Besorgnis.«

»Mein Freund Mr. Lauritzen ist sicher Norweger, zugegeben«, murmelte Albie missvergnügt. »Aber er hat sich immerhin die letzten zwölf Jahre in zivilisierten Gegenden aufgehalten, und dort ist ihm vielleicht sein norwegischer Schwung abhandengekommen.«

»Das wage ich zu bezweifeln. Er wirkt genauso gesund und stark wie sein älterer Bruder, und der ist nicht totzukriegen, das muss ich sagen.«

»Kennen Sie seinen Bruder?«

»Sehr gut. Ich zähle ihn sogar zu meinen Freunden. Aber jetzt habe ich vielleicht zu viel verraten. Darüber müssen wir später ausführlicher sprechen, denn jetzt habe ich eine Menge zu tun. Wenn Sie mich also entschuldigen würden, Lord Albert?«

»Natürlich. Vielen Dank für den Tee. Ich möchte Sie wirklich nicht aufhalten«, erwiderte Albie rasch und machte sich mit seiner Teetasse auf den Weg in sein Doppelzimmer.

Dort zog er seine vom Schnee durchnässten Kleider aus und legte sich unter eine der beiden dicken Daunendecken. Mit solchen Decken bräuchten wir keine Wärmflaschen, dachte er, um an etwas anderes als an Sverre und

Margie draußen im Schneesturm zu denken. Aber es nützte nichts, vor seinem inneren Auge sah er, wie die beiden von dem Schneesturm, der ums Haus pfiff, verschluckt wurden.

Lady Alice war davon überzeugt, dass die Gäste rechtzeitig zum Abendessen wieder zurück sein würden, er musste sich mit diesem Bescheid begnügen.

Lady Alice war eine bemerkenswerte Frau mit einem bemerkenswerten Schicksal. Bereits bei der Begrüßung hatte sie festgestellt, dass sie gewissermaßen Cousine und Cousin waren. Was wohl eine englische Adelige dazu bewogen hatte, das Leben mit einem armen Eisenbahningenieur, einem Norweger, in einer der abgelegensten Gegenden Europas zu teilen? Sicherlich steckte eine fantastische, vielleicht auch eine erbauliche Geschichte dahinter. Blieb nur zu hoffen, dass sich die Gelegenheit ergab und Lady Alice sie erzählen würde. So intim waren sie noch nicht, aber das konnte noch werden, falls Sverre, Margie und er selbst noch etwas länger in den Bergen blieben.

Hatten sie sich da draußen im Schnee eingegraben? Hatten sie das herannahende Unwetter rechtzeitig bemerkt? Hatte sich Sverre die Mühe gemacht, die schweren Rentierfelle mitzuschleppen, obwohl das Wetter am Morgen, als sie aufgebrochen waren, so perfekt gewesen war? Hatten sie Proviant für die Nacht dabei? Konnten sie Feuer machen?

Nein, es nützte nichts. Seine Schreckensfantasien halfen weder ihnen noch ihm selbst. Weg damit!

Er wollte lieber an Ibsen denken, ein ausgezeichnetes Thema, über das sie ausgiebig diskutiert hatten.

War er wirklich ein großer Dramatiker oder nur ein

ungewöhnlich kühner Modernist? Wie wären die beiden Stücke, die sie in Kristiania gesehen hatten, wohl in London aufgenommen worden? Die Aufführung des einen Stückes, das auch in Norwegen verboten war, hätte zweifellos einen Skandal hervorgerufen.

Das neu errichtete, in seinem englischen Baustil etwas deplatziert wirkende Nationaltheater hatte ihrem Hotel gegenübergelegen. Albie fühlte sich an eine kleinere Version der Royal Albert Hall erinnert, roter Backstein, dekorativ mit grauem Granit abgesetzt. Es war ihnen gelungen, eine Loge im ersten Rang zu mieten. Sverre hatte hinter Margie und Albie gesessen und flüsternd übersetzt. Das Erlebnis war recht ambivalent gewesen, denn alles hatte wie Theater ausgesehen, ohne es jedoch zu sein. Der Theatersalon hätte sich genauso gut in London befinden können oder in einer anderen europäischen Großstadt, und auch das Publikum wirkte wie das englische.

Aber die Vorstellung war, verglichen mit englischen Vorstellungen, sehr ungewöhnlich gewesen, und das todernste Publikum hatte kein einziges Mal gelacht, was zweifellos darauf beruhte, dass es keine Veranlassung dazu hatte. Man hätte sich kaum einen größeren Gegensatz zu George Bernard Shaw, von Oscar Wilde ganz zu schweigen, vorstellen können. Norweger schienen nicht ins Theater zu gehen, um sich einen schönen Abend zu machen und zu lachen. Kein geistreicher Humor, keine eleganten, zungenbrecherischen Sentenzen, keine Wortspiele, nichts Verspieltes, nur ein Streben nach Wirklichkeit statt Theater. Norwegischsprachige Zuschauer mussten das Gefühl haben, von ihren Plätzen realen Menschen zuzuschauen, die frei von der Leber weg sprachen, statt Schauspielern, die das Werk eines Schriftstellers aufführten. Die Handlung war ausgesprochen düster gewesen. Ein Arzt hatte entdeckt, dass das Wasser der Gemeinde mit Bazillen verseucht war. Als er aber versuchte, die Verantwortlichen auf die drohende Gefahr aufmerksam zu machen, erklärte man ihn zum Volksfeind, der die wirtschaftlichen Verhältnisse untergraben wollte. Er musste sich entscheiden, ob er sich unterwerfen oder aus Wahrheitsliebe untergehen wollte.

In der Romankunst gab es natürlich diesen extremen Realismus schon lange, aber auf der Bühne nahm es sich ganz anders aus. Warum konnte das Theater nicht als letzte Bastion der unbesudelten Kunst davor bewahrt bleiben, sich für die Politik prostituieren zu müssen?

Diese Frage hatte sich ihm aufgedrängt. Und wie gewöhnlich waren sie sich alles andere als einig gewesen, als sie nach der Vorstellung die Straße überquerten, um in dem überfüllten, aber charmanten Hotelrestaurant im Wiener Kaffeehausstil zu dinieren. Der Lärm war ohrenbetäubend und wurde nur gelegentlich halbherzig von einer Kapelle und dem Knallen von Champagnerkorken übertönt. Die Stimmung im Lokal war ausgelassen wie am Nationalfeiertag, dem Geburtstag des Königs, dem zweiten Jahrestag der Selbstständigkeit oder etwas Ähnlichem. Aber Sverre versicherte, dass kein besonderer Grund für die Munterkeit der Gäste vorlag, die ihm ebenfalls ganz fremd war.

Auf dem Weg vom Theater hatten sich ihnen vier gleich gesinnte Männer angeschlossen, ein paar Blicke und ein Lächeln hatte die Frage rasch geklärt, und nach einigen wohlorganisierten Zufällen erhielten sie Tische nebeneinander. Die anderen Gäste mussten den Eindruck haben, die sechs Männer gehörten zur selben Gruppe, da sie im Unterschied zum übrigen Theaterpublikum Fräcke trugen.

Wenig später hatte man sich miteinander bekannt gemacht. Die vier Norweger gehörten einem Verein für Kultur und Geselligkeit für Gentlemen an, der zufälligerweise am folgenden Abend ein weiteres Schauspiel von Ibsen aufführen wollte, allerdings in geschlossener Gesellschaft, da das Theaterstück verboten war.

Das war natürlich unwiderstehlich spannend, sowohl die Tatsache, dass es in dieser kleinen Stadt einen Herrenclub für Gleichgesinnte gab, als auch dass sie die Möglichkeit bekamen, ein verbotenes Theaterstück anzuschauen. Ein pikantes Detail war auch, dass die vier Norweger Juristen waren, zwei Anwälte und zwei Richter. Immerhin war ihre Art des Umgangs strafbar. Aber wie einer von ihnen in erstaunlich gutem Deutsch scherzte, es sei sowohl praktisch als auch weise, dass die Sünde von den Gesetzeshütern selbst kontrolliert würde.

Das Clublokal mit einem kleinen Theater im Nachbargebäude lag einen kurzen Spaziergang von ihrem Hotel entfernt in einer der großen Querstraßen der Allee.

Das verbotene Stück des Nationaldramatikers des Landes – was ungefähr so absurd war, als hätte man George Bernard Shaw in London verboten – handelte von Gespenstern aus der Vergangenheit, die Rache und Genugtuung forderten und vor denen es kein Entkommen gab, nämlich den Gespenstern der verbotenen Sexualität und der Syphilis.

Die Diskussion tobte noch Stunden nach der Vorstellung, nach der man sich im Saal des Clubs versammelt hatte. Einen Engländer verwunderte es natürlich nicht im Geringsten, dass die Behörden Kunst über unerlaubte Sexualität verboten. Überraschender war, dass offenbar viele der Gleichgesinnten dieses Verbot unterstützten, ganz besonders vehement zwei der Juristenfreunde vom Vorabend.

Die Diskussion hätte taktvoller verlaufen können, wenn Margie nicht plötzlich begonnen hätte, die ganze Gesellschaft auszuschimpfen.

Dies war natürlich ungemein peinlich, im Rückblick aber nur noch komisch.

Bei genauerem Nachdenken war es mehr als komisch. Sie führte Improvisationstheater auf, genauso eine moderne, extrem realistische Szene, in der die Schauspieler ohne jedes Manuskript augenscheinlich unumwunden drauflosredeten.

Margie hatte von Anfang an die Oberhand. Sie war die einzige Frau in der Gesellschaft und hatte nur mithilfe einer improvisierten Ausnahmegenehmigung Zugang erhalten, da sie Ausländerin war und sich in Gesellschaft der beiden geladenen Gentlemen befand.

Die Unterhaltung fand auf Deutsch statt, was natürlich Sverre und Albie gewisse Vorteile verschaffte. Niemand konnte jedoch ahnen, dass dies auch Margie begünstigte, da sie anfangs wohlerzogen schwieg und die Unbedarfte spielte.

Als ihr schließlich der Geduldsfaden riss und jene andere Seite ihrer Persönlichkeit, die im Bloomsbury-Kreis geformt worden war, die Oberhand gewann, war das umso eindrücklicher. Ihr Ausbruch kam vollkommen überraschend und außerdem in perfektem Deutsch, das auf höfliche, ironische Untertreibung verzichtete und direkt zur Sache kam.

Er hätte viel dafür gegeben, diese modernistische Theaterreplik als Text vor sich liegen zu haben, jetzt musste er eine Weile nachdenken und sich konzentrieren.

In diesem Augenblick pfiffen ein paar besonders schwere Sturmböen ums Haus, und ein Knacken in den Balken über ihm unterbrach seine Gedanken, die sofort wieder zu Margie und Sverre dort draußen im Schneesturm wanderten, der jetzt schon über eine Stunde mit unverminderter Stärke andauerte.

Nein, weg damit. Von Neuem beginnen. Was hatte sie eigentlich bei ihrem Ausbruch gesagt? An den Anfang konnte er sich noch am deutlichsten erinnern:

»Während Sie darüber sprechen, Kunst zu verbieten, meine Herren, sehen Sie seltsamerweise aus, als besäßen Sie die Mittel dazu und Einblicke in das Problem. Aber soweit ich verstehe, ist dies ein Irrtum, der möglicherweise darauf beruht, dass es einigen von Ihnen gelungen ist, sich mit einer gewissen Eleganz zu kleiden. In Wirklichkeit sind Sie nackt und außerdem Waschlappen, wenn ich aufrichtig sein darf.«

So ungefähr hatte sie begonnen. Unfassbar unverschämt, strahlend dramatisch. Aber wie hatte sie sich dann dem Wesentlichen genähert? Ohne Umschweife.

»Was verboten ist, und zwar nicht nur in der Kunst, sondern auch im täglichen Leben und, wie ich vermute, auch in Norwegen, ist das private Liebesleben einiger Herren. Aber darüber sprechen Sie seltsamerweise überhaupt nicht, das scheint Sie gar nicht zu bekümmern. Sie scheinen nicht zu wagen, dieses Verbot zu verdammen. Darauf sollten Sie Ihren juristischen Scharfsinn richten, Ihre humanistische Bildung, Ihr Wissen über die Bedingungen des Lebens. Aber das tun Sie nicht. Stattdessen zerbrechen Sie sich den Kopf darüber, ob das vielleicht ehrlichste Theaterstück, das in Ihrer Sprache je verfasst wurde, verboten werden sollte. Als sich Wagner vor bald sechzig Jahren mit demselben Thema beschäftigte, ich spreche natürlich von seiner letzten Oper *Parzival*, musste er es diskret verpacken, um der Zensur zu entgehen. Und das liegt über ein halbes Mannesalter zurück. Dass Sie sich nicht schämen! Ich muss mich jetzt wirklich dringend empfehlen!«

Ungefähr so hatte sie sich ausgedrückt, und ihre Worte hatten großen Eindruck gemacht. Allerdings war das Publikum eher verblüfft als beschämt gewesen. In dem eben noch lärmenden, dunklen und verqualmten Clublokal herrschte vollkommene Stille.

Der theatralische Effekt wurde dadurch verstärkt, dass sie, nachdem sie gesagt hatte, sie wolle sich empfehlen, sich auch gleich erhob.

Sverre und ihm blieb also nichts anderes übrig, als ebenfalls aufzustehen.

Immer noch war es totenstill im Saal. Die Männer, junge, schöne, ältere und hässliche, saßen wie versteinert da, als hätte ihnen Margie ein abgeschlagenes Medusenhaupt serviert.

Albie tat, was er tun musste, streckte den Arm Richtung Tür aus, verbeugte sich und führte Margie aus dem Saal. Sverre schloss sich ihnen an. Sie erhielten ihre Mäntel, ohne dass jemand etwas gesagt hätte. Nachdem sich die Tür hinter ihnen geschlossen hatte, schwiegen sie immer noch. Sekunden später ertönte hinter der Tür ein gewaltiger Lärm, der auch noch durch das dicke Eichenholz zu hören war.

Schweigend gingen sie, Margie in der Mitte von den beiden Männern flankiert, rasch hundert Meter weit, bis sie die inzwischen vollkommen menschenleere Hauptesplanade der Stadt erreicht hatten.

Sverre blieb als Erster stehen, und da sie sich untergehakt hatten, hielten sie plötzlich alle schweigend auf der ausgestorbenen Straße inne und sahen sich einige Sekunden lang an. Dann begannen sie zu lachen, und Sverre und er selbst küssten Margie abwechselnd und lobten sie.

Als sie in ihr Hotel zurückkamen, herrschte in dem bodenständigen Restaurant immer noch Betrieb. Es war allerdings nur halb voll, und sie bekamen deswegen ohne Schwierigkeiten einen Tisch. Albie bestellte Champagner.

Beglückt über das Erlebte, leerten sie das erste Glas in einem Zug, obwohl gar nicht ohne Weiteres zu erklären war, was genau sie in die gehobene Stimmung versetzt hatte, schließlich war Kristianias geheime Gesellschaft Gleichgesinnter nicht unbedingt als Feindeslager zu betrachten.

Margie erklärte, bei ihrem Auftritt habe es sich um ein kleines Stück polemischer Kunst gehandelt. Sie habe modernistisches und in höchstem Grad politisches Theater aufgeführt, das Ibsen mit Freude erfüllt hätte. Diese Argumente erstickten jeden Widerstand, das sei die Kraft der Kunst!

Zum ersten Mal in seinem Leben fühlte Albie sich von seiner eigenen Schwester abgekanzelt. Natürlich in erster Linie in Bezug auf die Frage der Trennung von Kunst und Politik, die er befürwortete. Sverre schien sich nicht entscheiden zu können und pflegte, wenn er sich bedrängt fühlte, auf Goyas pazifistische Darstellungen des Krieges hinzuweisen. Diese tat er selbst als Journalismus aus einer Zeit ab, als der Journalismus noch so primitiv war, dass sich selbst ein so großartiger Künstler wie Goya hin und wieder der guten Sache verschreiben musste.

Aber das war keine Diskussion, die er jetzt beim Champagner wieder aufleben lassen wollte, es war besser, sich über Margies gelungenes Improvisationstheater zu freuen, den Mund zu halten und nachzuschenken.

Solche Augenblicke waren die besten, es war beglückend, Kunst von allen Seiten zu betrachten, sie mit der Kunst anderer Zeiten zu vergleichen, sie aber auch in die eigene Zeit zu übertragen. Sie lebten in einer Zeit, in der sich die Menschheit erholte, in der alle Kriege, zumindest in der zivilisierten Welt, abgeschafft waren, in der die Arbeiterfrage bald durch technische Fortschritte ihre Lösung finden und in der es in der Politik bald nur noch um unerhebliche praktische Belange gehen würde. In solchen Zeiten kam der Kunst auf der Suche nach Schönheit und Licht eine besondere Bedeutung zu.

Zumindest argumentierte Albie so, wenn er die Ansicht vertrat, dass die Kunst keinen anderen Zweck habe, als eben Kunst zu sein. Dieser Ansicht waren auch die meisten Bloomsbury-Freunde, er vertrat also keineswegs einen originellen Standpunkt. Dass Margie der Minderheit angehörte, die vehement widersprach, hielt er für die übliche Rivalität unter Geschwistern.

Offenbar war er eingeschlafen. Wahrscheinlich aus reinem Selbstschutz, denn eigentlich war er nicht sonderlich müde gewesen. Er hatte dagelegen und sich gezwungen, an Dinge zu denken, die nichts mit Margie und Sverre im Schneesturm zu tun hatten, wobei er sich in der Diskussion über Wagners *Parzival* verfangen hatte, ohne dass es ihm recht gelingen wollte, sich ihre Worte nach der vierten Flasche Champagner im Theatercafé, so hieß das Restaurant, in Erinnerung zu rufen, denn da waren sie ziemlich angeheitert gewesen, um es einmal vornehm englisch auszudrücken. Unter anderem war es darum gegangen, dass der Speer, den der unbefleckte Parzival in Empfang nimmt, ein deutlich Freud'sches Phallussymbol war, allerdings noch vor Freud. Aber das war ihm auch vollkommen egal, da das Wetter während seines Nickerchens umgeschlagen war. Jetzt schien die Sonne wieder strahlend. In der Ferne sah er graue Wolken über dem Hardangergletscher, im Übrigen war der Himmel völlig wolkenlos.

Er tastete auf dem Nachttisch nach seiner Uhr. In diesem Landstrich, in dem die Sonne im Sommer nur gegen Mitternacht für ein Stündchen kurz verschwand, war es unmöglich, die Zeit zu bestimmen, indem man einfach nur aus dem Fenster schaute.

Es war kurz vor sieben Uhr. Also würde bald das Abendessen serviert werden. Trotzdem war es im Haus noch still. Keiner der etwa ein Dutzend Gebirgswanderer war bislang zurückgekehrt.

Albie zog rasch den Tweedanzug an, den er draußen im Schneesturm getragen hatte, wechselte jedoch den Schlips. Der Stoff war immer noch etwas feucht, aber es hatte wenig Sinn, andere Kleider hervorzusuchen, da er sich ohnehin gleich zum Dinner umziehen musste. Das war eine weitere Beschwörungsformel. Bald würden sie zu

Tisch gehen und sich vorher wie immer umkleiden. Alles war wie immer.

Albie lieh sich ein Fernglas, postierte sich auf dem Bahndamm und suchte die Gebirgshänge ab. Ganz oben hatte sich die Schneedecke etwas ausgedehnt, aber um das Hotel herum sah alles so aus wie vor dem Unwetter. Der Schnee war wieder geschmolzen, die weißen, gelben und lila Blumen, deren Namen er nicht kannte, hatten sich wieder aufgerichtet, als sei nichts geschehen.

Recht bald entdeckte er etwa eine Meile entfernt die erste Gruppe zurückkehrender Wanderer, vier Personen, die vollkommen unbeeindruckt von Unwetter und Schnee zu sein schienen. Sie schritten munter aus, zwei Männer hatten ihre Jacken ausgezogen. Es sah aus, als hätten sie es eilig, weil sie sich ungern zum Abendessen verspäten wollten.

Wenig später entdeckte er Sverre, schwer beladen mit einem großen Rucksack, während Margie fröhlich gestikulierend neben ihm herhüpfte und eine Geschichte erzählte, über die sie beide lachten. Sie wirkten nicht, als hätten sie sich in Lebensgefahr befunden. Er fand es lächerlich, dass er offensichtlich der einzige Hotelgast war, der beinahe sein Leben verloren hätte, höchstens 250 Meter vom Hotel entfernt.

»Was habt ihr nur während des Unwetters gemacht?«, rief Albie, sobald die anderen beiden in Hörweite waren.

»Wir haben uns gegenseitig gewärmt. Du ahnst gar nicht, wie schön es unter ein paar Rentierfellen ist!«, rief Margie zurück.

Ganz offenbar versuchte sie zu scherzen, aber er war nicht amüsiert. Trotzdem konnte er schlecht auf seine eigene Schwester eifersüchtig sein. Ihre Unverblümtheit brachte ihn natürlich hin und wieder in Verlegenheit, aber Eifersucht konnte er sich nicht erlauben. Obwohl es an jenem Donnerstagabend im Club der Stephensschwestern im Nachbarhaus quälend peinlich gewesen war, als Margie ohne Zögern und ohne die geringste Diskretion detailliert und lachend erzählt hatte, wie Sverre sie als vollendeter Gentleman von ihrer Unschuld befreit hatte.

Die Erinnerung daran brachte ihn zum Erröten. Aber so war es nun einmal in Bloomsbury, wo immer die Wahrheit gesagt wurde, ein Preis, den man bereitwillig dafür zahlte, einen Freundeskreis zu haben, der vollkommene Schönheit, Wahrheit und Freundschaft anstrebte. Ja, es waren gute Freunde, obwohl einige ihrer Indiskretionen ihn wirklich schon in verdammt peinliche Situationen versetzt hatten.

»Wir sind hungrig wie die Wölfe und könnten jeder ein ganzes Rentier verspeisen«, sagte Sverre, nachdem er Albie begrüßt hatte.

»Bestens«, meinte Albie und umarmte sie beide. »Es gibt nämlich Renfilet und dazu einen Burgunder. Im ganzen Hotel duftet es schon wie in einem Nomadenlager.«

Lady Alice herrschte uneingeschränkt über die Tischordnung, ihre Zielsetzung war es, dass alle Gäste einander kennenlernten. An diesem Abend saßen die drei mit einem älteren Paar aus Bergen an einem der besten Tische mit Aussicht auf den Hardangergletscher. Wie sich herausstellte, war der Mann Eisenbahningenieur. Er sprach gut Deutsch, war zwei Jahre zuvor in Rente gegangen und somit nicht an der Fertigstellung des Bauprojekts beteiligt, was ihn aus verschiedenen Gründen ärgerte, unter anderem, weil sich die letzten beiden Jahre, nachdem klar gewesen war, dass Zweifler und Nörgler nicht recht behalten sollten, als die einfachsten und erfreulichsten herausgestellt hatten. Im Augenblick wurden die Schienen verlegt, jeden Tag kam man etwa einen Kilometer weiter. Im August würde man Finse erreicht haben, und von dort aus war es nicht mehr weit bis Haugastøl, wo das Projekt beendet wäre. Wer bis August hier oben blieb, konnte zum ersten Mal per Bahn nach Bergen gelangen, allerdings nur mit einer Draisine. Wie seien sie übrigens von Kristiania nach Finse gereist?

Sverre bremste den Redeschwall des Ingenieurs, indem er etwas umständlich von ihrer abwechslungsreichen Reise mit der Eisenbahn, mit Pferdefuhrwerken und zu Fuß erzählte. Es war Sverre anzumerken, dass ihm die Tischgesellschaft und das Gesprächsthema nicht recht behagten. Albie glaubte den Grund zu kennen. Weil Sverre sich vor der Frage fürchtete, von der er nicht wusste, wie er damit umgehen sollte.

Dies geschah jedoch erst sehr viel später am Abend, als Lady Alice die Engländer noch zu einem Glas Whisky Soda vor dem offenen Kamin einlud.

Die anderen Hotelgäste hatten sich zurückgezogen, und nun konnte Englisch gesprochen werden. Sverre wirkte erleichtert.

Aber bereits nachdem der Hotelbesitzer Joseph Klem den Kamin angezündet hatte und sie ein erstes Mal angestoßen hatten, kam Lady Alice rücksichtslos direkt zur Sache.

»Ich muss zugeben, dass es mich etwas verwirrt hat, als wir aus Kristiania eine telefonische Reservierung für

Diplomingenieur Lauritzen und Begleitung erhielten«, wandte sie sich an Sverre.

»Das verstehe ich«, räumte dieser ein. »Hätten wir vielleicht rücksichtsvollerweise den Namen Manningham verwenden sollen?«

»Keinesfalls! Dann hätten Sie keine Zimmer bekommen! Momentan haben wir nicht sonderlich viel Platz, zu dieser Jahreszeit ist es immer überfüllt«, wandte Lady Alice ein. »Gehe ich recht in der Annahme, dass Sie Lauritz' Bruder sind?«

Sverre nickte nur.

Die Eröffnung des Gesprächs nahm sich möglicherweise eine Spur unangenehm aus, aber die Fortsetzung gestaltete Lady Alice wie die reinste Märchenstunde.

Sie wusste über die verwandtschaftlichen Verhältnisse Bescheid, denn im Laufe der Jahre war ihr die Geschichte von den drei bettelarmen Brüdern von einer Insel bei Bergen zu Ohren gekommen, die nach Dresden geschickt worden waren, um Eisenbahningenieure zu werden und nach dem Examen beim bislang größten Bauprojekt Norwegens mitzuarbeiten. Aber nur einer der Brüder, Lauritz, war nach Norwegen zurückgekehrt.

Nachdem sich Lauritz und Lady Alice angefreundet hatten, war seltsamerweise immer nur von einem Bruder die Rede gewesen, von Oscar, der es in Afrika zu Reichtum gebracht hatte.

An dieser Stelle musste Lady Alice die Erzählung unterbrechen, damit sich Sverre von dieser überraschenden Neuigkeit erholen konnte.

Aber ja, so sei es.

Und auch für Lauritz war der Reichtum ein Segen gewesen, vermutlich sogar ein noch größerer als für seinen Bruder Oscar in Afrika. Sein Leben war wahrhaftig nicht einfach, weil er zwischen seinen Prinzipien und der großen Liebe seines Lebens hin- und hergerissen worden war.

Denn Lauritz hatte sich zwei Ziele im Leben gesetzt. Zum einen, seine Verpflichtungen der Bergenbahn gegenüber bis zum Ende zu erfüllen, zum anderen, eine deutsche Frau namens Ingeborg zu ehelichen. Aber der Vater dieser Ingeborg war von altem Schlag aus jener Art traditioneller Familie, die keine Hochzeit zuließ, ehe Lauritz nicht ein Vermögen vorweisen konnte, was einem staatlich angestellten Ingenieur bei der Bergenbahn unmöglich war. Ebenso unmöglich war es Lauritz aber auch gewesen, seine Pflicht jenem Bauwerk gegenüber zu vernachlässigen, für dessen Durchführung man ihm die Ausbildung finanziert hatte. Insbesondere da sich sein Bruder bereits dieser Pflicht entzogen hatte.

Und aus diesem einen Bruder waren jetzt plötzlich zwei Brüder geworden.

Man musste nicht Sherlock Holmes sein, um zu ergründen, warum Lauritz den dritten Bruder nie erwähnt hatte, der jetzt leibhaftig vor dem Kamin saß. Es war ihnen natürlich klar, dass die beiden Gentlemen in diesem Hotel das Schlafzimmer teilten.

Der älteste Lauritzen-Bruder hatte sich also in eine deutsche Baronin verliebt und der jüngste, Diskretion war in der kleinen, geschlossenen Gesellschaft schließlich nicht mehr nötig, in einen englischen Lord. Die Frage drängte sich auf, wie es um den in Afrika reich gewordenen mittleren Bruder stand? War er mit einer afrikanischen Königin liiert?

Endlich hatte sie Sverre zum Lachen gebracht. Er hatte ihr bis dahin die meiste Zeit mit gequälter Miene zugehört. Die im Laufe der Jahre langsam verheilten Wunden waren wieder aufgerissen worden, und von Neuem machte ihm das Bewusstsein, ein Verräter zu sein, zu schaffen. Dass auch sein mittlerer Bruder ein Verräter war, bot keinen Trost. Sie hatten Lauritz allein, unglücklich verliebt und jeglicher Hoffnung beraubt zurückgelassen.

Ihr Bericht schien Lady Alice seltsam zu befriedigen, was Albie verwunderte. Ihr konnte kaum entgangen sein, welche Verstimmung ihre Indiskretion hervorgerufen hatte. Nicht einmal Margie mit ihren Bloomsbury-Allüren wäre auf den Gedanken gekommen, Freunde oder Bekannte derart zu verletzen. Und hier saß also diese recht hässliche Frau, in dieser Hinsicht das absolute Gegenteil Margies, ansonsten entstammte sie ähnlichen Verhältnissen und hatte dieselbe Erziehung genossen, und wirkte erstaunlich zufrieden über das, was sie erzählt hatte. Absurderweise machte ihr elegantes King's English die Sache noch unbehaglicher. Schloss man die Augen, sah man eine Frau wie Margie vor sich, öffnete man die Augen, so fiel der Blick auf ein kantiges Gesicht, zu dichte schwarze Brauen, unförmige Kleider und Wanderstiefel.

»Und jetzt komme ich zum glücklichen Schluss«, fuhr Lady Alice vollkommen überraschend fort. Ihre drei Zuhörer richteten sich auf. Lady Alice legte eine Kunstpause ein und zog diese unerträglich in die Länge.

»Während wir hier sitzen«, fuhr sie fort und betonte jedes Wort, »ist Lauritz im Begriff, um die Hand seiner Ingeborg anzuhalten. Und ihr Vater wird sie ihm gewähren. Sie werden sich in einem frisch renovierten Haus in der Allégatan in Bergen niederlassen.«

Sie hielt inne, hob ihr Rotweinglas und lächelte Sverre so herzlich an, dass sie geradezu schön wirkte.

Nun wollten natürlich alle sämtliche Einzelheiten erfahren und sprachen wild durcheinander. Lady Alice lachte.

Die Details taten dem Lauritz-Märchen keinen Abbruch. Im Augenblick nahm er an der Kieler Woche, der wichtigsten europäischen Regatta, teil und würde dort unter anderem gegen die Kaiserfamilie in der Klasse der größten Segeljachten antreten. Er hatte zusammen mit Freunden aus den Bergenser Schiffbauer- und Reederkreisen ein Boot nach ganz neuen Prinzipien gebaut, das ihm zweifellos den Sieg einbringen würde. Es hatte eine schwindelerregende Summe gekostet, sicher mehr als eine Million Kronen, Geld, das aus Afrika kam.

Nicht genug damit. Bruder Oscar hatte auch den Kauf der angesehensten und größten Ingenieurbaufirma Bergens finanziert, die inzwischen Lauritzen & Hagen hieß und deren Büro in der Kaigate in Bergen lag.

»Wer weiß? Diese Bergenser Firma kann vielleicht sogar einen beschäftigungslosen Dandy, der zufälligerweise auch über ein Diplomingenieurexamen aus Dresden verfügt, einstellen«, meinte Lady Alice abschließend und hob erneut ihr Rotweinglas.

»Wohl kaum«, erwiderte Sverre reserviert. »Dafür hat mein ältester Bruder zu starke moralische Vorbehalte, unter anderem vertritt er vollen christlichen Ernstes die Ansicht, dass Leute wie Lord Albert und ich in der Hölle schmoren sollten. Sie können sich also denken, welchen Preis er für eine solche brüderliche Teilhaberschaft fordern würde. Und ich versichere Ihnen, dass mich nur der Tod von meinem Geliebten trennen kann. Dann schmore ich gerne im Höllenfeuer.«

»Da sind die Brüder sich sehr ähnlich«, antwortete Lady Alice rasch.

»Wohl kaum. Aber ich würde gerne auf die Verlobung meines Bruders anstoßen. Könnten Sie uns eine Flasche Champagner bringen?«

*

Die Vorbereitungen ihrer Abreise aus Finse nahmen drei Tage in Anspruch, da ihr Gepäck, drei Koffer und sieben Reisetaschen, an der Eisenbahnroute entlang transportiert werden musste. Erst mit dem Pferdefuhrwerk über die Baustraße nach Hallingskeid, von dort, weil ab hier Schienen lagen, mit der Postdraisine nach Voss und dann weiter nach Bergen, möglichst ins richtige Hotel. Sie hatten für die kurze Zeit in Norwegen viel zu viele Kleider mitgenommen, weder Margie noch Albie hatten Sverres Rat befolgt.

Ein Gentleman nehme lieber zu viel als zu wenig Kleidung mit, hatte Albie großspurig eingewandt, und Margie hatte in spöttisch nachgeahmtem Tonfall hinzugefügt, für eine Lady gelte das erst recht.

In den letzten Tagen vor ihrer Weiterreise arbeitete Sverre intensiv an einem Gemälde, das wiedergeben sollte, wie der Mensch die Natur in sich aufnahm und wie die aufgehende Sonne ihn mit Kraft erfüllte.

An der Idee war nichts auszusetzen, darin waren sich die drei Freunde einig. Praktische Dinge erschwerten die Arbeit jedoch.

Albie sollte nackt mit ausgebreiteten Armen, als wolle er die aufgehende Sonne umarmen, vor einem Abgrund stehen. Obwohl laut Kalender Hochsommer war, waren die Sonnenaufgänge in Finse alles andere als angenehm warm. Albie musste sich ab und zu mit einer Decke wärmen und sich von Margie und Sverre den Rücken massieren lassen. Die Wärmepausen fielen aber immer viel zu kurz aus, da Sverre zur Eile antrieb, um das perfekte Licht, das nicht lange anhielt, zu nutzen.

Sverre konnte das Gemälde nicht vor Ort fertigstellen, erklärte aber, dass er gewisse Lichtphänomene auf der Leinwand fixieren müsse, um sich später exakt an sie erinnern zu können.

Margie und Albie fanden das Bild monumental, aber nicht erotisch skandalös, es erinnerte an eine Art uralter Sonnenverehrung.

Es erfüllte Albie mit Stolz, dass er sich als Modell für ein Ideengemälde eignete, das eine gewisse physische Haltung erforderte. Seit Sverre sich von Sandow hatte betören lassen, trainierte er mit wütender Energie. So war das immer, wenn er sich für etwas Neues begeisterte. Wenig später konnte er auch Albie für dieses Projekt gewinnen, der sogar extra zwei kleinere Trainingsräume für sie einrichten ließ, einen am Gordon Square in Bloomsbury und einen in Manningham.

In dieser Hinsicht waren sie allerdings alles andere als ungewöhnlich, selbst einige der normalerweise überaus trägen Freunde in Bloomsbury hatten sich der neuen Körpermode verschrieben und sprachen von der gesunden Seele in dem gesunden Körper. Vor allen Dingen ging es ihnen dabei darum, den Vorwurf, dass die modernen Errungenschaften und Bequemlichkeit den Menschen degenerieren, zu entkräften. Jetzt, nach ein paar Jahren harten Trainings, das ihnen so zur Gewohnheit geworden war, dass sie nur ungern darauf verzichteten, sahen Albie und Sverre aus wie die durchschnittlichen Athleten in Sandows Trainingsinstitut in der St. James's Street, Sverre natürlich kantiger, athletischer, Albie harmonischer, eleganter, was laut Sverre viel schöner war, da Eleganz Kraft immer aussteche.

Als der Abreisetag endlich angebrochen war, verspürte Albie kein sonderliches Bedauern darüber, obwohl er es schon als ziemlich heroisch empfunden hatte, in der Kälte Modell zu stehen.

Die Reise begann mit einer zehnstündigen Wanderung nach Hallingskeid, wo sie in einer der Arbeiterbaracken übernachten würden, falls es im Ingenieurshaus keinen Platz gab.

Die Wanderung gestaltete sich recht undramatisch, da das Wetter weder gut noch schlecht war. Gelegentlich schien die Sonne, manchmal nieselte es etwas, und die Temperatur betrug 7 Grad. Sverre und Albie trugen schwere Rucksäcke mit Rentierfellen, was sich im Nachhinein als unnötige Mühsal erwies. Aber obwohl das Risiko eines Schneesturms um diese Jahreszeit gering war, durfte man sich nicht ohne Schutzausrüstung ins Gebirge begeben, da man sonst sein Leben riskierte.

Hallingskeid, ein Ortsname, den weder Margie noch Albie aussprechen konnten, war von einer Steinwüste umgeben. Es lag kein Schnee, und es gab keinerlei Vegetation. Das Ingenieurshaus wirkte solide mit robusten Granitmauern im Erdgeschoss und Blockhausbauweise im Obergeschoss. Die Köchin, die aus der Arbeiterbaracke herübergekommen war, um das Abendessen zuzubereiten, erzählte, dass die Ingenieure zurzeit Ferien hätten. Gleise verlegen war eine eintönige Arbeit, die die Vorarbeiter bewältigten, ohne dass ihnen ein Ingenieur unentwegt über die Schulter schauen musste. Kurz bevor sie ging, teilte sie noch mit, dass einige der vorausgesandten Weinflaschen unglücklicherweise unter Pferdehufe geraten seien, der Rest stehe in der Speisekammer. Das Essen könne auf dem Holzherd aufgewärmt werden. Dann schlug sie rasch, geradezu fluchtartig, die Tür hinter sich zu.

Sverre übersetzte die Mitteilungen und begab sich eilig in die Speisekammer, um sich einen Überblick zu verschaffen, die Verluste hielten sich jedoch in Grenzen. Es gab eine halbe Kiste Weißwein und eine halbe Kiste Rotwein, offenbar war nur der Champagner zu Bruch gegangen. Sie würden das Vergnügen haben, zukünftigen Ingenieuren die üppigen Reste stiften zu können.

Die Möbel im Erdgeschoss waren die reinsten Kunstwerke, was wenig überraschend Sverre als Erstem auffiel. Stühle und Tische waren aus rohem, mit der Axt behauenem Holz der Bergbirke gefertigt. Die sich ihres künstlerischen Talents offenbar nicht bewussten Tischler hatten das Holz in wunderbarsten Variationen zusammengefügt und dabei die natürlichen Formen ausgenützt, um sie beispielsweise für bequeme Armlehnen zu verwenden.

Im Eisenherd brannte ein Feuer und Sverre legte, automatisch und ohne darüber nachzudenken, Holz aus dem Schuppen nach. Auf das Erstaunen der anderen erklärte er, es sei wie eine Rückkehr in die Kindheit, als hätte er noch kürzlich die exakt zum Abendessen nötige Holzmenge in die heimatliche Stube getragen.

Neben der Tür zwischen Diele und Wohnzimmer im Erdgeschoss hing ein Brett, auf dem sich die Bewohner des Hauses verewigt hatten. Sverre deutete schweigend auf den vorletzten Namen: Lauritz Lauritzen.

Dann verschwand er in der Küche, wühlte in einem Werkzeugkasten und kehrte mit einem kräftigen Schnitzmesser zurück. Rasch und mit geübten Bewegungen schnitzte er in wenigen Minuten einige Buchstaben unter den letzten Namen.

Sie sahen aus wie eine Geheimschrift und ließen sich nicht entziffern, wie Albie enttäuscht feststellte.

Runen, erklärte Sverre. Dann las er vor:

»Sverre, Lauritz' Bruder, schnitzte diese Worte.«

Das Abendessen bestand aus Forelle, Fladenbrot und geräuchertem Rentierfleisch. Albie verkündete, selten so gut gegessen zu haben. Die lange Wanderung hatte sicherlich zu seinem Appetit beigetragen, aber auch das ästhetische Ambiente. Die Maserung des Holzes, das für die Möbel und die grob mit der Axt behauene Tischplatte verwendet worden war, das Rot des Weins im Widerschein der Kerzenflammen im Halbdunkel. Sverre holte seinen Skizzenblock, und sie saßen eine Weile in Gedanken versunken da, während nur das Geräusch des Stiftes auf dem Papier zu hören war.

Im Schlafzimmer im Obergeschoss roch es durchdringend nach Holz und Teer. Waschschüsseln, Waschwasser und Nachttöpfe standen bereit. Die Daunendecken waren auf bauschige Weise riesig.

Ihre Reise, die frühmorgens fortgesetzt wurde, nahm einen recht lustigen Anfang. Vier Arbeiter hoben eine Draisine auf die Schienen und wollten sich bereits wieder entfernen, als Sverre sie gerade noch aufhalten konnte, damit sie ihnen eine Bedienungsanleitung geben konnten. Die Männer sahen sie erstaunt an, dann erklärte einer von ihnen Sverre widerwillig, als verstünde sich das eigentlich alles von selbst, das Gefährt. Anschließend spuckte er seinen Kautabak auf die Erde, machte auf dem Absatz kehrt und ging seiner Wege.

Das Gefährt wurde mittels einer auf und ab zu bewegenden Stange per Hand angetrieben. Es gab eine Bremse, eine Fläche zum Festzurren des Gepäcks und eine Bank für zwei zierlichere Personen oder jemanden von der Statur Arvid Sandbergs, der jetzt hoffentlich in Sankt Petersburg erfolgreich seine Gegner niederrang.

Die Fahrt mit der Draisine sollte für die beiden Diplomingenieure aus Dresden – der eine auf Maschinen spezialisiert, der andere auf den Eisenbahnbau – hinsichtlich der Übersetzung, der Beschleunigung und des Verhältnisses von Trägheitsmoment zu erzielender Geschwindigkeit eigentlich kein Problem darstellen.

Nichts war jedoch so einfach, wie es in der Theorie wirkte. Erst nach über einer Stunde gelang es ihnen, einen langsamen, ruhigen Rhythmus zu finden, der mit einem Minimum an Muskelkraft das Gefährt antrieb, ohne dass die Geschwindigkeit zu sehr anstieg und die Räder zu vibrieren begannen.

Während der zweiten Stunde arbeiteten sie sich ruhig und methodisch durch die schwindelerregende Landschaft oder in schwarze Tunnel hinein, durch die sie sich blind bewegten, bis sie am anderen Ende das Licht erblickten.

Nach einem langen Tunnel erreichten sie eine Brücke, die über einen Abgrund führte. Ein Trupp Bahnarbeiter war mit der Fertigung eines Holzgeländers beschäftigt. Mitten auf der Brücke, wo das Geländer bereits fertiggestellt war, zog Sverre die Bremse an und arretierte sie, damit die Draisine nicht wegrollen konnte. Schweigend stieg er ab, trat an das Geländer heran und schaute in den Abgrund. Auf der einen Seite dröhnte ein weiß schäumender Wasserfall, auf der anderen bot sich ihm der Anblick eines unendlichen Tales. In den Felsritzen nahe der Brücke lag noch Schnee, weiter in der Ferne war alles grün, und blaue Berge ragten auf. Sverre beugte sich beunruhigend weit über das Geländer, um den Abgrund, den Brückenbogen und die Widerlager unter sich zu betrachten.

Albie war auf der Draisine stehen geblieben, von wo sich ihm eine ebenso gute Aussicht bot. Ihm wurde leicht schwindlig, und er verspürte keinerlei Bedürfnis, an das schwankende Geländer zu treten und den Sog des Abgrunds unter sich zu spüren.

Zu guter Letzt gab er sich dann doch einen Ruck und näherte sich vorsichtig Schritt um Schritt Sverre, klammerte sich dann ans Geländer und versuchte sich vorsichtig vorzubeugen, um in den Abgrund zu schauen. Als er den Kopf drehte, um Sverre anzusehen, erblickte er etwas, das er noch nie zuvor gesehen hatte. Sverre weinte. Ganz still. Tränen liefen ihm über die Wangen und tropften auf seinen weißen Hemdkragen und Schlips.

»Mein lieber, lieber Sverri«, versuchte er ihn zu trösten. »Was bringt dich so aus der Fassung?«

»Das ist die Kleive-Brücke. Lady Alice hat mir davon erzählt«, versuchte Sverre zu erklären.

»Eine schöne, hohe Brücke aus Stein. Und?«

»Das hier ist das größte, gefährlichste und wunderbarste

Bauwerk der gesamten Bergenbahn«, erwiderte Sverre leise und verstummte, als sei damit alles gesagt.

»Aha?«

»Mein Bruder Lauritz hat sie gebaut.«

»Ich verstehe«, flüsterte Albie leise, obwohl das nicht stimmte.

Es gab so vieles, das er hätte verstehen müssen, das meiste davon höchst beunruhigend und traurig. Traurig, weil Sverre weinte. Dies hier wäre also der für ihn vorgesehene Platz gewesen? Hierher, in diese Schnee- und Eiswüste hätte er reisen sollen statt nach Manningham? War diese Brücke das Symbol seines Verrats? Dieser Pflicht hatte er also den Rücken zugekehrt, genauso wie er selbst, Albie, gewissen Pflichten den Rücken kehrte, um sie dann heimlich auszuführen. Diese Absicherung nach beiden Seiten war Sverre nicht möglich gewesen. Man konnte sich der Kunst und der Unterhaltung mit wunderbaren Freunden nicht mal eben entziehen, um rasch in Schneestürmen und bei eisiger Kälte ein paar Brücken über ungeheure Abgründe zu bauen und dann wieder in das Leben eines Dandys zurückzukehren. In seinem Fall war die Wahl brutal einfach gewesen: entweder – oder.

Sverre zog ein Taschentuch aus der Brusttasche seiner Tweedjacke, schnäuzte sich und wischte unauffällig die Tränen weg, als befürchte er, Margie könne sie entdecken. Dann wandte er sich Albie zu und lächelte verlegen. In seinen Augen schien ein neuer Glanz zu erwachen.

»Mach dir keine Sorgen, lieber Albie«, sagte er. »Meine Worte im Gespräch mit Lady Alice waren aufrichtig. Ich habe meine Entscheidung getroffen. Bis dass der Tod uns scheidet.«

Albie vermochte nicht zu antworten. Zu viele Worte und Gefühle suchten gleichzeitig ein Ventil.

»Komm!«, meinte Sverre. »Wir fahren weiter.«

*

Der kleine Passagierdampfer, der sie zu der Insel bringen sollte, auf der Sverre seine Kindheit verbracht hatte, hieß *Ole Bull*, ein Name, den sich Albie und Margie ausnahmsweise leicht merken konnten. Sverre behauptete, der Dampfer sei im Laufe der Jahre geschrumpft. Er war in Dienst gestellt worden, als seine Brüder und er, damals zehn, neun und acht Jahre alt, die Insel verlassen sollten, um in Bergen, einer entsetzlich großen Stadt, Seilerlehrlinge zu werden.

Sie hatten diskutiert, ob Sverre diese Fahrt allein unternehmen sollte, aber jetzt standen alle drei auf dem Achterdeck und warteten darauf, dass der Dampfer ablegte.

Sie hatten kürzere Zeit als geplant in der idyllischen Stadt zugebracht, die sich in Margies und Albies Augen deutsch ausnahm, insbesondere zwischen den Lagerhäusern am Hafenbecken. Eine Schlagzeile in der Lokalzeitung hatte sie zur Eile angetrieben. Fette Buchstaben hatten den norwegischen Sieg bei der Regatta in Kiel verkündet. Nachdem Sverre den Text überflogen hatte, bestätigte er, was Albie und Margie bereits vermutet hatten. Lauritz hatte bei der Kieler Woche mit seiner Jacht Ran in der renommiertesten Klasse haushoch gesiegt. Unter den Ausgestochenen befand sich die Kaiserfamilie, die mit vier Booten, die normalerweise die besten Plätze belegten, angetreten war. Dieses Mal jedoch hatte die norwegische Jacht in allen Wettkämpfen gesiegt.

Das war natürlich eine erfreuliche Neuigkeit, insbesondere wenn man bedachte, was dieser Triumph für Lauritz' Heiratspläne bedeutete. Das musste gefeiert werden, was sie dann auch bereits am selben Abend in einem Restaurant auf einem Berg, dem die in der Sommerdämmerung funkelnde Stadt zu Füßen lag, taten. Nun gab es ein Problem: Lauritz hatte sicher bereits den Heimweg angetreten. Er würde etwa zwei bis drei Tage benötigen, um von Kiel nach Bergen zu segeln, vermutete Sverre. Die Jacht musste als Erstes nach Hause überführt werden. Wieder in Bergen, würde Lauritz wohl erst einmal die Renovierung seines Hauses in der Allégaten in Augenschein nehmen, in das er nach seiner Hochzeit einziehen würde. Aber danach ging es vermutlich direkt zu Mutter Maren Kristine nach Osterøya, um ihr die Nachricht von seiner baldigen deutschen Hochzeit zu überbringen.

Es ließ sich also leicht ausrechnen: In vier Tagen mussten sie die Osterøya verlassen haben, um nicht Gefahr zu laufen, Lauritz dort zu begegnen. Nicht, weil Sverre Angst vor Handgreiflichkeiten hatte, aber er fürchtete den Hass seines Bruders mehr als alles andere, diese betrübliche Form menschlicher Erniedrigung. Der Umstand, dass sich das Objekt dieses Hasses, nämlich Albie, in höchsteigener Person in seinem Elternhaus befand und seine Mutter durch seine bloße Gegenwart besudelte, würde die Begegnung sicher nicht angenehmer gestalten.

Sie hatten erwogen, dass Albie und Margie in Bergen blieben, während Sverre den Besuch bei seiner Mutter hinter sich brachte. Die beiden hätten sich schon zu beschäftigen gewusst. Die nationalromantische Kunstausstellung war durchaus einen weiteren Besuch wert. Nach Sverres

Rückkehr konnten sie dann den längeren Ausflug den Fjord entlang antreten.

Aber Sverre war dagegen. Er wünschte sich, dass seine Mutter und Albie sich wenigstens einmal im Leben begegneten, selbst auf die Gefahr hin, dass sie mit feurigen, christlichen Verwünschungen überschüttet würden. Die Religion Maren Kristines wies aber auch eine andere und eigentlich sehr grundlegende Eigenschaft auf, nämlich die der Vergebung, und im Falle einer solchen würde sich ihr Leben einfach leichter gestalten.

Genauer gesagt noch leichter. Während ihres Spaziergangs durch Bergen hatte Sverre ihnen das Bürogebäude mit dem großen funkelnden Messingschild neben dem großen Portal an der Kaigaten, der Prachtstraße mit den größten Häusern und der schönsten Aussicht, gezeigt. Und sie waren alle drei gleichermaßen entzückt den Hang zur nahe gelegenen Allégaten hinaufgegangen und hatten den Handwerkern dabei zugesehen, wie sie die letzten Renovierungsmaßnahmen an dem Haus, in dem das frisch verheiratete Paar Lauritzen bald höchst standesgemäß wohnen würde, durchführten.

Sverre war glücklich gewesen, wie von einer heimlichen Last, der Schande, die er mit aller Anstrengung verborgen oder verdrängt hatte, befreit.

Plötzlich sah die Wirklichkeit anders aus. Dass er sich der, zumindest nach Lauritz' Ansicht, heiligen Pflicht der Brüder, nach Norwegen zurückzukehren und sich auf der Hardangervidda abzurackern, entzogen hatte, hatte letztendlich doch keine fatalen Folgen gehabt. Es war also richtig und nicht nur halb richtig gewesen, den Weg einzuschlagen, den seine Gefühle ihm gewiesen hatten, und sich für die Kunst und die Liebe zu entscheiden, statt sich im Schweiße seines Angesichts protestantisch abzurackern.

Es war fast eine Ironie des Schicksals, dass Oscar auf ähnliche Weise seinen Pflichten entflohen war. Andernfalls wäre er nicht reich geworden, und Lauritz hätte weder den Sieg bei der Kieler Woche oder die Ingenieurbaufirma, die Villa in der Allégaten noch seine Ehefrau Ingeborg errungen.

Je länger sie sich in dem Restaurant mit der schönen Aussicht über diese Sache unterhielten, desto fröhlicher wurden sie, während das Licht über dem Meer und im Hafen verblasste.

Margie erdreistete sich sogar, über die Religion zu scherzen. Die Situation sei nicht ohne erheiternde christliche Symbolik. Lauritz, der tiefgläubige Christ, empfinde den wunderbaren Wendepunkt in seinem Leben als etwas Selbstverständliches und Wohlverdientes. Die Belohnung des allergnädigsten Chefs über die Menschheit. In diesem Punkte war an der christlichen Logik nichts auszusetzen: Lauritz war gut und moralisch. Seine beiden Brüder waren nachlässige Egoisten und ebenso wankelmütig im Glauben wie in der Moral.

Die beiden weniger guten Brüder eilten in die Welt und ließen den guten Lauritz zurück, der in Stürmen, unter Lebensgefahr und ohne Hoffnung auf Belohnung einen scheinbar unmöglichen Kampf um die Liebe ausfocht.

Und dafür durch eine göttliche Laune über alle Maßen belohnt worden war.

Margie hatte bereits als Jugendliche in der Klosterschule, als man ihr den Glauben hatte einbläuen wollen, gefunden, dass das eine seltsame Religion war. So müsse man doch überlegen, fuhr sie fort, ob der strenge, ältere Bruder nicht überhaupt dankbar sein müsse, dass seine jüngeren Brüder ihrer heiligen Pflicht nicht nachgekommen seien. Denn hätten sich alle drei in derselben christlich-moralischen Gesinnung auf der Hardangervidda abgerackert, hätte Lauritz weder Gold noch Ingeborg gewonnen.

Margies zynische Überlegungen erheiterten Sverre zwar, aber dennoch musste er einwenden, dass sein ältester Bruder allen Ernstes glaube, dass Albie und er aufgrund ihrer Liebe zur Hölle verurteilt seien. Das könne man nicht ignorieren. Was allerdings nicht Sverres Erleichterung schmälerte. Lauritz und seine Religion konnten ihm gestohlen bleiben, aber von einer moralischen Schuld konnte jetzt jedenfalls keine Rede mehr sein. Es bestand also die Möglichkeit, sich mit Mutter Maren Kristine zu versöhnen.

Der Besuch der Ausstellung nationalromantischer norwegischer Kunst fiel kürzer als geplant aus, da ihr Dampfer zur Mittagszeit ablegte.

Gemälde Adolph Tidemands und Hans Gudes, beide Albie und Margie unbekannte Maler, dominierten die Ausstellung. Gudes Landschaften gefielen ihnen, insbesondere die Motive der Gebirgswelt, die sie erst kürzlich verlassen hatten. Aber Tidemands fromme, zur Andacht versammelte Bauern, ein immer wiederkehrendes Motiv, taten sie als den geradezu lächerlichen Ausdruck eines überholten Nationalismus ab. Das verärgerte Sverre, der den beiden die Ursachen des norwegischen Nationalismus zu erklären suchte. Norwegen war bei seiner Entstehung noch unfrei gewesen, die norwegische Selbstständigkeit lag schließlich nur wenige Jahre zurück. Als Albie daraufhin wieder auf sein Lieblingsthema zu sprechen kam, die Unabhängigkeit der Kunst von der Politik, war es angezeigt, die Diskussion abzubrechen und zum Dampfer zu eilen.

Jetzt saßen sie im Erste-Klasse-Salon der *Ole Bull* auf harten, ledergepolsterten Bänken zwischen englischen und deutschen Touristen auf dem Weg zur Osterøya und nach Tyssebotn.

Albie hatte die Aussprache in dem Augenblick perfekt gelernt, als Sverre das Gerede von der unmöglichen norwegischen Sprache leid gewesen war und er ganz einfach »*Tüssebotten und Osteröja*« auf ein Stück Papier geschrieben hatte.

Margie wirkte als Einzige unbekümmert und erwartungsvoll und ließ sich von den Touristenmassen nicht stören. Aber Sverre und Albie waren schrecklich angespannt und ärgerten sich über das Gedränge.

Sverres Anspannung kreiste um die Frage, ob ihm verziehen oder ob er verurteilt werden würde. Albies Nervosität hingegen war nicht wirklich greifbar.

Margie verstand jedoch, was in ihm vorging, und scherzte, dass er es jetzt mit gleicher Münze heimgezahlt bekomme, denn wie sei es nicht Sverre bei seiner Ankunft in Manningham ergangen?

Sverre erklärte daraufhin, dass es wie ein Traum gewesen sei, von dem er nicht gewusst habe, ob er gut oder schlecht sei. Er habe in der Kutsche gesessen und einen kleinen weißen Bauernhof mit Schafen auf den hügeligen Weiden erwartet. Dann habe sich plötzlich Manningham vor ihm aufgetürmt. Ein derartiger Schock würde Albie jedenfalls erspart bleiben.

Margie und Sverre versuchten Albie zu entlocken, wie er sich Sverres Elternhaus vorstellte, über das er kaum mehr wusste als Sverre damals über das seine. Aber Albie wich ihnen aus, indem er wie alle anderen Touristen an Deck stürzte, da der Dampfer gerade an einem Steg anlegte, an dem nur ein paar Einheimische an Land gingen. Die Touristen standen an der Reling und betrachteten die großartige Landschaft, hohe Berge mit schneebedeckten Gipfeln und Wasserfälle, die sich schäumend in den tiefblauen Fjord ergossen.

Albie fühlte sich an Schottland erinnert, wo es ebenfalls christlichen Fundamentalismus, kleine Häuser und Fischerbuden am Meer gab. Aber viel mehr Ähnlichkeiten gab es wohl kaum. Dieser dramatischen Landschaft, die sich doch sehr von Wiltshire unterschied, entstammte also Sverre, obwohl alle Einheimischen und die gesamte Besatzung an Bord ihn sicherlich als Fremden und Touristen betrachteten.

Hätte der Zufall es anders gewollt, wäre Sverre heute einer der Einheimischen, der Fischer, Handwerker oder Kleinbauern, die gerade die Gangway hinuntergingen, und sie wären sich nie begegnet und hätten von der Existenz des anderen nichts geahnt.

Nicht, dass er je den Gedanken an einen göttlichen Willen akzeptiert hätte, Albie war ebenso areligiös wie Sverre, Margie und jeder ihrer Bloomsbury-Freunde. Trotzdem war es, als hätte so etwas wie eine göttliche Laune sie einander in die Arme getrieben. Es war schwierig, sich von diesem Gedanken zu befreien, nachdem er sich einmal in seinem Kopf eingenistet hatte. Wie wäre sein Leben wohl ohne Sverre verlaufen?

Vermutlich wäre er verheiratet mit etlichen Kindern. Dazu Liebhaber in den Clubs am Piccadilly Circus.

Und wie sähe Sverres Leben aus, wenn sie nicht dieser Zufall, der nichts mit Gott zu tun hatte, in Dresden zusammengeführt hätte?

Nachdem er sich gewissenhaft sechs Jahre auf der Hardangervidda abgerackert hätte, wäre er jetzt einer der Teilhaber einer Bergenser Ingenieurbaufirma namens Lauritzen & Haugen und würde vermutlich wie sein Bruder mit einer norwegischen Ehefrau und einigen Kindern in einer schönen Villa wohnen. Nein, vielleicht noch keine Kinder. Möglicherweise hätte er sich auf ein paar Abenteuer mit Seeleuten in Bergens Hafenviertel eingelassen, was nicht ganz einfach gewesen wäre, denn eine Kleinstadt wie Bergen hatte im Hinblick auf heimliche Erotik nicht so viel zu bieten wie London.

Aber was wusste man schon über das Leben, das vor einem lag? Nichts, denn der Zufall konnte einen überallhin führen. Alles war möglich.

Aber gewiss war, dass sie Sverres Mutter treffen würden und sich möglichst aus dem Staub machen mussten, ehe der hasserfüllte älteste Bruder mit seinem doppelten Triumph angesegelt kam.

Mit Ausnahme des massiven weißen Gebäudes – wahrscheinlich ein Sägewerk oder eine Mühle an der Hafeneinfahrt – schien sich Tyssebotn kaum von den anderen Stationen auf dem langen Weg von Bergen zu unterscheiden.

Was auch immer sich Albie mithilfe schottischer Vergleiche vorzustellen suchte, erfüllte sich nicht, als sie an Land stiegen. Niemand war gekommen, um sie abzuholen oder ihnen ihr Gepäck abzunehmen. Sverre blieb an einem

Stand stehen, wo eine üppige Blondine in Tracht in rasendem Tempo gestrickte Wollpullover verkaufte, ohne um den Preis zu feilschen. Die Touristen rissen sich förmlich um diese Kleidungsstücke. Albie begriff nicht recht, was an diesem Geschäft, das doch nur die Touristen betraf, so interessant sein sollte.

Dann stellte sich heraus, dass die Verkäuferin, die Solveig hieß und Englisch sprach, Sverres Cousine war. Sie hatten sich seit vielen Jahren nicht mehr gesehen, und sie hatte inzwischen geheiratet und drei Kinder bekommen. Sverre stellte seine Gäste vor, und die Cousine machte verlegen einen Knicks. Ihrer Miene nach zu urteilen ging sie davon aus, dass Sverre beabsichtigte, seiner Mutter seine Verlobung anzukündigen. In gewisser Weise entsprach das ja sogar der Wahrheit.

Als alle Pullover verkauft und die Touristen auf die *Ole Bull* zurückgekehrt waren, machten sie sich gemeinsam auf den Weg ins Innere der Insel. Wenig später trennten sich ihre Wege, Cousine Solveig schlug eine andere Richtung ein. Albie, Sverre und Margie näherten sich einem Haus aus grauen Baumstämmen mit Rasen auf dem Dach, das auf einem der nationalromantischen Gemälde hätte abgebildet gewesen sein können, über die sie noch am Morgen gestritten hatten.

In der Tür erwartete sie eine Frau, ebenfalls in Tracht, allerdings in einer etwas anderen als die Cousine. Als sie näher kamen, stellten Albie und Margie gleichzeitig fest, dass die schlanke Frau mit ihrem sommersprossigen Gesicht, den hellblauen Augen, dem kupferroten, leicht ergrauten Haar, die wie eine ältere Schwester oder Cousine Sverres aussah, eine verblüffende Schönheit war. Die Feierlichkeit der Begrüßung entschied die Frage. Das musste die Mutter sein.

Schweigend und lange betrachtete sie ihren Sohn, mit anfänglich ernstem, strengem Blick. Nach und nach ließ sich jedoch ein Lächeln erahnen.

Sverre stand in gebeugter Haltung vor ihr und schwieg ebenfalls lange, dann sagte er kurz etwas auf Norwegisch. Die Mutter nickte, Albie und Margie warteten ab.

Wieder wurde geschwiegen. Der Wind rauschte, Silber- und Sturmmöwen schrien, sonst herrschte Stille.

Plötzlich breitete sie die Arme aus, umarmte ihren Sohn und hielt ihn wortlos fest. Die Knöchel ihrer starken, schönen Hände hinter Sverres Rücken traten weiß hervor, während sie ihren Sohn hin und her wiegte.

Dann schob sie ihn lächelnd von sich weg, wandte sich erst Albie und dann Margie zu und sprach, wobei Sverre sogleich übersetzte.

»Die Freunde meiner Söhne sind auch meine Freunde und in meinem Haus immer willkommen.«

Damit war alles gesagt, und man ging ohne Umschweife zu den Fragen des Gastmahls und der Unterbringung über.

Später führte Sverre Albie und Margie auf einen Hügel, von dem aus sich eine weite Sicht über das Meer bot und auf dem ein längliches Haus im Wikingerstil stand, ein fantastisches Gebäude, dessen Dach gerade von vier Männern mit Schindeln gedeckt wurde. In diesem Haus würden sie wohnen.

Sie hatten viel Zeit, denn das Fest für den heimgekehrten Sohn würde erst in einigen Stunden beginnen. Der Hausbau weckte ihre Neugier.

Die Baupläne hingen im Gebäudeinneren an einer

Längswand, und Sverre und Albie brauchten sie nicht lange zu betrachten, um einzusehen, dass ihnen der Architekt durchaus das Wasser reichen konnte und sich mindestens so gut in der Geschichte der Wikinger auskannte wie Sverre. Der letzte Zweifel wurde ausgeräumt, als sie sahen, dass die Baupläne mit einem Stempel von Lauritzen & Haugen, Bergen, versehen waren.

Das Fest fand im alten Haus statt, und weder Albie noch Margie hatten je etwas Vergleichbares erlebt. Mutter Maren Kristine saß schön wie eine Königin auf dem Ehrenplatz am Tischende, flankiert von Sverre und den ausländischen Gästen, dann kamen die Cousinen Turid, Kathrine und Solveig mit ihren Männern, alle ausnahmslos in Tracht. Am anderen Ende des Tisches saßen etwa ein Dutzend erstaunlich brave Kinder unterschiedlichen Alters, deren Hände wie die der Erwachsenen gesittet auf der Tischplatte lagen.

Auch Sverre trug die ortsübliche Tracht, es war die alte seines Vaters, und sie schien perfekt zu sitzen. Er hatte Margie und Albie erzählt, dass diese Kleidung seiner Heimat nach langer Abwesenheit ebenso obligatorisch war wie der Frack in Manningham. Margie und Albie war, als sie dies hörten, in ihrem Reisetweed recht unbehaglich zumute.

Der Beginn des Gastmahls gestaltete sich sehr feierlich. Alle falteten schweigend die Hände und senkten die Köpfe, während Mutter Maren Kristine ein kurzes Gebet sprach.

»Gott, wir danken dir für die Gaben der Erde und des Meeres. Wir danken dir für die Rückkehr eines verlorenen Sohnes. Zu seinem Empfang haben wir das gemästete Kalb geschlachtet.«

Flüsternd übersetzte Sverre das Tischgebet.

»Das bedeutet, dass sie mir verziehen hat, und euch auch«, fügte Sverre hinzu.

Nach dem Gebet hob in dem düsteren Hauptraum ein erwartungsvolles Murmeln an, und eine Reihe junger Frauen trugen große Platten mit Braten und Fisch sowie Tabletts mit großen schäumenden Biergläsern herein.

»Das ist neu, das hätte ich nicht erwartet«, flüsterte Sverre. »Hier ist es eigentlich nicht üblich, sich bei Festen zu amüsieren. Das erstaunt mich sehr«, flüsterte Sverre. »Und noch dazu Bedienungspersonal?«

»Lästere nicht! Trink und freu dich!«, flüsterte Margie zurück.

Auf dem Gut Frøynes hatte sich einiges geändert.

Nicht nur waren unter gewissen außergewöhnlichen Umständen wie einem heimgekehrten verlorenen Sohn, größere Mengen Bier und, vielleicht noch schockierender, Gelächter und Gerede erlaubt.

Nein, Frøynes war inzwischen ein registriertes Warenzeichen. Jeder Pullover, der unten am Hafen verkauft wurde, war mit einem schwarz-silbernen Etikett mit dem maschinengestickten Namen Frøynes und der Silhouette jenes noch nicht fertiggestellten Wikingerhauses auf der Anhöhe versehen.

Der Verkauf auf der Insel diente überwiegend der Unterhaltung der Touristen. Der eigentliche Vertrieb fand in den Warenhäusern und an den Verkaufsständen an den Bergenser Kais statt. In Tyssebotn gab es inzwischen keine Arbeitslosigkeit mehr. Alle Frauen strickten Pullover, und die Männer, die weder in der Fischerei noch in der Mühle am Hafen beschäftigt waren, arbeiteten mit bei Verpackung, Transport, Schafzucht oder der Herstellung von Wolle. In der folgenden Wintersaison würde man neue, größere Räumlichkeiten in dem Wikingerhaus auf der Anhöhe beziehen, in dem Heizung und Beleuchtung die Arbeit in der dunklen Jahreszeit erleichterten. Frøynes hatte sich zu einem Industriestandort entwickelt.

Für diesen Wandel gab es zwei Grundpfeiler. Eine nötige Voraussetzung war Mutter Maren Kristines einzigartiges Gefühl für Muster und Farben. Margie kamen die Tränen, als sie sich die Musterkollektion anschaute.

Die zweite Voraussetzung war durch die Buchhaltung der Firma Lauritzen & Haugen in Bergen gewährleistet. Werbung, Vertrieb, Verträge mit Subunternehmern, Verträge mit Warenhäusern.

Die neue Zeit hatte also auch vor dem kleinen Tyssebotn auf Osterøya nicht haltgemacht, und falls etwas an dieser Entwicklung Erstaunen hervorrief, so der Umstand, dass sich Mutter Maren Kristine auf so viele gottlose Veränderungen eingelassen hatte, weil sie anständig für ihre künstlerischen Anstrengungen bezahlt wurde.

Sverre hatte sich anfänglich nicht erklären können, wie es Lauritz gelungen war, ihre Mutter zu überreden, da sie ihm nicht einmal erlauben wollte, vor seiner Weiterreise ihr Porträt zu malen. Zuerst hatte sie wie erwartet die üblichen religiösen Argumente angeführt. Ein Porträt sei nur ein Ausdruck von Eitelkeit, ein Blendwerk des Teufels, sie habe sich ihr Leben gegen den Vorwurf wehren müssen, außergewöhnlich schön zu sein. Das Äußere eines Menschen sei nichts, nur die Schönheit der Seele zähle, und die messe sich daran, wie viele Sünden ein Mensch während seiner Lebenszeit auf sich lade. Und so weiter.

Dass es gerade jetzt Sverres heißester Wunsch sei, das Porträt seiner Mutter zu malen, müsse doch jeder verstehen, meinte Albie. Seine Mutter sei der Traum eines jeden Künstlers. Schöner könne man sich die reife Frau nicht denken, selbst wenn sie für diese Art von Schmeichelei offenbar nicht empfänglich war.

Am zweiten Abend, als sie im Wikingerhaus unter sich waren, am offenen Kamin saßen und den mitgeschmuggelten Rotwein tranken, erzählte Sverre nicht ohne Stolz, wie er seine Mutter doch noch überredet hatte. Lauritz' Vorschlag, ein kleines Handarbeitsunternehmen aufzuziehen, hatte sie schließlich auch mithilfe religiöser Begründungen von sich gewiesen. Und doch war bald das großzügige Wikingerhaus, das mit seinen Drachenköpfen am Dachfirst mehrere nautische Meilen weit den Fjord entlang zu sehen sein würde, fertiggestellt. Für die Drachenköpfe hatte Sverre selbstverständlich ein paar neue Entwürfe beigesteuert.

Lauritz hatte seine Mutter mit dem Argument überzeugt, dass der Ausbau dieses handwerklichen Zweiges die Armut in Tyssebotn und Umgebung ausmerzen und vielen Frauen ein besseres Leben bescheren würde. Ihre Mutter entwarf die Muster, alle Frauen auf der Osterøya konnten stricken. So konnte sie diese Gottesgabe nutzen, ihren Nächsten Gutes zu tun.

Aus dieser Erkenntnis heraus hatte Sverre also die Schönheit seiner Mutter, die nicht nur ihren Sohn, sondern auch jeden Künstler faszinierte, mit keinem Wort erwähnt. Stattdessen erklärte er, seinem Bruder, der jetzt aus Deutschland heimkehre und dessen Ankunft er bedauerlicherweise nicht abzuwarten wage, ein von Liebe erfülltes Porträt seiner Mutter schenken zu wollen. Was könne Lauritz mehr erfreuen, jetzt, wo Ingeborgs Vater endlich in seine Hochzeit eingewilligt habe?

Zum ersten Mal in seinem Leben sah er, wie seine Mutter die Fassung verlor. Ihr traten Tränen in die Augen, aber in ihrer Familie weinten Erwachsene nicht, am allerwenigsten sie.

Wie besessen malte er an ihrem Porträt in Öl direkt auf Leinwand, ihre Kleider, natürlich die Nordhordlandtracht der älteren Generation mit grüner Weste und sechs silbernen Schnallen, die er mittels breiter Pinselstriche nur andeutete. Die Konzentration auf Details hob er sich für Gesicht und Hände auf.

Ihre Pose hatte sie sich selbst ausgesucht. Sie saß auf einem von Sverre als Kind mit geschnitzten Drachenköpfen verzierten Lehnstuhl auf der Wiese vor dem Haus. Den Hintergrund bildete das Wikingerhaus, wie es nach seiner Fertigstellung aussehen würde. Schließlich hatte Sverre die Baupläne im Kopf.

Während Sverre malte, hielt sich Margie mit ihrem Fotoapparat im Nachbarhaus auf und fertigte ein großes Familienbild an, auf dem Mutter Aagot mit ihren drei Töchtern, deren Männern und sämtlichen Enkeln zu sehen war. Dann schoss sie drei Familienfotos und schließlich je ein Porträt. Sie versprach, die Fotos aus England zu schicken, sobald die Abzüge fertig waren.

Albie, der nichts zu lesen mitgenommen hatte, unternahm währenddessen lange Spaziergänge in der hügeligen Landschaft. Das Malen und Fotografieren nahm kostbare Zeit in Anspruch, was Albie nervös machte und verärgerte. Der Trollkönig Lauritz konnte jederzeit eintreffen.

Sie entkamen jedoch rechtzeitig.

»Es ist vollbracht«, scherzte Sverre, als sie zusammen auf dem Deck der *Ole Bull* standen, die gerade Richtung Bergen ablegte. In einem Brief an seine Mutter hatte Lauritz angekündigt, etwas Großartiges berichten zu wollen. Am nächsten Tag würde er in Frøynes eintreffen, wo auch ihn eine Überraschung erwartete, ein Porträt seiner Mutter, der Beweis dafür, dass ihn und seinen verachteten jüngsten Bruder zumindest die Liebe zu einem Menschen verband. Ob er diese Botschaft als Geste der Versöhnung verstehen würde, konnte man unmöglich wissen.

»Well«, sagte Margie. »Der große Bruder ist reich, die Mutter ist relativ reich und noch dazu die Wohltäterin eines ganzen Dorfes in gutem, christlichem Geiste. Uns bleibt nur die Hölle, vermute ich.«

»Ich würde gerne noch eine Dampferfahrt auf diesem berühmten Fjord unternehmen, wo wir schon einmal hier sind. Wie hieß er noch gleich?«, fragte Albie.

»Sognefjord«, antwortete Sverre.

VI

DIE WEISSEN KNOCHEN

Britisch-Ostafrika, 1909–1910

Es begann mit einem klassisch-lächerlichen, außerordentlich peinlichen Heiratsantrag. Albie hatte es natürlich nicht gewagt, sich jemand anderem als Sverre anzuvertrauen und selbstverständlich Margie. Die Bloomsbury-Freunde hätten sich totgelacht, wenn sie davon erfahren hätten.

Aber was hätte er tun sollen? Mit ihren 25 Jahren näherte sich Pennie der kritischen Grenze. Einzig eine Heirat würde ihr ermöglichen, Manningham zu verlassen und in die Welt zu ziehen. Streng genommen war es genau das, was von ihr verlangt wurde. Wenn sie sich jetzt mit dem drittältesten Sohn begnügte, war das ganz allein ihre Sache.

Der Freier war ein gewisser Galbraith Lowry Egerton Cole, der dritte Sohn des 4. Earl of Enniskillen, was besser klang, als es eigentlich war, denn wer hatte jemals von Enniskillen gehört?

Aber das spielte keine Rolle. Schließlich ging das nur sie etwas an, und hätte sie einen Fabrikanten Smith angeschleppt, wäre das auch nicht besser gewesen, höchstens was das Haushaltsgeld betraf. Der junge Gentleman war natürlich arm, aber stolz, und als dritter Sohn nur auf dem Reserveposten. Die Aussichten, dass er jemals der 5. Earl von diesem obskuren Enniskillen werden würde, waren minimal.

Aber auch das stellte aus Albies Perspektive kein Problem dar.

Ein anderer verwandtschaftlicher Aspekt war da schon problematischer. Die Schwester des Freiers war eine gewisse Lady Florence Anne, Gattin Hugh Cholmondeleys, inzwischen 3. Earl of Delamere.

Soweit Albie wusste, war an Delameres Familiensitz im Norden an der Grenze zu Wales nichts auszusetzen, es ging eher um ein rein persönliches Problem.

Als Albie als kleiner verschreckter Neuling, *fag*, nach Eton gekommen war, hatte Hugh Cholmondeley die Abschlussklasse besucht und war *fag master* und als solcher sehr hart, fast genüsslich hart gewesen. Nach Beendigung der Schule sollte Hugh Cholmondeley zum Militär, was Albie sehr logisch erschienen war. In den Kolonien boten sich ihm viel mehr Möglichkeiten, Leute zu unterdrücken, als in Eton, und außerdem konnte er sie totschießen. Albie war erleichtert gewesen, ihn los zu sein, da Hugh Cholmondeley es ganz besonders auf ihn abgesehen und ihn ständig mit dem spanischen Rohr gequält hatte.

Als Zwölfjähriger hatte Albie also beschlossen, Hugh Cholmondeley bis an sein Lebensende zu hassen, das dann aber irgendwann vergessen. Bis jetzt, als sich zeigte, dass er der Schwager von Penelopes zukünftigem Mann war.

Margie hatte ihn natürlich ausgelacht, und Sverre war ihrer Meinung gewesen. Sünden aus der Schulzeit mussten als verjährt gelten.

Wie drei Verschwörer saßen sie oben im Atelier am Gordon Square, wo sie weder Freunde noch Nachbarn hören konnten. Wenn Albie das Bedürfnis verspürte, laut über diese Sache nachzudenken, dann kamen nur Margie und Sverre als Zuhörer infrage.

Er wollte ergründen, was für Penelope am besten war und tat sich ungemein schwer damit. Der in seiner Schulzeit so brutale Lord Delamere hatte seinem Schwager also einen Hof geschenkt, der neben seinem eigenen lag. So weit, so gut. Der Haken war, dass diese beiden Höfe in Kenia lagen. Wenn sie heirateten, würde Pennie in den afrikanischen Busch ziehen!

Margie fand diese Aussicht wunderbar und aufregend, und darin konnte ihr Sverre nur beipflichten. Die Alternative wäre so etwas wie Manningham gewesen, älter oder neuer, kleiner oder größer. Das wirkte nicht sehr verlockend. Afrika hingegen klang wie eine wunderbare Alternative. Pennie würde das neue Leben lieben.

Albie ließ sich auch bald überzeugen. Penelope war schließlich eine freie Frau, die selbst entscheiden durfte und wie alle anderen Frauen, sogar die armen, eigentlich wahlberechtigt sein müsste. Nicht wahr?

Doch, gewiss. Es war nur so, dass Pennie und ihr Geliebter, das war nun doch zu hoffen, ja, so musste es sein, schließlich begehrte sie ihn weder des Geldes noch eines Titels wegen … Worauf wollte er eigentlich hinaus?

Ah, ja: Es würde einen offiziellen Heiratsantrag nach allen Regeln der Kunst geben. Das Datum war vereinbart, Pennie und ihr Verlobter in spe würden nächste Woche auf Manningham eintreffen. Dann würde die Entscheidung fallen.

»Very well«, meinte Margie. »Das bleibt unter uns. Wir veranstalten als kleine freudige Überraschung ein Verlobungsdinner im engsten Familienkreis direkt nach dem Heiratsantrag. Es ist ohnehin schon recht lange her, dass ich Alberta und diesen Schwachkopf, ihren Mann, getroffen habe. Und ich finde, du solltest dir mit deiner Einwilligung ruhig ein wenig Zeit lassen …«

Und so geschah es dann auch.

Am folgenden Samstagnachmittag gab sich Albie intensiv mit seinen Papieren in der Bibliothek beschäftigt. Die Szene war natürlich lächerlich. Nicht nur, weil der Freier höchstens fünf oder sechs Jahre jünger war als er, sondern auch, weil Albie ein Jackett trug. Pennie hatte ihn via James diskret darüber informiert, wie der Freier gekleidet war, und die Höflichkeit forderte natürlich bei dieser formellen, aber doch heiklen Besprechung ein Gleichgewicht. Jackett! Als sollte auf der Stelle geheiratet werden. Oder als wollte man ein Pferderennen besuchen.

James kündigte den hochgeborenen Galbraith Lowry Egerton Cole an, woraufhin ein sonnengebräunter, athletischer Mann eintrat, der sich bemühte, seine Nervosität zu verbergen. Er gab Albie höflich die Hand und nahm dann auf einem Sessel neben dem Schreibtisch Platz. James servierte Sherry.

»Sie warten mit strahlendem Wetter auf, Euer Gnaden«, begann der Freier.

»Natürlich. Ein Tag wie dieser verlangt selbst Wiltshire strahlendes Wetter ab«, antwortete Albie und fühlte sich wie in einem Theaterstück, eher Shaw als Ibsen. Er musste den Impuls unterdrücken, aufzustehen und zu sagen, jetzt kümmern wir uns nicht weiter um dieses Ritual aus dem

19. Jahrhundert, sondern gehen essen. Viel Glück übrigens! Aber er fühlte sich in dem Schauspiel gefangen.

»Euer Gnaden wissen, was Penelope und mich nach Manningham führt?«, fuhr der Freier fort.

»Natürlich, aber ich habe erst noch ein paar Fragen«, erwiderte Albie, wie von einer höheren Macht gezwungen, gegen seinen Instinkt zu handeln. Oder war es ganz im Gegenteil ein ererbter Instinkt, der ihn zwang, mit dem Ritual fortzufahren?

»Very well, Euer Gnaden«, antwortete der Freier und versuchte, einen Seufzer zu unterdrücken, weil er meinte, verstanden zu haben, dass jetzt über Finanzen gesprochen werden musste.

»Sie sind sich also zum ersten Mal vor zwei Jahren bei einem Ball des Prinzen von Wales begegnet?«

»Korrekt, Euer Gnaden.«

»Sie scheinen einen tiefen ersten Eindruck aufeinander gemacht zu haben?«

»Zweifellos.«

»Aber Sie können doch wohl kaum da schon den Entschluss zu diesem entscheidenden Schritt gefasst haben?«

»Nein, natürlich nicht.«

»Das bedeutet, dass Sie sich heimlich getroffen haben?«

»Wie bitte?«

»Sie haben mich gehört. Sie haben sich heimlich getroffen.«

»Das ist natürlich richtig, Euer Gnaden«, antwortete der Freier nach kurzer, intensiver Bedenkzeit.

Zu seinem eigenen Erstaunen konnte Albie der Situation plötzlich etwas abgewinnen. Er wusste ja, dass ein glückliches Ende bevorstand. Hier sah er sich also einem nur unbedeutend jüngeren Mann gegenüber, der in einem lebenswichtigen Augenblick die Wahrheit sagen musste. Es war nicht wie in Bloomsbury. Galbraith Lowry musste jetzt die Wahrheit klug und diplomatisch vorbringen.

»Und? Wie sind Sie vorgegangen? Und warum haben Sie sich nicht gleich an mich gewandt?«

Dem Freier brach der Schweiß aus. Er war ein wohlerzogener Gentleman, wusste sich zu beherrschen und weigerte sich, Unsicherheit oder Zögern erkennen zu lassen. Sehr interessant.

»Um mit Ihrer zweiten Frage zu beginnen, Euer Gnaden«, begann er nach kurzer Pause, »so waren meine finanziellen Verhältnisse unsicher, ich war im Begriff, nach Ostafrika auszuwandern, um dort ein neues Leben zu beginnen. Ich bin schließlich der drittälteste Sohn und …«

»Ja, ich weiß!«, unterbrach ihn Albie. »Und weiter?«

»Kurz gesagt: Ich musste warten, bis ich etwas zu bieten hatte.«

»Und das ist jetzt der Fall?«

»Ich besitze eine Farm in Afrika.«

»Ich verstehe. Zurück zur ersten Frage. Wie haben Sie Ihre Rendezvous während der langen Wartezeit organisiert?«

Das war nicht nur eine wenig zartfühlende, sondern geradezu taktlose Frage. Wie würde sich der Freier nur aus dieser Klemme befreien? Er konnte schließlich nicht wissen, dass ihm die Einwilligung gewiss war und dass die Vorbereitungen für das Festmahl in der neuen, modernen Küche bereits in vollem Gange waren. Er konnte natürlich antworten, dass sei seine private Angelegenheit, das gehe niemanden etwas an. Die Antwort würde trotzdem positiv ausfallen. Es war wirklich spannend!

»Well, Euer Gnaden, wollen Sie das wirklich wissen?«

»Ja, heimliche Rendezvous faszinieren mich. Wie haben Sie es angestellt?«

»Ihre Großmutter und Ihre Mutter reisen regelmäßig an die Riviera. Pennie hat mir Zeitpunkt und Ort genannt. In der Regel steigen sie im Hotel Negresco in Nizza ab. Ich quartierte mich ebenfalls dort ein. Nach einigen Treffen in der Abenddämmerung stand fest, dass wir uns eines Tages in der momentanen Lage befinden würden.«

Albie war verblüfft. Die Antwort gefiel ihm sehr. Sie war mutig und ehrlich.

»Ich habe eine Überraschung, Gal. Ich darf dich doch so nennen?«

»Natürlich, Euer Gnaden.«

»Nun denn, ich möchte dich bitten, mich von nun an Albie zu nennen. Das Verlobungsdinner wird um sieben Uhr serviert. Angemessene Kleidung. Die Familie wird versammelt sein, einige sind bereits eingetroffen, andere sind noch unterwegs. Ich bewundere deinen Mut und deine Ehrlichkeit und heiße dich in der Familie willkommen.«

*

Ab dem zweiten Reisetag wurde es beschwerlich. Im Golf von Biskaya geriet die *City of Winchester* in einen schweren Sturm. Der Erste Offizier behauptete zwar, so schlechtes Wetter sei im Juni eigentlich ungewöhnlich, was für die Passagiere aber nur ein schwacher Trost war.

Sverre hatte einige Stunden alle Hände voll damit zu tun, Albie und Margie in ihrer gemeinsamen Kabine beizustehen. Abwechselnd hielt er Margie die Stirn, wenn sie sich in die Toilette übergab, und führte sie zurück zu ihrer Koje, bevor er sich auf gleiche Weise um Albie kümmerte. Kaum hatte er diesen wieder in der Koje verstaut, erhob sich Margie auch schon wieder schwankend aus der ihren, kippte um und übergab sich auf den Fußboden. Nachdem Sverre sie versorgt und den Boden gewischt hatte, war Albie wieder an der Reihe. Sverre litt mit seinen Freunden und tröstete sich damit, dass dies Stoff für eine lustige Anekdote lieferte, wenn sie den Atlantik erst einmal verlassen und ruhigere Gewässer erreicht hatten.

Nachdem die beiden den gesamten Mageninhalt von sich gegeben hatten, wollten sie »nur noch sterben«. Damit war das Schlimmste überstanden. Sverre zurrte beide in ihren Kojen fest, damit sie im Schlaf nicht herausfielen, begab sich ein Deck tiefer auf das Restaurantdeck und ging einen schwankenden Korridor entlang zum Speisesaal. Er war hungrig wie ein Wolf.

Enttäuscht stellte er fest, dass im Speisesaal kein Licht brannte. Die Tische waren nicht gedeckt, und die Stühle waren festgezurrt. Er suchte die Küchenregionen auf und stieß dort auf erstaunte und etwas verlegene Köche, die gerade das Essen für die Besatzung kochten. Sie erklärten ihm, sie hätten keinen der Passagiere zum Dinner erwartet, aber er würde sein Essen schon bekommen.

Sie schickten ihn in die Offiziersmesse, in der sein Erscheinen Erstaunen und Munterkeit hervorrief.

»Ich bin Norweger und geborener Seemann«, beantwortete Sverre die unausgesprochene Frage, die den

Offizieren ins Gesicht geschrieben stand. Während sie auf das Essen warteten, schenkten sie ihm erst einmal einen Whisky aus.

Sechsunddreißig Stunden später befanden sie sich im Mittelmeer. Die leichte Brise unter einem strahlend blauen Himmel erlaubte Höchstgeschwindigkeit. Die meisten Passagiere schienen sich erholt zu haben, aber Albie war immer noch fahlgrün im Gesicht und trank nur Wasser.

Auf dem Achterdeck befanden sich nur wenige Passagiere, ein paar kleine Grüppchen, Albie, Margie und Sverre saßen für sich, von der übrigen Familie zeigte sich niemand. Offenbar lagen sie immer noch in ihren Kabinen. Sverres Empfehlung, Bier zu trinken, um den Flüssigkeitsverlust nahrhaft auszugleichen, fand keinen Anklang. Auch Margie hielt sich an Sodawasser und füllte ab und zu ihr Glas vorsichtig aus dem Siphon auf dem Tisch nach. Sverre hatte ein großes Glas Irish Stout bestellt.

»Ist noch mit weiteren Stürmen auf der Reise zu rechnen?«, wollte Albie wissen.

»Das ist unsicher«, antwortete Sverre. »Aber beim Abendessen haben sowohl der Kapitän als auch der Erste Offizier beteuert, dass es um diese Jahreszeit auf dem Mittelmeer, dem Roten Meer und dem Indischen Ozean meist ruhig ist.«

»Ist gestern außer dir sonst noch jemand zum Abendessen erschienen?«, stöhnte Margie und verdrehte die Augen.

»Nein, keiner der Passagiere. Aber ich bin ja auch der einzige Norweger an Bord.«

Keiner der anderen konnte über seinen überheblichen Scherz lachen.

»Und? Wie ist es, frisch verlobt zu sein?«, fragte Albie nach einer Weile des Schweigens.

»Danke, es ist eine ganz neue Erfahrung und auch etwas unerwartet«, antwortete Margie. »Ich kann mir denken, dass sich einige Freunde kaputtlachen.«

»Apropos Freunde«, fuhr Albie fort. »Hast du einen neuen, aufregenden Liebhaber?«

»Nein. Ich halte mich meist an Clive, er muss bis auf Weiteres genügen.«

»Clive Bell?«, fragte Albie. »Aber der ist doch mit Vanessa verheiratet?«

»Schon, aber wir sind schließlich beste Freundinnen und teilen alles. Außerdem tue ich Vanessa einen Gefallen, wenn ich sie etwas entlaste. Schließlich ist sie im achten Monat.«

»Und der Verlobte hat keine Einwände?«

»Natürlich nicht!«, versicherte Sverre. »Mit wem meine Verlobte schläft, das ist ihre Sache, darüber würde ich mir nie eine Ansicht anmaßen.«

Endlich konnten sie lächeln. Albie strahlte förmlich.

»Und das alles nur wegen der lieben Großmutter«, fuhr Albie fort. »Und jetzt ist sie nicht einmal dabei, nachdem sie uns zu dieser kleinbürgerlichen Erniedrigung gezwungen hat!«

Jetzt lachten sie endlich, wenn auch noch etwas geschwächt, herzhaft.

An der Verlobung von Sverre und Margie war Lady Sophy schuld. Während der Reisevorbereitungen, die sich über mehrere Monate hingezogen hatten, hatten sie sich vor allem um die Ausstattung für Afrika konzentriert. In London gab es viele Geschäfte, die darauf spezialisiert waren, und nun waren die Koffer mit Tropenhelmen, Moskitonetzen, Khakikleidung für die Jagd, Fahllederstiefeln nach der letzten Mode in Weinrot statt aus hellem Leder, besonders luftigen Organdykleidern und robusten Damenschuhen mit niedrigen Absätzen, angeblich wegen des Sandes, gefüllt.

Fast ebenso viel Energie hatte jedoch Lady Sophy auf die äußerst wichtige Frage verwendet, wie das Problem, das Sverres Teilnahme an der Reise hinsichtlich der Etikette darstellte, gelöst werden sollte. Wie ließ sich die Anwesenheit Mr. Lauritzens in dem engen Familienkreise erklären?, so lautete ihre ständig wiederkehrende Frage. Mit besonderer Betonung auf Mister.

Albie hatte es mit allen möglichen Argumenten versucht. »Mr.« Lauritzen sei schließlich nicht nur sein enger Freund, sondern auch Künstler, wie Großmutter sehr gut wisse. In den letzten Jahren hätten sich die Künstler Europas in die Welt begeben, um die Naturvölker zu studieren. In der modernen Kunstdiskussion seien diese ein recht zentrales Thema. Es habe also nichts Skandalöses, einen eigenen Künstler mit auf die Reise zu nehmen. Das sei fast wie ein Fotograf, nur etwas eleganter.

Auf dieses Argument ließ sich Lady Sophy nicht ein, sondern kam Albie stattdessen mit Logik. Sie sei die Großmutter der Braut und auch Lady Somersets und Margies.

Sie betonte das *Lady Somerset* auf eine Weise, die nur als Spitze gegen Margie verstanden werden konnte, die das Heiratsalter bald überschritten hatte. Nun ja, Margie war die Schwester der Braut. Und dann waren da noch die Braut und ihre Mutter, die auch die Mutter des noch unverheirateten Sohnes war. Lord Somerset hatte in die

Familie eingeheiratet. Und dann war da selbstverständlich noch der Bräutigam. Das war die Reisegesellschaft, ein kleiner, intimer Familienkreis. Wie ließ sich da die Anwesenheit Mr. Lauritzens erklären? Das konnte wirklich missverstanden werden.

Besser gesagt, es konnte allzu leicht verstanden werden.

Da Albie unerbittlich schien, drohte sie schließlich damit, zu Hause zu bleiben, falls ihr Wunsch nicht respektiert würde. Am Ende sprach sie beinahe Klartext: Erwachsene Männer, die ihren Pennälergewohnheiten nicht entwachsen seien, hätten auf einer kirchlichen Hochzeit nichts verloren.

Mit anderen Worten: Sie duldete keine Homosexuellen bei einer anständigen Hochzeit.

Die Situation schien ausweglos, bis Albie den gordischen Knoten zerschlug. Innerhalb der Familie wurde die Verlobung Margies mit Mr. Lauritzen bekannt gegeben, der von nun an Sverre genannt wurde, was einer Beförderung gleichkam.

Auf Manningham fand sogar ein kleines Verlobungsdinner statt, Lady Sophy gab vor, an das Arrangement zu glauben, und alle waren zufrieden.

Trotz alledem stellte sie einige Zeit später fest, dass die Afrikareise für eine über Achtzigjährige zu strapaziös wäre. Sie beschloss also, auf Manningham zu bleiben und die Gesellschaft von Albertas und Lord Somersets kleinen, entzückenden Töchtern zu genießen. Denn auch Kindern unter zwölf Jahren war von einer Reise nach Afrika abzuraten. Schließlich war bekannt, dass die Sonneneinstrahlung am Äquator dem Gehirn weißer Menschen nicht zuträglich war, daher die Tropenhelme. Und für kleine weiße Kinder war die Gefahr natürlich noch größer.

Damit war die Sache entschieden. Margie und Sverre hatten sich also ganz umsonst verlobt. Dies war sicher kein Einzelfall in der Geschichte Englands, aber zumindest hatten sie einen originellen Grund für ihre unnötige Verlobung.

*

Afrikas sonnenbeschienene Küste näherte sich so sachte, als sollte man sich langsam an diesen Kontinent gewöhnen. Sie machten einen Tag Zwischenstopp in Tunis, damit die Passagiere wieder einmal festen Boden unter den Füßen spüren und Souvenirs erstehen konnten. Tunis war eine blendend weiße Stadt mit einem laut Sverre fantastischen Licht, halb Orient, halb französisch. Ein paar Tage später in Suez, wo sie ihre Trinkwassertanks auffüllten, war das Erlebnis halb Orient, halb englisch. Sverre zeichnete Karikaturen von den selbstbewussten Offizieren in kurzen Hosen mit Schnurrbart, und Albie und Margie bogen sich vor Lachen, rieten ihm aber mit Nachdruck davon ab, die Zeichnungen den anderen Familienmitgliedern zu zeigen, weil das zu Missverständnissen führen könne. Lord Somerset beispielsweise zeichnete sich nicht gerade durch Humor aus.

Albie, Margie und Sverre sahen sich in einer Maskerade gefangen, aus der es kein Entrinnen gab. Also hatten sie sich darauf geeinigt, gute Miene zum bösen Spiel zu machen. Sie wollten sogar versuchen, ihre Rolle so gut wie möglich auszufüllen, nicht zuletzt auch deswegen, weil Albie versicherte, dass es, was ihn betraf, das letzte Mal sei. Sobald Pennie glücklich verheiratet sei, müsse er nie mehr als Lord Manningham auftreten, dann war er einfach nur noch Albie und konnte die Fesseln der Konvention abschütteln.

Pennies wegen jedoch mussten die Fahnen des vergangenen Jahrhunderts hochgehalten werden, indem sie sich nicht zu dritt absonderten und Unterhaltungen vermieden, die Mitreisende empören könnten. Die Generationen des 19. und 20. Jahrhunderts waren wie Öl und Wasser und ließen sich nicht mischen, wenn es nicht spielerisch wie im Theater geschah. *The show must go on to the happy end.* Sie waren sich einig, dass das die einzig kluge Einstellung war.

Eingedenk Lady Alice' Gewohnheit in dem Hotel auf der Hardangervidda änderte Albie bei jedem Abendessen die Tischordnung, damit jeder sich mit jedem bekannt machen konnte.

Sverre spielte loyal mit und fand gelegentlich sogar Gefallen daran. Auf eine schwer zu erklärende Weise mochte er Pennie, obwohl sie vermutlich keinerlei gemeinsame Interessen hatten. Als er sie zum ersten Mal zu Tisch führte, teilte sie ihm flüsternd mit, dass sie Gal das Porträt, das er von ihr gemalt habe, zur Hochzeit schenken würde, was ihn mehr rührte, als es ihm schmeichelte, dass sie dieses konventionelle Auftragswerk so sehr schätzte. Nachdem sie mit dieser einfachen Einleitung seine Laune bedeutend gehoben hatte, erzählte sie ausgelassen von ihren optimistischen, vielleicht naiven Hoffnungen für das neue Leben in Afrika, das sich nicht mit einem neuen Leben in Amerika vergleichen ließ, denn dorthin wanderten schließlich nur die Armen aus. In der feinen Gesellschaft in Nairobi würden sie fast nur ihresgleichen treffen. Und da England in Afrika eine Mission zu erfüllen habe, dürfe man stolz darauf sein, zu den Pionieren zu gehören. England hatte die Sklaverei abgeschafft und brachte Christentum, Kultur und den Handel nach Afrika.

Sverre wusste, wo Pennie diese Vorstellungen herhatte. Aber was hätte ihr zukünftiger Mann Gal ihr auch sonst einreden sollen? Es war nicht einmal böse gemeint. Ein verliebter Mann hatte damit seinen Heiratsantrag untermauern wollen. In der Liebe war alles erlaubt. Vielleicht nicht in jeder Art von Liebe, aber in der, die Pennie in allerhöchstem Grade repräsentierte, der zwischen Mann und Frau.

Als Sverre zum ersten Mal neben Gal saß, einem sehr attraktiven und muskulösen Mann, waren ihm unerwarteterweise kleine praktische Dinge dabei behilflich, Gals Reserviertheit zu überwinden.

Manchmal verrichtete die Wäscherei an Bord ihre Arbeit etwas langsam, sodass Gal peinlicherweise an zwei aufeinanderfolgenden Abenden dasselbe Smokinghemd hatte tragen müssen. Da sie etwa dieselbe Hemdgröße hatten, erbot sich Sverre sofort, ihm diskret ein paar Hemden zukommen zu lassen, damit er nicht noch einmal in diese Verlegenheit käme, und damit war das Eis gebrochen. Daraufhin musste Sverre nur noch das Gespräch auf die Ranch in Kenia lenken, und schon war Gal Feuer und Flamme.

Die Ranch hieß Kekopey und lag am Lake Elementaita. Der Name des Sees war vom *muteita* der Massai abgeleitet, was so viel wie *staubiger Ort* bedeutete, was leider den Gegebenheiten entsprach, insbesondere zwischen Januar und März. Aber jetzt im Juni war die Gegend grün und eignete sich hervorragend für Viehzucht. Die Ranch war 48 000 Morgen groß, gute Voraussetzungen also. Um die Wahrheit zu sagen, war der Besitz nur um ein weniges kleiner als Manningham.

Alberta, Albies älteste Schwester, die inzwischen Lady Somerset hieß und mit dem Holzkopf Arthur verheiratet war, kannte Sverre oberflächlich von vereinzelten Dinners auf Manningham, wo sie zwei- oder dreimal seine Tischdame gewesen war.

Alberta war eine angenehme Zeitgenossin. Was ihr Äußeres betraf, war sie eine etwas misslungene Mischung ihrer Schwestern, der blonden, blauäugigen und liebreizenden Pennie und der wie Albie dunkelhaarigen, braunäugigen Margie, einer dramatischen und provozierenden Schönheit. Alberta beherrschte die Kunst der Konversation, hatte Humor und war eine wunderbare Gesprächspartnerin, solange nicht von ernsten Dingen geredet wurde.

Mit ihrem Mann Arthur war es schon schwieriger. Er war ein langsamer Denker, was er durch eine schleppende Redeweise zu kaschieren suchte, die wohl als avancierter englischer Humor durchgehen sollte.

»Ich kann nur hoffen, lieber Freund, dass sich Cousin Albie anlässlich deiner etwas überraschenden Verlobung mit Margie nicht vor Eifersucht verzehrt.«

Das sollte ein Scherz unter Gleichgesinnten sein. Arthur hatte Alberta geheiratet, nachdem er beinahe in einen ähnlichen Skandal wie Oscar Wilde geraten war. Der Umstand, dass der Sohn des Prinzen von Wales in dieselbe Geschichte verwickelt gewesen und kurze Zeit später eine Ehe mit einer passenden Partie eingegangen war, hatte ihn gerettet. Anschließend unternahm er ab und zu diskrete Geschäftsreisen nach London, von denen weder die Behörden noch Cousins und Cousinen etwas wussten. Aber bislang hatte er nur zwei Töchter gezeugt, was ihm recht geschah.

Gemächlich ging die Reise weiter, durch das Rote Meer mit Aufenthalt im französischen Djibouti, wo Afrika plötzlich afrikanisch war und Arthur im Basar zwei Speere kaufte, was ein wenig voreilig wirkte, wenn man bedachte, wohin sie unterwegs waren.

Sie umrundeten das Horn von Afrika, immer noch bei konstantem Sonnenschein und schwacher Brise, dann fand das Äquatorfest statt, bei dem alle Passagiere, die den Äquator zum ersten Mal überquerten, von einem als Neptun verkleideten schwarzen Koch getauft wurden, eine recht geschmacklose Angelegenheit.

Dann endlich Mombasa. Sie waren am Ziel, daheim in Britisch-Ostafrika, und alle waren aufgeregt und ungeduldig.

Ihr Dampfer hatte auf der Reede geankert, da die Kaiplätze im Hafen selbst für Passagierschiffe nicht ausreichten. Ließ man den Blick Richtung Land zum palmengesäumten Ufer schweifen, sah man etwa hundert Schiffe. Ob sie ex- oder importierten, war nicht zu erkennen.

Die Hitze begann unangenehm zu werden, obwohl Gal erklärte, dass es sich um einen milden Monat handele und dass es weiter oben in Nairobi, eine Meile über dem Meeresspiegel, kühler werde.

Das Ausschiffen verlief chaotisch. Die *City of Winchester* war von kleinen Schaluppen, Einbäumen und schwimmenden Kindern umgeben, die die Weißen an der Reling dazu aufforderten, Münzen ins Wasser zu werfen, nach denen sie mit seehundähnlichem Eifer tauchten. Das Gepäck wurde in großen Hanfnetzen von Bord gehievt und landete recht unsanft im Laderaum eines Kahns. Die weiblichen Passagiere, die es nicht wagten, die Strickleitern an der Bordwand zu benutzen, wurden in ihrer Afrika-Verkleidung – weißes Leinenkleid und Tropenhelm – jeweils zu fünft in einem kleinen Käfig, der sich beim Auftreffen öffnete, auf ein kleines Boot hinuntergelassen und dort von einem halb nackten, schwarzen Gentleman an der Hand zu einem Sitzplatz geführt.

Auf dem Kai herrschte ein reges Durcheinander. Schwarze rannten hin und her, Gepäck wurde sortiert, und Weiße standen ratlos in hellen Kleidern und mit weißen Helmen herum.

Jetzt konnte Gal beweisen, dass er nicht zum ersten Mal in Afrika und aus dem rechten Holz geschnitzt war. Er mietete Träger und Rikschas, kontrollierte sorgfältig die Gepäckliste, entdeckte, dass etwas fehlte, löste das Problem und brachte dann die Hochzeitsgesellschaft jeweils paarweise in den lustigen Fahrraddroschken unter, die von mageren, schwarz glänzenden Männern gefahren wurden.

Hinter dem offenbaren Chaos schien sich ein gewisses System zu verbergen. Wenig später befand sich die kleine Karawane auf dem Weg zum Hauptbahnhof der Uganda Railways, einem Kopfbahnhof. Laut Gal konnten sie sich glücklich schätzen, weil sie am richtigen Tag zum richtigen Zeitpunkt eingetroffen waren. Die reservierten Erste-Klasse-Abteile waren verfügbar, und der Zug würde in weniger als einer halben Stunde abfahren.

Als die Dampfpfeife ertönte und sich die Lokomotive keuchend in Bewegung setzte, hob sich die Laune aller Reisenden sichtlich, nicht zuletzt, weil jetzt ein Vertreter der Eisenbahngesellschaft Champagner servierte. Bislang zeigte sich das wilde Afrika von einer ausgesprochen zivilisierten Seite.

Das quirlige und laute Mombasa, das so gar nicht dem Bild der exotisch-schönen Stadt entsprach, die die Mehrheit der Reisenden erwartet hatte, verschwand bald hinter ihnen. Und jetzt bekamen sie zum ersten Mal das richtige Afrika zu Gesicht und noch dazu, was niemand außer möglicherweise Gal begriff, zur schönsten Jahreszeit.

Zwanzig Minuten nach der Abfahrt erblickten sie den ersten Elefanten, wenig später fünf flüchtende Giraffen und bald eine Vielzahl von Tieren, deren Namen nur Gal kannte. Die Landschaft war saftig grün.

Überall nette Leute, die verständliches Englisch sprachen, sehr zuvorkommend waren und auch noch ein drittes Glas Champagner servierten. Aber auch hier lärmten die Schienenstöße, was Sverre und Albie ein Rätsel war. Angesichts der konstanteren Temperatur in Äquatornähe verschwand das Problem des sich ausdehnenden und schrumpfenden Metalls. Und die hiesigen Eisenbahnen schienen technisch den englischen Verhältnissen angepasst zu sein.

Da es weniger Schlafplätze als Reisende gab, verstand sich die Aufteilung von selbst. Die Damen nahmen einen Wagen ein. Die Sitze wurden heruntergeklappt und verwandelten sich in Pritschen. Die Männer reisten sitzend im anderen Waggon. Nach einer Stunde ging die Sonne rot glühend hinter ihnen unter, bald waren sie von Finsternis umgeben und konnten nichts mehr sehen.

Nairobi war ein kleines, rotstaubiges Nest.

Aber dieses Mal gab es zumindest ein Empfangskomitee. Als die Gesellschaft aus Manningham, die an ihren mittlerweile rußigen und fleckigen Leinenkleidern und Panamahüten – es war nicht elegant, in Tropenhelm zu reisen – leicht zu erkennen war, den Eisenbahnwagen entstieg, wurde sie von Lord Delamere und Lady Florence höchst zwanglos mit ausgebreiteten Armen empfangen.

Lord Delamere hatte sich nicht übermäßig feierlich gekleidet. Er trug eine Khakiuniform und einen Patronengürtel, an dem ein großes Messer baumelte. Sein Lederhut war mit einem Band aus Leopardenfell verziert. Er hinkte bedenklich und war exzentrisch langhaarig. Bestimmt hätte die raubeinige Erscheinung Lord Delameres Großmutter Sophy schockiert.

Der ungezwungene Empfang erinnerte Albie und seine Reisegesellschaft daran, dass sie sich in einer anderen Welt befanden. Britisch-Ostafrika war nicht einfach, wie von Pennie erwartet, ein Stück exportiertes Country Life. Ein Wiltshire, Dorset oder Somerset, nur wärmer und ohne Regen. Dieses Missverständnis würde beizeiten noch recht gnadenlos korrigiert werden.

Vom Bahnhof ging es höchst unzeremoniell zu Fuß zum Norfolk Hotel, wobei eine kleine Trägerkolonne so viel Gepäck schleppen musste, dass der Eindruck entstand, es handele sich um eine Gruppe frisch eingetroffener Immigranten. Die Straßen waren nicht gepflastert, sondern bestanden aus trockener, harter roter Erde. Die Fassaden der Häuser wurden von Bretterstegen gesäumt, deren Funktion den Neuankömmlingen in der momentanen Trockenzeit auf den ersten Blick nicht gleich ersichtlich war, da sie den unbeschreiblichen roten Morast, in den sich die Straßen in der Regenzeit verwandelten, noch nicht erlebt hatten.

In den Augen der Neuankömmlinge erinnerte Nairobi, wenn überhaupt an etwas, an die Bilder aus dem amerikanischen Wilden Westen mit seinen windschiefen, oft nicht einmal angestrichenen, niedrigen Holzhäusern, Wellblechdächern, Ochsenkarren und Ziegenherden, die zusammen mit Kühen von Hirtenjungen durch die Stadt getrieben wurden.

Das Norfolk Hotel war ein windschiefes Holzgebäude, an das offenbar mehrmals angebaut worden war. Der Service war jedoch tadellos, das indische Personal korrekt gekleidet, und alle erhielten die von ihnen reservierten Zimmer, die den Umständen zum Trotz zur vollen Zufriedenheit ausfielen. Der kurze Spaziergang vom Bahnhof hatte jede Hoffnung auf ein Luxushotel zunichtegemacht. Niemand klagte.

Lord Delamere versammelte alle zu einem einfachen Willkommensdrink in der geräumigen und zugegebenermaßen rustikal-eleganten Hotelbar. Es gab Champagner für die Damen, Bier für die Herren.

Die Hochzeitsplanung war einfach. Am ersten Abend ein Willkommensdinner im Norfolk Hotel, am Tag darauf die eigentliche Zeremonie im Muthaiga Country Club mit anschließendem Lunch. Dann Abfahrt mit der Bahn zum neuen Zuhause des Brautpaars, der Kekopey Ranch, und dort ein ordentliches Hochzeitsessen. Alles Weitere werde improvisiert. Noch Fragen?

Albie erkundigte sich nach dem Dresscode für die diversen Veranstaltungen und konnte sich nicht die ironische Bemerkung verkneifen, er besitze leider kein Messer, um es zu seinen verschiedenen Toiletten zu tragen.

Lord Delamere nahm diese Spitze gutmütig hin, erklärte, zum Dinner werde Smoking erwartet, kein Frack, der in Afrika nur zu Begräbnissen getragen werde.

Für die Hochzeitszeremonie am nächsten Tag eigne sich die weiße Leinenkleidung, die die Herren im Augenblick trügen, bestens. Im Jackett zu einer Hochzeit zu erscheinen gelte als wenig kultiviert oder zumindest ein wenig übertrieben. Das könne man natürlich bei Neuankömmlingen oder Touristen durchgehen lassen. Als Reisekleidung passe hingegen ein Khakianzug mit Messer.

Das Dinner verlief normal. Im Smoking verwandelte sich Lord Delamere, wenn man von seiner ungepflegten Frisur absah, in einen Gentleman. In diesen kurzen Stunden entsprach Afrika Pennies Erwartungen.

Nach dem Essen, als sich die Herren in der Bar versammelten, wurde die Stimmung ausgelassener. Man trank Whisky und Bier, da Portwein in Afrika laut Lord Delamere verboten war. Während seine Laune besser wurde, erzählte er wilde und mehr oder weniger erstaunliche Geschichten von Löwenjagden, angreifenden Elefanten oder wie er einmal betrunken ins Norfolk Hotel hineingeritten war und die Tische im Restaurant zum Verdruss der Gäste als Hürden verwendet hatte. Alles war gut gegangen, bis der verdammte Gaul auf dem glatten Parkett ausgerutscht war.

Afrika sei der Kontinent der großen Möglichkeiten, fuhr er dann etwas ernster fort. Man müsse nur geeignete Methoden finden, um dessen gewaltige, schlummernde Kräfte zu entfesseln. Seine bisherigen Versuche seien leider nicht von Erfolg gekrönt gewesen.

Das war ärgerlich, da das afrikanische Vieh, Schafe wie auch Kühe, verglichen mit dem europäischen zwar zwergenhaft war, aber diese Kreaturen waren unglaublich zäh, weder Tsetsefliegen noch Trockenheit und Hitze konnten ihnen etwas anhaben, und sie überlebten auch noch auf vertrockneten Weiden, auf denen es scheinbar kein Futter mehr gab.

Was lag also näher, als das Beste aus Afrika, die Zähigkeit, mit dem Besten aus Europa, der Fett- und Muskelmasse, kreuzen zu wollen? Vor einigen Jahren hatte Lord Delamere also 500 Merino-Mutterschafe aus Neuseeland importiert. Achtzig Prozent des Bestandes waren sofort gestorben. Anschließend hatte er es mit einer Herde Ryeland-Schafböcken versucht und diese mit 11 000 Massai-Mutterschafen gekreuzt. Das Ergebnis stand noch nicht fest. Eine andere Idee war gewesen, Strauße zu züchten. Dieses Jahr hatte er es mit Weizen versucht, aber die Ernte war von Rost vernichtet worden. Ärgerlicherweise war bei allen Unternehmungen auch ein wenig Glück vonnöten. Und um ehrlich zu sein: mehr Geld. Die Verwandtschaft in England unterstützte ihn nur noch mit mäßiger Begeisterung.

Als Lord Delamere zu guter Letzt einsah, dass seine Litanei langatmig zu werden drohte, ging er rasch wieder zu seinen Jagdgeschichten über, was seine Zuhörer sichtlich aufmunterte und sie dazu veranlasste, noch mehr Whisky und Bier zu bestellen.

Seit ein Löwe ihn beinahe getötet habe, hinke er …

Es wurde spät. Die Hochzeit war erst für zwei Uhr nachmittags angesetzt.

Die Zeremonie verzögerte sich um eine halbe Stunde, weil ein Nashorn erst auf den angrenzenden Golfplatz und dann in den Muthaiga Country Club einbrach, den Tisch mit dem Büfett umriss und sich in einem Barzelt verfing, das ihm die Sicht raubte. Daraufhin wurde es sehr angriffslustig und musste von dem fluchenden Lord Delamere, als es wieder auf den Golfplatz raste, erschossen werden. Zum großen Verdruss einiger Golf spielender Gentlemen brach es mitten auf einem Green zusammen. Ihre wenig kultivierten Flüche ließen vermuten, dass sie glaubten, Lord Delamere habe absichtlich dafür gesorgt, dass die Bestie den Zugang zum letzten Loch versperrte. Mit Seilen, Flaschenzügen und unterstützt von allen Kellnern und dem gesamten Küchenpersonal, wurde schließlich das Golfproblem gelöst, ehe man panisch dazu überging, das Hochzeitsbüfett wiederherzustellen.

Die Zeremonie war kurz, aber exotisch. Gouverneur Sadler in weißer Generalsuniform und Tropenhelm vollzog höchstpersönlich die Trauung. Pennie trug ein üppiges weißes Brautkleid, das in den Augen der besseren Gesellschaft Nairobis möglicherweise etwas übertrieben wirkte.

Gal, dem es noch zu verzeihen war, und Albie, Sverre und Arthur, denen es schon weniger zu verzeihen war, trugen im Gegensatz zu allen anderen Herren Jackett. Sie hatten keine andere Wahl gehabt. Die Leinenkleidung, die sie auf der Reise getragen hatten, war nicht mehr vorzeigbar. Albie und Sverre kamen sich ziemlich deplatziert vor, wie immer, wenn sie unpassend gekleidet waren, ganz gleichgültig, ob zu elegant oder zu leger. Ganz besonders jetzt, wo ein Großteil der kenianischen High Society, wobei es sich um etwa achtzig Personen handelte, versammelt war. Lord Delamere war als Vorsitzender des Kolonialrats einer der wichtigsten Leute in Nairobi, und deswegen erschienen auch alle, die sich nicht gerade auf Safari befanden oder es mit aufmüpfigen Eingeborenen zu tun hatten, die abgeschossen oder zumindest dezimiert werden mussten, zur Hochzeit seines Schwagers.

Der ansehnliche Country Club bestand aus niedrigen, rosa gestrichenen Gebäuden mit Strohdach, aber die Einrichtung war so englisch, dass sie aus jedem Möbelgeschäft in der Oxford Street hätte stammen können.

Albie, der sonst nie sonderlich aufs Geld schaute, erstaunte Sverre mit der halblauten Bemerkung, sein finanzieller Beitrag sei vermutlich nicht nur in Champagner, sondern auch in das neueste Straußenprojekt Lord Delameres geflossen. Aber abgemacht sei abgemacht. Als Oberhaupt der Familie Manningham müsse er natürlich zahlen.

Pennie war strahlender Laune und entzückt von der Exotik. Wessen Hochzeit verzögerte sich schon aufgrund eines wild gewordenen Nashorns? Sie hatte keine Ahnung von dem Leben, das sie erwartete, trotzdem wirkte sie glücklich, und das war die Hauptsache.

Das Hochzeitsfest war recht kurz, was vielleicht mit der Verzögerung durch das Nashorn zu tun hatte, da die Hochzeitsgesellschaft mit der Bahn weiterreisen und sich vor der Abfahrt noch umkleiden wollte. Das war vor allem Albie und Sverre wichtig, die die Fahrt, solange Tageslicht herrschte, in Gesellschaft Lord Delameres auf der Aussichtsplattform vor der Lokomotive verbringen wollten.

»Strapazierfähige Kleidung, eine Jacke gegen die Zugluft und ein Messer am Gürtel«, sagte Lord Delamere etwas süffisant, ehe die beiden ihre Hotelzimmer aufsuchten, um zu packen und sich umzuziehen.

Albie und Sverre fühlten, dass sie ein Abenteuer erwartete.

Als die Lokomotive keuchend anfuhr, saßen sie neben Lord Delamere, der sich wieder in Khaki gekleidet und eine doppelläufige Jagdflinte auf den Knien liegen hatte. Falls es Ärger gebe, meinte er.

Wenn das kleine Western-Nest Nairobi die Hauptstadt war, konnte man sich mühelos vorstellen, dass sie die Fahrt in ein bedeutend wilderes Afrika führen würde.

Aber nichts war, wie Albie und Sverre es sich vorgestellt hatten. Ihre Vorstellungen von Afrika stammten aus Reiseberichten über den Kongo von feuchten Dschungeln, träge dahinfließenden, breiten Flüssen, hundert Fuß hohen Bäumen, die alles unter den Baumkronen in Dunkel hüllten. Wo Pygmäen für das menschliche Auge kaum sichtbar mit ihren vergifteten Pfeilen herumschlichen, Kannibalen lauerten und belgische Soldaten Menschen jagten, um sie zu töten oder zu versklaven. Beide hatten sie dem Komitee gegen die neue Sklaverei angehört, Petitionen unterzeichnet und Geld gespendet. Aus moralischen Gesichtspunkten hätten sie dieses Engagement aufrechterhalten müssen, aber die Affäre Albies mit Roger Casement erschwerte ihnen den Umgang mit diesen Kreisen.

Über diese Angelegenheit sprachen sie inzwischen nicht mehr.

Die Landschaft, durch die sie jetzt fuhren, trotzte jeder Erwartung. Sie fuhren durch eine hügelige Savanne, die gelegentlich von höheren Bergen unterbrochen wurde. Grün, so weit das Auge reichte, sporadisch bewachsen mit Schirmakazien. Es war relativ kühl.

Überall waren riesige Herden wilder Tiere zu sehen. Lord Delamere deutete und benannte alles, was in ihrem Blickfeld auftauchte, oft auch mit Zusatzinformationen darüber, wie einfach oder schwer es war, ein bestimmtes Wild zu erlegen. Sie sahen Tausende Grant- und Thomson-Gazellen, Hunderte riesige Elenantilopen, Büffel, wiederum Tausende, Elefanten in kleineren Gruppen mit Kühen und Kälbern, gelegentlich auch größere Herden, vereinzelte Nashörner.

Die Bahngleise wurden von unzähligen, sonnengebleichten, abgenagten, und von Hyänenkiefern durchbissenen weißen Knochen gesäumt, die sie Löwen abgeluchst hatten, als noch Fleisch an den Knochen war. Die Überreste waren dann von Geiern und Schakalen noch weiter verstreut worden.

Während der ganzen Fahrt sahen sie immer wieder diese weißen Knochen und Skelette.

Albie, der davon ausging, dass all diese Tiere von der Lokomotive angefahren worden und verendet waren, fragte, möglicherweise mehr als statthaft naiv, ob es keine Möglichkeit gebe, dem vorzubeugen.

D, wie sie ihn inzwischen nur noch nannten, denn seit der Hochzeit wurde auf förmliche Anredeformen in der frisch vereinigten Familie verzichtet, sah aufrichtig erstaunt aus, als hätte er die Frage nicht verstanden.

»Die vielen Knochen und Skelette?«, erklärte Albie und deutete auf einen Knochenberg, an dem sie gerade vorbeifuhren. »Gibt es denn keine Methode, die Tiere vor dem Herannahen des Zugs zu verscheuchen?«

»Ach das«, meinte D und deutete mit dem Daumen auf einen weiteren Knochenhaufen. »Das sind keine Tiere, das sind Kulis.«

»Wie bitte?«

»Inder. Wir haben dreißig- oder vierzigtausend Inder

zum Bau der Eisenbahn hierhergeholt. Fünf- oder sechstausend haben dieses Abenteuer nicht überlebt.«

»Aber warum hat man sie nicht begraben? Und wie sind sie überhaupt gestorben?«

»Lavagestein, die Erdschicht ist sehr dünn. Sechs Fuß tief zu graben ist schwierig und dauert sehr lang. Ein Problem waren die vielen Schmarotzer, die sich an das kostenlose Kulifleisch gewöhnt hatten. Habt ihr noch nie von den Menschenfressern von Tsavo auf halber Strecke nach Nairobi gehört?«

Nein, diese waren ihnen unbekannt.

Sie brauchten eine Weile, um die Informationen, die ihnen D achselzuckend mitteilte, als handele es sich um Selbstverständlichkeiten, zu verarbeiten. Albie und Sverre warfen sich insgeheim Blicke zu, um sich zu vergewissern, dass sie beide das Gleiche gehört hatten. Die Unterhaltung kam zum Erliegen.

»Entschuldige, eine weitere Frage«, sagte Albie schließlich. »Meinst du mit menschenfressenden Schmarotzern die Kannibalen?«

»Aber nein! Löwen und Hyänen natürlich.« D lachte. »Die Kannibalen essen kein Aas, nur Frischfleisch. Verdammter Mist! Da vorne steht ein Nashorn auf den Schienen und spielt sich auf! Nashörner sind wirklich die dümmsten Tiere Afrikas. Jetzt will es die Lokomotive herausfordern.«

Und so war es. Der Zug vollführte eine quietschende Notbremsung, und die drei Männer auf der vorderen Plattform mussten sich mit aller Kraft festklammern. Mit einem Zischen, das wie ein Stoßseufzer klang, kam die Lokomotive zum Stehen. Das Nashorn stand etwa siebzig

Yard von ihnen entfernt, schnaubte und scharrte mit dem einen Vorderhuf. D schnallte sich fluchend ab, sprang auf die Geleise, machte seine doppelläufige Jagdflinte schussklar und klemmte sich zwei Reservepatronen zwischen die Finger seiner linken Hand. Dann rutschte er vom Bahndamm hinunter und entfernte sich ohne sonderliche Eile im rechten Winkel.

Das Nashorn schien sich nicht zwischen dem großen und dem kleinen Gegner entscheiden zu können. D setzte seinen Weg vom Gleis weg fort und blieb dann stehen. In diesem Moment entschied sich das Nashorn für den kleineren Gegner und ging zum Angriff über.

D hob langsam sein Gewehr. Als sich das Nashorn auf dreißig Yard genähert hatte, feuerte D einen Schuss ab, woraufhin das riesige Tier stürzte und dabei mit seinen beiden Hörnern Erde und Gras aufriss. Daraufhin ging D ohne das geringste Anzeichen von Eile ein paar Schritte auf das Tier zu und schoss erneut. Albie und Sverre konnten nicht erkennen, wo er getroffen hatte, aber das Tier ächzte und wand sich vor Schmerzen. Langsam hinkte D auf das Nashorn zu, lud mit den beiden Reservepatronen nach, näherte sich dem Tier bis auf ein paar Meter und schoss es in den Kopf. Das Nashorn trat heftig mit den Hinterbeinen aus, dann lag es still. D zielte nochmals, besann sich aber nach wenigen Sekunden eines Besseren und trat den Rückweg an, wobei er schrill auf zwei Fingern pfiff. Daraufhin sprangen vier Schwarze mit Axt und Säge aus dem Zug. Sie sägten dem Nashorn den Kopf ab und schleppten diesen dann zu einem der Gepäckwagen.

Die Dampfpfeife ertönte, und die Fahrt konnte weitergehen.

»Von vorne sind sie schwer zu erlegen«, erklärte D, nachdem er auf die Aussichtsplattform zurückgekehrt war und sich angeschnallt hatte. »Trifft man das Horn oder die Schulter, erzürnt man sie nur. Aber erwischt man ihr Knie, gehen sie aufgrund ihres Gewichts zu Boden und sind erledigt. Wo waren wir stehen geblieben?«

Der Zug setzte sich keuchend wieder in Bewegung.

»Wir sprachen über die fünf- oder sechstausend Inder, die während des Eisenbahnbaus gestorben sind«, fuhr Albie gepresst fort. Sverre entnahm seinem Tonfall, dass es ihn eine gewisse Anstrengung kostete, die Unterhaltung so fortzusetzen, als sei nichts von Belang vorgefallen, als hätte man nur ganz nebenbei etwas Ungeziefer beseitigt.

»Ja? Was ist mit diesen Indern?«, wollte D wissen.

»Wie sind sie gestorben?«

»In den seltensten Fällen aufgrund von Bestrafungen, falls du das denkst. Die gewöhnlichste Ursache war vermutlich die Schlafkrankheit oder ein von Tsetsefliegen übertragenes Fieber, zumindest anfänglich, ehe man eine gewisse Höhe erreicht hatte. Dann starben sie an Malaria, Schwarzwasserfieber, Unterernährung oder einer Kombination von allem. Wieso?«

»Hätte die einheimische Bevölkerung die Arbeit nicht besser bewältigt?«

»Doch. Natürlich. Aber die einheimischen Arbeitskräfte haben zu hohe Forderungen gestellt. Außerdem waren sie unwillig. Die Inder waren viel billiger, außerdem gibt es so viele von ihnen. Aber du hast da schon recht, wir hätten mehr Afrikaner einsetzen sollen. Das habe ich auch diesem Großmaul, diesem Minister aus dem Kolonialministerium, Winston Soundso, zu erklären versucht.«

»Was hast du zu ihm gesagt?«

»Dass wir Arbeitskräfte zwangsweise vor Ort verpflichten müssten, statt eine Ladung Inder nach der anderen sterben zu lassen.«

»Und was hat er gesagt?«

»Dass daran aus politischen Gründen im Augenblick nicht zu denken sei. Die verdammten Belgier hätten bereits so viel Ärger verursacht, ihr wisst schon, diese Komitees gegen die neue Sklaverei und Ähnliches. Schließlich ist Großbritannien ja nach Afrika gekommen, um die Sklaverei abzuschaffen. Wir mussten also weiter Inder nach Afrika verschiffen, die zwar wie die Fliegen starben, es uns aber ermöglichten, die Fahne des Anstands weiterhin hochzuhalten. Keine Zwangsarbeit in Afrika.«

»Ich verstehe«, sagte Albie und verstummte.

Sverre betrachtete die immer wiederkehrenden Knochenhaufen, die den Bahndamm säumten. Er hatte an der Unterhaltung nicht teilgenommen. Schließlich war er ja nur ein Gast, zudem ein fragwürdig verlobter Gast, Norweger und alles andere als adelig. Es stand ihm nicht zu, sich zwischen die beiden Drahtzieher dieses feudalen Projekts, der Ehe einer hoffentlich glücklichen Pennie mit einem hoffentlich ebenso glücklichen Gal, zu drängen.

Gal hatte wirklich lange und hart gekämpft, um seine Pennie zu bekommen, das ließ sich nicht verleugnen.

Und bald war der ganze Unsinn vorbei. Sie waren in Afrika. Das war unerhört.

Sverre verspürte kein Interesse, Tiere zu malen. Die afrikanischen Menschen hingegen waren unendlich viel spannender.

Albie und er hätten sich energischer für die Abschaffung der Sklaverei einsetzen sollen. Roger Casements Bericht über die Barbarei der Belgier im Kongo war in seiner sachlichen Distanziertheit fürchterlich, und der Kampf dafür, das Außenministerium zu seiner Veröffentlichung zu zwingen, war sehr berechtigt gewesen. Außerdem war es angezeigt, sich auch für Dinge außerhalb der Kunst zu engagieren, und Roger »Tiger« Casement und Edmond »Bulldog« Morels Projekt erschien ihnen als das Größte und moralisch Wichtigste, was man sich überhaupt vorstellen konnte.

Sie waren Casement zum ersten Mal in einer geschlossenen Gesellschaft bei George Ives in den Räumlichkeiten des Chaerona-Ordens begegnet. Seine Berichte über die Unmenschlichkeiten der Belgier im Kongo sprengten alle Grenzen des Vorstellbaren. Ganze Dörfer waren ausgelöscht worden, weil die Einwohner nicht genügend Kautschuk geliefert hatten. Frauen wurden mit Panga-Messern zerhackt, während ihre Kinder schreiend in den Dschungel flohen und dort entweder wilden Tieren oder Kannibalen zum Opfer fielen. Soldaten sammelten abgehackte Hände in großen Körben ein, um zu beweisen, dass sie keine Munition verschwendeten. Jägerkulturen wurden ausgelöscht, weil Jäger kein Gummi ernteten, was in einer Hungersnot endete. Ganze Landstriche wurden entvölkert und verwandelten sich in Wildnis. Eine Nation, fünfzehnmal so groß wie Belgien, war im Begriff, vernichtet zu werden.

Ein albtraumhafter Bericht. Einen ganzen Abend hatten sie in geschlossener Gesellschaft bei George Ives verbracht und wie gebannt zugehört. Dazu trug natürlich auch bei, dass Casement ein schöner Mann war, athletisch, aber gleichzeitig sanft-humanistisch, mit denselben warmen braunen Augen wie Albie.

Genau das war das Problem. Casements Attraktivität und seine Neigung konnten ihn jederzeit ins Verderben führen, da er keinerlei Diskretion besaß und geradezu nachlässig war. Er frequentierte das Crown an der Charing Cross Road, das Windsor Castle am Strand, das Packenham and Swan in Knightsbridge, die Pissoirs am Piccadilly und Oxford Circus, er kaufte Seeleute, Soldaten und Prostituierte und notierte Penisgrößen und Ausgaben in seinem Tagebuch und trug somit Inkriminierendes stets bei sich. Jeden Abend, an dem er ausging, setzte er die gesamte Kampagne gegen die Sklaverei und die belgische Vernichtung einer ganzen Nation aufs Spiel. Ein Prozess gegen ihn wäre ein ungeheurer Skandal, da er Beamter des Außenministeriums und in den Augen der Liberalen ein Held war. Die Konservativen würden sich diese Chance natürlich nicht entgehen lassen, und alle Berichte Casements über den Kongo wären auf einen Schlag unglaubwürdig gewesen.

George Ives war es gelungen, ihn zur Vernunft zu bringen und ihn dazu zu überreden, sich auf respektablere männliche Kontakte, beispielsweise den Chaerona-Orden, wo garantiert keine Polizeispitzel zu befürchten waren, zu beschränken.

Für Albie und Sverre war es eine gute Phase gewesen. Solange sie ihre Zeit zwischen den Boheme-Freunden in Bloomsbury und den politischen Idealisten des *Order of the Chaerona* aufteilten, hatten sie das Gefühl, gehaltvollere Menschen zu sein. Nichts konnte moralisch wichtiger sein, als am Kampf gegen die Sklaverei und den Massenmord teilzunehmen oder George Ives' politisches Streben nach, wie er das moderne, klinische Wort umschrieb, Entkriminalisierung der hellenistischen Liebe zu unterstützen.

Albies Affäre mit Casement hatte all dies zunichtegemacht. Sverre leckte immer noch seine Wunden. Albie vermutlich auch. Nach einer verzweifelten Phase fruchtloser Aufarbeitungsversuche hatten sie das Thema fallen lassen. Aber keiner hatte Lust gehabt, zum Kreis um George Ives und dem Chaerona-Orden zurückzukehren.

*

Kekopey Ranch, Pennies neues Zuhause am Ufer des Lake Elementaita, lag paradiesisch schön von Hügeln mit niedriger Vegetation umgeben und mit Blick auf den schneebedeckten Gipfel eines Vulkans in der Ferne. Der See besaß eine unwirkliche blaugrüne Färbung, die sich laut Sverre kaum überzeugend wiedergeben ließ. Noch unwirklicher wurde das Bild, wenn große, rosa wogende Wolken über den See heranzogen. Es handelte sich um Flamingos, Hunderttausende, vielleicht sogar eine halbe Million. Die Vögel lebten von den blaugrünen Algen, die dem See seinen seltsamen Schimmer verliehen.

Gal erzählte, in der Gegend gebe es über vierhundert Vogelarten und ein lebenslanges Studium sei erforderlich, um sie auseinanderhalten zu können. Auf den Hügeln um die Ranch herum grasten Zebras, Gnus, Elenantilopen und Gazellen zu Tausenden und lenkten den Gedanken unweigerlich auf den Garten Eden.

Das Wohnhaus erinnerte an den Muthaiga Country Club in Nairobi, aber hier war das Mauerwerk nicht verputzt, und das Dach bestand aus Schilfgeflecht auf hohen Holzrahmen. Auch die Möbel ähnelten dem des Clubs in Nairobi und hätten direkt aus London stammen können.

Auf D's Vorschlag hin wurde das Willkommens- und Hochzeitsessen in afrikanischer Freizeitkleidung eingenommen: Stiefel, Reithosen und am Hals offene Khakihemden für die Männer, dasselbe, abgesehen von weißen Baumwollblusen statt der Khakihemden, für die Frauen.

Serviert wurde allgemein gelobtes Elenantilopenfilet und dazu ein ungewöhnlich guter Bordeaux, der für diesen besonderen Anlass ebenso weit gereist war wie die Gäste.

So griff Gal in seiner langen Willkommensrede auf, dass sich ein Zuhause in Afrika aus Vertrautem als auch Fremdem zusammensetze, und erzählte dann fast frivol von Penelopes und seinem langen heimlichen Kampf für die Ehe. Wiederholte Male kam er dabei darauf zu sprechen, wie sie über die Korridore des Hotels Negresco gehuscht waren, ständig fürchtend, von Lady Elizabeth oder, vermutlich noch schlimmer, Lady Sophy ertappt zu werden. Und schließlich war es ihnen mit List und Glück gelungen, ihren Traum zu verwirklichen, zusammen nach Afrika zu ziehen.

Er erntete fröhlichen Applaus und Gelächter, auch von Pennies Mutter, die vorgab, schockiert zu sein, weil man sie im Hotel Negresco im jetzt so fernen Nizza hinters Licht geführt hatte, aber auf so übertriebene Art, dass auch ja alle verstanden, dass sie scherzte.

Nach dem Essen begaben sich die Herren in den Salon am Ende des lang gestreckten, eingeschossigen Gebäudes, »um Portwein zu trinken«, wie D mit Fistelstimme und einer ironisch-femininen Handbewegung mitteilte, um durchblicken zu lassen, dass sich ein solches Getränk eigentlich nicht für hartgesottene Gentlemen in Afrika eigne. Die Damen begaben sich in ihren Salon, in dem ein Klavier stand, ein Instrument, das die meisten unter ihnen sicherlich beherrschten.

»Stammt das Personal aus der Gegend?«, fragte Albie unschuldig, als ihm ein Kellner mit weißen Handschuhen seinen ersten Gin Tonic mischte und eingoss.

»Um Gottes willen, nein!« D lachte. »Das hier ist Massai-Land, und die Massai lassen sich nicht zähmen. Alle, die im Haushalt arbeiten, sind Kikuyu aus der Ebene. Versteh mich nicht falsch«, fuhr er fort, da ihm die hochgezogenen Augenbrauen beim Wort »zähmen« nicht entgangen waren. »Die Massai sind meine Freunde, ich spreche ihre Sprache, ich achte sie außerordentlich, sie sind das einzige Volk Afrikas mit Würde. Aber sie sind Viehzüchter und Krieger und nichts anderes. Sie würden sich niemals zu Küchendiensten oder zum Servieren dressieren lassen, sie halten sich für uns ebenbürtig.«

»Aber sind sie das wirklich?«, rief Arthur und wirkte beinahe entrüstet.

D schien über die Antwort nachzusinnen, während die beiden Kellner die ersten Drinks verteilten.

»Doch, hier in Afrika sind wir ebenbürtig«, meinte er schließlich. »Nicht in einem Gentlemen's Club in London, aber hier in Afrika. Die anderen afrikanischen Völker haben sich in heillosem Durcheinander miteinander vermischt und sind in jahrhundertelangem Dunkel versunken. Sie können sich nur langsam und mit unserer Hilfe aus ihrem Elend erheben. Die englische Rasse wird Afrika wieder auf die Beine helfen. Deswegen gehört Afrika uns. Aber auch den Massai.«

Arthurs und Albies Fragen hagelten förmlich auf D nieder. Am meisten interessierte sie, was an den Massai so besonders sei und was an den unglaublich klingenden Gerüchten über sie dran sei.

Sverre, der sich seit seiner Ankunft in Afrika wie das fünfte Rad am Wagen fühlte, erhob sich und ging auf die Terrasse hinaus. Eine Weile lang betrachtete er den gigantischen Sternenhimmel und dachte, dass er hier ohnehin nur ein Gast war und dass ihm Gedanken über die Oberhoheit der englischen Rasse in Afrika allzu fern lagen, als dass er zu der immer hitzigeren Diskussion etwas beizutragen gehabt hätte. Die norwegische Rasse machte jedenfalls keinen Hoheitsanspruch in Afrika geltend.

Die Nacht war fast ganz still. Die Dämmerung war von einer Kakofonie von Geräuschen erfüllt gewesen, die, wie Sverre vermutete, vor allem von Vögeln verursacht wurden. Jetzt war nur noch vereinzeltes Pfeifen in der Ferne zu hören, meist recht schrill, das Sverre keiner Quelle zuordnen konnte. Eine Weile lang war nur das Klirren der Eiswürfel in seinem Drink zu hören. Fantastisch, dass es hier im Paradies so fern von der Welt Eiswürfel gab.

Afrika war ungefähr dreimal so groß wie Europa, vielleicht sogar noch größer, das hing ganz davon ab, wie man Europa definierte. Das Einzige, was ihn, den Außenstehenden, in Afrika interessierte, war die neue Sklaverei, eine Frage, in die er sich als Mitmensch, ja sogar als Norweger, einmischen konnte.

Im Haus ertönte Klaviermusik und eine Sopranstimme. Es klang nach Schubert, »Die Forelle«. Also sang entweder Pennie oder Margie. Die Freunde in Bloomsbury hätte die Vorstellung, dass Margie in kolonialer Kleidung mit

Reitstiefeln neben einem Klavier in Kenia stand und Schubert sang, sicherlich über die Maßen belustigt. Sie war ein Chamäleon und konnte sich an jedes Umfeld anpassen. Sie konnte, wenn auch nur aus Höflichkeit wie im Augenblick, mühelos in die Rolle der Lady Margrete auf Besuch in Britisch-Ostafrika schlüpfen. Wenn sie wieder zu Hause war, würde sie sich umziehen, eine Zigarette anzünden, sich einen Whisky eingießen und detailliert die haarsträubendsten intimen Details über ihren neuesten Liebhaber und dessen angebliches Versagen erzählen und sich beim Höhepunkt der Geschichte, sei es jetzt eine verfrühte Ejakulation oder eine unpassende Schlaffheit in einem kritischen Augenblick, schreiend vor Lachen in die Kissen bei Vanessa und Virginia zurückwerfen und den Beifall genießen. Aber jetzt stand sie dort drüben, denn es handelte sich zweifellos um ihre Stimme, und sang, begleitet von Pennie am Klavier, »Die Forelle«.

Draußen in der schwarzen Nacht, vielleicht weit weg, vielleicht auch nicht, hörte Sverre ein unbeschreibliches, seltsam dumpfes, mächtiges Geräusch. Klagend oder bedrohlich? Noch nie hatte er so etwas gehört, und er fühlte sich an Trollwesen aus den Märchen erinnert. Waren das Elefanten? Nein, Elefanten hatte er schon gehört, ein schrilles Trompeten im Diskant. Im Vergleich dazu hatte es eher wie der tiefe Ton einer Basstuba geklungen, ein Geräusch, das von einem sehr lauten Tier herrühren musste. Die Elenantilopenbullen sahen sehr groß aus, aber was hätten sie für eine Veranlassung, nachts herumzulaufen und zu verraten, wo sie sich aufhielten?

Jetzt kam ein ähnliches, nein, dasselbe Geräusch aus einer ganz anderen Richtung. Zwei Trollkönige waren dort draußen. Die Neugier trieb Sverre wieder ins Haus, wobei er, wie er an der Miene der anderen ablas, recht passend eine verfahrene Diskussion unterbrach. Er entschuldigte sich und bat D, ihn nach draußen zu begleiten und ihm die Geräusche zu erläutern.

D erhob sich rasch und sichtlich erleichtert, ging mit Sverre auf die Terrasse und schloss die Tür hinter sich.

Typischerweise herrschte erst einmal vollkommene Stille, dann war in der Ferne ein gedehntes *Ooooup* zu vernehmen.

»Eine Hyäne«, sagte D. »Meinst du das?«

»Nein, es war ein tieferes Geräusch, kräftiger, geradezu furchterregend.«

»Ich glaube, ich verstehe«, sagte D und sah plötzlich bekümmert aus.

»Da«, flüsterte Sverre, als das tiefe Geräusch endlich wieder zu hören war. D hob sofort die Hand, damit er schwieg. Sie lauschten angestrengt in die Dunkelheit. Dann kam dasselbe Geräusch wie zuvor aus einer ganz anderen Richtung.

»Verdammt!«, rief D und schlug mit der Faust auf das hölzerne Geländer. »Zwei Brüder, die sich hier niederlassen wollen. Verdammter Mist.«

»Brüder?«, fragte Sverre ratlos.

»Ja. Stimme und Intonation sind sehr ähnlich. Löwen. Leider keine jungen Löwen. Sie führen ein ganzes Rudel in unsere Gegend. Sie haben es auf Gals Kühe abgesehen.«

»Aber hier gibt es doch Tausende von anderen Beutetieren?«

»Das schon, aber keins ist so dumm wie die Kühe. Gefällt dir die Löwenjagd?«

»Löwen habe ich noch nie gejagt, ich bin eher Fischer als Jäger.«

»Verstehe. Morgen gibt es eine Löwenjagd. Übermorgen auch und schlimmstenfalls die ganze Woche lang.«

D holte tief Luft, kehrte festen Schrittes in den Herrensalon zurück und teilte mit, man müsse am nächsten Tag vor dem Morgengrauen aufstehen.

Sie ritten los, als es noch dunkel war. D als Erster, dann Gal, hinter ihnen Albie und Arthur, die beide eine doppelläufige Jagdflinte geliehen hatten, die in einem Sattelholster neben dem linken Bein steckte. Sverre kam als Letzter, ohne Waffe, da er noch nie etwas geschossen hatte. Weder Albie noch Arthur hatten je Großwild, in jungen Jahren hingegen Fasane gejagt, und D behauptete, das sei dasselbe, zweiläufige Jagdgewehre seien eins wie das andere. Bei Schrotflinten sei der Rückstoß geringer, aber sie würden den Unterschied kaum spüren, falls sich die Gelegenheit zum Schuss ergäbe. Sie müssten den Löwen einfach nur als verdammt großen Fasan betrachten, falls er ihnen vor die Flinte liefe.

Neben den vier Männern zu Pferde liefen vier Massai mit Speer, Schild und rostroten Umhängen her. Seltsamerweise trugen die weißen Jäger dieselbe Kleidung wie beim Dinner am Vorabend, dazu breitkrempige Hüte und Schafspelzjacken, weil der Morgen kühl war.

Sie ritten in einem weiten Bogen um das Gebiet, auf dem Gals Vieh, überwiegend Kühe, graste. Nach einigen Stunden, als die rote Sonne über den Horizont kroch, fanden sie die ersten Spuren und folgten ihnen, wobei die Massai unermüdlich in gleichmäßigem Takt vor den berittenen Jägern herliefen. Ab und zu hielten sie inne und lauschten.

Schließlich bedeutete D mit der Hand, dass angehalten werden sollte. Sie saßen ab und führten die Pferde an einen Baum.

Dann versammelte D die Jagdteilnehmer um sich und erteilte seine Anweisungen abwechselnd auf Englisch und in der Massai-Sprache.

»Wir haben Glück«, flüsterte er. »Sie haben ein oder zwei Kühe gerissen, liegen etwa dreihundert Yard von uns entfernt und lassen es sich schmecken. Wir machen es wie die Hyänen, wir nähern uns ihnen langsam, allerdings hintereinander, damit sie nicht merken, dass wir zu mehreren sind. Wir haben den Wind von vorn und die Sonne im Rücken, wenn wir noch fünf bis zehn Minuten warten, dann scheint die Sonne den Viehdieben direkt in die Augen. Das weitere Vorgehen ist einfach. Schießt zuerst auf die beiden Brüder, dann erst auf die größten Löwinnen. Alles klar?«

Alle Männer außer Sverre nickten eifrig.

»Willst du lieber hierbleiben oder mitkommen und zuschauen?«, fragte D.

»Ist es gefährlich?«, wollte Sverre wissen.

»Durchaus, aber zwei Massai sind bei dir.«

»Okay. Dann will ich mir das Ganze gerne ansehen.«

»Gut, dann schnappen wir uns die Biester!«

Mehr wurde nicht gesagt. Sie warteten eine Weile, während sie ab und zu einen Blick auf die aufgehende Sonne warfen. Dann gab D ein Zeichen, und sie gingen in einer Reihe auf die fressenden, knurrenden und sich ab und zu anbrüllenden Löwen zu. Die Sicht war gut, der Schatten, den die sich nähernde Kolonne warf, war mindestens fünfzehn Yard lang. Das Gras war saftig und taubedeckt und verursachte deswegen keine Geräusche. Sverre ging als Vorletzter, einen speerbewaffneten Massai vor und einen weiteren hinter sich, und versuchte es den anderen gleichzutun, indem er mit seinem Vordermann vorsichtig Gleichschritt hielt.

Es gelang ihnen, sich bis auf weniger als fünfzig Yard zu nähern, da gab D plötzlich einen kurzen Befehl. Alle bewaffneten Männer traten einen Schritt zur Seite, abwechselnd nach rechts und links, und hoben ihre doppelläufigen Flinten.

Die Löwen unterbrachen ihr von gurgelnden Grunzlauten begleitetes Festmahl und schauten erstaunt von der zerfetzten Kuh auf. Sie wirkten nicht sonderlich beunruhigt, eher entrüstet, dass sie jemand störte, und dass es sich bei diesem Jemand nicht um Hyänen, sondern um etwas viel Bedrohlicheres handelte.

Die Schritte des Menschen seien denen der Hyäne erstaunlich ähnlich, erklärte D später.

»Feuer frei!«, befahl D, und vier Schüsse wurden in rascher Folge abgegeben. Das Löwenrudel mit den blutigen Schnauzen stob auseinander, einige Tiere brüllten und sprangen in die Luft, andere flohen. Zwei gingen zum Angriff auf die Jäger über. Vier weitere Schüsse wurden auf die angreifenden Tiere abgefeuert, die mit Schmerzensgebrüll und zuckenden Gliedern zu Boden fielen. Erst jetzt kam Sverre auf die Idee, sich die Ohren zuzuhalten. Die Jäger luden rasch nach, feuerten den fliehenden Tieren hinterher, dann luden sie nochmals nach und warteten ab, da D mit erhobener Hand eine Feuerpause anordnete.

Einer der großen Löwen mit schwarzer Mähne stemmte sich auf den Vorderbeinen hoch und versuchte sich mit nachgeschleppten Hinterläufen zu entfernen. D und Gal schossen fast gleichzeitig auf ihn, und er brach mit lautem Gebrüll zusammen, wand sich, warf sich einige Male hin und her und blieb dann regungslos liegen.

D hob erneut seine Hand, alle hielten inne und betrachteten die Szene.

Vor ihnen lagen vier Löwen. Die zwei Angreifer regten sich nicht mehr und waren ganz offensichtlich tot. Hinter ihnen neben dem Kadaver der Kuh lag das größte Löwenmännchen ebenfalls tot, aber neben ihm eine Löwin, die noch am Leben zu sein schien.

Obwohl sie still dalag, hob und senkte sich ihr Brustkorb ruckartig.

Mit gehobenen Gewehren rückten sie langsam in einem Halbkreis vor. Als sie weniger als zehn Yard entfernt waren, deutete D lächelnd auf die Löwin, die sich bewegte und stöhnte, und dann auf Albie. Dieser leckte sich den Schweiß von der Oberlippe, hob sein Gewehr und zögerte.

»Wohin soll ich zielen?«, flüsterte er.

»Auf den Kopf«, erwiderte D ebenfalls flüsternd.

Albie schoss, die Löwin wurde zur Seite geworfen und streckte sich zitternd der Länge nach in einer unglaublich schönen Bewegung aus, während Albie sein Gewehr hob und erneut zielte. D stoppte ihn, indem er vorsichtig seine Hand auf den Gewehrlauf legte und ihn nach unten drückte.

»Mehr als töten kannst du sie nicht, bedenke, dass Munition teuer ist«, sagte er und trat auf die tote Löwin zu, strich mit den Fingern über den blutigen, geborstenen

Kopf, kehrte dann zu Albie zurück und verstrich das Blut auf seiner Stirn.

»Willkommen im wahren Afrika, Bwana Simba«, meinte er amüsiert.

Dann wandte er sich an die vier Massai, die auf ihre Speere gestützt warteten, unterhielt sich kurz mit ihnen in ihrer Sprache, wobei diese zustimmend nickten. Worüber sie sich auch unterhalten mochten, sie schienen sich einig zu sein.

»All right«, sagte D dann an die Weißen gewandt. »Wir haben es mit zwei angeschossenen Löwen zu tun. Einer von ihnen liegt etwa hundert Yard entfernt im Gras, der andere auf der Anhöhe mit den weiß blühenden Büschen. Arthur, Albie und Sverre, ihr geht zu den Pferden zurück und wartet dort, das hier ist nichts für Anfänger, und ich will mich nicht darauf verlassen, dass die verdammten Hyänen die Arbeit für uns erledigen.«

Arthur, Albie und Sverre kamen seiner Aufforderung nach.

D, Gal und die vier Massai bildeten eine Reihe und begannen langsam auf den Ort zuzugehen, wo sie den ersten verletzten Löwen vermuteten. D und Gal trugen ihre Jagdgewehre über der Schulter und hielten sie mit einer Hand am Doppellauf fest, was vermutlich lässiger aussah, als es eigentlich war.

Als Arthur, Albie und Sverre bei den unruhigen, festgebundenen Pferden angelangt waren, konnten sie immer noch die anderen sehen, die inzwischen einen Halbkreis gebildet hatten und sich sehr langsam anschlichen. Plötzlich tat sich etwas, und zwei Schüsse wurden in sehr rascher Folge abgefeuert. Keiner der Männer machte aber nur die geringsten Anstalten zu fliehen. Sie blieben einen Augenblick lang stehen und betrachteten etwas auf der Erde, dann gingen sie auf die weiß blühenden Büsche auf der Anhöhe zu, wo sich ein weiterer Löwe befinden musste.

Dieses Mal gab es einen größeren Tumult, drei Schüsse wurden abgefeuert, und wenig später gesellten sich die Jäger zu ihren drei wartenden Gästen. D und Gal trugen ihre Doppelflinten wieder über der Schulter und scherzten und lachten.

Beim Abendessen wurde die Jagdgeschichte in verschiedenen Varianten zum Besten gegeben. Sverre hatte Albie nur selten so aufgeregt erlebt. D erfüllte das Ergebnis mit Zufriedenheit, wenn nicht gar Glück. Es war ein wirklicher Erfolg, sie hatten sechs Löwen erlegt und vielleicht noch einen weiteren verletzt, um den die Hyänen sich kümmern sollten, und hatten so das halbe Rudel auf einmal zur Strecke gebracht, einschließlich der beiden Brüder und zumindest einer der Löwinnen, denen eine Führungsrolle zukam.

Das bedeutete, dass die Gefahr abgewendet war, die überlebenden Löwen würden sich auf der Suche nach einem neuen Anführer recht weit entfernen müssen, und es würden ein paar Jahre vergehen, bis sie wieder kampffähig waren. Und falls eine der Löwinnen Junge gehabt hatte, so würden sich die Hyänen auch um diese kümmern. Oder der neue Rudelführer. Es war wirklich eine erfolgreiche Jagd gewesen, die ein ordentliches Besäufnis rechtfertigte, wie D fand. Dann stieß er auf das Wohl Albies an, der seine erste Löwenjagd bestritten hatte.

*

Afrika zog Albie und Sverre ebenso unmerklich wie unerbittlich in seinen Bann. Eigentlich hatten sie nur einen Monat länger als die anderen bleiben wollen, aber Albie war von der Jagd wie verhext und Sverre von den Massai, und ihr Gastgeber D konnte ihnen mit beidem dienen.

Nach den zweiwöchigen Hochzeitsfeierlichkeiten verließen sie die Kekopey Ranch, damit die Frischvermählten endlich Zeit für sich hatten, statt sich um die Bewirtung einer Verwandtschaft mit unermesslichem Appetit und Durst kümmern zu müssen. Die Ochsenkarren fuhren in verschiedene Richtungen. Lady Elizabeth, Margie, Arthur und Alberta wurden zur Bahn gebracht, wobei Margie noch zwei Packkisten zusätzlich mit Jacketts, Fracks und Ähnlichem, für die Sverre und Albie im Busch keine Verwendung hatten, mit zurück nahm. Sie hatten ein etwas schlechtes Gewissen, weil sie sich nun mit der doppelten Gepäckmenge abmühen musste, aber Margie lachte nur und wies darauf hin, dass sie es ja ohnehin nicht selbst tragen würde. In Afrika sei es wie in England, es gebe immer Leute, die sich um so etwas kümmerten.

Der andere Ochsenkarren mit D, Lady Florence Anne, Albie und Sverre umrundete auf dem Weg zu D's Ranch Soysambu den halben See. Albie und Sverre gingen davon aus, dass es sich dabei um ein ebenso solides und komfortables Anwesen handelte wie die Kekopey Ranch.

Der Unterschied war jedoch beträchtlich. Wohnhaus, Schuppen und Lagerhäuser glichen afrikanischen Hütten. Die Wände bestanden aus geflochtenen Ästen und Zweigen, die mit Lehm und Kuhmist abgedichtet worden waren. Nur wenige Zimmer hatten einen Holzfußboden. Einzig die englischen Möbel, die sich hier in D's afrikanischen Hütten ebenso deplatziert ausnahmen, wie sie bei Gal und im Club in Nairobi natürlich gewirkt hatten, entsprachen dem gleichen Standard. D erklärte, dass er noch keine Gelegenheit gehabt habe, sich um eine standesgemäße Unterkunft zu kümmern, da seine Zeit von ständig neuen Experimenten mit Schafen, Kühen, Straußen und Weizensorten in Anspruch genommen werde. Er erwies sich jedoch als äußerst geduldiger und großzügiger Gastgeber, und niemals äußerte er auch nur andeutungsweise, dass seine Gäste nun lange genug in Afrika verweilt hätten und lieber nach Hause zurückkehren sollten.

D's Gastfreundschaft war seiner Gutmütigkeit geschuldet, aber auch dem Umstand, dass er schlicht und einfach pleite war, worüber er während seines Aufenthalts bei seinem Schwager Gal kein Wort hatte verlauten lassen. Aber bereits am ersten Abend in Soysambu, als die neuen Gäste mit D und Lady Florence Anne allein waren, rückte er mit der Sprache heraus.

Albie lieh ihm daraufhin sofort tausend Pfund und versprach, mehr Geld zu investieren, sobald er die Probleme besser verstehe. Damit verlagerten sich D's finanzielle Probleme auf einen Schlag weit in die Zukunft. Albie wies darauf hin, dass er selbst, wenn auch widerstrebend und unfreiwillig, Ranchbesitzer größeren Formats sei. Unter anderem sei sein Weizen mehrfach von Rost befallen gewesen und er habe gelernt, wie sich dieses Problem mittels neuer, widerstandsfähigerer Weizensorten und Pflanzengifte lösen ließ. Die Maßnahmen hätten in Wiltshire funktioniert und seien allemal einen Versuch in Afrika wert.

Bereits nach wenigen Tagen in Soysambu war Albie bereit, Geld in zwei Traktoren zu investieren. Obwohl Arbeitskräfte billig waren, motivierten Effektivität und Zeitersparnis die Investition. Das größte Problem stellte der Treibstofftransport aus Mombasa dar. Aber das ließ sich lösen.

Albie nahm eine Reihe schriftliche Bestellungen vor, und damit war für einige Monate alles erledigt, denn jetzt galt es abzuwarten, bis alles aus England und Mombasa geliefert werden würde.

Umso mehr Zeit blieb ihnen für die Jagd. Ganz oben auf Albies Wunschliste standen ein richtig großer Löwe und ein Leopard.

Sverre konnte Albies unerwartete Passion für das Tieretöten nicht ganz nachvollziehen. Die erste Löwenjagd auf der Kekopey Ranch war selbstverständlich faszinierend gewesen, aber es hatte sich einfach um einen natürlichen Bestandteil der afrikanischen Land- und Viehwirtschaft gehandelt, ungefähr so, wie die Samen in Nordnorwegen Wölfe und Vielfraße jagten. Einige wenige Male leistete Sverre Albie in der Dämmerung Gesellschaft, als dieser einem Leoparden auflauerte, der die Ziegenherde drastisch dezimiert hatte. Aber Sverre verlor schnell die Geduld, es fiel ihm schwer, vollkommen still dazusitzen und leise zu sein. Außerdem erlegte Albie nie etwas, wenn Sverre dabei war, also konnte er sich mit der Entschuldigung fernhalten, dass er kein Glück bringe, und Albie bemühte sich nicht übermäßig, ihn umzustimmen. Als er zum ersten Mal allein auf dem Ansitz wartete, gelang es ihm dann auch, den Leoparden zu erlegen. Er war glücklich wie ein Kind und betrank sich nach dem Abendessen.

Sverres Leidenschaft waren die Massai, für die sich Albie ebenso wenig erwärmen konnte wie Sverre dafür, stundenlang auf einen Leopardenköder zu starren. Aber diese Differenzen in ihren Interessen bereiteten ihnen keine Schwierigkeiten. Sverre freute sich aufrichtig über Albies Jagderfolge, und dieser ließ sich von den neuen Gemälden, die nun entstanden, begeistern.

Bei den Massai gab es drei Altersstufen, zuerst kamen die Jungen, dann die Krieger und schließlich die verehrten Greise. Sverre hatte mit den naheliegendsten Motiven begonnen, nämlich den beiden Kriegern Leboo und Kapalei, die D's Vieh bewachten, eine Aufgabe für Krieger, da sie gegen Raubtiere und Viehdiebe vorgehen mussten.

Beide waren stattliche Männer, die sich trotz D's Überredungsversuchen nicht abbilden lassen wollten, da sie glaubten, dass dem Abbild auch die Seele folge. Darauf fiel weder Sverre noch D ein gutes Gegenargument ein, also musste sich Sverre eine Zeit lang mit Landschaftsmalerei begnügen, eine neue und unerwartete Herausforderung. Die afrikanische Landschaft besaß klar abgegrenzte Farben. Die dunkelgrünen Hügel, der blaugrüne See und die rosa Flamingoschwärme ließen die Bilder, wenn allzu realistisch abgebildet, leicht kitschig erscheinen. Sverre hatte bereits kurz nach seiner Ankunft erkannt, dass er die Wirklichkeit modifizieren musste, damit sie authentisch wirkte.

Nachdem ein wenig Zeit verstrichen war, kam ihm eine Idee, wie das Problem mit der Seele im Bild zu lösen sei. Was wäre, wenn die Person, die ihm Modell saß, das Bild behalten dürfte? Für sich könnte er das Porträt mittels Skizzen und aus dem Gedächtnis rekonstruieren. Wenn die Betroffenen davon nichts wussten, könnten sie doch kaum Anstoß nehmen?

Es gelang ihm, sich mit Leboo und Kapalei zu einigen,

und damit hatte er das Rad ins Rollen gebracht. Denn als die beiden ihre Porträts in ihr Dorf mitbrachten, weckten sie dort Aufsehen und Neid. Wenig später standen die willigen Massai-Modelle bei Sverre Schlange.

Die Krieger waren groß, schlank und muskulös und hatten kein Gramm Fett am Körper. Vorzugsweise wollten sie sich stehend mit dem Speer in der Hand und dem Schild über dem Arm abbilden lassen. Obwohl diese Pose eintönig wirken mochte, ließ sie sich hundertfach variieren. Auf einer Anhöhe, vor einer Rinderherde, vor dem blaugrünen See und in der Savanne mit im Wind flatterndem braunrotem Umhang oder als Silhouette vor einem blutroten Sonnenuntergang.

Nach und nach gewann er das Vertrauen der Massai. Erst brachte Leboo seine beiden Frauen Nalutuesha und Tanei in Festkleidung mit. Sie hatten sich wie jede englische Frau für das Porträt in Schale geworfen und stellten sich neben ihren Mann. Das Licht kam schräg von vorn. Ihre rasierten Schädel glänzten, und der Glasperlenschmuck funkelte. Nach einiger Zeit konnte Sverre sich allein ins Massai-Dorf begeben und dort ungewöhnlichere Motive malen, selbst höchst private, da den Massai jede normale menschliche Scham zu fehlen schien. Kapalei zum Beispiel wollte sich gerne dabei malen lassen, wie er eine seiner Frauen bestieg.

Schließlich durfte Sverre sogar die Initiationsriten der Jungen abbilden. Aber da verlangte D, ihn als Leibwächter zu begleiten.

Die Massai-Jungen wurden nämlich dadurch zum Mann, dass sie gemeinsam einen Löwen aufspürten, ihn umzingelten und mit dem Speer töteten.

Die erste Schwierigkeit bestand darin, überhaupt einen Löwen in der Gegend von Soysambu und dem angrenzenden Massai-Dorf zu finden, wo allzu viele Speere und die Doppelflinte D's die Löwen in respektvollem Abstand hielten. Während Fährtensucher in alle Richtungen ausschwärmten, um Löwen aufzuspüren, kamen die werdenden Männer in eine *Boma* für sich, in der sie ein älterer Mann nach den Traditionen des Dorfes mit Kriegsbemalung versah.

Als die Botschaft eintraf, dass sich etwa einen halben Tagesmarsch entfernt ein kleines Löwenrudel aufhalte, begann der erste rituelle Tanz. Die Jungen wechselten sich ab. Einer spielte den Löwen und wurde von seinen Kameraden umzingelt, die immer wieder mit dem Speer angriffen. Die Tänze dauerten einen ganzen Tag, dann gab es ein Festessen mit frischem, mit Kuhmilch gemischtem Blut und über dem offenen Feuer gebratenem Ziegenfleisch.

Bei Sonnenaufgang stellten sich die dreizehn Jungen in einer Reihe auf, stimmten einen monotonen, rhythmischen Gesang an und liefen dann in gleichmäßigem Trott los. D und Sverre folgten zu Pferde. Die Jungen waren barfuß und, da sie den rostroten Umhang nicht trugen, bis auf einen Lendenschurz nackt. D erklärte, dass die Löwen in Massai-Land vor den Umhängen der Massai flohen, wahrscheinlich läge das an den tausendjährigen schlechten Erfahrungen.

Der von Gesang begleitete Dauerlauf ging unverdrossen weiter, auch nach Sonnenaufgang, als die Hitze unerträglich wurde. Es war November, die Regenzeit stand bevor, und es war die wärmste Periode des Jahres.

D beschrieb in groben Zügen, was sie erwarten würde,

wenn alles nach Plan verlaufe. Es ging darum, einen Löwen von den anderen abzusondern und zu umzingeln, gelänge das, sei das Schwierigste geschafft. Auf die Frage, ob man sich dabei nicht in Lebensgefahr begebe, zog D nur ironisch die Brauen hoch und erklärte, ein nobleres Schicksal als so ein Tod könne einen nicht ereilen. Wem dieses Glück zuteilwerde, dessen würde sich der Gott Engai annehmen, und seine Familie würde mit Ehren überhäuft werden. Das Zweitbeste sei, dass einem der Löwe, bevor er getötet wurde, mit seinen Krallen ein paar Schrammen beibrächte. So hätte man im Kreis der Krieger für den Rest seines Lebens einen sichtbaren Beweis seines Heldenmuts.

Im Übrigen werde von jedem Massai erwartet, dass er einen Löwen töten konnte. Die Speere seien mit langen, rasiermesserscharfen Spitzen versehen. Griff der Löwe von vorn an, gelte es, den Speer ordentlich in die Erde zu rammen, die Ruhe zu bewahren und gut zu zielen, damit sich der Löwe selbst aufspieße. Kinderleicht!

Letzteres sagte D mit einem gelassenen Ernst, der Sverre davon überzeugte, dass es tatsächlich ein Kinderspiel war.

Es gelang D aber nicht lange, ernst zu bleiben. Er schüttete sich förmlich aus vor Lachen.

»Verdammt, Sverre! Nichts, was mit der Löwenjagd zu tun hat, ist leicht. Deswegen hinke ich auch. Bei der Löwenjagd geht alles, was schiefgehen kann, früher oder später schief. Das ist auch bei den Massai nicht anders.«

Die Jungen, aus denen Männer werden sollten, rannten noch etwa eine Stunde weiter, also insgesamt vier Stunden ohne Pause in den heißesten Stunden des Tages. Dann stießen sie auf das Löwenrudel, das auf einer kleinen Anhöhe, von der aus es einen guten Überblick hatte, in der Sonne lag.

D und Sverre saßen ab und führten ihre Pferde ein Stück beiseite, banden sie an einem Busch fest und machten sich bereit, D mit seiner Doppelflinte und Sverre mit Margies altem Fotoapparat, den er sich für Situationen wie diese ausgeliehen hatte, in denen mit einem Skizzenblock nicht viel anzufangen war.

Alles ging sehr schnell, war in weniger als zwei Minuten vorüber und verlief fast so, wie D es vorausgesagt hatte.

Als der größte Löwe, der angegriffen hatte, umzingelt war, verwandelte sich die Szenerie in ein schreiendes, in eine Staubwolke gehülltes Durcheinander, das in einem wütenden Gebrüll des aus allen Richtungen von Speeren durchbohrten, sterbenden Löwen kulminierte.

»Komm!«, sagte D. »Es ist vorbei. Jetzt werden die Gefallenen gezählt.«

Ein Junge war tot. Der Löwe hatte seine Kehle zerfleischt und ihm mit seinen Pranken tiefe Wunden beigebracht. Ein weiterer war in recht übler Verfassung, und drei oder vier zeigten sich stolz gegenseitig ihre blutenden Wunden.

»Wir machen Folgendes«, meinte D, als er fand, Sverre habe genug fotografiert. »Falls der Bursche mit der Kopf- und Bauchverletzung zu retten ist, nehme ich ihn auf mein Pferd. Es ist für einen Massai keine Schande, sich von einem Freund helfen zu lassen, nachdem er sich im Krieg wacker geschlagen hat. Die Massai kümmern sich um ihre Verwundeten. Du reitest mit den anderen nach Hause. Sie lassen sich auf dem Heimweg mehr Zeit und müssen außerdem noch ihren toten Kameraden tragen. Wegen der

Löwen brauchst du dir, wie du sicher verstehst, keine Sorgen mehr zu machen.«

D legte dem vom Jungen zum Massai-Krieger gewordenen Jüngling einen Verband an, kam zu dem Schluss, dass er überleben werde, wenn er vor dem Abend medizinisch versorgt würde, sagte etwas zu den überglücklichen Massai-Kriegern, was diese mit einem fröhlichen Nicken beantworteten, setzte den Verwundeten vor sich auf den Sattel und ritt davon.

Die Jünglinge schnitten dem Löwen als Trophäe den Schwanz ab und das Herz heraus. Dann tanzten sie um das massakrierte Tier herum und begannen anschließend nach Hause zu tänzeln. Ihr Gesang klang jetzt ganz anders und war auch abwechslungsreicher als am Morgen. Beim Tragen des mit Rindenstreifen zwischen zwei Stangen festgezurrten Toten wechselten sie sich ab.

Sverre ritt hinter den jungen Männern her. Das lange Sitzen im Sattel bereitete ihm Schmerzen. Die flache Landschaft mit einzelnen Akazien, das Licht der tief stehenden Sonne am Nachmittag, die Blutflecken im Gras vor ihm, die das Pferd scheuen ließen, Blut, das von dem herausgeschnittenen Löwenherzen, aber auch von den verletzten Kriegern stammen konnte. Afrika, dachte Sverre. Ich bin vollkommen unwirklich wirklich in Afrika.

Erst beim letzten Licht des Sonnenuntergangs erreichten sie das Dorf. D war mit seinem Verletzten lange vor ihnen eingetroffen, und alle wussten bereits, was vorgefallen war. Überall brannten Feuer, und der Tanz hatte begonnen. Die jungen Männer wurden von den Frauen mit hellem Trällergesang begrüßt. Sverre vermutete, dass diejenigen, die gerade heldenhaft zu Männern geworden waren, in dieser Nacht von den Frauen umsorgt werden würden. Zumindest hatte D etwas in dieser Richtung angedeutet.

*

Als die Regenzeit begann, konnte man nichts mehr im Freien unternehmen. Auf Soysambu verkrochen sich alle im Haus, während es draußen in Strömen goss. D's Haar war inzwischen schulterlang, und eines Abends schnappte sich seine Frau resolut eine Schere und schnitt die Hälfte ab. D protestierte nur schwach, symbolischer Widerstand, scherzte er.

Es war bald Dezember. Seit Juni waren sie nun schon in Afrika, aber die Zeit war stehen geblieben oder spielte keine Rolle mehr. Albie hatte ein Nashorn erlegt und dann sogar noch ein zweites, aber er hatte lange warten müssen, bis ihm eines mit einem über 40 Zoll langen Horn vor die Flinte gekommen war. Sverre ging langsam die Leinwand aus, er hatte bereits einige seiner ersten Gemälde übermalt. Ihnen schmeckte das Wild immer noch, das Feuer im offenen Kamin knisterte, und der Whiskyvorrat war noch lange nicht geleert.

»Werden die Massai je ein zivilisiertes Volk werden?«, fragte Sverre, um ein neues Gesprächsthema anzuschneiden.

»Nein, zum Donnerwetter, das hoffe ich wirklich nicht.« D lachte. Sogar Florence Anne schien diese Frage amüsant zu finden.

»Genauer gesagt«, fuhr D nachdenklicher fort, »sind sie bereits zivilisiert, afrikanisch zivilisiert. Die anderen Mischvölker können wir vielleicht zu Landarbeitern, Haushaltshilfen, Köchen, Kindermädchen, Kellnern, Gärtnern und ähnlichen einfachen Verrichtungen erziehen. Die Massai aber nicht. Am Ende wird es nur zwei zivilisierte Arten in Afrika geben, ihre und unsere.«

»Aber werden sich diese niedrig stehenden Stämme, ohne zu klagen, damit abfinden, sich von uns erziehen zu lassen?«, fragte Albie treuherzig nach.

Das war, wie sich zeigte, keine harmlose Frage. In der folgenden Stunde erzählte D eingehend von diesem Problem. Einige Bantuvölker verstünden nicht, welche Segnungen die englische Zivilisation mit sich brächte. Es komme ständig zu Aufständen. Die Bantu bestahlen und mordeten, überwiegend jedoch einander. Es wurden Strafexpeditionen losgeschickt, was eine betrübliche Angelegenheit war. Vor einem Jahr war es einem Nandistamm in den Sinn gekommen, englisches Vieh zu stehlen. Die King's African Rifles waren daraufhin losgezogen und hatten den Nandi den größeren Teil ihres Viehbestands, 11 000 Kühe, gestohlen. Dasselbe geschah, als den Kikuyu und Emba vor einigen Jahren Ähnliches einfiel. Ihr Vieh wurde konfisziert, und man erschoss 1500 Aufständische, die meisten von ihnen im Kampf. Auf englischer Seite waren drei Gefallene und 33 Verwundete zu beklagen. Schlimmer sei es vor einem Jahr gewesen, als ein Hauptmann mit dem deutschen Namen Meinertzhagen eine Nandi-Revolte niedergeschlagen hatte. Er lud zu Verhandlungen ein, gab dem Anführer des Aufruhrs Maitalel die rechte Hand, hielt dessen Hand fest, zog seinen Revolver und erschoss Maitalel mit der Linken. Maitalels Delegation, zwei Dutzend Mann, die vor dem Zelt warteten, wurde gleichzeitig mit einem Maschinengewehr niedergemäht. Erstaunlich war, dass man Meinertzhagen mit einem Distinguished Service Order, also fast einem Victoria-Kreuz, für seine Heldentat auszeichnete.

Das war fatal für die Moral. Es galt, Aufstände schnell und hart niederzuschlagen, jedoch im offenen Kampf. Wenn die Gegner mit Speeren über die Savanne heranstürmten, erwartete man sie mit dem Maschinengewehr, und sie starben wie Männer, und alles war, wie es sein sollte. Gleichzeitig hatte man ihnen eine Lektion erteilt, nicht gegen die zivilisierte Übermacht zu rebellieren. Die Ordnung musste stets wiederhergestellt werden, und zwar rasch und nachdrücklich.

Vor allem durfte man sich nicht so blamieren wie die verdammten Belgier, die ein ganzes Land nur wegen einiger raffgieriger Gummibarone abschlachteten, genauer gesagt wegen eines raffgierigen Gummikönigs. Durch so etwas geriet das koloniale Projekt in Misskredit. Möglicherweise reichte es, in Britisch-Ostafrika ein paar Hunderttausend Bantu zu beseitigen, damit alles glattlief. Aber am Ende sollten alle davon profitieren. England war in Afrika für ewige Zeiten, möglicherweise mehr zum Nutzen der Afrikaner als dem eigenen.

In Soysambu herrschte ohnehin bereits der zukünftige Idealzustand. Die Zivilisation hatte im Massai-Land Wurzeln geschlagen. Keine Nandi würden auf die törichte Idee kommen, das Massai-Land anzugreifen. Soysambu war Afrikas Zukunft, Massai und Engländer lebten Seite an Seite, und beide Rassen konnten die Früchte dieses wunderbaren Landes genießen.

VII

EIN VOLLKOMMEN UNBEGABTER KÜNSTLER AUF DEM NIVEAU EINES FÜNFJÄHRIGEN

England 1910–1912

Margie und Vanessa hatten unter ihren Liebhabern aufgeräumt und eine drastische Rochade ausgeführt. Das war rationell und erleichterte den Umgang, aber dass es auch kunsthistorisch von Bedeutung sein würde, hätten sie sich wohl kaum vorstellen können.

Margie hatte nach einem kurzen Intermezzo mit Duncan Vanessas Mann Clive Bell ganz übernommen. Duncan war der Liebling aller und zog eigentlich Männer vor, Clive war in dieser Beziehung weniger kompliziert.

Im Gegenzug hatte Vanessa Roger Fry bekommen. Margie hatte keine Einwände erhoben. Vor allem deswegen nicht, weil er versucht hatte, Vanessa und sie eifersüchtig zu machen, indem er ein begehrliches Auge auf Vanessas kleine Schwester Virginia warf, die ständig schrieb und Schriftstellerin werden wollte. Jetzt befand sich alles in geordneten Bahnen, was vielleicht etwas eintöniger, aber in jedem Fall weniger kompliziert war.

Albie und Sverre hatten dem teilweise unübersichtlichen Bericht Margies amüsiert zugehört.

»Du warst nicht untätig, während wir in Afrika waren«, konstatierte Albie. »Aber wie kam eigentlich Roger Fry ins Spiel?«

»Vanessa und Clive haben ihn im Zug aus Oxford kennengelernt. Er ist Maler und Kunstkritiker«, antwortete Margie.

»Verstehe«, erwiderte Albie. »Damit war der Ausgang natürlich unausweichlich. Jetzt hat also Vanessa einen Kunsthistoriker und Maler, und du hast einen frankophilen Kunstkritiker. Ich vermute, das ist noch nicht das Ende der Geschichte. Oder sollen wir bereits jetzt viel Glück wünschen?«

»Das wäre durchaus angebracht. Wo du ja selbst ein Anhänger von geordneten Verhältnissen bist, zumindest mittlerweile.«

Diese letzte Bemerkung kränkte Albie und Sverre sichtlich. Offenbar bereitete ihnen die alte Geschichte immer noch Probleme. Albie entzog sich der Verlegenheit, indem er aufstand und in die Küche ging, um noch ein paar Flaschen Rheinwein zu holen. Margie sah Sverre entschuldigend an.

»Bin ich zu weit gegangen?«, meinte sie.

»Ja, vielleicht«, räumte Sverre ein.

»Ihr habt das Zerwürfnis also noch nicht bereinigt?«

»Du meinst die Affäre mit Casement? Ja und nein. Wir sprechen nicht mehr darüber, aber es liegt wie ein Gletscher zwischen uns, besonders nachts, wenn du verstehst, was ich meine. Vielleicht ist das meine Schuld, ich bin halt nicht wie ihr und habe einen Liebhaber an jedem Finger. Ich könnte nie untreu sein.«

»Ach was! Das können alle! Es braucht nur die richtige Gelegenheit und hat nichts zu bedeuten.«

»Für mich bedeutet es sehr viel«, antwortete Sverre leise und schaute weg. Es war unübersehbar, dass ihn das Gesprächsthema quälte.

Margie ließ das Thema fallen. Beide schwiegen. Als Albie mit dem Wein hereinkam und nachschenkte, sagte immer noch niemand etwas.

»Lasst uns auf unser munteres Wiedersehen anstoßen«, sagte Albie und hob sein Glas. »Weiß jemand ein lustiges Gesprächsthema?«

»Ja, ich«, sagte Margie und strahlte.

Es ging um eine Kunstausstellung. Grafton Galleries hatten im Oktober eine Ausstellung absagen müssen. Dort gab es also eine Lücke. Clive und Roger, also Roger Fry, wollten nach Paris fahren und dort Bilder für eine Ausstellung sammeln. Sie hatten sich bereits in groben Zügen mit der Galerie geeinigt. Ein Literaturkritiker namens Desmond war mit der Organisation betraut.

Das einzige Problem bestand darin, dass sie nicht nach Paris reisen konnten, ehe sie mehr Geld beisammenhatten.

Margie legte eine vielsagende Pause ein.

»Nicht zu fassen«, sagte Albie. »Eure gut organisierten Liebhaber wollen also nach Paris fahren und Kunst kaufen. Und du hast Vanessa natürlich bereits versprochen, dass du deinem heiß geliebten Bruder seine sauer verdienten Zechinen abnehmen wirst?«

»Wie scharfsinnig!« Margie lachte.

»Wenn ich das richtig verstanden habe, dann wollen Vanessas Mann und dein momentaner Liebhaber also gut gelaunt nach Paris reisen, um Kunst zu kaufen. Und sie haben nichts gegeneinander?«

»Natürlich nicht. Warum sollten sie?«

»Entschuldige, das war offenbar eine dumme Frage. Das einzige kleine Problem bei diesem Kunstkauf ist also das Geld?«

»Ja. Die Kasse ist noch nicht ausreichend gefüllt.«

»Ach ja. Und wie viel fehlt?«

»Zwei- bis dreitausend Pfund könnten nicht schaden.«

Albie seufzte und schüttelte den Kopf. Er liebte es gar nicht, über Geld zu reden, am wenigsten mit seinen Freunden in Bloomsbury. Trotzdem konnte er sich einen kleinen moralisierenden Vortrag über die Finanzen von Manningham nicht verkneifen, was gar nicht zu seinem Freundeskreis passte und völlig untypisch für ihn war. Es brach einfach aus ihm heraus.

Die letzten fünf Jahre hatte Manningham House Gewinn abgeworfen, die Investitionen in moderne Technik und die Umstellung von extensiver Schafzucht auf intensiven Ackerbau hatten sich rentiert. In diesem Jahr würde der Überschuss zwar bescheidener ausfallen, aber das hatte mit den Kosten für die Hochzeit, dem Aufenthalt in Afrika und vor allen Dingen mit den Investitionen in D's Betrieb in Soysambu zu tun. Er hatte in der Tat mit einer hundertjährigen Familientradition gebrochen und mehr ausgegeben, als verdient worden war. Und …

Er verlor den Faden. Margies und Sverres aufrichtiges Erstaunen über seine Betrachtungen nahm ihm alle Lust, weiter über Finanzen zu sprechen.

»All right!« Er seufzte. »Aber nur unter einer Bedingung.«

»Das ist Erpressung«, schnaubte Margie. »Vergiss nicht, dass du das Geld nicht verschenkst. Nach der Ausstellung werden die Gemälde verkauft. Du bekommst jeden Penny zurück.«

»Das kommt doch wohl sehr darauf an. Welche Künstler sind es denn?«

»Die, die nach den Impressionisten kommen, Manet, Gauguin, van Gogh und Cézanne.«

»Aber die sind doch vollkommen unbekannt, ich meine, hier in England. Wer soll die Bilder kaufen?«

»Einstweilen sind sie unbekannt, das stimmt. Aber sei jetzt nicht geizig und denk nach. Im schlimmsten Fall hättest du ein wenig moderne Kunst am Hals. Sag was, Sverri! Sei meiner Meinung!«

»Jedenfalls ist es eine Ausstellung, die ich gerne sehen würde«, antwortete Sverre vorsichtig.

»All right, all right, all right.« Albie stöhnte. »Ich zahle, aber meine Bedingung stelle ich trotzdem.«

»Und ich muss dich wieder fragen. Welche Bedingung?«

»Dass du zu Mamas fünfundfünfzigsten Geburtstag nach Manningham kommst.«

»Du weißt, wie sehr ich so etwas überhabe.«

»Das geht mir genauso, aber bei Mama ist das etwas anderes, und ich muss dich wirklich noch einmal dafür loben, wie gut du das brave Mädchen in Afrika gespielt hast. Wegen eines kleinen weiteren Dinners wirst du doch wohl keinen Streit anfangen?«

»In Afrika hast du gesagt, dass es mit diesem Unsinn jetzt ein Ende hat.«

»Durchaus, aber es geht jetzt nur um ein Geburtstagsessen. Das ist das Mindeste, was du beitragen kannst, wenn ich diese Kunstausstellung rette.«

»Da hast du natürlich recht, lieber Bruder. Ich komme um Manets, Gauguins, Cézannes und Seurats willen.«

»Wer ist Seurat?«, fragten Albie und Sverre gleichzeitig.

*

Das Essen in Manningham fiel maßvoll aus, ohne deswegen übertrieben bescheiden zu sein. Die ganze Familie war, mit Ausnahme von Pennie und Gal, die sich schriftlich entschuldigt hatten, versammelt. Sie hatten um diese Jahreszeit und nach dem langen Regen zu viel zu tun auf dem Gut. Sverre und Margie suchten ihre Verlobungsringe von der Afrikareise hervor und spielten zwar nicht frisch verliebt, aber zumindest verlobt.

Zwischen Aperitif und Essen zeigte man den Gästen die ultramoderne Küche, in der alles elektrisch war und in der es fließend warmes Wasser gab, das in einem großen Kupfertank erhitzt wurde. Es war auf dem Land eigentlich nicht üblich, die Gäste durch die Küche zu führen, aber unter diesen besonderen Umständen wurde eine Ausnahme gemacht. Die Männer waren von den Neuerungen sofort begeistert, die Frauen waren skeptischer und befragten das Küchenpersonal, um sich ihre Vorurteile über die Kehrseiten der Innovationen bestätigen zu lassen. Ob das Essen nicht den Geschmack der Elektrizität annähme und bei der im Vergleich zur sanften Wärme eines Kohleherds starken Hitze nicht zu trocken würde?

Die Befragten verneinten scheu und mit niedergeschlagenem Blick. Eine Küchenmagd erdreistete sich sogar zu der Aussage, die Arbeit sei leichter geworden und gehe einem schneller von der Hand. Dieses Argument wurde allgemein überhört, hingegen waren sogar die skeptischsten Gäste bereit, die Vorteile eines Speisenaufzugs anzuerkennen. Statt alle Platten zwei Treppen nach oben tragen zu müssen, gelangte nun alles in eine neue Anrichte neben dem Esszimmer. Davon profitierten nicht nur die Kellner, die sich jetzt nicht mehr mit den schweren Silberplatten auf der Treppe drängen mussten, auf der man in der Eile leicht einmal stolpern konnte, das Essen war auch heißer, wenn es auf den Tisch kam.

Das Essen war solide und nicht extravagant. Fünf Gänge und als Hauptgang Seezunge und gefüllte Wildentenbrust. James hatte die außergewöhnlichen Weine ausgesucht. Er kümmerte sich mittlerweile selbstständig um den Weinkeller und bestellte, was er für nötig erachtete, bei Barry, Rudd & Bros. in London.

Das Dinner verlief ohne irgendwelche unpassenden Gesprächsthemen, nicht einmal der senile Vater Lady Elizabeths, der bei solchen Anlässen auch eingeladen werden musste, gab eine seiner vielen peinlichen Geschichten zum Besten oder beschwerte sich, dass man ihm trotz seiner großen Verdienste nur einen Order of the British Empire verliehen und ihn trotz beträchtlicher Spenden an das Imperial War Museum nicht geadelt habe.

Großmutter Sophy hatte die Tischordnung festgelegt und James genaueste Anweisungen erteilt. Der Vater der Schwiegertochter, »Mr.« Worthington, hatte seinen Platz neben ihr, damit sie ihn zumindest während des Essens unter Kontrolle hatte.

Eine Folge dieser Tischordnung – Lady Sophy und die

Jubilarin Lady Elizabeth flankierten den Gastgeber Albie – war, dass die zweitälteste Tochter Margie an der Tafel sechs Plätze nach unten wanderte und damit auch ihr Verlobter Sverre. Damit saßen die jungen Herren ausreichend weit voneinander entfernt und konnten sich nach dem leicht zu durchschauenden Gedanken Großmutter Sophys somit nichts Unpassendes einfallen lassen.

Margie und Sverre passte das ausgezeichnet. Beiden war es erspart geblieben, sich bei Tisch mit einem Schwachkopf abmühen zu müssen. Sie konnten sich damit amüsieren, Theater zu spielen. Margie gab – wie immer strahlend – die Rolle der Lady Margrete, obwohl Sverre zuweilen ein wenig errötete, wenn sie mit der Parodie zu weit ging.

Als Sverre ihr zuflüsterte, sie hätte Schauspielerin werden sollen, nahm sie ihr Kristallglas mit dem Manningham-Wappen und forderte ihn mit einem Blick auf, ihr zuzutrinken. Dann beugte sie sich mit einem engelsgleichen Lächeln zu ihm vor und flüsterte, diese verfluchte Rolle habe sie schon mit dreizehn beherrscht.

Als sie beide ihre Gläser wieder abstellten, streichelte sie ihm anzüglich über den Handrücken. Mit einer Miene, als würde sie über das Wetter oder die Fuchsjagd sprechen, fragte sie dann, wie es eigentlich um seine und Albies körperliche Liebe bestellt sei.

Er antwortete knapp, dass sie sich verdammt noch mal nicht in Bloomsbury befänden. Margie flüsterte zurück, das sei durchaus möglich, solange man sich nur mimisch den Anschein gebe, bei den Idioten in Manningham zu sein. Daraufhin streichelte sie ihn unter dem Tisch mit dem Fuß.

Margies skandalträchtiges Spiel – Lady Sophy wäre in

Ohnmacht gefallen, wenn sie etwas gesehen, gehört oder auch nur geahnt hätte – war erregend, überraschend erregend. Aber das eingefrorene Begehren, das sie in ihm weckte, richtete sich nicht auf sie, sondern auf Albie, der außer Hörweite fünfzehn Fuß entfernt saß.

Trotzdem war es, als hätte Albie sie gehört. Mitten in einer Unterhaltung mit seiner Mutter schaute er zu Sverre herüber, zupfte sich rasch an der Nase und lächelte. Das heimliche Zeichen kostete ihn nur eine Sekunde, ohne dass er die Unterhaltung deswegen hätte unterbrechen müssen.

Es durchfuhr Sverre wie ein elektrischer Stoß, und da er kein geborener Gentleman war, konnte er seine Reaktion nicht vor Margie verbergen. Sie hatte es gesehen, denn ihr entging an dieser Tafel nichts.

»Es war also recht kühl in Afrika?«, fragte sie ungerührt, als James ihr Rotwein nachschenkte und dann einen Schritt nach links zu Sverre trat.

»Ja«, sagte er. »Eigentlich kaum zu glauben, aber so war es. Besonders morgens und abends.«

»Wenn man am geilsten ist?«, fragte Margie, als sich James außer Hörweite der Unterhaltung befand, die scheinbar vom Wetter handelte.

»Unsere Schlafzimmer haben das Zimmer von Lord Delamere eingerahmt«, seufzte Sverre. »Und dieser Mann wird davon wach, dass ein Leopard an ihm vorbeischleicht. Außerdem hasst er die Sodomiten und reißt ständig enervierende Witze über dieses Thema.«

»Und das war vermutlich ebenfalls recht abkühlend.«

»In allerhöchstem Grade. Entschuldige mich einen Augenblick.«

Sverre suchte erneut Albies Blick am anderen Tischende, bewegte sein Messer in Richtung der Entenbrust, richtete dann aber die Messerspitze einen kurzen Augenblick auf Albie, ehe er ein Stück Ente abtrennte und mit einem Lächeln Albies belohnt wurde.

Margie entging dieses Spiel selbstverständlich nicht.

»Du brauchst nicht zu glauben, dass ich das nicht bemerkt habe«, sagte sie lachend, als ginge es um etwas Harmloses, über das feine Damen lachen durften. »Ich habe diese Streiche schon früher beobachtet, als wir noch alle hier gewohnt haben. Aber mir war nie klar, was diese Zeichen bedeuten. Lass mich raten, ein Ziehen an der Nase bedeutet …?«

»Nach dem Strafgesetzbuch *besonders unschickliche Handlungen unter Männern*«, antwortete Sverre fröhlich, als hätten sie über das Wetter gescherzt.

»Ich verstehe. Und dann bedeutet das Messer … Nein, Gott, daran will ein feines Mädchen vom Lande gar nicht erst denken.«

Sverre, der fand, dass das Spiel jetzt langsam zu weit ging, wechselte demonstrativ das Thema und bat Margie, ihm von Georges Seurat zu erzählen, von dem weder Albie noch er je gehört hatten. Den Rest des Dinners sprachen sie mit etwas lauterer Stimme über Kunst, scheel beäugt von ihren Tischnachbarn. Kunst, also moderne Kunst, war nämlich ein äußerst unpassendes Thema für ein Dinner in der feineren Gesellschaft, fast so, als würde man über Geld oder Politik sprechen.

Nach dem Dinner fanden sich die Gentlemen in Hausmänteln im Herrenzimmer ein und rauchten Pfeife, Zigarren oder Zigaretten. James servierte die Drinks. Sverre trat an die Bar, um sich selbst ein Glas einzugießen, was er sich als Bewohner Manninghams erlauben konnte. Das war natürlich eine Aufforderung, und Albie kam auch sofort zu ihm herüber, goss sich einen Whisky ein und mischte ihn mit ein wenig Wasser. Er lächelte Sverre an und sagte leise, aber unmissverständlich, es sei lange her, er sehne sich schrecklich und sei drauf und dran, verrückt zu werden.

»Ich auch. Wir müssen das hier irgendwie überstehen«, war die einzige Antwort, die Sverre einfiel.

»Ich habe eine Idee«, erwiderte Albie. »Du gehst voraus, weil es ja einige Zeit dauert, das Wasser in das griechische Bassin einzulassen. Schließlich können wir hier nicht Hand in Hand wegrennen.«

Dann ging er, Drink in der einen, Zigarette in der anderen Hand, zurück zu seinen Gästen, als hätte er keinen anderen Gedanken im Kopf, als sich mit ihnen zu unterhalten, über ihre Geschichten zu lachen und sich ihren konservativen Ansichten anzuschließen. Dass der Bergarbeiterstreik mit militärischen Mitteln beendet werden müsse, dass die Frauenrechtlerinnen zu weit gingen und dass Deutschland nicht größenwahnsinnig werden sollte.

Es regnete, als Sverre zur Ingenieursvilla spazierte. Er hielt das Gesicht nach oben, als wollte er alles abwaschen, was ihre Zeit in Afrika befleckt hatte. Sein Herz schlug schnell, er atmete heftig, er hätte gerne wie damals, als er in der Morgendämmerung durch die leeren Straßen Dresdens nach Hause gegangen war, laut gesungen. Vor Glück, nachdem er sich die halbe Nacht mit Albie über das Leben und die Kunst unterhalten hatte.

Jemand war im Keller gewesen und hatte den Boiler eingeschaltet, vermutlich Albie. Es gab also genug heißes Wasser.

Sverre hatte nicht sonderlich viel getrunken, tanzte aber trotzdem die Treppen hinauf und sang »Die Forelle«, zumindest die erste Strophe, die er konnte. Aus vollem Hals singend, triumphierte er über die unglückliche Phase, in der sie das Schlafzimmer eines charmanten und in vielerlei Hinsicht bewunderungswürdigen Mannes voneinander getrennt hatte, der aber leider mehr als alles andere Männer verachtete, die Männer liebten.

Bald, dachte er. Ich träume nicht. Bald ist es überstanden. Trotzdem hatte er es nicht eilig, denn es dauerte vierzig Minuten, das kleine blaue Bassin zu füllen. Als er den Hahn aufgedreht hatte, begab er sich in sein Zimmer, zog sich aus, hängte den regennassen Frack pedantisch über den stummen Diener, bürstete ihn aus und suchte nach Flecken. Dann legte er seine Manschetten- und Hemdknöpfe in ein Kästchen aus Walnussholz, warf Manschetten, Hemdkragen, Hemd und Unterwäsche in den Wäschekorb, zog einen Morgenmantel an und ging ins Bad. Bislang war das Wasser nur 5 Zoll tief, er stieg die Stufen hinunter und überprüfte die Temperatur. Albie fror immer sehr rasch, und das Wasser musste so warm wie möglich sein, um nicht abzukühlen, bevor Albie kam. Das Wasser war so heiß, dass Sverre seine Hand rasch zurückziehen musste. Alles war in bester Ordnung. Wenn die Temperatur konstant blieb, würde über eine Stunde vergehen, bis das Wasser zu kalt für Albie wurde.

Als Sverre das Fest verlassen hatte, hatten die Bedienten bereits zwei älteren Gentlemen auf ihre Zimmer geholfen. Der eine war der Reden schwingende Mr. Worthington gewesen, der leicht ausfällig geworden war, indem er angedeutet hatte, dass seine Brauerei seit Langem dem Haus

Manningham eine standesgemäße Existenz ermögliche. Offenbar spielte er auf die Mitgift von Lady Elizabeth an. Vor langer Zeit war aus Miss Worthington Lady Elizabeth geworden, und so etwas war weder ungewöhnlich noch gratis.

Im Morgenmantel drehte er, um nicht vor Ungeduld durchzudrehen, eine Runde durch das Obergeschoss und versuchte, sich auf triviale Dinge zu konzentrieren.

Albie konnte nicht aufbrechen, ehe sich die anderen Gentlemen auf ihre Zimmer zurückgezogen hatten. Gegen Ende ging das immer recht schnell, da niemand der Letzte sein, zu viel trinken und den Gastgeber daran hindern wollte, zu Bett zu gehen.

Nein, seine Sehnsucht ließ sich nicht länger mit solchen Bagatellen zügeln. Er nahm sich ein Buch über moderne Schiffbautechnik vor, gab aber auf, nachdem er den ersten Satz dreimal gelesen hatte, ohne ein Wort zu verstehen. Er ging ins Bad und überprüfte Wasserstand und Temperatur. Das Wasser aus dem Wasserhahn war kühler, aber das Bassin war inzwischen bereits mehr als zur Hälfte gefüllt. Er warf den Morgenmantel zu Boden, ging die Treppe hinunter und ließ sich mit ausgebreiteten Armen ins Wasser fallen. Die Hitze war beinahe schmerzhaft.

Er stieg aus dem Wasser, um sich abzukühlen, und öffnete eines der großen Bleiglasfenster. In der Ferne leuchtete Manningham House wie eine riesige Geburtstagstorte. Im dritten Stockwerk, in dem sich die Gästezimmer befanden, war bis auf zwei Fenster jedoch bereits alles dunkel. Vielversprechend. Nur zwei Zimmer, in denen die Gäste noch nicht zu Bett gegangen waren. Bei zwei Gästen im Herrenzimmer fand Albie sicher einen Vorwand, James zu bitten, sich um die Wünsche der Gentlemen zu kümmern, um sich zurückziehen.

Erneut unternahm er den verzweifelten Versuch, an etwas anderes zu denken, ohne Erfolg. Er konnte genauso gut aufgeben, sich seinen Fantasien hingeben und daran denken, wie er Albies geschmeidigen, eleganten und durchtrainierten Körper in den Armen halten würde.

Erneut entledigte er sich seines Bademantels und stieg ins Bassin. Jetzt war es beinahe voll, aber das Warmwasser war beinahe aufgebraucht. Er drehte den Wasserhahn ab, legte sich mit ausgebreiteten Armen auf den Rücken, schloss die Augen und sehnte sich, ohne an etwas anderes zu denken.

Als er die Augen wieder öffnete, stand Albie über ihn gebeugt am Beckenrand. Sverre hatte ihn gar nicht kommen hören.

Albie lächelte, sagte aber nichts. Er zog sein Zigarettenetui aus der Tasche und ließ es zu Boden fallen. Dann stieg er ruhig und selbstverständlich in seinen Kleidern die Treppe hinunter und watete auf Sverre zu. Das Wasser reichte ihm bis an die Brust. Er umarmte ihn, drückte ihn an sich und nahm seinen Kopf einen kurzen, schwindelerregenden Augenblick lang zwischen die Hände. Seit mehr als einem Jahr küssten sie sich zum ersten Mal wieder wild und leidenschaftlich. Sie taumelten eng umschlungen durchs Wasser, immer wieder im Kreis, ein Spiel, das sie früher gespielt hatten, allerdings noch nie in Frack und Lackschuhen.

Ihr Lachen war eine Befreiung. Sie lachten, konnten gar nicht aufhören, während sie unter gemeinsamen Anstrengungen Albie ein Kleidungsstück nach dem anderen auszogen und tropfnass auf den Beckenrand warfen, bis Albie endlich nackt war.

Sie liebten sich und spielten lange, auch noch lange, nachdem das Wasser für Albie eigentlich zu kalt geworden war, aber das schien ihm gar nicht aufzufallen.

Als die Kälte sie schließlich unerbittlich aus dem Bassin bibbernd ins selbe Bett trieb, schliefen sie bald eng umschlungen ein. Auch das war sehr lange her.

Am Morgen waren sie beide so verlegen, als wäre es das erste Mal gewesen.

Als sie im eigenen Esszimmer, der Bedienten wegen in Sonntagskleidung, frühstückten, versuchten sie erst über das Wetter oder andere gleichgültige Dinge zu sprechen, bis Sverre sich ein Herz fasste und sagte, dass es ihm vorkäme wie nach dem ersten Mal. Albie wurde sofort ernst.

»Das war es auch«, erwiderte er zögernd. »Es war das erste Mal in unserem zweiten Leben. Erinnerst du dich, als wir vor einigen Jahren auf dieser Brücke auf der Hardangervidda standen?«

»Ja, sehr gut. Die Aussicht war wunderbar.«

»Ja, das war sie. Und du hast dort sehr gewichtige Worte ausgesprochen. *Bis dass der Tod uns scheidet*. Ich war in diesem Augenblick so sprachlos, dass mir keine Erwiderung einfiel, was in dem Moment wahrscheinlich auch gut war. Angesichts der Dinge, die später geschehen sind und über die wir nie mehr zu sprechen brauchen. Ich schwöre es, Sverri. Jetzt leben wir in unserem zweiten Leben, bis dass der Tod uns scheidet. Okay?«

Sverre wollte sich gerade erheben, um Albie zu umarmen, besann sich dann aber blitzschnell eines anderen, nahm eine Serviette und tupfte sich die Augenwinkel ab, da gerade ein Küchenmädchen mit Bacon und gebratenen Würstchen eintrat.

Als sie in den kühlen, bewölkten Morgen traten, hatten sie das Gefühl, gereinigt und frisch verliebt zu sein. Beide waren überzeugt davon, wirklich etwas Neues zu beginnen. Das gemeinsame Leben war nicht mehr so unsicher wie vor und nach der langen Pause in Afrika. Jetzt konnten sie sorgenfrei die nahe und auch die fernere Zukunft planen.

Auch auf Manningham konnte das frühere Leben wieder aufgenommen werden, möglicherweise etwas stärker mechanisiert. Sie unternahmen einen Ausflug mit dem Automobil, statt wie früher über die Ländereien zu reiten. Sie wechselten sich beim Fahren ab und unterhielten sich über Motoren und Fahrtechnik. Albie hatte erst deutsche Automobile anschaffen wollen, da diese natürlich viel besser waren als die englischen. Aber das neue englische Unternehmen Rolls-Royce hatte den Gutsbesitzern ein besonders attraktives Angebot unterbreitet, das abzulehnen eine Dummheit gewesen wäre. Die beiden silbernen Fahrzeuge mit den roten Ledersitzen im Gainsborough-Stil hatten auch nicht viel mehr gekostet als ein besserer Landauer.

Im Fahrtwind – der Fahrersitz war offen – ließ es sich leichter atmen. Nichts schien mehr unmöglich, über alles ließ sich reden. Albie hatte bislang nicht damit herausrücken wollen, dass er, um finanzielle und praktische Neuerungen durchzuführen, mindestens einen Monat auf dem Gut zubringen musste. Ebenso hatte Sverre verschwiegen, dass er die nächsten Monate gerne in Bloomsbury verbringen wollte, um die Gemälde seiner Afrikaserie fertigzustellen oder auch neu zu malen. Plötzlich waren sie sich sofort und mühelos einig. Sverre würde sein Material in das Atelier in der Ingenieursvilla bringen, dann konnten sie sich parallel an den hohen Künsten und der profanen Wirklichkeit abarbeiten.

Mit Letzterem meinte Albie die Verwaltung des Gutes. Dafür brauchte er einen Vertrauten an seiner Seite, vor dem er sich seiner Unsicherheit wegen nicht zu schämen brauchte und mit dem er schwierige Probleme erörtern konnte.

Erstaunt wandte Sverre ein, dass ein abgedankter Eisenbahningenieur und Kleckser bei agronomischen oder finanziellen Problemen wohl kaum eine große Hilfe wäre.

Doch, meinte Albie, denn die Probleme seien nicht technischer, sondern menschlicher Natur. Technische Fragen ließen sich rational mit dem Rechenschieber und einer Kalkulation lösen. Bei zwischenmenschlichen Fragen sei das etwas ganz anderes. Über diese könne er unmöglich mit seiner Mutter sprechen, mit seiner Großmutter Sophy noch viel weniger und am allerwenigsten mit dem Verwalter und dem Vorarbeiter.

Es ging um die überzähligen Bediensteten. Sowohl im Haushalt als auch in der Landwirtschaft waren inzwischen knapp siebzig Personen beschäftigt, aus rein wirtschaftlichem Aspekt dreißig zu viel. Es gab mehr Beschäftigte als Arbeit, was eine unvermeidliche Folge der Mechanisierung war.

Albies Mutter, von seiner Großmutter ganz zu schweigen, würde die Dimension des Problems nicht erfassen. Unverzüglich und ohne zu zögern, würde sie so viele Leute entlassen wie nötig. Sie hatten schon immer Dienstboten entlassen, mal weil es wirklich nötig war, nachdem jemand etwas stibitzt oder gestohlen hatte, dann wieder aus dem unbarmherzigeren Grund, dass eine Magd schwanger geworden war. Und in seltenen Fällen weil, zu Recht oder Unrecht, vermutet einer der Gentlemen mit einem der aufwartenden jungen Dinger zu intim geworden war. Eine weinende Magd wegzuschicken war emotional so aufwendig, wie sich die Nase zu pudern. Nicht etwa weil sie besonders grausam oder gefühlskalt gewesen wären, das waren sie nicht, sondern weil eine untergegangene Zeit sie geprägt hatte.

Mit dem Verwalter, dem Buchhalter und ähnlichen Bediensteten konnte er solche Angelegenheiten nicht besprechen. Sie waren vom Geist der viktorianischen Zeit in der Hinsicht geprägt, dass für sie ein Arbeiter einen Produktionsfaktor darstellte, der ein gewisses Pensum zu einem gewissen Preis zu leisten hatte. Für sie ging es ausschließlich um den Ertrag.

Mutter Elizabeth und Großmutter Sophy hatten überhaupt keinen Einblick in die Finanzen. Für sie war Geld so selbstverständlich, als stünde im Keller eine Druckmaschine für Banknoten. Sie hatten beide keinerlei Verständnis dafür aufgebracht, dass Albie das palastähnliche Haus in Mayfair verkauft hatte, obwohl Manningham House nur so überhaupt wieder auf die Füße gekommen war. Er hatte sie damit getröstet, dass ihnen stattdessen eine Suite im Hotel Coburg, dem besten Etablissement Londons, zur Verfügung stand. Das hatten sie für eine höchst standesgemäße Extravaganz gehalten und gar nicht begriffen, dass die Suite inklusive Champagner und Dinnerparty nur ein Fünftel so viel kostete wie der Unterhalt des Hauses in Mayfair.

Kurz gesagt, Albie benötigte moralische Unterstützung, jemand, mit dem er die Probleme unter menschlichen statt finanziellen Gesichtspunkten erörtern konnte. Er wollte niemanden entlassen und natürlich auch niemanden einstellen. Auf lange Sicht würde sich das Problem also lösen.

Sie konnten im Sommer also malen, den alten Kutschern das Autofahren und das Reparieren von Automobilen beibringen und beim Abendessen die moralischen Probleme erörtern, die durch überflüssige Bedienstete, die sie nicht einfach wegschicken konnten, auftraten. Nachts würden sie sich wie früher lieben. So sah Albies Plan zumindest aus.

Sverre scherzte, die perfekte Lösung sei eine bolschewistische Revolution. Albie wandte trocken ein, dass damit die bürgerliche Malerei und die Freuden der hellenistischen Liebe ein Ende hätten. Sie müssten also eine reformistisch-humanistische Lösung finden und einen herrlichen Sommer zusammen verbringen.

*

Roger Fry, Clive Bell und ihr Partner beim Ausstellungsprojekt, Desmond McCarthy, hatten bei ihrer zweimonatigen Einkaufsreise nach Paris einiges erreicht. Mit 35 Gemälden von Gauguin, 22 von van Gogh, 21 von Cézanne, etwa 10 von Manet sowie einigen Dutzend von unbedeutenderen Malern wie Georges Seurat kehrten sie zurück.

Die Galeristen von Grafton Galleries waren abwechselnd Feuer und Flamme und entsetzt über diesen Überfluss, der wie eine künstlerische Bombe in England einschlagen würde.

Sverre und Margie waren behilflich, die Bilder zu hängen. Sie arbeiteten in einem Glücksrausch und waren davon überzeugt, die schönste und beste Kunstausstellung der Weltgeschichte zusammenzustellen. Die frühen Impressionisten in Paris hatten sich mit viel kleineren Ausstellungen begnügen müssen, und während der klassischen Periode hatten überhaupt keine öffentlichen Ausstellungen stattgefunden, da damals die Kunst nicht für das Volk, sondern nur für die Oberschicht bestimmt gewesen war. Am meisten überraschten Sverre die Variationen in Dunkelblau, die ihm selbst vorgeschwebt hätten, wie er behauptete, und dass er sogar schon vor Afrika damit experimentiert habe. Jetzt fand er sie in einer Sternennacht an der Rhône von van Gogh wieder und in zwei Gemälden Cézannes, die *Die Badenden* und *Château Noir* hießen. Die Badenden waren am faszinierendsten, zehn Nackte in einer blauen Nacht, gruppiert wie zum Tanz oder bei einer heimlichen Versammlung. Aus diesem mystischen Dunkel bewegte Cézanne sich zu einfachen Stillleben mit Früchten, die auf den ersten Blick nichts anderes zu enthalten schienen als die sicheren Farbkombinationen, die die Wirklichkeit unwirklich und dann wieder wirklich werden ließen. Das, womit Sverre ständig kämpfte, sah bei Cézanne so einfach aus.

Am meisten beeindruckten Margie und Sverre bei van Gogh die unerhörte Selbstsicherheit bei den Farben und die breiten, weit ausholenden Pinselstriche. In der Nacht vor der Vernissage – sie hatten ihre Langsamkeit mit vielen zusätzlichen Arbeitsstunden bezahlen müssen – kehrten sie in das Atelier am Gordon Square zurück. Sverre zeigte Margie, wie van Gogh gearbeitet hatte. Rasch imitierte er eine Sonnenblume des Meisters, er trug eine Farbschicht nach der anderen auf und arbeitete ebenso viel mit dem

Palettenmesser wie mit dem Pinsel. Gelegentlich benutzte er sogar die Finger. Auf der Leinwand entstand eine gelungene Kopie. Margie war beeindruckt, und Sverre gab mit leiser Stimme zu, dass das sein ewiges Problem sei. Er sei ein hervorragender Kopist, aber nie so frei, selbstständig und selbstbewusst wie ein Cézanne oder van Gogh, die direkt mit ihren Gefühlen malten, ohne eine Sekunde lang daran zu denken, was ihre Umwelt finden oder bezahlen würde. Von dieser Technik – breite, rasche Pinselstriche, mehr Farbe – solle sich Margie inspirieren lassen, meinte Sverre. Das würde besser zu ihrer Vorliebe für Collage und Abstraktion passen als ihre vorsichtige Pinselführung. Außerdem solle sie versuchen, mit dem Palettenmesser zu arbeiten.

Einer der in Paris erworbenen Meister, mit dem Sverre sich verglich, war Gauguin, dessen Südseebewohner stark an Sverres Massai erinnerten. Als Margie einwandte, dass ja wohl ein beträchtlicher Unterschied zwischen den Massai und Südseebewohnern bestünde, sagte Sverre eingeschnappt, so möge es wirken, wenn man nur die Motive und die körperlichen Eigenschaften der Modelle betrachte. Aber nicht darin bestehe die Ähnlichkeit, sondern dass es gelungen sei, das Exotische menschlich zu gestalten. Das sei ein schwieriger Balanceakt, der erforderte, dass man sich von der Vorstellung befreite, dass der andersartige Mensch auch wirklich andersartig war. Besser könne er es nicht erklären, aber darin bestehe also die Ähnlichkeit zwischen ihm und Gauguin.

Bei der Vernissage am folgenden Tag herrschte großer Andrang. Die Besucher waren begeistert, und bald klebten neben der Hälfte der Gemälde rote Zettel. Die Ausstellung war also kommerziell erfolgreich. Es war auch nicht so andächtig still wie sonst immer bei Kunstausstellungen, sondern überall wurde lebhaft diskutiert. Sogar fröhliches Gelächter war hier und da zu hören.

Unter den vielen bekannten und unbekannten Besuchern begegneten Sverre und Albie, die neben den jetzt fröhlich-entspannten und nicht mehr nervösen Arrangeuren Clive und Roger standen, einem Bekannten aus dem Muthaiga Country Club in Nairobi. Sicherheitshalber stellte dieser sich ihnen ein weiteres Mal vor. Es war Denys Finch Hatton. Er sprach Roger seine Bewunderung für seine Kunstvorlesungen aus, die er immer sehr geschätzt habe.

Diese Begegnung war verblüffend. In Nairobi hatte Denys erzählt, dass er einen Hof westlich von D's Anwesen gekauft habe, von dem er im Übrigen grüßen solle, aber trotzdem die Absicht habe, sich ganz auf die professionelle Jagd zu verlegen.

Als sich Albie nach der Jagd erkundigte, horchte Clive Bell auf und erzählte, dass er selbst des Öfteren in British Columbia gejagt habe, und zwar überwiegend Bären, Elche und Weißschwanzhirsche. Albie ließ es sich daraufhin nicht nehmen zu erzählen, dass er bis auf den Elefanten alle fünf Großwildarten geschossen habe. Der Elefant fehle ihm auch nur, weil ihm bislang keiner mit ausreichend großen Stoßzähnen, also mit einem Gewicht über 175 Pfund, vor die Flinte gelaufen sei.

Sverre war verblüfft. Dass sich der Kunstkritiker und Maler Clive für etwas Primitives wie die Jagd interessierte, hätte er nie gedacht. Oder auch dass der demonstrativ männliche Denys Finch Hatton sich für moderne Kunst interessierte.

Das alles konnte natürlich nur auf eine Art enden. Nach dem Vernissagedinner nahmen sie Denys und Clive an den Gordon Square mit und erzählten sich die ganze Nacht lang Jagdgeschichten, eine heldenhafter und dramatischer als die andere. Sverre hatte nicht viel beizutragen, erst als Denys begann, über einen Roman André Gides im neuen psychologischen Stil zu sprechen, *Die enge Pforte*, den er jetzt bereits zum zweiten Mal las, wobei ihm vieles auffiel, was ihm bei der ersten Lektüre entgangen war.

Dann wurde wieder über die Jagd gesprochen und noch mehr Whisky getrunken, zu viel Whisky. Rheinwein passte nicht zu Jagdgeschichten. Sverre zog sich mit der Bemerkung zurück, er zumindest habe genug getrunken, um schlafen zu können, ohne sich den Kopf zu zerbrechen, was die Zeitungen am nächsten Tag schreiben würden. Außerdem interessiere er sich nicht für die Jagd. Albie war überzeugt, dass die Besprechungen positiv ausfallen würden, das habe während der gesamten Vernissage in der Luft gelegen. Dann begann er von seinem ersten Büffel zu erzählen.

Dass die Besprechungen ein totales Fiasko beschrieben, wäre noch eine Untertreibung gewesen. Auch ein Wort wie Katastrophe war noch zu milde.

Das Durchschnittsurteil formulierte der einflussreiche Kritiker Charles Ricketts, der sich fragte, ob wirklich erwartet werde, dass jemand diesen Müll ernst nehme.

Cézanne wurde als gänzlich unbegabter Künstler bezeichnet, den alle klecksenden Fünfjährigen übertrafen. Die Kritiker beschrieben die Ausstellung »Manet und die

Post-Impressionisten« abwechselnd als Ausdruck von Geisteskrankheit und Bedrohung der europäischen Kultur, als Angriff auf sowohl die Ästhetik als auch den Gedanken. Es gab keine untere Grenze für die Widerwärtigkeiten, mit denen sich die Kritiker in ihren Vergleichen zu überbieten suchten. Einer von ihnen bezeichnete die Ausstellung als Landesverrat, indem er einen Zusammenhang mit der Bedrohung durch das erstarkende Deutschland herstellte oder eine indirekte Zusammenarbeit mit den streikenden Bergarbeitern in Wales vermutete, die England vom Westen bedrohten, während diese pervers degenerierte Kunst England, den guten Geschmack und die Sitten vom Osten gefährdeten.

Nie zuvor, meinte die *Times*, sei eine solche Kombination an Geschmacklosigkeit und Mangel an Gefühl für Form und Inhalt in England ausgestellt worden, deswegen müsse diese Froschesser-Kunst baldmöglichst wieder dorthin verfrachtet werden, wo sie hingehöre, nämlich in das degenerierte Frankreich.

Der Höhepunkt der Kampagne war erreicht, als es der Londoner Presse zu allem, was über den Skandal in den Grafton Galleries bereits gesagt worden war, noch gelang, Gauguin mit dem vollkommen aus dem Ruder gelaufenen und an Landesverrat grenzenden Kampf um die Rechte der Frauen in Verbindung zu bringen. An dem Tag, der als Schwarzer Freitag in die Geschichte einging, gelang es den Suffragetten, mit der fatalen Emmeline Pankhurst an der Spitze noch größeres Unglück anzurichten.

Pankhurst führte eine Demonstration mit dem harten Kern ihrer Bewegung, etwa dreihundert wütenden Frauen, zum House of Parliament an, in das sie Steine werfend einzudringen suchten. Anfänglich hielt die Polizei die nicht allzu bedrohlichen Demonstrantinnen nur in Schach, aber dann gab der neue konservative Innenminister Winston Churchill den Befehl durchzugreifen. Begeistert rissen Polizisten die Kleider der Frauen in Fetzen, misshandelten sie mit Schlagstöcken und Peitschen und schleppten sie halb nackt zu den mit Pferden bespannten Gefangenenwagen, um sie wegzuschaffen.

Die Wut der Presse richtete sich natürlich gegen Pankhurst und ihre Hooligans, die auf unanständigste Weise die ehrbare Londoner Polizei dazu gezwungen hatten, in Anbetracht der Tatsache, dass es sich bei den Hooligans um Frauen handelte, zu ungewöhnlich harschen Methoden zu greifen. Die Schuld an dieser Geschmacklosigkeit traf die Suffragetten natürlich selbst. Dagegen war vielleicht gar nicht so viel einzuwenden, zumindest nicht aus einer künstlerischen Perspektive.

Mehrere Zeitungen ereiferten sich, einen Zusammenhang zwischen den Suffragetten-Hooligans und Manet, van Gogh und Cézanne herzustellen. Die Logik war bedeutend schwächer als die allgemeine Entrüstung. Offenbar bestand ein Zusammenhang zwischen perverser Kunst und Hooliganismus. Die totale Verachtung von Anständigkeit und Kultur musste als die große Bedrohung Europas betrachtet werden. Dazu kam noch die Gefahr einer deutschen Invasion Englands.

In Bloomsbury fielen die Reaktionen auf diese Kanonade von Verurteilungen höchst unterschiedlich aus. Roger Fry war am Boden zerstört, sein Ruf als Rezensent und Kunstkritiker war hin. Jetzt würde er keinesfalls mehr die angestrebte Professur in Oxford bekommen.

Albie und Sverre störte am stärksten die immer häufiger vorgebrachte Behauptung, dass eine Besetzung Englands durch Deutschland drohe. In den Zeitungen erschienen Karikaturen, Monster mit Pickelhauben, grauen Uniformmänteln und riesigen Bierbäuchen. So wurden die Deutschen, die mit aufgerissenen Mäulern und Fangzähnen die ganze Welt zu verschlingen drohten, schon seit geraumer Zeit mit Vorliebe dargestellt.

Diese Bedrohung war ebenso unbegreiflich wie die Behauptung, van Gogh und Cézanne würden die Ordnung Europas gefährden. Das alles war ein albtraumhafter Irrsinn. Irrsinn deswegen, weil keine deutsche Bedrohung Englands existierte, und albtraumhaft, weil die Londoner Presse diese Behauptung ständig und als allgemein akzeptiert wiederholte.

Margie, Vanessa und Virginia lehnten sich, zumindest anfänglich, auf. Bis ihnen diese verdammte Emmeline Pankhurst in die Quere kam. Aber als Provokation innerhalb der starren und fantasielosen englischen Kunstwelt hatte die Ausstellung ausgezeichnet funktioniert. Was hatten die Herren eigentlich erwartet? Ein Lob der *Times*, bei der das Kunstverständnis kaum das Niveau der Fünfjährigen erreichte, auf dem sich Cézanne angeblich befand? Der aggressive Antagonismus konnte also als haushoher Sieg aufgefasst werden.

Dic Männer ließen sich nicht von dem weiblichen Heroismus überzeugen. Einige murrten außerdem, dass die Frauen des Freundeskreises die Sache nicht besser gemacht hätten, als sie aus Verehrung für Gauguin mit entblößtem Oberkörper bei einem Fest in Chelsea erschienen seien. Einige Gäste seien ohnmächtig geworden, andere hatten das Fest erzürnt verlassen, und der Londoner Presse hatte sich eine neue Gelegenheit geboten, sich darüber auszulassen, dass die französische Perversion und Kunstsabotage ein weiteres Mal ihr Gift in der Stadt verbreite.

Beim Streit innerhalb des Freundeskreises gab es ungewöhnlicherweise eine männliche und eine weibliche Fraktion. Etwas versöhnlicher gestimmt wurden die Frauen trotz ihrer Prinzipien, als der *Telegraph* in einem großen Artikel Roger Fry für verrückt erklärte. Nur so sei nachvollziehbar, dass er diese fürchterlichen Irrenhausbilder ausstellte. Möglicherweise sei sein Wahnsinn dadurch zu erklären, dass man seine Ehefrau in eine Irrenanstalt eingewiesen habe.

Leider entsprach das der Wahrheit. Roger Frys Ehefrau Helen befand sich tatsächlich in einer Nervenheilanstalt, und die Prognose war laut den Ärzten schlecht.

Die verrückte Steinewerferin und Brandstifterin Pankhurst brachte die Bloomsbury-Frauen schließlich dazu, ihre Wut auf etwas anderes zu richten. Mit »Tieren« und »Geisteskrankheit« in Verbindung gebracht zu werden, wie in der konservativen Presse geschehen, war eine Sache. Aber in einem Atemzug mit der Pankhurst genannt zu werden, ging dann doch zu weit. Niemand hatte dem Kampf um das Frauenwahlrecht so sehr geschadet wie diese fürchterliche Frau. Virginia erinnerte daran, dass noch fünf Jahre zuvor eine halbe Million Menschen für das Frauenwahlrecht demonstriert hätte. Mit wie vielen Gesinnungsgenossinnen hatte die Pankhurst die Polizisten vor dem Parlament angegriffen? Mit dreihundert. Damit war alles gesagt. Sie war die einzige Frau in England, die die Einführung des Frauenwahlrechts in England verhindern konnte. Alle Frauen in Bloomsbury hatten inzwischen einen Hass auf sie.

Die roten Zettel an den Gemälden, für die sich am ersten Tag Käufer gefunden hatten, verschwanden wieder. Einer nach dem anderen entschuldigte sich damit, dass ihm ein Irrtum unterlaufen sei. Obwohl es nicht zum guten Ton gehörte, genauso wenig wie bei einer Auktion nicht zu seinem Gebot zu stehen, konnten sie keine zehn Pferde dazu bringen, Besitzer eines billigen van Gogh, Cézanne oder, noch schlimmer, eines Gauguin zu werden.

Albie bemerkte trocken, er habe damit offenbar einiges an unverkäuflicher Kunst am Hals. Dieses Schicksal teilte er mit dem gesamten Bloomsbury-Freundeskreis, der das Geld vorgestreckt hatte. Bei ihnen würden in Zukunft etliche unverkäufliche Gemälde an den Wänden hängen.

Sverre brauste auf, dass es sich um wunderbare Werke handele, insbesondere die Beiträge des am wenigsten bekannten Malers, van Gogh, die jetzt für eine sehr geringe Summe zu haben seien. Da gebe es doch wohl nichts zu klagen!

Es seien etwa fünfzig vernichtende Besprechungen in der Londoner Presse erschienen, aber immerhin hätten 50 000 Besucher die Ausstellung in kurzer Zeit gesehen und die meisten von ihnen im Gegensatz zu den Rezensenten verstanden, was sie gesehen hatten. Da sie jedoch Engländer seien, hätten sie es nicht gewagt, das laut zu sagen, nachdem die Obrigkeit begonnen habe, von Perversion und der deutschen Bedrohung zu sprechen. Er selbst stehe zu seiner Begeisterung für die Van-Gogh-Gemälde, die sich jetzt dank der verstockten Londoner Presse in seinem Besitz befänden. Von diesen Bildern würde er sich nie mehr trennen, höchstens, wenn der Tod sie scheide, scherzte er und umarmte Albie, der bei dem missglückten Kunstgeschäft am meisten Geld verloren hatte.

»All right«, meinte dieser. »Jetzt heißt es, Haltung bewahren. Es hätte schlimmer kommen können, als dass hier plötzlich eine Menge van Goghs an den Wänden hängen.«

*

Es handelte sich um eine Katastrophe fast biblischen Ausmaßes. Und wäre Lady Sophy nicht gerade auf dem Privatfriedhof von Manningham beigesetzt worden, wären Albie, Sverre und Margie ebenfalls an Bord gewesen. Die drei hatten im letzten Augenblick absagen müssen, um die Beerdigung an Pennies und Gals Rückkehr nach Mombasa anpassen zu können. Lord Dorset und seine Ehefrau hatten die Suite, die Albie an Bord gemietet hatte, dankbar übernommen.

Lady Dorset gehörte zu den Überlebenden, so wie Margie vermutlich ebenfalls überlebt hätte, denn offenbar war es Brauch, die Frauen aus der ersten Klasse als Erste zu retten. Aber Lord Dorset, der häufig auf Manningham bei Albies Vater zu Gast gewesen war, war tot, so wie Albie und Sverre vermutlich ebenfalls umgekommen wären.

Der Donnerstagabend in Bloomsbury war ungewöhnlich gut besucht. Außer denen, die immer dort waren, wie Virginia, Vanessa und Clive, erschien Keynes zusammen mit Lytton Strachey und ihrem Philosophenfreund Bertrand. Der große Unterschied dieses Mal war, dass man sich den gesamten Abend auf ein einziges Gesprächsthema konzentrierte.

Die erste Frage war rein technischer Art und wurde von allen Seiten an die ausgebildeten Ingenieure in der Runde, Albie und Sverre, gerichtet.

Die Titanic sei doch unsinkbar gewesen?

Die einfachste Antwort darauf wäre vielleicht gewesen, dass die Wirklichkeit zweifellos das Gegenteil bewiesen hatte. Aber fast 2000 Menschen waren umgekommen, die genaue Zahl war noch nicht bekannt, und deswegen lud dieser Abend nicht zu den üblichen Zynismen und Scherzen ein. Albie und Sverre versuchten sich stattdessen mithilfe von Sverres Skizzenblock, der auf einer von Vanessa geliehenen Staffelei mitten im Zimmer stand, an einer technischen Erklärung.

Die Behauptung der Unsinkbarkeit basiere darauf, dass ein Schiff durch Schotten in Sektionen aufgeteilt sei. Wenn nur eine Sektion von Wasser gefüllt werde, sei das unproblematisch, auch bei zwei, drei oder sogar vier wassergefüllten Sektionen.

Sverre zeichnete und erklärte.

Es wäre besser gewesen, wenn die Titanic den Eisberg frontal getroffen hätte. Dann wären zwar auch große Schäden entstanden, aber der Liner wäre nicht gesunken. Offenbar hatte das Schiff den Eisberg also schräg gerammt, und dadurch sei ein Schlitz über zu viele Sektionen hinweg entstanden.

Düster betrachteten alle Sverres erklärende Skizze.

Nach einer kurzen Stille wollte Virginia wissen, warum es nur Rettungsboote für die Passagiere der ersten und zweiten Klasse gegeben habe und warum die große Mehrheit an Bord, die Dritte-Klasse-Passagiere, zum Tode verurteilt gewesen sei.

Die Frage war an Sverre und Albie gerichtet, die neben dem Skizzenblock standen. Sverre zögerte. Er fand, das sei eher eine politische und moralische denn eine technische Frage.

Er wusste nicht, was er antworten sollte. Schließlich blätterte Albie den Skizzenblock um und zeichnete rasch eine Skizze der Titanic mit ihren vier Schornsteinen. Dann markierte er eine Reihe an der Seite aufgehängter Rettungsboote.

»Wie ihr seht, benötigen die Rettungsboote viel Platz«, sagte er nüchtern-sachlich. »Man hätte insgesamt zwanzig oder fünfundzwanzig weitere Rettungsboote gebraucht, um auch die Dritte-Klasse-Passagiere zu retten.«

Er skizzierte rasch, wie der Dampfer dann ausgesehen hätte. Rettungsboote überall. Wenig ansprechend, war seine Schlussfolgerung. Es handelte sich also eher um eine philosophische Fragestellung – hier wandte er sich an Bertrand –, wie zu erklären sei, dass die Mehrheit der Passagiere umgekommen war. Waren sie dem Design des Dampfers zum Opfer gefallen?

Alle sahen Bertrand an.

»Es ist furchtbar, aber leider höchst relevant, die Frage so zu stellen«, sagte er, nachdem er demonstrativ und in eine Wolke aus Pfeifenrauch gehüllt nachgedacht hatte. »Aber das Design ist weniger wichtig als das Leben der Erste-Klasse-Passagiere. Die treffende Antwort muss also lauten, dass die Toten in den Augen der Schiffskonstrukteure, der Reederei und der britischen Behörden, die die Konstruktion genehmigt haben, weniger wert sind. Kurz gesagt in den Augen der heutigen Gesellschaft. Das Leben eines Dritte-Klasse-Passagiers ist nicht mehr wert als das eines Deutschen oder eines Buren, von dem eines Massai oder Zulu ganz zu schweigen.«

Es wurde bedrückend still und dauerte eine Weile, bis die Unterhaltung erneut in Gang kam. Die Stimmung war auch durch ein paar Scherze nicht mehr zu retten. Nicht einmal Lytton unternahm einen Versuch.

Mit bleichem Gesicht setzte sich Sverre wieder. Er stand unter Schock und goss sich mit zitternder Hand ein großes Glas Whisky ein.

Nur Albie und Margie kannten den Grund für seinen Zustand.

Seine gesamte afrikanische Bildserie, die in zehn Tagen in New York hätte ausgestellt werden sollen, war untergegangen.

Der energische Denys Finch Hatton hatte ihm zu dieser wunderbaren Möglichkeit verholfen. Jack van Deverer, ein Kunde, den er häufiger auf die Jagd in Afrika mitnahm, war schwerreich, Kunstsammler, Mäzen und Mitbesitzer einer der mondänsten New Yorker Galerien und zufällig in London und bei der Ausstellung »Manet und die Post-Impressionisten« gewesen. Begeistert hatte er einige Gemälde erworben, aber nicht mehr, als auf der Heimreise nach New York in seiner Kabine Platz fanden. Er hatte sich nicht davon beeindrucken lassen, was in den Zeitungen gestanden hatte, und war vom Kauf nicht zurückgetreten. Zufällig war er dann vor den Grafton Galleries seinem afrikanischen Jagdführer Denys begegnet. Anschließend war alles ganz schnell gegangen. Denys hatte seinen afrikabegeisterten Kunden nach Bloomsbury mitgenommen, ihn Sverre vorgestellt und diesen gebeten, ihnen einige Bilder aus der afrikanischen Serie zu zeigen, die laut Denys das

Beste darstellte, was in dieser Art je gemalt worden war. Der Amerikaner hatte seine Auffassung geteilt.

Es erschien wenig ratsam, nach dem großen Fiasko mit den französischen Gemälden bei Grafton Galleries auszustellen. Albie hatte die Räume zwar reserviert, weil er fand, dass es für Sverre an der Zeit sei, sich der Öffentlichkeit zu stellen, um endlich allgemeine Anerkennung zu finden. Aber nach dem, was Gauguin widerfahren war, erschien das nicht mehr so selbstverständlich und einleuchtend. Die Lösung lautete also New York.

Als sich Albie, Sverre und Margie gezwungen gesehen hatten, ihre New-York-Reise aufgrund des Begräbnisses ihrer Großmutter einzustellen, hatten sie beschlossen, die fünfzig afrikanischen Gemälde, das Ergebnis zweijähriger harter Arbeit, schon mal auf dem unsinkbaren Dampfer Titanic vorauszuschicken.

Sverre sprach kaum über den Verlust, und Albie und Margie verstanden sehr gut, warum. Lady Sophys unerwarteter Schlaganfall und Tod hatte ihnen das Leben gerettet, denn sonst wären sie zusammen mit den Gemälden untergegangen. Unter diesen Umständen konnte sich Sverre kaum beklagen.

Schließlich erdreistete sich dann doch jemand, einen Scherz zu machen. Es war Keynes.

»Freuen wir uns zumindest darüber, dass es kein deutscher Eisberg war«, meinte er, und einige der Anwesenden lächelten vorsichtig.

Es war klar, worauf er anspielte. In den zahlreichen Artikeln über den Untergang der Titanic war es um die einzigartige englische Heldenhaftigkeit gegangen. Der Kapitän hatte »Be British!« gerufen, um bei der Panik für Ruhe zu sorgen, und das englisch-disziplinierte Schiffsorchester »Nearer My God to Thee« gespielt und erst aufgehört, als das eiskalte Wasser in die Blasinstrumente gelaufen war. Einige Gentlemen hatten scheinbar ungerührt an der Reling gestanden, ihren Frauen zum Abschied zugewinkt, ihre letzte Zigarette geraucht, die Kricketmeisterschaften diskutiert und bedauert, das Pferderennen in Ascot zu versäumen. Diese Geschichte konnte jedoch kein Überlebender bezeugen. Aber, wie man in Zeitungskreisen sagte, es gab auch niemanden, der sie dementieren konnte.

Der Presse und den Behörden gelang es bald, das Fiasko in einen Triumph englischen Heldenmuts zu verwandeln. Niemand auf Erden ertrank so elegant in eiskaltem Wasser wie ein englischer Gentleman.

Anschließend war, wie in diesen Zeiten üblich, der Schritt nicht weit zu den üblichen Diskussionen über die von Deutschland ausgehende Bedrohung, das die Frechheit besaß, seine Flotte zu vergrößern, über die Notwendigkeit für Großbritannien, seine Kontrolle über die Weltmeere zu stärken, und, kurz gesagt, über die Notwendigkeit, einen Krieg gegen Deutschland zu führen.

»Ich habe über das friedliebende England und das kriegerische Deutschland einmal Bilanz gezogen«, meinte Bertrand leise, zündete erneut seine Pfeife an und zog einen Zettel aus der Brusttasche seines Jacketts. »Mit Waterloo angefangen, hat sich England zehn Mal im Krieg befunden, Russland sieben Mal, Frankreich lustigerweise nur fünf Mal, Österreich fünf Mal und Preußen, das spätere Deutschland, drei Mal, einschließlich des Deutsch-Französischen Krieges 1870, und damals war Frankreich der Angreifer.«

»Ja, das ist, ganz objektiv gesehen, die Wahrheit«, meinte Keynes. »Wir haben die meisten Kriege geführt und Deutschland die wenigsten. Aber erzähl das mal den Holzköpfen, die die Leitartikel in der *Times* verfassen, und sie werden dich lauthals des Landesverrats bezichtigen. Die Wahrheit spielt keine Rolle. Man kann sich fragen, warum in der Fleet Street und in Whitehall ein Krieg mit Deutschland gefordert wird. Das ist mir, ehrlich gesagt, ein Rätsel. Außerdem wirkt es angesichts der technischen Entwicklung recht riskant. In dieser Hinsicht sind wir Deutschland nicht unbedingt voraus.«

»Nein, aber was die Kavallerie betrifft, schon«, murmelte Bertrand. »In Armeekreisen geht man davon aus, dass die englische Kavallerie innerhalb weniger Tage eine Entscheidung herbeiführen wird. Was sagen die Techniker dazu?«

Die Frage war an Albie und Sverre gerichtet.

»Das ist ein absurder Gedanke«, meinte Albie zögernd. »Wie ihr ja wisst, sind wir deutsche Ingenieure, und in dieser Eigenschaft glauben wir beide, dass die moderne Technik Kriege verhindern wird. Millionen von Menschen würden sterben, ein Preis, der für beide Seiten zu hoch wäre. Kriege kommen ganz einfach zur Konfliktlösung nicht mehr infrage.«

»Erzähl das der Royal Cavalry«, meinte Bertrand. »Sie führen in Sussex groß angelegte Manöver durch und üben den Angriff mit der Lanze. Was würde eine solche Taktik rein technisch bedeuten?«

»Tja«, meinte Sverre. »Man benötigt keine sonderlichen technischen Kenntnisse, um diese Frage zu beantworten, nur etwas Fantasie. Die Kavallerie gehört ins

19. Jahrhundert, tapfere Angriffe über offenes Feld auf die schweren Kanonen des Feindes zu, nun, ihr kennt alle diese Gemälde. Heute würden Maschinengewehre jeden Reiter aufhalten. Wirklich jeden. Aus diesem Grund ist Krieg undenkbar.«

»Aber liegt nicht Frankreich gewissermaßen im Weg, wenn die Deutschen uns besetzen wollen?«, wandte Virginia ein und bedauerte die Bemerkung, als sie die nachsichtigen Blicke der Männer sah.

»Wir sind mittlerweile mit Frankreich gegen Deutschland verbündet, wie seltsam einem das auch vorkommen mag«, meinte Roger Fry väterlich. »Und die Franzosen wünschen einen Krieg mit Deutschland, sie wollen Elsass-Lothringen zurückgewinnen, das sie 1871 verspielt haben. Das lässt sich nachvollziehen, aber nicht, warum England sie dabei unterstützen soll.«

Schon zu Beginn des Abends war die Stimmung in der Runde recht schlecht gewesen. Man vergnügte sich nicht mehr mit der Selbstverständlichkeit des Homo ludens, des spielenden Menschen. Die Donnerstage waren normalerweise Gesprächen über Freundschaft, Kunst und verschiedene Arten der Sexualität geweiht. Kriegerische Themen wie Maschinenpistolen und die ruhmreiche englische Kavallerie waren deplatziert und unbehaglich, und die Unterhaltung lief nur noch schleppend und spaltete den Freundeskreis auf eine ungewöhnliche Weise in ein männliches und weibliches Lager.

VIII

FRÜHLINGSOPFER

Paris 1913

Das erste Bild oder, vielleicht besser, der erste Akt: Eine Gruppe fast nackter Jünglinge tanzt um eine alte Frau herum, die ihnen geduckt wie ein gejagtes Stück Wild zu entkommen oder sie in die Irre zu locken sucht, das ist nicht ganz ersichtlich. Vermutlich soll sie den Tod in der Natur symbolisieren, der dem Erwachen des Frühlings vorausgeht. Die Jünglinge haben sie umzingelt, wollen sie aber nicht töten, der ruhige Takt lässt an den Herzschlag denken, in diesem Fall den Herzschlag des Frühlings.

Jetzt kommen die in Schleier gehüllten jungen Frauen, die trotz ihrer Kleidung nackt wirken, vom Fluss herauf. Sie bilden einen Ring, der langsam, unschuldig, in den der Jünglinge übergeht, ohne Erregung, ohne erkennbares Begehren, die Musik ist *tranquillo*.

Die Sinnlichkeit der jungen Frauen ist noch nicht erwacht, sie gleichen Bäumen oder Pflanzen vor dem Mysterium der Befruchtung. Sie nähern sich den Jünglingen und ziehen sich dann plötzlich rasch wieder zurück, scheu oder noch nicht bereit, das Ganze hat etwas Verspieltes *(molto allegro)*.

Der Rhythmus verändert sich, wird pochender. Die jungen Männer trennen sich von den Frauen und beginnen ein aggressiveres Spiel, das in einen Kampf zwischen Mann und Frau übergeht, offenbar eine Darstellung spielerischer Aggression beginnender Erotik.

Eine sich nähernde Prozession ist nun zu hören, erst fern, dann näher. Es ist der Weise, der nun auftritt, der älteste Medizinmann oder Druide des Stammes. Die jungen Menschen sinken vor Entsetzen zu Boden.

Der Weise segnet den Boden *(lento)*, liegt wenig später mit ausgestreckten Armen und Beinen da und vereinigt sich mit der Erde.

Die jungen Leute kauern sich zusammen, doch bald beginnen sie sich langsam in kreisenden Bewegungen wie das Grün, das aus dem Boden sprießt, zu erheben. Sie sind die neue Kraft der Natur, die tanzende Erde *(prestissimo)*.

Das Vorspiel des zweiten Teils *(largo)* schildert die heidnische Nacht anhand eines rhythmisch-pulsierenden, langsamen Gesangs, der sich mit gewissen Variationen wiederholt und dann in einen schattenähnlichen Tanz übergeht *(andante con molto)*, während die jungen Frauen langsam den Auserwählten einkreisen, sodass er ihnen nicht entkommen kann.

An dieser Stelle ungefähr begann das Publikum des Théâtre des Champs-Élysées aufzubegehren. Bereits vorher war es unruhig geworden, man hatte gepfiffen und lautstark Kommentare gerufen, aber jetzt wurde es richtig laut. Ein Teil der Zuschauer forderte, dass die Vorstellung abgebrochen werde. Andere wollten die Störenfriede zum Schweigen bringen. Nach einer Weile beruhigte sich das Auditorium. Die Vorstellung ging weiter:

Die auserkorene junge Frau, die geopfert werden soll, wird dem Frühling seine Kraft zurückgeben, die anderen Frauen tanzen immer enger um sie herum, bis sie sich nicht mehr bewegen kann *(vivo)*. Die Erde ist jetzt gereinigt.

Die Geister der Vorväter werden herbeigerufen und bewegen sich am Rande des beginnenden feierlichen Tanzes *(lento)*. Als die Auserkorene vor Entsetzen oder Erschöpfung niederzusinken droht, dringen die Geister der Vorväter in den Kreis der jungen Leute ein. Wie raubgierige Bestien schleichen sie sich an, damit sich das Opfer nicht mit der Erde vereinigen kann. Sie ergreifen sie und tragen sie in den Himmel, der Kreislauf der Kräfte, die wiedergeboren werden, sterben und sich mit der Natur vereinigen, ist nun vollbracht.

Im Zuschauerraum war es inzwischen an mehreren Stellen zu einem Handgemenge gekommen, schwere Beleidigungen und üble, lautstarke Flüche schwirrten durch den Saal. An einen abschließenden Applaus für die Künstler war nicht zu denken. Diese flohen voller Schrecken.

Die Polizei war gerufen worden, einige wutentbrannte Radaubrüder wurden festgenommen und weggeschleift, wobei man sie heftig beschimpfte.

»Ein Skandal, vermute ich«, bemerkte Albie amüsiert, als sie sich vorsichtig einen Weg durch die aufgebrachte Zuschauermenge ins Freie bahnten. Albie und Sverre hatten keine Lust, sich in die Streitigkeiten verwickeln zu lassen, und machten sich schnellstmöglich aus dem Staub, um sich in Ruhe über das Erlebte unterhalten zu können. Beide waren von dem einzigartigen, unvergleichlichen Kunsterlebnis erfüllt.

Es war der 29. Mai, und genau ein Jahr zuvor hatten sie einen ähnlichen Skandal hier in Paris erlebt, als die Ballets Russes im Théâtre du Châtelet aufgetreten waren. Damals hatte Vaslav Nijinsky die Hauptrolle getanzt. In dem Ballett, das sie soeben gesehen hatten, stammte die Choreografie von Nijinsky.

Bei der Vorstellung vor einem Jahr hatte es sich natürlich um vollkommen andere Musik gehandelt. *Der Nachmittag eines Fauns* von Debussy klang im Vergleich zu Strawinskys roher, harter und kontrastreicher Komposition lieblich-melancholisch und melodisch.

Damals hatte der Skandal nicht in der Musik gelegen, sondern im Tanz Nijinskys.

Ein Faun, dargestellt von Nijinsky, jagt ständig und verspielt verschiedenen Nymphen hinterher. Das ist schön, rührend, aber kaum erotisch. Schließlich erobert der Faun den Schleier einer Nymphe, trägt ihn auf einen einsamen Felsen und liebkost ihn sehnsüchtig in lieblicher Abgeschiedenheit. Zu guter Letzt vollführt sein Unterkörper einige unmissverständliche Bewegungen in den Schleier hinein, in die sich möglicherweise mehr als nötig hineindeuten lässt. Dies tat denn auch *Le Figaro*, der eine Kampagne gegen die Darbietung lancierte, infolge derer die Polizei und die Staatsanwaltschaft die Ballets Russes bezichtigten, auf der Bühne einen Geschlechtsakt vorgeführt zu haben. Mit einem Schleier!

Blieb gespannt abzuwarten, wie sich der Skandal dieses Mal entwickeln würde und ob Strawinsky wie ein Jahr zuvor Debussy die Gerichte beschäftigen würde. Die jüngste Aufführung hatte den möglicherweise erotischen Inhalt ebenso symbolisch präsentiert wie damals die Kopulation mit dem Schleier. Die jungen Männer und Frauen hatten gespielt und sich gebalgt wie alle unerfahrenen jungen Leute, die ihre erotische Sehnsucht nicht besser ausdrücken können. Was die Sache nicht besser machte, denn dadurch wurde das Publikum auf unpassende, um nicht zu sagen unsittliche Gedanken gebracht. In London überraschte diese Art der Kunstkritik durch die Dickköpfe der *Times* und des *Telegraph* nur wenig, aber hier in Paris war sie schon sehr erstaunlich.

Das Théâtre des Champs-Élysées lag in der Nähe des Triumphbogens, und nachdem sie sich ein Stück von den sich immer noch streitenden Zuschauern entfernt hatten, wurden Albie und Sverre wieder einmal von dem Gefühl ergriffen, landesflüchtige Engländer in der Hauptstadt der Kunst zu sein. Sie fühlten sich nicht mehr von Feinden umgeben, seit der Hass der englischen Öffentlichkeit sich immer mehr gegen Deutschland und alles Deutsche richtete. Und seit Neuestem gegen die Iren, die ihre Selbstständigkeit forderten, ein Begehren, das alles überschattet hatte und im Augenblick die größte Bedrohung für die Einheit des Empire darstellte.

Das Jahr 1912 war ein fürchterliches Jahr gewesen. Bildende Künstler, Schriftsteller und Dichter hatten sich in zwei Fraktionen gespalten, die Pazifisten gegen die Befürworter des Krieges. Die Zeitungen hatten die Letzteren freudig dazu aufgefordert, ihre Meinung kundzutun. Am unrühmlichsten hatte sich Rudyard Kipling hervorgetan.

Für einen charmanten Autor von Kinder- und Jugendbüchern besaß Kipling eine erstaunlich lange Liste von Hassobjekten: Deutsche, Demokratie, Steuern, Gewerkschaften, Bergarbeiter, Iren, indische Nationalisten, selbstverständlich Pazifisten, Frauen und Sozialisten. Im Jahr zuvor war ihm neben den üblichen Argumenten gegen das Frauenwahlrecht wie Größe des Gehirns und Neigung der Frau ein weiteres eingefallen. Da die Frauen gemäß ihrer Natur dazu neigten, sich für den Frieden einzusetzen, könne man ihnen natürlich nicht das Wahlrecht gewähren, weil das die Teilnahme Englands am »Großen Krieg« gegen die »Hunnen« gefährden könnte. »Hunnen« war sein neuestes Wort, das er in der englischen Sprache zu etablieren suchte und mit dem er die Deutschen meinte, gegen die der mehr als alles andere erwünschte »Große Krieg« geführt werden sollte.

Damals, vor genau einem Jahr, als Albie und Sverre die Vorstellung »Nachmittag eines Fauns« der Ballets Russes verlassen hatten, war die Stimmung schrecklich düster gewesen. Ganz England schien sich auf einen Krieg mit Deutschland eingestellt zu haben. Jetzt wirkte dieser Aktivismus wie weggeblasen. Politiker und Journalisten beschäftigten sich nur noch mit dem Thema Irland.

An diesem Maitag war das Wetter außerdem viel besser als im Jahr zuvor, ein milder Vorsommer, windstill, die Obstbäume blühten. Die bedrohlichen Wolken am Horizont waren verschwunden. Der Himmel leuchtete rosagolden.

Sie waren unter sich und hatten soeben der Premiere eines Kunstwerkes beigewohnt, das auf ewig weiterleben würde. Das Leben konnte kaum besser sein.

Albie vertrat die Ansicht, dass es nicht Strawinskys Musik gewesen sein könne, die einen Teil des Publikums so in Aufregung versetzt habe. Sie sei nicht atonal oder mit fremden Elementen durchsetzt gewesen. Sie habe zwischen Dur und Moll gewechselt und sei vermutlich in der russischen Volksmusik verwurzelt. Nur die Tempi und die Phrasierungen seien geändert worden. Dass die Tänzer barfuß aufgetreten waren und in der Opferszene mit den Fersen gestampft hatten, entspräche ja auch nur der Erzählung. Wenn die Tänzerinnen stattdessen einen klassischen Spitzentanz mit Pirouetten vollführt hätten, hätte dies auf provozierende Weise lächerlich gewirkt. Die unbegreifliche Angst der kunsthassenden Kunstliebhaber vor neuen Ausdrucksformen war faszinierend. Wovor fürchteten sie sich eigentlich? Oder: Was erzürnte sie so sehr, dass sie sich deswegen sogar nach einer Ballettaufführung prügelten?

Sverre stimmte ihm zu, hier verbarg sich ein höchst rätselhafter menschlicher Defekt. Man müsse sich nur die Ausstellung »Manet und die Post-Impressionisten« von vor einigen Jahren in Erinnerung rufen. Da habe die Wut, zumindest jene der konservativen Kunstkritiker, keine Grenzen gekannt. Vielleicht bestehe ja das Problem darin, dass so strikt zwischen Künstlern und Kunstkritikern unterschieden werde. Letztere seien als Geschmacksrichter tätig, fällten in den Zeitungen ihr Urteil und formten so den anerkannten guten Geschmack. Die Zeitung lesende Mittelklasse unterwerfe sich diesem Urteil wie allem anderen, was von der Obrigkeit ausgegeben werde. Folglich sei alles, was man nicht kenne und was von der *Times* nicht sanktioniert worden sei, schlechte Kunst. Wie van Gogh oder in letzter Zeit auch Matisse.

Nein, es ließ sich eigentlich nicht ergründen, vielleicht war es einfach unbegreiflich. Schlimmstenfalls war es eine englische Erscheinung, weil es geradezu einem Landesverrat gleichkam, Gemälde von Cézanne auszustellen. Denn damit, so hieß es, ergreife man für Deutschland Partei. Kurz gesagt war die englische, Kunst beurteilende Obrigkeit verrückt. Vielleicht war es ja angezeigt, aktiven Widerstand zu leisten?

Albie wurde misstrauisch, weil er glaubte, Sverre wolle damit sagen, dass sich die Kunst direkt in die Politik einmischen solle. In dieser Hinsicht gab er jedoch keinen Zoll nach. Diese Bastion würde er erst als letzte aufgeben.

Sverre versuchte seine Ansichten darzulegen, wobei er Albies Einwände bereits ahnte. Während der letzten fürchterlichen Jahre, in denen die englische Obrigkeit die Kriegstrommeln rührte, habe das Innenministerium sowohl bildende Künstler als auch Schriftsteller angeworben, die für das Imperium arbeiten sollten. Wie beispielsweise jene, die bis vor ungefähr einem Jahr Karikaturen von Deutschen angefertigt hätten, die diese als Affen und Schweine darstellten. Vermutlich seien sie im Augenblick damit beschäftigt, Karikaturen von Iren zu zeichnen. Die Schriftsteller seien kein bisschen besser, fast jedes neue Theaterstück handele von deutschen Spionen, und von John Buchan sei ein Buch über Spione, Verschwörungen, heimliche Radiosender und die heldenhaften Detektive von Scotland Yard erschienen. Auch Arthur Conan Doyle sei gekauft.

Politischer könne die Kunst kaum werden. Oder?

Also könne die Aufgabe pazifistischer Künstler für den Fall, dass sich die Kriegstreiber wieder zu Wort meldeten, darin bestehen, das Gegenteil zu tun.

»Und zwar wie?«, fragte Albie voller Misstrauen. Sie standen auf dem Place de l'Étoile und betrachteten den

Triumphbogen, der sie weniger der bombastischen Architektur wegen begeisterte, sondern weil es sie mit einem Gefühl der Freiheit erfüllte, die Pariser Luft zu atmen.

Sverre überlegte.

»Wie wäre es, wenn wir Kiplings Propaganda umkehrten«, begann er, »man stelle sich ein Bild vor, auf dem er leicht wiederzuerkennen von einem Schwein geschultert wird … einem Schwein, das wie ein Maler eine Baskenmütze trägt und dessen Vorderhufe Pinsel und Palette halten … Sie stehen vor einer Staffelei, und das Schwein versucht ein Schwein mit Pickelhaube zu malen … Auf der Leinwand entsteht jedoch ein vollkommen realistisches Porträt des Kaisers. Kipling ist nicht zufrieden und sagt etwas in der Art, der Kaiser sehe viel zu menschlich aus, und da antwortet das Malerschwein, über dessen Schwänzlein im Übrigen der Union Jack hängt, damit es nicht unsittlich nackt wirkt: Aber ja doch, Sir, das ist ja das Entsetzliche.«

Albie lachte nicht. Sein Einwand lag auf der Hand. Nur weil der Feind die Kunst auf den Strich schicke, gäbe es noch lange keine Veranlassung, ebenfalls so tief zu sinken.

Sie ließen das Thema auf sich beruhen. Sverre beschloss, sich beim nächsten Mal etwas Besseres einfallen zu lassen und vor allen Dingen die Karikatur anzufertigen, ehe er das Thema wieder aufgriff.

Sie nahmen eine Automobildroschke zum Café de Flore in Saint-Germain-des-Prés, wo sie Roger Fry zu einem späten Souper treffen wollten. Er war nach Paris gekommen, um Künstler zu treffen und eventuell Bilder für eine neue Londoner Ausstellung zu besorgen, die Albie finanzieren sollte. Roger hatte die englischen Kunstliebhaber noch nicht verloren gegeben, was auf eine außergewöhnliche Ausdauer oder einen nicht weniger außergewöhnlichen Optimismus schließen ließ. Beides war bewundernswert.

Das Café de Flore war im Jugendstil eingerichtet. Die Trennwände zwischen den Tischen wiesen verzierte Bleiglasfenster mit Blumenornamenten auf. Die Bänke waren mit rotem Leder gepolstert. Es war laut, und der Zigarettenrauch stand so dicht, dass sie Mühe hatten, den heftig in perfektem Französisch diskutierenden Roger ganz hinten im Lokal zu finden.

Zwei Stühle wurden herbeigezaubert, und die frisch eingetroffenen englischen Gäste zwängten sich in die Runde und versuchten, der Diskussion zu folgen, die doppelt so schnell geführt wurde wie eine englische. Es schien eher um Politik zu gehen als um Kunst. Die deutschen und die französischen Sozialisten wollten sich verbünden, um die Oberklasse daran zu hindern, die eigenen Arbeiter aufeinanderzuhetzen. Friedenskonferenzen wurden sowohl in Paris als auch in Berlin vorbereitet. Obwohl die Gefahr eines Krieges bis auf Weiteres abgewendet war, musste man auf der Hut sein. Die französische Obrigkeit wünschte den Krieg, das Volk lehnte ihn ab. In Berlin schien die Lage ähnlich zu sein. Und ohne die Unterstützung des Volkes würden die Generäle nichts erreichen!

So in etwa schien die Diskussion zu verlaufen, soweit Albie und Sverre, der des Französischen nicht sonderlich mächtig war, erkennen konnten. Unter normalen Umständen hätte Albie eine solche Unterhaltung ernüchternd gefunden, aber die Stimmung war herzlich und optimistisch, und das Gespräch wurde in so leichtem Ton geführt, dass sie sich von der verführerisch euphorischen Vorstellung mitreißen ließen, der Große Krieg, auf den so viele Engländer hofften, sei ein so offensichtlicher Wahnsinn, dass er ohne die Unterstützung des Volkes nicht ausbrechen könne.

Während er zuhörte, zog Sverre einen weichen Bleistift aus der Jackentasche und karikierte einen deutschen, einen französischen und einen englischen General, die mit Revolvern in der Hand Soldaten, die desinteressiert die Arme über der Brust verschränkt vor ihnen standen, den Angriff befahlen. Das nächste Bild zeigte, wie sich die drei Generäle unter dem heftigen Applaus der Soldaten gegenseitig erschossen. Auf dem dritten, das den Rest des Papiertischtuchs einnahm, lagen die drei dickbäuchigen toten Generäle aufeinander, während die Soldaten zufrieden nach Hause gingen.

Da entdeckte ein junger Mann die Bilderserie, wischte Gläser und Flaschen mit einer Bewegung vom Tisch und hielt das Papiertischtuch in die Höhe, damit es alle betrachten konnten. Jubel und Beifall brachen aus. Sofort wurde mehr Wein gebracht, dann stimmte jemand die Internationale an, und alle sangen mit, was zu einem gewissen Durcheinander führte, weil Albie und Sverre nur den deutschen Text kannten.

Nach einer Weile erreichte der Lärmpegel am Tisch unerträgliche Höhen, insbesondere für Leute, die mit dem modernen französischen Künstlerjargon nicht vertraut waren. Als sich drei weitere Maler hinzugesellten, nutzte Roger Fry die Gelegenheit, ihnen seinen, Albies und Sverres Platz zu überlassen und dabei eine unverständliche Erklärung abzugeben. Wenig später saßen sie in akustisch beruhigendem Abstand allein an einem Tisch.

»Ist es nicht wunderbar, frische Pariser Luft zu atmen?«, scherzte Roger, nachdem er eine Flasche Burgunder bestellt hatte.

Die beiden Freunde stimmten ihm zu, obwohl die rauchgeschwängerte Luft im Café de Flore an den dichtesten Londoner Nebel erinnerte. Verglichen mit der englischen hassverseuchten Atmosphäre war Paris rein und frisch.

Roger hatte eine Idee, die er mit Albie und insbesondere mit Sverre besprechen wollte, denn er hatte kurz vor seiner Reise nach Paris am Fitzroy Square Räumlichkeiten entdeckt, die sich für das gemeinsame Projekt eigneten. Zusammen mit Vanessa, Duncan Grant und Margie hatte er dort mit einer ganz neuen Art der Kunstproduktion begonnen. In den Omega Workshops wollte man Kunst billig oder zumindest zu erschwinglichen Preisen verkaufen: Tische, Stühle und Keramik, die von modernen Künstlern entworfen wurden. Die Werke wurden jedoch nicht individuell, sondern einfach nur mit dem Buchstaben Omega signiert.

Auf diese Weise wurde der unsinnige Gegensatz zwischen dekorativer Gebrauchskunst und moderner, hochqualitativer Kunst thematisiert. Die sogenannte Kunstexpertise, also die Unterdrückung von Geschmack und Verständnis, musste umgangen werden, indem man sich direkt an die Allgemeinheit wandte, beispielsweise mit Tischplatten im fauvistischen Stil, wie von Henri gemalt, der im Übrigen gerade auf dem Weg ins Café de Flore war. Wenn die Leute den Verstand besäßen, ihre Wohnungen mit solchen Gegenständen zu schmücken, und diese ständig um sich hätten, dann würden sie auch ein ganz neues Gefühl und Verständnis für die Malerei der Moderne entwickeln.

Dies war kurz gesagt die Idee. Roger Fry sah die beiden anderen erwartungsvoll an.

»Ist Duncan Grant wieder dabei?«, erkundigte sich Sverre.

»Ja«, erwiderte Roger, und seine Miene verfinsterte sich. »Vanessa und er leben mittlerweile zusammen.«

»Merkwürdig. Ich dachte, du und Vanessa …«

»Nein, das ist vorbei. Aber wir sind natürlich Freunde wie früher und alle drei gleichermaßen an den Omega Workshops beteiligt. Sonst noch Fragen?«

Die Spitze war nicht zu überhören. Sverre schämte sich, ins Fettnäpfchen getreten zu sein, aber er war einfach nur neugierig gewesen. Jetzt wollte er seinen Fauxpas wieder, gutmachen und stellte Überlegungen an, welche Strömung der modernen Kunst sich am besten für dieses popularisierende und geradezu demokratische Projekt eignen würde. Der Kubismus vielleicht, jedenfalls abstrakte Muster und Collage, das würden auch Vanessa und Margie gutheißen. Abstrakte Farbkombinationen wären in einem Heim von dauerhafterer Schönheit als gegenständliche Kunst. Wer wünschte sich schon das Porträt eines Massai-Kriegers über seinem Küchentisch? Konnte man nicht auch Textilien entwerfen statt nur Möbel?

Als sich das Gespräch nicht mehr darum drehte, wer mit wem schlief, sondern um die Hauptsache, nämlich wer was entwerfen konnte, hob sich Rogers Laune zusehends. Was die Textilgestaltung betraf, so verstand es sich von selbst, dass man sich auch damit befassen könne.

Hinter Roger, der zu einer weiteren eifrigen Erklärung angesetzt hatte, erblickte Sverre einen Mann mit einem eleganten Anzug, Brille und Vollbart, der an den Künstlertisch getreten war und lachend die Karikaturen der Generäle betrachtete, die sich in Ermangelung gehorsamer Soldaten gegenseitig erschießen mussten. Der Mann stellte eine Frage, als er immer noch lachend das bekritzelte Stück Tischtuch beiseitelegte. Mehrere Finger deuteten gleichzeitig zu Sverre hinüber, und der Fremde, der irgendwie bekannt wirkte, steuerte sofort auf ihren Tisch zu.

Es war Henri, den Roger erwartete, und nachdem dieser ihn seinen englischen Freunde vorgestellt und Henri Platz genommen und sich für seine etwas feierliche Kleidung mit Schlips, Jackett und Weste entschuldigt hatte, kam Roger erneut auf seine Idee des Omega Workshops zu sprechen. Bald musste er enttäuscht feststellen, dass sein Freund Henri keinerlei Begeisterung erkennen ließ. Er wandte ein, dass sich ein Künstler, der zu industrieller Fertigung übergehe, anpassen müsse und dadurch in eine Tretmühle gerate und daraufhin mit Sicherheit schlechter statt besser werde. Möglicherweise könne man sich auf die Produktion von Keramik verlegen, Pablo habe sich viele Gedanken darüber gemacht, inwiefern keramische Gebrauchsgegenstände auch Kunstwerke sein könnten.

Damit erklärte er dieses Thema für beendet, wandte sich an Sverre, lobte seine ausdrucksvollen Karikaturen und erkundigte sich, welchen Meister dieses Genres Sverre am meisten schätzte.

Sverre erklärte verlegen, dass er sich für gewöhnlich nicht mit Karikaturen beschäftige, bei diesen Zeichnungen handele es sich um den Diskussionsbeitrag eines Norwegers, der sich wegen mangelnder Sprachkenntnisse nicht an der politischen Diskussion auf Französisch beteiligen könne.

Sverres Verlegenheit steigerte sich, als Roger seinem französischen Freund erklärte, dass Sverre zweifellos einer der absolut besten und vielseitigsten Künstler sei, die das heutige England vorzuweisen habe.

Das sei nun wirklich zu viel des Lobes, wandte Sverre ein. Er experimentiere gern, probiere neue Stile aus, sei auf der Suche nach sich selbst.

»Kommen Sie zu mir und suchen Sie dort weiter. Wir sind eine Gruppe Suchender in einer alten Klosterkapelle am Boulevard des Invalides. Dort herrscht seit Jahren ein reges Kommen und Gehen, wir inspirieren und helfen einander gegenseitig. Vor einigen Jahren besuchten uns zwei hochbegabte Skandinavier. Ein junges Paar, Isaac und Sigrid, und jetzt hat sich ein Nils zu uns gesellt, kennen Sie diese Leute?«

»Nein, ich wohne schon seit Längerem im Ausland, offen gestanden kenne ich keinen einzigen nordischen Künstler«, antwortete Sverre und blickte beschämt auf die Tischplatte.

»Aha, verstehe«, sagte Henri. »Besuchen Sie trotzdem meinen Workshop und machen Sie mit. Nur eine kurze Frage aus reiner Neugier: Welche Maler der Gegenwart schätzen Sie am meisten?«

»Es gibt so viele«, versuchte sich Sverre aus der Affäre zu ziehen.

»Ich weiß. Nennen Sie mir trotzdem drei!«

Sverre blieb nichts anderes übrig, als zu antworten.

»Tja, wenn ich nur drei nennen soll … van Gogh, Cézanne und Sie selbst.«

»Ausgezeichnet. Und warum wir drei?«

»Weil Sie etwas sind, was ich noch nicht bin.«

»Wieder eine ausgezeichnete Antwort! Willkommen am Boulevard des Invalides, wann immer Sie Zeit haben!«

*

Sie hatten ihre neuen französischen Anzüge angezogen und gingen am Rand des Bois de Boulogne spazieren. Die weißen englischen Leinenanzüge und die Panamahüte hatten sie in ihren Koffern im Grand Hôtel du Louvre verstaut. Sie wagten es nicht, jetzt in der Abenddämmerung in den enormen Stadtwald vorzudringen, da sie sich hatten sagen lassen, dass die Polizei im Bois de Boulogne Razzien veranstaltete und Männer wie sie aufgriff.

Die untergehende Sonne veränderte das abendliche Licht, die Natur schuf ein Gemälde, mit dem sie alle Künstler übertraf. Aus der Ferne hörten sie eine Ziehharmonika und begegneten vereinzelten Liebespaaren, überwiegend Mann und Frau. Albie und Sverre waren ausgeglichen und glücklich, da sie alle Krisen überwunden glaubten, sowohl ihre eigenen als auch die der Welt. Es bestand keinerlei Grund zur Besorgnis, weil Albie nach Manningham zurückkehren musste, um sich um die Geschäfte zu kümmern. Sverre würde allein in Henri Matisse' Künstlerkollektiv zurückbleiben.

Bereits nach wenigen Tagen erzählte Sverre begeistert, wie großartig die Begegnung mit den verschiedenen Stilrichtungen und Temperamenten sei. Die Erkenntnis, dass sich seine Fähigkeiten mit jenen der anderen einschließlich jener des Meisters messen konnten, war eine Erlösung für sein Selbstbewusstsein. Er besaß das handwerkliche Geschick und musste nur noch seine Gabe verbessern, seinen

Impulsen, ohne zu zögern, zu folgen, jeden noch so kleinen Einfall ernst zu nehmen und ihn sofort auf der Leinwand auszuprobieren.

Trotzdem wollte er die, wie er sie nannte, Restauration der untergegangenen afrikanischen Ausstellung fertigstellen. Schließlich repräsentierte sie eine wichtige Periode seines Lebens und schien ihm vom Meeresboden zuzurufen.

Wenn er damit fertig war, würde er die Freiheit genießen.

Was Albie betraf, entsprang das Gefühl neu gewonnener harmonischer Ruhe vor allem der Gewissheit, dass alle Wunden inzwischen verheilt waren und sowohl die zermürbende Eifersucht als auch die Gewissensqualen der Vergangenheit angehörten. Diese Gewissheit auch auszusprechen stellte für ihn ein fast traumähnliches Erlebnis dar.

Außerdem hatte sich Albie endlich mit seiner Rolle in der menschlichen Komödie ausgesöhnt. Er war und blieb Großunternehmer in der Branche Landwirtschaft. Noch bis vor Kurzem hatte er sich dieser Tätigkeit geschämt, weil sie so trivial und materialistisch war. Aber die Überschüsse, die Manningham inzwischen erwirtschaftete, konnten so viel sinnvolleren Zwecken als Dinnerpartys zugeführt werden. Er würde Ausstellungen finanzieren und jungen Künstlern helfen können. Dazu war nur eines nötig, nämlich sich endlich von dem im 19. Jahrhundert vorherrschenden Bild des armen, leidenden Künstlers, des Schriftstellers, der in seiner Dachkammer hungerte, und des Malers, der sich vor Verzweiflung sein Ohr abschnitt, zu lösen.

Die Sozialisten verachteten womöglich die Rolle des Mäzens, aber während man darauf wartete, dass sie eine neue Weltordnung durchsetzten und einen neuen Menschen schufen, war es eine gute Sache, die Überschüsse zur Unterstützung der Kunst zu verwenden und auf diese Weise die Welt zu bereichern. Dies würde jetzt und in Zukunft Albies Lebensaufgabe darstellen, derer er sich nicht zu schämen brauchte.

Sverre fiel die Aufgabe zu, die Welt schöner zu gestalten. Ein gerader Weg inneren und äußeren Friedens lag vor ihnen. Die hasserfüllte Kriegspropaganda der letzten Jahre war verstummt. Sogar in London.

Der Rektor hatte mit seiner Rede am Examenstag in Dresden recht gehabt und recht behalten. Das 20. Jahrhundert war hinsichtlich der technischen Entwicklung zu hochstehend, als dass ein längerer Krieg möglich gewesen wäre. Das 20. Jahrhundert war das Jahrhundert des Friedens und der schönen Künste. Es war ihr Privileg, in der neuen humanistischen Welt eine Lebensaufgabe zu haben.

IX

DER MOB IN ST. JAMES'S

London, 1916

Der Überfall vor dem St. James's Theatre zwang sie, London für absehbare Zeit zu verlassen, zumindest solange der Krieg andauerte.

Rückblickend ließ sich vielleicht feststellen, dass es ein Fehler gewesen war, die falsche Art von Theater zu besuchen.

Aber wer wusste schon, welches das richtige war.

Die vielen neuen, von den Behörden empfohlenen Theaterstücke mit erbaulichem Inhalt bildeten natürlich eine Ausnahme. Dort endete der Abend immer damit, dass das Publikum »God Save the King« sang.

In diesen erbaulichen Stücken ging es in der Regel um Patriotismus oder den Mangel an Patriotismus, das beliebteste Stück hieß *Der Mann, der zu Hause blieb* und handelte dem Titel gemäß von einem Mann, der seltsamerweise zögerte, sich als Freiwilliger zu melden, und somit Schande und schweres Leiden über seine Frau und Kinder brachte. Vom Publikum wurde erwartet, dass es über derart unzulängliche Männer, die sich ihrer Pflicht England und dem Abendland gegenüber entzogen, lachte und sich empörte. Für solche Feigheit wurden normalerweise zwei Gründe genannt. Entweder war der Waschlappen politisch suspekt und besaß einen deutschen Akzent, oder seine sexuellen Neigungen waren fragwürdig, was durch gezierte Gesten und einen wackelnden Hintern unterstrichen wurde.

Albie und Sverre wären niemals auf die Idee gekommen, ein derartiges Stück zu besuchen, nicht einmal zu Studienzwecken oder um sich Albies Auffassung darüber bestätigen zu lassen, was geschah, wenn die Kunst von der Politik vergiftet wurde.

Klassisches Theater war ebenfalls akzeptiert. Shakespeare galt keinesfalls als unpatriotisch. Sogar das französische Theater gehörte inzwischen zum guten Geschmack. Deswegen war es ihnen auch nicht unvorsichtig vorgekommen, sich im St. James's eine Gastvorstellung aus Paris anzuschauen, *Der Geizige* von Molière. Vor dem Krieg wäre die Lage anders und das Stück suspekt gewesen, inzwischen waren frankophile Neigungen stubenrein, die Franzosen keine lächerlichen *frogs* mehr, und die französische Kunst galt nicht mehr als pervers.

Albie und Sverre hatten sich sicherheitshalber schlicht gekleidet, um sich dem Mittelklassepublikum, das bei einem Stück auf Französisch zu erwarten war, anzupassen. Sie wollten anonym bleiben und sich in keine Auseinandersetzungen verwickeln lassen. Diese Vorsichtsmaßnahme sollte sich als fatal wohlfunktionierend erweisen.

Als sie das Theater verließen, wurden sie von Aktivistinnen der Pankhurst umringt, die von dem Kampf für das Frauenwahlrecht dazu übergegangen waren, Männer zu schikanieren, die sich noch nicht freiwillig gemeldet hatten, indem sie weiße Hühnerfedern an alle zivilgekleideten Männer im geeigneten Alter austeilten.

Die ehemaligen, durch jahrelange Kämpfe mit der Polizei kampferprobten Suffragetten waren nicht zimperlich und äußerst streitsüchtig. Es war unmöglich, sich durch ihre dichten Reihen vor dem Theater hindurchzudrängen, ohne mit zig weißen Federn gespickt zu werden.

Da Albie und Sverre nicht die Einzigen waren, die auf diese Art schikaniert wurden, wäre alles gut gegangen, wenn nicht eine der Pankhurst-Anhängerinnen sie erkannt hätte. Hasserfüllt brüllend und mit gezücktem Regenschirm ging sie zum Angriff über und bezichtigte sie, bekannte Sympathisanten der Deutschen zu sein. Sverre packte den Regenschirm, riss ihn der rasenden Amazone aus der Hand und warf ihn beiseite, was seine Lage nicht unbedingt verbesserte, denn jetzt kam von allen Seiten Verstärkung in Form von Regenschirmen und steingefüllten Handtaschen. Im Nu waren Albie und Sverre von rasenden Frauen umzingelt, die von allen Seiten auf sie einstachen und losprügelten und sie lauthals als Sympathisanten der Deutschen beschimpften und des Verrats bezichtigten. Außerdem forderten sie die umstehenden Männer auf, ihnen bei ihrer Auseinandersetzung mit den Landesverrätern beizustehen.

Wer nicht mit angesehen hatte, wie der Streit begonnen hatte, musste den Eindruck gewinnen, zwei Männer seien auf die Kriegsaktivistinnen losgegangen, und die Männer, die den Frauen jetzt zu Hilfe eilten, verwandelten das kleine Handgemenge wenig später in brutale und systematische Körperverletzung.

Sverre lag auf Albie und versuchte so gut es ging, dessen

Kopf und Oberkörper zu schützen, während es von allen Seiten Tritte und Schläge hagelte.

Es hätte schlimm enden können, wenn nicht wenig später Polizisten zur Stelle gewesen wären, den Schlägen rasch ein Ende bereitet und Albie und Sverre auf die Beine geholfen hätten. Die beiden waren blutbesudelt und benommen, ihre Kleider waren zerrissen, und sie und die Polizisten wurden von einer bedrohlichen Volksmenge umringt, die Schmährufe ausstieß und der Polizei vorwarf, für Deutschland Partei zu ergreifen. Der Pöbel verlangte lautstark die Auslieferung des Feindes, damit man kurzen Prozess machen könne. Neugierige strömten herbei, die nicht mehr wussten, als dass der Streit offenbar durch Sympathiekundgebungen für die Deutschen ausgelöst worden war, und stimmten in die Beleidigungen ein.

Es ist möglich, aber alles andere als gewiss, dass in diesem Augenblick jemand etwas über Manningham und seine deutsche Tunte rief. Tatsache ist jedenfalls, dass der Chief Constable erkannte, wen er vor sich hatte, und dem Mob mitteilte, man habe einen Lord angegriffen. Unverzüglich und wie durch Zauberhand war der Streit beendet, und die Menge verlief sich murrend.

Die Polizisten brachten Albie und Sverre nach Hause an den Gordon Square, wo sie von einem Arzt und einer Krankenschwester versorgt wurden. So weit hätte die Sache, ein unangenehmer, aber im Großen und Ganzen bedeutungsloser Vorfall, wie er in London überall an der Tagesordnung war, noch im Sande verlaufen können. Albie und Sverre hatten eine Menge blaue Flecken bekommen und waren nicht sehr präsentabel, aber schlimmer war es auch nicht.

Aber als die *Daily Mail* die Ereignisse in einer dramatischen Version wiedergab, kam es zum Skandal.

Der Reporter der Zeitung wusste zu berichten, dass weder Lord Albert Fitzgerald noch sein »lieber Freund« die Sache Englands unterstützten, beide hegten bewiesenermaßen Sympathien für Deutschland und hätten Cambridge verlassen, weil sie es vorgezogen hatten, ihr Examen in Dresden abzulegen. Die Entrüstung der Menge sei höchst verständlich gewesen, umso mehr, weil ein Zuschauer gerufen habe, Lord Albert Fitzgerald sei Sodomit und sein deutscher Freund sein Liebhaber.

Ob diese Behauptung auch zutreffe, darüber könne sich der Reporter der *Daily Mail* nicht äußern. Die Zeitung, hieß es, hüte sich davor, Lord Albert Fitzgerald irgendeines Verbrechens zu bezichtigen.

Eine der interviewten Aktivistinnen war in dieser Hinsicht weniger zurückhaltend. Ihre indirekten Unterstellungen waren jedoch nicht misszuverstehen. Stolz berichtete sie, wie sie weiße Federn an Feiglinge verteilt hätten und dass ihr Männer mit unaussprechlichen Gewohnheiten ganz besonders suspekt seien, »da die Zahl der Pazifisten und Landesverräter in diesen Kreisen besonders hoch sind«.

Später am selben Tag verteilten entweder die Aktivistinnen der WSPU oder andere Kriegstreiber anonyme Flugblätter mit Albies und Sverres Steckbriefen und ihrer Gordon-Square-Adresse sowie einer genauen Wegbeschreibung.

Am gleichen Abend fand sich eine Menschenmenge, hauptsächlich Männer in Ausgehuniform, auf dem Gordon Square ein und begann das Haus mit Steinen zu bewerfen. Es dauerte erstaunlich lange, bis die Polizei eintraf, und drei Beamte wurden bei dem Versuch, die Menge zu zerstreuen, misshandelt und bezichtigt, Handlanger der Sodomiten und Landesverräter zu sein. Nachdem sich die Menge zerstreut hatte, waren alle Fensterscheiben im Erdgeschoss zum Gordon Square zertrümmert.

Auch über diesen Vorfall berichtete die *Daily Mail* ausführlich, dieses Mal mit einem Foto Albies und einem Foto Sverres, das, sah man einmal von der fehlenden Pickelhaube ab, mehr der Karikatur eines Deutschen, wie sie zuhauf in den Leitartikeln der Zeitungen zu sehen waren, entsprach.

Ratlos und niedergeschlagen versammelten sich die engsten Bloomsbury-Freunde bei Albie und Sverre im Atelier im Obergeschoss. Keiner von ihnen befürwortete den Krieg, aber pazifistische Ansichten waren in England nicht verboten, zumindest nicht, was Frauen betraf. Für Männer veränderte sich die Lage nun vielleicht, da die allgemeine Wehrpflicht eingeführt werden sollte. Der Bedarf an Kanonenfutter in Belgien und Frankreich schien unbegrenzt zu sein. Bislang hatten sie sich jedoch unbehelligt auf die Straße wagen können. Wie es damit aussah, nachdem die *Daily Mail* Albie und Sverre öffentlich als Freunde Deutschlands, Landesverräter und Sexualverbrecher präsentiert hatte, war nun die Frage.

Die Lage war prekär. Zwar wachten zwei uniformierte Polizisten vor der Tür, aber sie würden nicht ewig dort sein. Im Moment verhielt der Mob sich ruhig, aber was würde wohl geschehen, wenn England die nächste Schlacht verlöre oder ein deutsches U-Boot ein ehrwürdiges Schlachtschiff versenkte?

Margie und Vanessa hatten mit angesehen, wie zwei

»deutsche« Familien, genauer gesagt zwei Familien mit deutschen Nachnamen, in der Nähe der Omega Workshops gelyncht worden waren, nachdem die Skandalblätter längere Zeit vor dem »inneren« deutschen Feind gewarnt hatten, der durch deutsche Bäcker verkörpert wurde, denen unterstellt wurde, sie vergifteten das Brot. Viele der deutschstämmigen Londoner waren Bäcker.

Eine Menschenmenge hatte sich vor der Bäckerei der »Deutschen« versammelt und war von Agitatorinnen derart aufgewiegelt worden, dass sie schließlich das Geschäft gestürmt und alles kurz und klein geschlagen hatten. Dann waren sie in die Wohnungen eingedrungen, hatten Frauen und Kinder misshandelt, die Männer erschlagen, alles von Wert auf die Straße getragen und dort zertrümmert oder gestohlen.

Die Polizei war erst eingetroffen, als alles vorüber war. Keiner der Plünderer war gefasst worden, von den Mördern ganz zu schweigen. Die Zeitungen hatten über die Sache nicht berichtet.

Die Freunde, die sich bei Albie und Sverre einfanden, diskutierten eifrig über wechselnde Themen und neue schreckliche Geschichten, die den allgemeinen Pessimismus nur noch verstärkten. Alle Überlegungen mündeten in der alles überschattenden Frage, ob man sich, solange dieser militaristische Wahnsinn grassiere, überhaupt in London aufhalten könne.

»Das kommt ganz auf die Situation jedes Einzelnen an«, meinte Bertrand, der sich als Letzter zu ihnen gesellt hatte und wie immer zuerst geschwiegen, eine Weile an seiner Pfeife gesogen und sich seine Worte reiflich überlegt hatte. »Meine Friedensarbeit gegen die Wehrpflicht geht weiter, also bleibe ich hier. Das mag in den Augen der Kriegsaktivisten wie eine Provokation wirken, aber ich kann mich, wie peinlich mir das auch ist, immer hinter dem Namen meiner Familie verstecken. Darauf hat auch einer der Polizisten hingewiesen, als er den Mob in die Schranken wies, der eine unserer Friedensversammlungen störte, indem er das ganze Lokal verwüstete und ›Rule Britannia‹ grölte. Zuletzt wollte man auch noch über mich herfallen. Da stellte sich ihnen der Polizist in den Weg, hob die Hand und gab zu bedenken, dass mein Bruder ein Earl sei!«

Die Freunde lächelten erschöpft. Der Krieg wartete in England mit immer neuen Absurditäten auf.

»Du müsstest also denselben Schutz genießen, Albie, schließlich bist du selbst ein Earl«, fuhr Bertrand fort, und es war nicht klar, ob er scherzte oder es ernst meinte.

»Schon möglich«, lispelte Albie durch seine geschwollenen Lippen. »Aber ich fürchte, dieser eventuelle Vorteil wird mehr als ausreichend dadurch aufgewogen, dass ich zugleich ein Deutsch sprechender Sexualverbrecher, also ein Landesverräter bin. Möglicherweise gesteht man mir das Recht zu, an einer Seidenschnur aufgehängt zu werden.«

Bertrand nickte nachdenklich. Er grübelte eine Weile und fuhr dann fort.

»Aber als Earl of Manningham bist du doch wohl automatisch Adelsoffizier des Wiltshire-Regiments?«

»Natürlich«, erwiderte Albie mit gepresster Stimme, dem die Frage ebenso große Mühe zu bereiten schien wie seine Artikulation. »Hauptmann oder Leutnant, ich weiß es nicht genau, das hängt, soweit ich weiß, vom Alter ab. Wieso?«

»Das Risiko, hier in London in Zivil gelyncht zu werden, ist recht groß«, fuhr Bertrand fort. »Das Risiko hingegen, dass jemand dir oder Sverre ein Härchen krümmt, wenn du in Wiltshire eine Uniform trägst, ist äußerst gering, nicht wahr?«

Albie nickte schicksalsergeben. Bertrand vollführte eine lässige Handbewegung, um zu bedeuten, dass das Problem damit gelöst sei.

»Was zum Teufel bedeutet Adelsoffizier?«, fragte Vanessa erstaunt.

Albie schien keine Lust zu haben, diese Frage zu beantworten.

»Das ist eine modische Erscheinung aus dem 17. Jahrhundert«, meinte Bertrand fröhlich. »Einige von uns eignen sich automatisch besser für den Krieg als andere und auch für alle staatlichen Ämter. Wie mein großer Bruder darf auch Albie seine militärische Laufbahn daher als Hauptmann beginnen, während wir andere uns damit begnügen müssen, als simple Gefreite anzutreten.«

Diese Absurdität, von Bertrand so gut gelaunt vorgetragen, heiterte die bis dahin düster gestimmten Freunde ein wenig auf.

Albie und Sverre bewunderten Bertrand, weil er sich ungeniert mit dem englischen Etablissement anlegte und die Folgen nicht scheute. Als er in einer Rede darauf hingewiesen hatte, wie skandalös es doch sei, dass sich zwei Drittel aller Studenten aus Oxford und Cambridge, die vermutlich alles andere als Idioten seien, freiwillig als Kanonenfutter hätten anwerben lassen, war er unverzüglich seiner Professur in Cambridge enthoben worden.

Er war zu einer einmonatigen Gefängnisstrafe verurteilt

worden, weil er die Ehre der Armee in den Schmutz gezogen hatte. Das neue »Gesetz zur Landesverteidigung« ermöglichte es, die demokratischen Rechte beliebig einzuschränken. Es war nur eine Frage der Zeit, bis Bertrand wieder hinter Gittern landete. Trotzdem zögerte er nicht, weiterhin für den Frieden zu agitieren. Albie und Sverre waren sich darin einig, dass dies größeren Mut erforderte, als auf dem Schlachtfeld zu sterben.

Nur zwei Tage zuvor hatten sie, als einfache Leute der Mittelschicht verkleidet, einer Friedenskonferenz mit über tausend Delegaten im größten Saal der Quäker in London beigewohnt. Es war der Kongress der »Vereinigung gegen die Wehrpflicht«, der einflussreichsten pazifistischen Organisation Englands, gewesen. Bertrand war der Hauptredner des Abends gewesen.

Wie nicht anders zu erwarten, hatte er eine strahlende Rede mit logischen, einfachen und unwiderlegbaren Argumenten gehalten. Er hatte mit dem Hinweis eingeleitet, dass der sogenannte Große Krieg nur hinsichtlich seines Umfangs und der Zahl der Gefallenen groß und im Übrigen sinnlos sei. England könne Deutschland gegenüber keine territorialen Ansprüche geltend machen und Deutschland England gegenüber auch nicht. Keine großen Prinzipien stünden auf dem Spiel. Keiner der Kontrahenten verfolge wichtige menschliche Ziele. Und die Engländer und Franzosen, die behaupteten, sie würden zur Verteidigung der Demokratie in den Krieg ziehen, konnten nur hoffen, dass der Verbündete Frankreichs, das zaristische Russland, und die zwangsrekrutierten indischen Hilfstruppen das nicht hörten.

Bertrand war nicht nur ein logischer Denker, sondern

auch ein charismatischer Redner, der das gesamte Gefühlsregister seines Publikums zu nutzen wusste. Heiterkeit brach aus, als er sich über Charles Masterman ausließ, der für die Kriegspropaganda der Regierung verantwortlich war und die Schriftsteller James Barrie, John Galsworthy, Arthur Conan Doyle und H. G. Wells vor seinen Karren gespannt hatte, damit sie »ihrem Land und der englischsprachigen Rasse dienten«, indem sie erbauliche Lügengeschichten erfanden, was vielleicht besser gewesen sei, als wenn sie sich auf ihre besonderen Fähigkeiten konzentriert hätten, zumindest für die Deutschen. Denn, so stänkerte er weiter, wie schrecklich wäre es doch gewesen, hätte man Peter Pan, die Familie Forsyte, Sherlock Holmes und das Krakenmonster vom Mars gleichzeitig auf das Schlachtfeld losgelassen.

Das Künstlerbataillon, das sich dem Kriegspropagandaamt verpflichtet habe, sei kaum besser als die Schriftsteller, die ihre Arbeitstage mit zoologischen Studien verbrachten und die Deutschen entweder mit Affen oder mit Schweinen verglichen.

Aber Bertrand konnte auch gewissen Trost spenden, indem er der gemeinsamen Trauer Ausdruck verlieh. Der Trauer darüber, dass das Land in glühendem Hass versank, der Trauer darüber, dass selbst der Bischof von London von nichts anderem sprach, als davon, alle Deutschen zu töten, töten, töten, Männer, Frauen und Kinder. Der Trauer darüber, dass sich der blinde Irrsinn in verzückten Hoffnungen auf das größte Blutbad der Weltgeschichte steigerte und dass neunzig Prozent der Engländer ohne Zögern einer solchen Barbarei zustimmten.

Aber nicht alles sei irrsinnig und entmutigend, setzte er

seine Rede fort. Man schreibe das Jahr 1916 und über 200 000 Engländer hätten die Forderung nach unverzüglichen Friedensverhandlungen bereits unterschrieben. Nach der Einführung der allgemeinen Wehrpflicht hätten 20 000 Männer den Wehrdienst verweigert. Dass die Presse die Tatsachen verschweige, sei nur auf einen fehlgeleiteten journalistischen Patriotismus zurückzuführen.

Bertrand beendete seinen Vortrag mit Schlussfolgerungen, denen seiner Meinung nach jeder demokratisch gesinnte Engländer zustimmen konnte. Er hasse, betonte er, den deutschen Militarismus ebenso sehr, wie er die Freiheit Englands liebe. Und müsse er einen Sieger wählen, so sei das natürlich England.

Aber je länger dieses wahnsinnige Gemetzel währe, desto mehr rüste England nach deutschem Vorbild auf und schränke die Demokratie mit dem absurden Argument ein, dies sei zu ihrer Rettung notwendig. Millionen Todesopfer seien die Folge, eine Drachensaat unfassbaren Ausmaßes und die Garantie für eine verbitterte, hasserfüllte Nachwelt, deren Wunden nie verheilen würden und die mit Sicherheit neue und noch fürchterlichere Kriege anstreben würde.

Eigentlich hätten die über tausend Friedensbefürworter in stürmischen Applaus ausbrechen müssen, aber niemand klatschte, denn vor der Kirche tobten die Kriegshetzer und drohten, mit Knüppeln bewaffnet den Saal zu stürmen. Es war ungewiss, ob die wenigen Polizisten, die die Versammlungsfreiheit der Friedensfreunde gewährleisten sollten, wirklich etwas ausrichten konnten, falls der Mob erst richtig in Aufruhr geriet.

Die Veranstalter hatten dieses Problem vorhergesehen.

Daher hatte man Jubel und Applaus verboten. Statt zu klatschen, sollten die Zuhörer mit weißen Taschentüchern winken. Rauf und runter bedeutete Applaus, hin und her Gelächter und Kreisen Jubel.

Während Bertrands Rede zog ein kräftiger Wind durch den Saal, der bisweilen zu einer leichten Brise abflaute, um dann wieder zu einem allgegenwärtigen Sturm aufzufrischen. Nur Bertrands Rede, der Taschentuchwind und das hasserfüllte Gebrüll des Mobs vor der Kirche waren zu hören.

Jubel und Gelächter der Landesverräter, der Feiglinge und Sodomiten im Versammlungssaal der Quäker, seien der Funke gewesen, der die Wut jenseits der Kirchenmauern entfacht habe.

Die Rede Bertrands im Luftzug weißer Taschentücher war eines der seltsamsten Erlebnisse Sverres und Albies. Leider würde es sich nicht wiederholen, denn sie mussten zukünftig auf öffentliche Versammlungen verzichten. Albies Herkunft bot keinen Schutz mehr. Sverre war Ausländer, ein Norweger zwar mit Aufenthaltsbewilligung, da Norwegen neutral war, was hieß: aufseiten Englands. Aber Sverres Akzent klang deutsch, obwohl er sich im Laufe der Jahre gemäßigt hatte, das könnte ihn schlimmstenfalls in Todesgefahr bringen. Die *Times* hatte ihre Leser im Scherz zur Vorsicht gemahnt: »Wenn ein Kellner behauptet, er sei Schweizer, dann lassen Sie sich seinen Pass zeigen.«

Albie und Sverre blieb nichts anderes übrig, als London schnellstmöglich zu verlassen. Zu ihrer großen Betrübnis wussten auch die Bloomsbury-Freunde keinen besseren Rat. Roger Fry, Vanessa und Margie beschlossen, in der

Hauptstadt zu bleiben, um sich um ihr vorgeblich unpolitisches Kunstprojekt, die Omega Workshops, zu kümmern, Roger war zu alt, um noch einberufen zu werden, und Frauen konnten nicht zwangsweise eingezogen werden.

Für einige andere Freunde war die Lage noch ungewiss. Vanessas jüngste und vielleicht letzte Eroberung, Duncan Grant, war nicht zu alt und außerdem noch recht fit. Er konnte jederzeit einberufen werden. Sein Liebhaber Bunny ebenfalls.

Albie hatte die rettende Idee.

»Ich stelle euch ab sofort in Manningham als Landarbeiter ein«, lispelte er durch seine verquollenen Lippen. »Manningham kommt peinlicherweise wegen des umfassenden Haferanbaus eine wichtige Rolle hinsichtlich der Landesverteidigung zu. Meine Idee war das nicht, wir wurden angewiesen, Hafer anzubauen, aber es mangelt uns an Arbeitskräften. Wie dem auch sei, wir können dem Hafer dankbar sein, denn dieser wird euch die Armee ersparen.«

»Wieso ist der Haferanbau so wichtig?«, wollte Margie wissen. »Wäre Brotgetreide nicht sinnvoller?«

»Doch«, murmelte Albie. »Der Hafer ist für die unbesiegbare Kavallerie, die uns schon vor zwei Jahren den Sieg hätte sichern sollen.«

Bertrand mischte sich ins Gespräch ein und hielt eine kurze Rede über Pferde und Maschinenpistolen.

»Nichtsdestotrotz«, fuhr Albie angestrengt fort, »haben sich über die Hälfte meiner Landarbeiter zu Anfang des Krieges freiwillig gemeldet. Kein Einziger ist zurückgekehrt, die meisten sind tot. Die für die Armee notwendige

Landwirtschaft benötigt also Leute. Als Arbeiter im Hafer könnt ihr nicht eingezogen werden. Der Lohn ist zwar bescheiden, aber ihr könnt bei Sverri und mir in der Ingenieursvilla in Manningham wohnen. Die Aufwartung ist inzwischen allerdings etwas bescheiden geworden. Die Hälfte des Dienstpersonals ist ebenfalls in Belgien verschollen.«

X

LORD LIEUTENANT

Manningham, 1917

Manningham war von der englischen Armee besetzt. Unteroffiziere und Offiziere bis zum Grad des Hauptmanns wohnten im ersten Stock, und die Bibliothek und die Salons waren in Krankensäle mit dicht stehenden Feldbetten verwandelt worden. Das kleine Esszimmer wurde nach wie vor als Esszimmer genutzt und das Herren- und das Billardzimmer von den Rekonvaleszenten, die in der Lage waren, sich zu bewegen. Im zweiten Stock, in dem die Offiziere der oberen Dienstränge logierten, war das Gedränge bedeutend geringer, da die Gefahr, verletzt oder getötet zu werden, mit steigendem Dienstrang abnahm.

Ein großer Teil der Dienstboten hatte sich zu Beginn des Krieges freiwillig gemeldet, und niemand war zurückgekehrt. Den Krankenschwestern und Krankenpflegern standen also unter dem Dach und im Souterrain genügend Zimmer zur Verfügung.

In den meisten Schlössern und Herrenhäusern Englands sah es vermutlich ähnlich aus. Genaues wusste man allerdings nicht, da das der militärischen Geheimhaltung unterlag.

Albies Schwester Alberta, ihr Mann Arthur und ihre drei Kinder, darunter nun auch endlich ein Sohn, hatten es in ihrem Gut in Somerset noch beschwerlicher. Man hatte sie in eine kleine Wohnung im Küchentrakt des Herrenhauses verbannt. Nicht einmal Lady Elizabeth, einer Dame Anfang sechzig, hatte man mehr als ein Zimmer zugestanden. Nicht, dass sie sich beklagt hätte, das wäre unenglisch gewesen. Sicher ging es ihr bei Alberta und ihren Enkeln besser, als wenn man sie gezwungen hätte, zu Albie und Sverre in die Ingenieursvilla zu ziehen.

Manningham House spiegelte den Krieg wider, fand Sverre. Mit ein bisschen Fantasie erhaschte man beim Anblick der Verletzten einen Einblick in die Hölle des Krieges. Etwa die Hälfte der Patienten war nicht ansprechbar, weil ihnen entweder der Unterkiefer weggeschossen oder der Kehlkopf zerschmettert oder die Stimmbänder zerstört worden waren. Es gab aber auch weniger sichtbare, psychische Leiden. Einige saßen den ganzen Tag nur da, wiegten die Köpfe hin und her und starrten an die Wand. Andere lagen mit aufgerissenen Augen auf dem Rücken reglos im Bett. Patienten ohne sichtbare Verletzungen saßen apathisch herum und waren nicht einmal in der Lage, allein zu essen. Einer murmelte ständig Gebete und flehte um Vergebung. Nachts waren Schreie zu hören, viele hatten Albträume.

Alle diese Männer gaben ein Bild des Krieges wieder, ein wahrhaftiges Bild, ein Gegenbild zu den ständigen Siegesmeldungen der letzten drei Jahre. Die militärischen Berichte und die Megafone des Militärs, die vormals sogenannte freie Presse, kündeten nur von siegreichem Heldenmut, obwohl sogar die offiziellen Zahlen über die Gefallenen eindeutig von Niederlage und Tod sprachen. Hier in Manningham House zwischen den Möbeln mit Schonbezügen und den Ölgemälden, die in geradezu schreiender Ironie unverletzte Offiziere zu Pferde oder hübsche Damen in aufwendigen Seidenkleidern zeigten, war die Wahrheit zu sehen.

Das Bild des durch den Krieg hervorgerufenen physischen und psychischen Leidens, das sich ihm in den grotesk luxuriösen Krankensälen bot, übte auf Sverre eine unwiderstehliche Anziehung aus. Es war jedoch nicht einfach, sich mit Skizzenblock oder Staffelei und Palette Zugang zu verschaffen. Oberst Cunningham, der das Kommando über die Krankenpflegeeinheiten in Manningham House und einigen Herrenhöfen in der Nähe führte, war Kunst gegenüber höchst misstrauisch.

Als er Sverre zum ersten Mal dabei ertappte, dass er einen der größeren Krankensäle skizzierte, tat er geradezu so, als habe er einen deutschen Spion auf frischer Tat ertappt, und befahl, den Künstler »in Ketten zu legen« und bis auf Weiteres im Weinkeller unterzubringen.

Die folgende Auseinandersetzung Albies, der sich, wie er es selbst ausdrückte, zum Hauptmann des dritten Bataillons des Wiltshire-Regiments ausgestattet hatte, mit Oberst Cunningham entbehrte nicht einer gewissen Komik. Sie begann mit einem kurzen Wortgeplänkel darüber, wie man sich eigentlich zu titulieren habe. Oberst Cunningham verbat sich die Anrede Sir. Albie gab zurück, dass er mit Euer Gnaden anzureden sei, obwohl er ein Hauptmann niedrigeren Ranges als ein Oberst sei.

Der Streit wurde am Ende mit einem Kompromiss beigelegt. »Künstlerische Aktivitäten auf dem Gelände« wurden in Ausnahmefällen gestattet, wenn die Personen, die abgebildet werden sollten, zustimmten. Großansichten, die viele Verwundete auf einmal zeigten, kamen jedoch keinesfalls infrage, da solche Bilder der Sache Englands wenig dienlich waren.

Sverre musste murrend zugeben, dass die Einsichten des Obersten in die politischen Inhalte von Kunstwerken nicht zu unterschätzen waren, auch wenn unwahrscheinlich war, dass Sir Oberst je von Goya gehört hatte.

Sverres neue Strategie bestand also darin, ansprechbare Patienten zu finden und sie zu fragen, ob sie sich porträtieren lassen wollten. Dies lehnten die meisten mit der Begründung ab, dass ein verwundeter Soldat ein Bild der Niederlage sei.

Leutnant Henry Carrington, stellvertretender Hauptmann, der in Cambridge studiert hatte, willigte als Erster ein. Er hatte sein linkes Bein verloren und war deprimiert, aber ansprechbar und sehnte sich geradezu nach Gesprächen mit einem Zivilisten. Dass er vor seinem freiwilligen Eintritt in die Armee Eisenbahntechnik studiert hatte, erleichterte Sverre den Kontakt, obwohl er erst glaubte, einen dummen Fehler begangen zu haben, als er spontan erzählte, er sei Diplomingenieur und ebenfalls auf Eisenbahnbau spezialisiert, und darauf die unvermeidliche Frage folgte, wo er denn sein Examen abgelegt habe.

»In Dresden«, erwiderte Sverre lakonisch. »In Dresden in Mitteldeutschland im Jahr 1901.« Es wäre ungeschickt gewesen, sich mit einer Lüge aus der Affäre zu ziehen.

Henry Carrington verstummte einige Sekunden lang, dann brach er in Gelächter aus.

»Die Wege des Herrn sind unergründlich«, meinte er

dann, wobei es nicht ganz ersichtlich war, ob er es fromm oder ironisch meinte.

»Ja«, erwiderte Sverre. »Die Wege des Herrn können verwirren. Damals waren die Deutschen bekanntlich noch unsere Freunde.«

Der Leutnant nickte zustimmend, und eine kurze Freundschaft, die so lange andauerte, wie Henry Carrington in Manningham gepflegt wurde, nahm ihren Anfang. Mit Ausnahme seines Beines fehlte ihm nicht viel. Er würde nach Hause entlassen werden, sobald er mithilfe einer Prothese zu gehen gelernt hatte.

Der stellvertretende Hauptmann Carrington behauptete, nicht über den Krieg sprechen zu können. Dafür reiche die Sprache ganz einfach nicht aus, und damit meine er nicht nur das Englische. Er war der Überzeugung, dass sich diese Hölle ebenso wenig auf Französisch oder Deutsch beschreiben ließ. Hingegen ließ sich mühelos erkennen und beschreiben, dass er mit amputiertem Bein in einem Rollstuhl in der Provinz in Wiltshire saß und dabei noch Glück gehabt hatte. Es lag nun gut drei Jahre zurück, dass er sich zusammen mit allen anderen frisch examinierten Ingenieuren aus Cambridge nach einem grandiosen Besäufnis an der nächsten Straßenecke hatte anwerben lassen. Sie waren wie die Jünger Jesu zu zwölft gewesen. Soweit er wusste, lebten einschließlich ihm nur noch drei.

Es war selbstverständlich verboten und außerdem unpatriotisch und vermutlich auch deutschfreundlich, die geringste Kritik am Krieg, pardon, am Großen Krieg zu üben. Nichts lag ihm ferner. Aber Zahlen und Fakten ohne politische Interpretationen waren ja vielleicht etwas anderes?

Sverre hatte den Eindruck, dass Henry Carrington, der zehn Jahre jünger war als er selbst und einige der schlimmsten Ereignisse der menschlichen Geschichte am eigenen Leibe erfahren hatte, seinen Hass gegen den Krieg am liebsten laut hinausgebrüllt hätte.

Das war natürlich interessant, aber auch nicht unkompliziert. Wenn Oberst Cunningham den Befehl erteilte, einen harmlosen Künstler in Ketten zu legen, weil dieser eine verdächtige Skizze angefertigt hatte, würden Henry Carringtons deutliche Worte vermutlich als Hochverrat aufgefasst. Jedenfalls wenn sie Oberst Cunningham zu Ohren kämen. Der Vorschlag des verwundeten Offiziers war trotzdem deutlich gewesen. Fest stand, dass alles, was sie über den Krieg sagten, verklausuliert werden musste. Sie mussten sich eigens dafür eine Sprache zulegen.

Sverre entschuldigte sich, begab sich anschließend in die Ingenieursvilla, blätterte eine Weile in den gesammelten politischen Zeichnungen, bis er das Gesuchte gefunden hatte, und kehrte dann zu seinem neuen Gesprächspartner zurück.

»Dieses Bild fasziniert mich unerhört«, sagte er und strich einen Ausschnitt aus den *Illustrated London News* glatt. Die geschickte und dynamisch heroische Illustration war mit der Unterschrift »Lanzenreiter reiten den Kanonen entgegen« versehen.

»Was halten Sie von diesem Bild, ich meine, rein sachlich und unpolitisch?«, fragte Sverre. Henry Carrington ließ mit der Andeutung eines Lächelns erkennen, dass er die Geheimsprache verstanden hatte.

»Rein sachlich und historisch gesehen verhält es sich folgendermaßen«, begann er in einem Vorlesungsstil, wie er nach Cambridge oder Dresden gepasst hätte, »dass ich zufälligerweise gewisse Spezialkenntnisse auf diesem Gebiet besitze, da meine Kameraden und ich Augenzeugen des ersten, größten und garantiert letzten Angriffs der Kavallerie waren.«

Sie waren angetreten, um sich ein paar wahre Worte aus dem Munde ihres damaligen Oberbefehlshabers French anzuhören. Der General hatte eine erbauliche Rede über die entscheidende Rolle der Kavallerie in verschiedenen Kriegen gehalten. Jetzt würde erneut diese besonders englische Methode des Kampfes zum Einsatz kommen. Die feindlichen Verteidigungslinien würden daraufhin sofort zusammenbrechen, worauf die Infanterie ihre Aufräumarbeiten durchführen konnte.

Henry Carrington war es vollkommen unwirklich vorgekommen, neben seinen Kameraden zu stehen, machtlos des bevorstehenden Irrsinns zu harren und mit anzusehen, wie sich die Kavalleristen allen Ernstes zum Angriff über ein lehmiges, unwegsames Feld voller Maschinengewehrstellungen des Feindes bereit machten. Vermutlich hatten auch die Deutschen ihren Augen kaum getraut.

Dann wurde zum Zeichen des Angriffs eine Leuchtgranate gezündet, und zweihundert Kavalleristen stürmten, ohne zu zögern und mit gesenkten Lanzen, auf breiter Front los.

Kein Einziger überlebte. Ein einziges herrenloses Pferd kehrte zurück, war aber so schwer verletzt, dass es erschossen werden musste. Der wartenden Infanterie blieb die Aufräumaktion erspart. Den General hatte das offensichtliche Versagen seiner überlegenen Taktik sehr erstaunt.

Anschließend wurden die Pferde der Armee nur noch als

Zugtiere verwendet. Ein weiterer Angriff mit gesenkten Lanzen hatte, soweit Henry Carrington wusste, nicht mehr stattgefunden. Wenn nicht …

Er betrachtete den Zeitungsausschnitt und stellte fest, dass er 1916 erschienen war, zwei Jahre nach dem ersten und einzigen Angriff der Kavallerie auf die Maschinengewehre des Feindes, dem er zufälligerweise selbst beigewohnt hatte. Nein, einen derartigen Angriff hatte England klugerweise nie wieder durchgeführt.

Sverre erzählte, dass das Gut Manningham bereits geraume Zeit vor Ausbruch des Krieges den Befehl der Armee erhalten habe, im Dienste der Nation, wie es damals hieß, großflächig Hafer anzubauen. Also war von Anfang an beabsichtigt gewesen, die Kavallerie als Offensivwaffe gegen die Deutschen einzusetzen. Ein Umstand, der ihn erstaunte. Jeder Zivilist konnte sich zusammenreimen, wie ein Angriff der Kavallerie auf Maschinengewehre enden musste, da sowohl die Engländer als auch die Deutschen diese Waffen in Afrika eingesetzt hatten. Und zwar offenbar mit großem Erfolg, völlig unbegreiflich. Gab es für diese missglückte Taktik eine sachliche, unpolitische und patriotische Erklärung?

»In der Tat«, antwortete Henry Carrington ernst. »Auch uns Cambridge-Absolventen erstaunte das Gesehene sehr, und wir fragten also unseren Obersten. Dieser erklärte uns voller Empörung, Maschinengewehre seien fürchterliche Waffen, die nur gegen Neger und andere minderwertige Rassen eingesetzt werden dürften. England sei von dem ehrlosen Verhalten der Deutschen überrumpelt worden und habe einen moralischen Schock erlitten.«

Sverre verblüffte diese brutale Wahrheit. Henry Carrington blickte ihm durchdringend und ernst in die Augen, wie um ihm zu bedeuten, dass es über diese sachliche, unemotionale und unpolitische Erklärung hinaus unter anderen Umständen und an einem anderen Ort noch vieles hinzuzufügen gegeben hätte.

»Die nächste Frage lautet dann, was mit dem Manningham'schen Hafer geschieht, nachdem sich der Einsatz der Kavallerie als ungeeignet erwiesen hat«, fuhr Sverre in dem Versuch fort, sich von einem Thema zu entfernen, das sich am Rande unerlaubter Kritik bewegte.

»Lebendige Zugpferde brauchen mehr Hafer als tote Kavalleriepferde«, erwiderte Carrington, ohne die Miene zu verziehen.

Diese Bemerkung konnte, nicht ganz zu Unrecht, als ironisch aufgefasst werden, und ein missbilligendes Räuspern war in der Nähe zu hören, woraufhin sie auf das Porträt zu sprechen kamen, das Sverre malen wollte.

Es gab kleine, aber aussagekräftige Stilmittel, derer er sich bedienen konnte. Henry Carrington trug einen weißen Kittel aus dünner weißer Baumwolle, unter dem seine Uniformjacke hervorschaute. Der Stumpf seines linken Beines blutete immer noch durch den Verband. Öffnete man den weißen Krankenhauskittel ein wenig, so kam ein Military Cross, der höchste Orden für Tapferkeit, zum Vorschein.

Den Hintergrund bildete der Krankensaal, in dem Verwundete auf Krücken und reihenweise Feldbetten auszumachen waren.

So sahen die Voraussetzungen aus. Damit ließ sich das heroische Gemälde eines Kriegshelden schaffen, das dieser seinen Kindern und Enkeln vorführen konnte. Aber auch das genaue Gegenteil war möglich. Alles hing davon ab, wie Sverre die Gesichtsverletzungen präsentierte und welche Miene er abbildete. Diese Überlegungen konnten jedoch noch warten. Jetzt war es an der Zeit, mit dem Grundlegenden zu beginnen.

*

Sverre hatte sich nach fast einem Jahr immer noch nicht an den paradoxen Anblick von Albies Offiziersuniform gewöhnt. Albie hingegen kümmerte es wenig. Er scherzte darüber, dass sein Einsatz hauptsächlich darin bestehe, Lunchtermine wahrzunehmen, die Köpfe von Kindern zu tätscheln und Witwen zu besuchen. Außerdem musste er seine Umgebung täglich davon überzeugen, dass sein Einsatz patriotischem Eifer entsprang.

Die Zivilbevölkerung um Manningham herum und im übrigen Wiltshire fand ihn vermutlich überzeugend. Sie verehrten ihren »Lord Lieutenant«, den 13. Earl of Manningham, mit derselben Selbstverständlichkeit, mit der die Earls in den vergangenen Jahrhunderten verehrt worden waren.

Leider hatten die Offiziere des Regiments eine andere Einstellung. Der Bericht in der *Daily Mail* über Lord Albert Fitzgerald und seinen deutschfreundlichen Lustknaben hatten einen unauslöschlichen Eindruck hinterlassen. Albie hatte sogar erlebt, dass die Offiziere seines eigenen Bataillons hinter seinem Rücken die gezierten Handbewegungen und das Hinternschwenken, das sie mit Homosexuellen assoziierten, nachahmten.

Die Worte, die Bertrand Russell an jenem Abend geäußert hatte, als sie beschlossen hatten, London zu verlassen, genauer gesagt aus London zu fliehen, trafen tatsächlich zu. Niemand konnte Albie ein Haar krümmen, solange er die Uniform trug.

Aber nach dem Krieg?

Immer wieder hatten sie diese Frage diskutiert, niedergeschlagen und beunruhigt, besonders nach Casements Hinrichtung.

England hatte mit den Rebellen des irischen Osteraufruhrs im Vorjahr nach guter strenger englischer Tradition abgerechnet. Die fünfzehn Rädelsführer waren erschossen worden. Einer von ihnen musste zum Hinrichtungsplatz getragen und mitsamt seiner Trage an einem Pfosten festgebunden werden, damit man ihn überhaupt erschießen konnte.

Roger Casement war gewissermaßen ein Landesverräter, weil er versucht hatte, deutsche Waffen zu den irischen Freiheitskämpfern zu schmuggeln, das stimmte. Aber in seiner Funktion als irischer Freiheitskämpfer konnte er schlecht gleichzeitig ein englischer Verräter sein. Außerdem hatte er dem Empire große Dienste erwiesen und war sogar in den Adelsstand erhoben worden. Seine Berichte aus dem Kongo hatten dem Massenmord an einer ganzen Nation Einhalt geboten, womit er der Menschheit einen Dienst erwiesen hatte. Zeitweilig war er sowohl mit Albie als auch mit Sverre eng befreundet gewesen.

Albies Affäre mit Roger war ihr großes Trauma gewesen. Irgendwann waren die Kränkungen überwunden gewesen, aber Casements bevorstehende Hinrichtung hatte sie wieder in Erinnerung gerufen.

Viele Intellektuelle, nicht nur George Bernard Shaw

und Bertrand Russell, sondern auch patriotische Autoren wie Arthur Conan Doyle, die für das Propagandaamt arbeiteten und bei denen man damit nicht gerechnet hätte, hatten einen Aufruf unterzeichnet, Casement zu begnadigen.

Albie jedoch nicht, und darunter litt er, obwohl Sverre diese Entscheidung gutgeheißen hatte.

Während des Prozesses waren Casements fatale Tagebücher zur Sprache gekommen, in denen dieser mit pedantischer Genauigkeit Unkosten, Penisgrößen, Eigenheiten gewisser Penisse, Vorlieben unter den Südeuropäern und den von der Nationalität abhängigen Geschmack der Eichel festgehalten hatte. Das Motiv der Staatsanwaltschaft, diese für die Anklage des Hochverrats vollkommen irrelevanten Details zu veröffentlichen, lag auf der Hand. Sie wollte den Hass gegen Casement schüren, um ihn problemloser hinrichten lassen zu können. Allein seine sexuellen Neigungen stempelten ihn zum Landesverräter.

Hätte eine Unterschrift Albies unter das kollektive Gnadengesuch nicht womöglich eine neuerliche Woge des Misstrauens und Spotts gegen landesverräterische Sodomiten ausgelöst und Casement nicht mehr geschadet als genützt?

Sverre fand diese Argumentation sehr überzeugend. Es wäre besser, wenn Albie nicht unterschrieb, und das hatte nichts mit Mut oder Feigheit zu tun, sondern nur mit gesundem Menschenverstand. Sie waren schließlich beide kein Shaws oder Russells, aber deswegen verfügten sie doch über einen gewissen Menschenverstand.

Die Geschichte hatte sie beide ziemlich mitgenommen. Jetzt war Casement tot, und sein Leichnam war zwecks

Beschleunigung der Zersetzung mit ungelöschtem Kalk in eine Grube geworfen worden, eine etwas rätselhafte Form zusätzlicher staatlicher Rache.

Die missglückte Befreiung Irlands war möglicherweise ein abgeschlossenes Kapitel. Der Krieg war die alles andere überschattende Plage.

Außerdem machte sich abends, nachdem nun Duncan Grant mit seinem Liebhaber Bunny in ein von Vanessa gemietetes Haus gezogen war, eine schwermütige Stimmung breit. Auch Vanessa hatte schließlich eingesehen, dass sich die Luft in London nicht mehr atmen ließ. Und so hatte sie für die Friedensfreunde den Plan ausgeheckt, eine eigene, für die Landesverteidigung unentbehrliche Landwirtschaft zu organisieren, die es ihren Künstlerfreunden und anderen intellektuellen Kriegsgegnern ermöglichen sollte, sich der Wehrpflicht mit dem Hinweis auf Landarbeit zu entziehen.

Duncan und Bunny hatten sich also verabschiedet und ins Charleston Farmhouse zu Vanessa begeben, um dort unter bedeutend bescheideneren Verhältnissen als auf Gut Manningham in der Landwirtschaft zu arbeiten. Man konnte nur hoffen, dass keine militärischen Behörden auf den Gedanken kamen, die Gärten des Charleston Farmhouse zu inspizieren, da man diese vermutlich nicht als kriegswichtig einstufen würde.

Wie auch immer: Duncan und Bunny waren unbekümmerte Gesellen und besaßen die unbegreifliche Gabe, über den Krieg zu scherzen, statt sich um sich selbst oder andere Sorgen zu machen. Albie und Sverre wurden sich ihrer Abreise vor allem abends schmerzlich gewahr.

Nach Ende des Arbeitstages versuchten sie sich meist

mit Wein und dem Grammofon abzulenken, da ihre Unterhaltung sonst dahin tendierte, jeden Abend in denselben Bahnen zu verlaufen.

Vor nicht allzu langer Zeit hatte sich Albie über die allzu große Anzahl seiner Landarbeiter den Kopf zerbrechen müssen, die den Gewinn des Gutes beträchtlich schmälerten, jetzt war über die Hälfte von ihnen verschwunden, und der Gewinn war qualvoll angestiegen, insbesondere da die Lieferungen ans Militär mehr einbrachten als der freie Markt. Die unerfreuliche Wahrheit war, dass Albie durch den Krieg viel Geld verdiente, denn die Haferlieferungen hatten zu- und die Personalkosten abgenommen.

Der am meisten gefürchtete Mann der Gegend war inzwischen der Briefträger. Wenn er sich auf der kopfsteingepflasterten Straße, die zwischen den Arbeiterhäusern von Manningham verlief, näherte, brach Panik aus, und die Tränen flossen, sobald er stehen blieb. Keine Frau, Mutter oder Schwester wollte seine Briefe entgegennehmen, und alle fürchteten sich davor, dass er vor ihrer Haustüre hielt.

Aber jetzt kam er nicht mehr. Es gab keine weiteren Todesnachrichten zu überbringen, alle Männer Manninghams, die gemeinsam singend zu den Rekrutierungsbüros gezogen waren, waren tot oder wurden vermisst, was auf dasselbe hinauslief, mit dem Unterschied, dass es kein Grab gab, das die Hinterbliebenen besuchen konnten.

Albie zog das Grammofon auf und spielte zum dritten Mal Mozarts Klarinettenkonzert. Die Wahl der abendlichen Musik, die der Schönheit und Lebensfreude huldigte, als könne die Kunst Widerstand leisten, kam einem Akt der Verzweiflung gleich.

Schweigend lauschten sie dem schmerzhaft schönen

zweiten Satz. Nachdem er verklungen war und die Nadel in der innersten Rille kratzte, erhob sich Albie, stellte das Grammofon ab und schob die Platte sorgfältig in ihr Fach im Regal zurück. Dann schenkte er Wein nach, räusperte sich und nahm wieder auf seinem knarrenden Ledersessel Platz. Das hieß, dass er etwas Wichtiges zu sagen hatte, es gab eine Neuigkeit.

Das Thema, das er nun ansprach, war jedoch erst einmal alles andere als neu. Der Hass, den der Krieg auf Männer wie sie geschürt hatte, führte dazu, dass die Liebe zwischen Männern mit Erbärmlichkeit und Feigheit und somit auch mit Landesverrat gleichgesetzt wurde. Wie der Krieg auch immer ausgehen mochte, ob die Deutschen siegten oder ob es zu einem Waffenstillstand kam, spielte keine Rolle, der Hass würde vermutlich nur noch zunehmen, da mehrere Millionen Menschen im Krieg Väter, Söhne, Brüder oder Cousins verloren hatten. Die Verzweiflung der Hinterbliebenen würde sich gegen die Männer richten, die sich unter fadenscheinigen Vorwänden dem Militärdienst entzogen hatten. Natürlich würde sich der Hass gegen die Anhänger des Friedens und die Wehrdienstverweigerer richten, aber am allermeisten gegen die Feigen. Inzwischen lynchte der Mob ungestraft Leute mit deutsch klingenden Namen, nach dem Krieg wären die sogenannten Feiglinge an der Reihe.

Wie Bertrand es vorhergesehen hatte, schützte die lächerliche Offiziersuniform sie beide für die Dauer des Krieges. Sowohl Albie als auch Sverre konnten Albies symbolische Hauptmannstätigkeit als ihre Lebensversicherung betrachten.

Aber nach dem Krieg erwartete sie ein Albtraum, der

zehnmal schlimmer sein würde als die Woge aus Hass, die zwanzig Jahre zuvor beim Prozess gegen Oscar Wilde über London zusammengeschlagen war.

So weit Albies einleitende Worte. Sverre, der sich mit Albies Gesprächstaktiken genauso gut auskannte wie mit verschiedenen Kunstrichtungen, wusste, dass ein schwerer Beschluss bevorstand.

»Nun, mein lieber Albie, was können wir dagegen unternehmen?«, fragte Sverre vorsichtig, um ihm weiterzuhelfen, zur Sache zu kommen.

»Ich habe gerade einen langen Brief von Delamere aus Nairobi erhalten«, sagte Albie, statt die Frage zu beantworten. »D erwähnt die Möglichkeit«, fuhr er betreten fort und blickte zu Boden, »dass ich mich den King's African Rifles in Kenia anschließen könnte. Dort ist der Krieg praktisch schon gewonnen, Daressalam ist eingenommen und fast ganz Deutsch-Ostafrika erobert. Es müssen nur noch ein paar wenige versprengte Truppenteile besiegt werden. Der Gegner besteht nur noch aus einer Handvoll Männer, und bei unseren Truppen herrscht ein Mangel an Offizieren.«

»Du hast also vor, richtiger Soldat zu werden?«

Sverres erstaunte Miene schmälerte Albies bisherige Entschlossenheit ein wenig. Er hätte nicht erstaunter sein können, wenn ihm Bertrand Russell oder Maynard erklärt hätten, nach reiflicher Überlegung in den Krieg ziehen zu wollen.

»Erkläre mir, bitte, wie du dir das denkst«, sagte Sverre mit tonloser Stimme.

Lord Delamere hatte berichtet, dass nach dem englischen Sieg in Deutsch-Südwestafrika zehn Kriegsverdienstorden verliehen worden waren, obwohl bei diesem Miniaturkrieg nur elf Deutsche gefallen waren. Praktisch jeder Offizier, der bei der Kapitulation der deutschen Garnison zugegen gewesen war, hatte den zweithöchsten englischen Orden erhalten. Laut D stand jetzt in Ostafrika eine ähnliche Situation bevor. Von einem gerade erst in Afrika eingetroffenen Hauptmann wurde nicht mehr erwartet, als dass er neben den Infanteriesoldaten herritt und britisch aussah. Anschließend musste er bei der Siegesfeier stramme Habachtstellung einnehmen, »God Save the King« singen und sich daraufhin mit Orden behängen und von der Presse fotografieren lassen.

Das war in gewisser Weise ein feiger Plan und die Moral eines solchen Ablenkungsmanövers, um sich des Militärjargons zu bedienen, höchst fragwürdig. Wenn nicht fast ein Betrug. Gleichzeitig handelte es sich um einen nachdrücklichen Beweis dafür, dass hellenistisch eingestellte Männer nicht feige waren. Zwar um einen falschen Beweis, aber was war in diesem Kriege schon echt?

Im Krieg und in der Liebe war alles erlaubt, und hier ging es um beides. Früher oder später war der Krieg vorbei, und dann würde man alle Feiglinge und alle Verräter zur Rechenschaft ziehen. Kurz gesagt würde Albies kurzer Aufenthalt bei den King's African Rifles ihr Leben nach dem Krieg absichern, so wie es seine Uniform im Augenblick tat. Sverre war immer noch überwältigt und hätte auf Anhieb nicht sagen können, ob er Albies Plan befürwortete oder ablehnte. Also brachte er einige praktische Gesichtspunkte vor.

Konnte sich ein dekorativer Wiltshire-Offizier mit einem ererbten Titel einfach so nach Gutdünken einem kämpfenden Verband in Afrika anschließen? Lord Delameres Kontakte würden dies ermöglichen, denn er kannte jeden militärischen Befehlshaber in Britisch-Ostafrika und konnte Albie als guten Reiter und guten Schützen mit viel Jagderfahrung aus Ostafrika empfehlen. Nur wenige Offiziere in Wiltshire konnten sich solcher, allerdings übertriebener Erfahrungen rühmen.

Und die Gefahr, getötet zu werden?

Nicht größer als beim Autofahren in Salisbury. Der Krieg in Afrika war praktisch vorbei, die meisten Soldaten in Ostafrika waren bereits an verschiedene Frontabschnitte in Europa verschifft worden. Im Übrigen war die Gefahr, zusammen mit Sverre gelyncht zu werden, zehnmal so groß, wenn Albie diesen Alibieinsatz nicht durchführte. Die größte Gefahr war, dass er nicht rechtzeitig in Mombasa einträfe, der Krieg bereits vorüber wäre und er so keinen Orden erhalten würde.

*

Das Porträt des stellvertretenden Hauptmanns Henry Carrington nahm langsam Gestalt an. Die Wahl des Stiles war kein Problem gewesen, es handelte sich um ein klassisches, realistisches, fast fotografisches Porträt mittels kurzer, pedantischer Pinselstriche. Es gab nur ein Problem, nämlich den Gesichtsausdruck.

Ein Mann im Rollstuhl, sehr britisch mit kräftigem Schnurrbart, rötlicher Gesichtshaut und blondem Haar. Blut war durch den Verband seines Beinstumpfs gesickert. Das Krankenhausmobiliar stellte einen eindrücklichen Kontrast zu den vergoldeten Salonmöbeln und der geprägten Ledertapete im Hintergrund dar. Das Military Cross auf der Uniformjacke zeigte, dass es sich um einen Kriegshelden handelte.

Oder um einen verbitterten Überlebenden, der vorwurfsvoll die Nachwelt betrachtete?

Oder um einen Mann, der so Schreckliches erlebt hatte, dass er, vom Verlust seines Beines ganz abgesehen, nie wieder der Alte sein würde?

Die Wahl fiel Sverre nicht leicht, und die Arbeit war noch nicht so weit gediehen, dass er es für sinnvoll hielt, Carringtons Meinung einzuholen.

Stattdessen unterhielten sie sich in ironischen Kürzeln. Jedes seiner Worte offenbarte Carringtons zornige Kritik an den unendlichen Wahnsinnsvariationen und der Idiotie des Krieges, die er jedoch in eine Lobeshymne auf die überlegene und intelligente englische Militärführung kleidete. So kommentierte er eine den U-Boot-Krieg betreffende Äußerung des First Sealord in der *Times* folgendermaßen: »Natürlich besitzt England keine U-Boote. Das wäre unter der Würde der Marine Seiner Majestät. U-Boote sind unbritisch, denn wir kämpfen, wie wir es immer getan haben, wie Gentlemen an der Oberfläche. U-Boot-Besatzungen sollten bei Gefangennahme wie Piraten behandelt und auf der Stelle gehängt werden.«

Carringtons lautstarkes Lob anlässlich dieser weisen Entscheidung fand im Saal allgemeine Billigung. Es wurde zustimmend gemurmelt und genickt, und unbegreiflicherweise schien niemand die Ironie zu durchschauen.

Gerne ließ sich Carrington indirekt über die Idiotie des Krieges aus, über seine persönlichen Erfahrungen schwieg er jedoch lieber. Sverres Neugier nahm also zu, je mehr

Zeit sie zusammen verbrachten, schließlich erhielt er auch auf seine direkte Frage hin, wie und wo Carrington sein Bein verloren habe, eine Antwort.

»In Passchendaele«, antwortete er, wobei er den seltsamen Ortsnamen geradezu ausspuckte. »Nicht so berühmt wie manche anderen Schlachtfelder, ich vermute, Sie haben von diesem Ort nie gehört, obwohl er uns Engländern unglaublich wertvoll ist.«

»Nein«, räumte Sverre ein. »Klingt, als läge er in Belgien, aber warum ist dieser Ort so wertvoll?«

»Weil wir dort bis heute über eine Viertelmillion Soldaten verloren haben. Zumindest war das die aktuelle Zahl, als mir das Bein abgerissen wurde und man mich nach Hause schickte. Mit anderen Worten ein strahlender Sieg.«

Sverre konnte seiner Argumentation nicht folgen.

»Entschuldigen Sie, wie kann es sich um einen strahlenden Sieg handeln, wenn eine Viertelmillion unserer eigenen Soldaten gefallen ist und der Kampf immer noch andauert?«, fragte er, weil Carrington das von ihm zu erwarten schien.

»Das versteht ein Zivilist natürlich nicht so ohne Weiteres, das ist mir klar«, erwiderte Carrington mit der für Armeeangehörige typischen herablassenden Betonung des Wortes Zivilist. »Aber jetzt haben wir einen neuen, erstklassigen Oberbefehlshaber in Belgien, General Haig. Er hat den möglicherweise etwas weniger erstklassigen French abgelöst, der sich seiner Kavallerieerfahrungen aus dem zweiten Burenkrieg bedienen wollte und den man deswegen zur Erfüllung einfacherer Aufgaben nach Irland geschickt hat. Wie auch immer. Haig hat eine sehr ausgefeilte mathematische Methode eingeführt, anhand derer sich unsere Erfolge messen lassen. Was er uns bereits am ersten Tag, nachdem er den Oberbefehl übernommen und 34 000 Mann verloren hatte, erklärte. Diese besondere Berechnungsart ergab rasch, dass die Deutschen ebenfalls 34 000 Mann verloren hatten, Verluste in einer Größenordnung, die sie auf Dauer nicht verkraften würden. Also hatten wir den Deutschen bereits zu dem Zeitpunkt, als ich nach Hause entlassen wurde, eine vernichtende Niederlage beigebracht, indem wir selbst eine Viertelmillion Soldaten verloren. Das ist doch einleuchtend, nicht wahr?«

»Natürlich, jetzt, wo Sie es sagen«, gab Sverre zu und kam zu dem Schluss, dass sich wohl kaum die Miene eines selbstzufriedenen Kriegshelden, der freudig ein Bein und fast alle seine Kommilitonen für England, das Empire und die Demokratie geopfert hatte, für das Gemälde eignete.

XI

VON BLAU ZU SCHWARZ

Charleston Farmhouse, 1918

Sein letztes Jahr in Manningham nannte Sverre halb im Scherz seine blaue Periode, womit er nicht nur auf seine Melancholie und seine ständige Sorge um Albie anspielte, sondern ganz konkret ausdrückte, dass er fast nur noch mit drei Blaunuancen, Schwarz und Weiß malte. Am besten war ihm seiner Meinung nach ein nächtliches Bild von Manningham House gelungen, auf dem der obere Teil des Schlosses in der blauschwarzen Dunkelheit kaum zu erkennen war, aber dennoch bedrohlich auf den grell erleuchteten Fenstern des ersten Stockwerks zu lasten schien, deren Gelb- und Rottöne eher den Eindruck eines Feuers erweckten, als nähere sich das Haus brennend seinem Untergang. Wie die Welt, Albie und auch Sverre selbst.

Anfänglich hatte er mit breiten Pinselstrichen und einer Farbschicht nach der anderen gearbeitet, um der Untergangsvision Gewicht zu verleihen. Als ihm diese Arbeitsweise nach einiger Zeit zu deprimierend erschien, zu betrüblich-schön, bediente er sich einer gegensätzlichen Technik, indem er die Farben so sehr mit Terpentin verdünnte, dass sie Aquarellfarben glichen. Anschließend kratzte er die Farbe mit dem Palettenmesser ab, bis die Struktur der Leinwand zum Vorschein kam und der Eindruck eines verwitterten und schlecht unterhaltenen Mauerwerks entstand.

Sverre bediente sich je nach Laune und Gutdünken jeweils der einen oder anderen Technik. Gelegentlich verlor er ganz und gar den Glauben an seine Fähigkeiten, während seine Gemütslage zwischen Hoffnung und Verzweiflung pendelte.

Bislang hatte er von Albie nur zwei vollkommen inhaltslose Briefe erhalten, die wohl hauptsächlich als Lebenszeichen gedacht waren. Etwas anderes wäre nicht möglich gewesen. Albie hatte Sverre erklärt, dass sämtliche Briefe von der Militärzensur gelesen wurden und dass es dort sicher Leute gab, die es für kriegswichtig hielten, die Formulierungen nach strafbaren Liebesbeziehungen abzusuchen.

Die einzige Gewissheit, die Albie besaß, war, dass die englischen Truppen in Ostafrika bislang nicht gesiegt hatten. Die Gründe dafür waren nicht ersichtlich, und die spärlichen Siegesbulletins erinnerten in beunruhigender Weise an die Berichte der letzten Jahre aus Frankreich und Belgien, über unzählige Siege und über Offensiven, eine glanzvoller und heroischer als die andere, ohne dass irgendwelche Entscheidungen herbeigeführt worden wären.

Hätte sich Sverre nicht so sehr in seine blaue Periode vertieft, hätte ihn die Einsamkeit gänzlich zermürbt. Carrington war mit seinem Porträt unter dem Arm nach Hause gefahren. Sein Blick auf dem Gemälde hatte am Ende etwas Trotziges gehabt und sich entweder gegen den deutschen Feind, die »Hunnen«, oder den Krieg aufgelehnt. In der Ausstellung in der Ingenieursvilla – hier war die Wand bald ganz mit Bildern bedeckt – hing ein aufrichtiges Bild Carringtons, das wahrhaftiger war. Das Porträt eines Mannes, der den vollkommenen Wahnsinn des Krieges durchschaut hatte.

Keiner der übrigen Konvaleszenten hatte sich bereit erklärt, Sverre Modell zu sitzen, obwohl sein Carrington-Porträt gemeinhin bewundert worden war. Sverre wusste nicht, warum alle es ablehnten, aber konnte nicht umhin, Oberst Cunningham zu verdächtigen.

Nur eine Woche nach Albies Abreise war Oberst Cunningham plötzlich aufgefallen, dass Sverre Ausländer und Manningham House als militärisches Sperrgebiet zu betrachten war, zu dem Ausländer selbstverständlich keinen Zutritt hatten. Das galt sowohl für die Salons und Krankensäle als auch für das Esszimmer. Daher musste Sverre seine Mahlzeiten jetzt in der Küche, die offenbar nicht zum militärischen Sperrgebiet zählte, mit dem Gesinde einnehmen.

Sverre ließ sich nicht provozieren und klagte nicht. Außerdem verstand er sich gut mit dem Küchenpersonal, besonders mit den älteren Frauen, die er während der Entstehung der Bilderfolge über Manningham im Umbruch zur Moderne eingehender kennengelernt hatte. Außerdem entsprach die düstere, konzentrierte Einsamkeit seiner Tage und Nächte den Blautönen seiner Malerei.

Als Oberst Cunningham zur Inspektion in die Ingenieursvilla kam, um das Untergeschoss für die Kranken mit Beschlag zu belegen, ahnte Sverre, dass Albie so bald nicht nach Hause zurückkehren würde, weil das Ende des Krieges noch auf sich warten ließ und Oberst Cunningham offenbar darüber Bescheid wusste. Vermutlich war es nur eine Frage der Zeit, bis man ihn vor die Tür setzte.

Er schrieb an Margie in London und bat sie um Rat, ohne sich jedoch einen besseren Vorschlag zu erhoffen, als wieder in das Haus am Gordon Square zurückzukehren, das sie mit einigen Künstlerfreunden bewohnte, die sonst keine Bleibe hatten. Aber Sverre wollte nicht nach London ziehen. Es war schon schlimm genug, als Ausländer mit einem verdächtigen Akzent im von einer Mauer umgebenen militärischen Sperrgebiet Manningham zu leben. In London würde er jedoch in Lebensgefahr schweben.

Margie antwortete innerhalb von drei Tagen mit einem überschwänglichen Brief. Sie hatte für den Gefangenen auf Manningham eine ausgezeichnete Lösung gefunden. Vanessa und Duncan hatten das Charleston Farmhouse, ihr Haus in Sussex, das nicht weit von Monk's House, dem wesentlich kleineren Anwesen Virginias und Leonards, entfernt lag, endlich eingerichtet. Im Charleston Farmhouse stand ihm den ganzen Sommer und wenn nötig auch länger ein eigenes Zimmer zur Verfügung. Vanessa und Duncan waren von diesem Gedanken sehr angetan. Margie selbst und Clive waren auf dem Weg dorthin, weil bald ein Sommerfest für die alten Freunde aus Bloomsbury stattfinden würde. Außerdem hatte Maynard Keynes vor, den Rest des Sommers dort zu verbringen, um ein Buch zu schreiben. Sverre solle aber ausreichend Malerutensilien mitbringen, denn Leinwand sei Mangelware, was wohl an dem verdammten Krieg läge.

Als er Margies fröhlichen, weitschweifigen Brief las, lächelte er zum ersten Mal seit langer Zeit. Er packte einen zusätzlichen Koffer mit Malerutensilien, denn auf Albies Anraten hin hatte er kurz nach Kriegsausbruch noch rechtzeitig gehamstert. Zuoberst in den Koffer legte er das Gemälde von Manningham House, das er Margie schenken wollte.

*

Charleston Farmhouse glich einem Irrenhaus, zumindest aus der durchschnittlich englischen Middle-Class-Perspektive, aber es lebte sich darin, umgeben vom üppig grünen Sussex, ausgesprochen angenehm. Das geräumige Haus bot außerdem vielen Irren gleichzeitig Platz, überdies war der verwilderte Garten weitläufig. Duncan und Bunny war es gelungen, sich unter Berufung auf Landarbeit – wahrscheinlich meinten sie damit das Unkrautjäten – dem Stellungsbefehl zu entziehen, was sich nur durch ein Versagen der Militärverwaltung erklären ließ. Sverre meinte, wenn ein gewisser Oberst Cunningham, dessen Bekanntschaft zu machen er in Manningham die zweifelhafte Ehre gehabt habe, davon erführe, würden sie sich unverzüglich im nächsten Truppentransport nach Flandern wiederfinden. Möglicherweise funktionierte der Betrug dank der Abgeschiedenheit des Charleston Farmhouse. Die Entfernung zum nächsten Bahnhof betrug vier Meilen.

Vanessa und Margie waren die Ersten, die Sverre nach seiner Ankunft umarmte, dann Duncan und Bunny. Die Stimmung war fast unmoralisch ausgelassen, als gäbe es gar keinen Krieg oder als ginge dieser die Intellektuellen in der ländlichen Provinz nichts an. Roger Fry war gerade eingetroffen, und als er das blaue Gemälde sah, das Sverre Margie mitgebracht hatte, zog er sich damit zurück, um es in aller Ruhe betrachten zu können. Vanessa wies die Dienstboten an, sich um Sverres Gepäck zu kümmern, und schob dann Sverre, Margie und die anderen Gästen in eine Laube, bevor sie ins Haus eilte, um den letzten Wein zu holen. Es herrschte strahlendes Frühsommerwetter, und die Azaleen und Rhododendren blühten.

Die chaotische Unterhaltung, bei der sich alle ins Wort fielen, überrumpelte Sverre zu Beginn ein wenig. Es war, als hätte er während seines langen, stillen Aufenthalts in Manningham vergessen, wie die Freunde aus Bloomsbury zu diskutieren pflegten. Plötzlich rannten zwei nackte Kinder an der Laube vorbei, Julian und Quentin, Vanessas Söhne mit Clive Bell. Jetzt lebte sie jedoch mit Duncan zusammen und erwartete sein Kind, wobei Duncan ein Verhältnis mit Bunny Garnett hatte. In Liebesdingen war also alles wie immer.

Während sich alle munter unterhielten, gesellte sich Roger Fry mit Sverres blauem Manningham-Gemälde in der Hand wieder zu seinen Freunden und stellte es auf einen Gartenstuhl, damit es alle betrachten konnten. Er strahlte eine seltsame Beherrschtheit aus, und das fröhliche Gespräch verstummte abrupt.

»Was zum Teufel soll das denn sein?«, fragte Roger übertrieben dramatisch und deutete mit einer ausholenden Bewegung auf das Gemälde.

Alle starrten das dramatische Nachtbild an mit dem Feuer, das in den Fenstern zu erahnen war. Alle schwiegen in Erwartung dessen, wie Sverre auf den Vorwurf reagieren würde.

»Das ist eines meiner besten Gemälde«, antwortete Sverre grimmig.

Die Blicke aller wandten sich zu Roger, dessen Miene immer noch unbegreiflich finster war. Die Bloomsbury-Freunde beschimpften einander grundsätzlich nie wegen ihrer Kunstwerke, nicht einmal, wenn es vielleicht berechtigt gewesen wäre, und das galt ganz besonders für den Kunstkritiker Roger.

»Ja, das könnte man vielleicht sagen«, erwiderte dieser, und ein vorsichtiges Lächeln breitete sich auf seinen Lippen aus. »Wie du es rein technisch fertiggebracht hast, ist mir allerdings schleierhaft, das musst du mir zeigen. Aber eines ist sicher. Dies hier ist ein Meisterwerk. Und jetzt brauche ich was zu trinken!«

Nach der kurzen Anspannung explodierte die fröhliche Stimmung förmlich, und das Gemälde wurde herumgereicht, damit sich alle die Technik aus der Nähe ansehen konnten. Dann wurde es wieder auf den Stuhl gestellt, und alle betrachteten es auf Abstand. Vanessa organisierte eine lustige Zeremonie, einer nach dem anderen trat vor und verbeugte sich feierlich vor dem Gemälde, wobei Sverre immer mehr in Verlegenheit geriet.

In der Ferne donnerte es. Sverre schaute erstaunt in den vollkommen blauen Himmel. Margie bemerkte seine Verwunderung.

»Mach dir keine Gedanken, das ist nur die Artillerie in Frankreich«, sagte sie. »An windstillen Tagen ist sie bis nach Sussex zu hören, aber ob es sich um deutsche oder um unsere eigenen Kanonen handelt, ist schwer zu sagen.«

Dann ging das Fest weiter.

*

Charleston Farmhouse war ein Gesamtkunstwerk. Wände, Türen, sogar das Dach und die Badewanne waren von Vanessa, Duncan oder sehr unterschiedlich begabten Gästen dekoriert worden. Es handelte sich um eine chaotische Mischung von Stilen und Motiven, und die Einfälle hatten keine Grenze gekannt. Eine Bierflasche verwandelte sich in ein Kunstwerk, indem man sie mit roten und weißen Streifen bemalt an die Decke hängte, und ein alter Vogelbauer erhielt eine ganz neue symbolische Bedeutung, wenn man ihn mit Goldfarbe bemalte und mit geöffnetem Türchen ins Fenster stellte. Der Durchgang zur Küche verwandelte sich anhand angedeuteter Säulen und Kapitelle in einen römischen Tempel. Sverre fand diese ungehemmte Verspieltheit unordentlich, aber auch charmant. Sie zeigte, was mit den Omega Workshops bezweckt wurde, dort sollten die Leute lernen, mit dem Modernismus zu spielen, man wollte sie zum Homo ludens, dem spielenden Menschen, von dem vor dem Krieg so viel die Rede gewesen war, heranbilden.

Vanessa bat Sverre, die Tür seines Gästezimmers im zweiten Stock mit einer Kopie des Manningham-Bildes zu verzieren, und er zog sich mit der Erläuterung aus der Affäre, dass derart dicke Farbschichten ewig nicht trocknen und die Kleider der Gäste ruinieren würden. Er versprach ihr, sich etwas anderes einfallen zu lassen, was gar nicht so einfach war, da alles und nichts in das bereits vorhandene Sammelsurium passte.

Der spontane Irrsinn gefiel Sverre. Wohin er sich auch immer im Haus begab, stieß er auf etwas, was ihn schmunzeln ließ. Mit den Gemälden Vanessas und Duncans hingegen tat er sich schwerer.

Er hatte nicht die Absicht, ihnen auch nur andeutungsweise mitzuteilen, was er von ihrer Malerei hielt, am allerwenigsten jetzt, wo ihn Roger zum Malergenie des Freundeskreises ausgerufen hatte, so wie Virginia stets als Schriftstellerin gegolten hatte. Jahraus, jahrein war von ihrer Genialität die Rede gewesen, obwohl sie erst kürzlich ihr erstes Buch veröffentlicht hatte. Ihr Anspruch und das Bewusstsein ihrer eigenen Größe hatten ihn immer in Verlegenheit gebracht.

Was Vanessa und Duncan betraf, erging es ihm ebenso. Sie waren einfach lausige Maler, und daran würde sich, auch wenn sie noch so viel übten, nichts ändern. Außerdem verachteten die beiden Technik genauso sehr wie das Üben. Alles sollte »von innen« kommen.

Nicht unerwartet nahmen zwei Porträts, die die beiden gemalt hatten, einen peinlich prominenten Platz im Haus ein.

Vanessas Bild ihrer Schwester Virginia war verblüffend. Es zeigte einen jungen Mann mit Schnurrbart anstelle der Oberlippe, der in einem Ohrensessel saß und etwas Rotes strickte. Die Gestalt hatte vier Finger an der linken Hand und eine riesige, eckige Nase, die an eine Katzenschnauze erinnerte.

Duncans Porträt Vanessas war noch schlimmer. Sie saß in einem sackartigen Sommerkleid halb zurückgelehnt auf einem – natürlich – roten Sofa und glich einem wütenden oder auch betrunkenen Seehund, der an den Enden spitz zulief und in der Mitte am dicksten war. Stierer Blick, vier Finger an jeder Hand, Strohhut und Bücher im Hintergrund.

Wie viele andere Maler imitierten sie Matisse, wobei sie

dem kindischen Missverständnis erlagen, dass auch dieser weder Nasen noch Hände malen konnte. Wenn man sich nur an die von ihm bevorzugten Farbskalen hielt und sich auf etwa vier leuchtende Farben beschränkte, war man ein Matisse.

Es war schier unerträglich, diese Ballung ahnungsloser Gewichtigkeit zu betrachten und niemals Einspruch erheben oder Verbesserungsvorschläge unterbreiten zu können. Sie hätten sich lieber auf Abstraktionen und Collagen beschränken und ihren Spieltrieb an Farben ausleben sollen, statt an Bildern zu basteln, die ihre Fähigkeiten überstiegen. Margie war in dieser Hinsicht klüger. Sie passte ihre Kunst an ihr Können an, was ihr sicherlich viel mehr Freude und Genugtuung bereitete als das Künstlertheater, das Duncan und Vanessa sich und ihren Freunde vorspielten.

Ein etwas anderes Auftreten hatte Roger Fry. Er war einer der hellsichtigsten Kunstkritiker Englands, er besaß einen untrüglichen Blick, er beherrschte die gesamte Kunstgeschichte, bildete sich aber auf seine eigenen künstlerischen Erzeugnisse nichts ein. Er malte ständig, im Charleston Farmhouse täglich, weil es ihm Freude bereitete. Im Grunde war es ein beneidenswerter und angenehmer Zustand, ohne Qualen, Anwandlungen von Größenwahn und lange Phasen der Verzweiflung über die eigene Unzulänglichkeit malen zu können.

Im Großen und Ganzen war das Charleston Farmhouse wie das Leben und die Kunst, eine höchst unwirkliche Mischung aus Schönheit und Hässlichkeit, Sublimem und Plumpem, Intelligenz und reiner Dummheit. Diese Mischung entbehrte nicht einer gewissen Komik. Schon allein der Kontraste wegen konnte man im Charleston Farmhouse nur guter Dinge sein.

Das Wundervollste an dem ganzen Durcheinander war, dass man an den überraschendsten Orten plötzlich vor einem Gemälde van Goghs, Cézannes oder Gauguins stand, Strandgut der zwei Londoner postimpressionistischen Ausstellungen, die kurz vor dem Krieg so katastrophal durchgefallen waren. Vanessa und Duncan hatten wie alle anderen ihren Beitrag geleistet, indem sie einige der unerwünschten Gemälde erstanden. Auch in der Ingenieursvilla in Manningham hingen an die zwanzig dieser Werke.

Vanessa vertraute Sverre einen Kummer an, der glücklicherweise nichts mit Kunst zu tun hatte. Bald würde das große Sommerfest stattfinden, und es gab im ganzen Haus keinen einzigen Tropfen Wein mehr, der in London höchstens noch über dunkle Kanäle erhältlich war. Bier und Whisky ließen sich in ausreichenden Mengen im nächsten Dorfpub beschaffen, aber kein Wein. Die meisten Freunde, die mit Ausnahme Margies der Mittelschicht entstammten, würden sich freuen, wenn man ihnen etwas anderes als Whisky und Bier anbot.

Sverre verstand nicht recht, warum sich Vanessa mit diesem Problem ausgerechnet an ihn wandte, fand aber bald heraus, dass Margie geplaudert hatte.

Vor seiner Abreise nach Mombasa hatte Albie etliche Dokumente unterschrieben, darunter auch zwei, die mit Wein zu tun hatten. Mit dem einen wurde James eine letzte Aufgabe übertragen, denn es ernannte ihn auf Lebenszeit zum »Patron und Bevollmächtigten des Manningham'schen Weinkellers«. Außerdem gab es eine von Albie, genauer gesagt vom 13. Earl of Manningham unterzeichnete Vollmacht, die dem hochwohlgeborenen Sverre Lauritzen unbegrenzten Zugang zu besagtem Weinkeller einräumte.

Sverre hatte Margie irgendwann von Oberst Cunninghams Versuch erzählt, den Weinkeller zu requirieren. Daraufhin hatte James, gebeugt, mit schlohweißen Brauen und leicht zitternder Hand, mit der er keinen Wein mehr hätte servieren können, den Herrn Oberst in wohlgewählten Worten darüber aufgeklärt, dass, einmal ganz abgesehen von der Frage, inwiefern 10 000 Flaschen Wein wirklich als kriegswichtig zu erachten seien, Alkohol nach geltenden militärischen Vorschriften nicht requiriert werden könne. Überdies habe außer ihm selbst nur Mr. Lauritzen Zutritt zu dem Weinkeller. Darüber lägen Dokumente vor, die seine Gnaden, der Earl, unterzeichnet hätte.

Oberst Cunningham hatte sich mit den auch nicht zu verachtenden Rumlieferungen begnügen müssen. Den Rekonvaleszenten stand in etwa die gleiche Ration Rum zu wie den Seeleuten der königlichen Flotte, und diese Zuteilungen waren seit Jahrhunderten recht großzügig bemessen.

Aber jetzt ging es also darum, ob das Sommerfest im Charleston Farmhouse mit oder ohne Wein gefeiert werden konnte.

Sverre zögerte angesichts der Aufgabe, sich allein und noch dazu als Ausländer in das militärische Sperrgebiet Oberst Cunninghams zu begeben und auf sein Recht zu pochen. Das ließe sich höchstens bewältigen, wenn er von Margie, in diesem Zusammenhang von Lady Margrete, begleitet und beschützt wurde, die der Oberst ja wohl kaum in Ketten legen lassen konnte.

Vanessa und Margie hielten das für eine hervorragende Idee. Es war nicht ganz einfach, ein Fahrzeug und Benzin für den Transport aufzutreiben, aber schließlich knatterten Sverre, Margie und ihr Clive Richtung Manningham los.

Es war Hochsommer, und die Fahrt auf den kleinen Landstraßen hätte ruhig verlaufen können, hätten sie nicht überall entgegenkommenden amerikanischen Militärkonvois, die Richtung Osten unterwegs waren, ausweichen müssen.

Sverre saß am Steuer, da sich seine beiden Begleiter nicht mit Automobilen auskannten und Margie außerdem der Meinung war, diese Tätigkeit sei etwas für Dienstboten. Sverre führte als Entschuldigung an, dass er ja Ingenieur sei und dass es in Zukunft so viele Automobile auf der Welt geben würde, dass die Dienstboten nicht mehr ausreichen würden, sie zu fahren. Weder Margie noch Clive glaubten ihm.

Als sie Salisbury hinter sich gelassen hatten und sich Manningham näherten, griff Margie auf ihre unbekümmerte Art ein Thema auf, das außerhalb des Bloomsbury-Kreises undenkbar gewesen wäre. Sie machte sich Sorgen um Sverres betrübliche Einsamkeit und überlegte, ob sie ihn nicht, um ihn zu trösten, vorübergehend zu ihrem Liebhaber machen sollte.

Alle drei trugen Lederkappen und Fliegerbrillen, die jede Gesichtsregung verbargen, und mussten, um sich unterhalten zu können, gegen den Fahrtwind anschreien. So sah selbst Sverre aus, als handele es sich um ein ganz gewöhnliches Gespräch.

»Du weißt, dass ich Albie nicht untreu sein möchte!«, rief er.

»Eine Affäre mit einer Frau zählt nicht. Außerdem ist Margie seine Schwester!«, wandte Clive ein.

In diesem Augenblick kam ihnen ein weiterer amerikanischer Militärkonvoi entgegen, und sie unterbrachen ihre Unterhaltung. Als sie die Fahrt fortsetzten, nachdem sie die Amerikaner vorbeigelassen hatten, wurde das Thema nicht wieder aufgegriffen.

Vor den Toren Manninghams standen Wachsoldaten und fragten nach »Passierscheinen«. Mühelos parierte Margie dieses Ansinnen, indem sie in ihre alte Paraderolle der Lady Margrete schlüpfte.

Nachdem sie James lokalisiert hatten, mussten sie nur noch vor der Kellerluke parken. James erkundigte sich, für welchen Anlass und für wie viele Gäste sie den Wein benötigten, und forderte dann militärisches Personal an, das unter James' Aufsicht das Auto mit einer ausreichenden Weinmenge belud, die allen möglichen Bedürfnissen gerecht wurde, wie es James höflich ausdrückte.

*

John Maynard Keynes war Sverres Meinung nach das erstaunlichste Bloomsbury-Mitglied. Maynard, wie er zumeist genannt wurde, besaß die besten Voraussetzungen für eine staatliche Karriere – Eton, Cambridge und nationalökonomische und staatswissenschaftliche Studien. Aber gewisse Eigenheiten unterschieden ihn wesentlich von einem Karrierebeamten. Er war ein leidenschaftlicher Kunstliebhaber und kannte sich, was die Dichtung des 14. Jahrhunderts und die moderne französische Literatur und Kunst betraf, ausgesprochen gut aus. Über die Dinge, die er liebte, konnte er also nicht mit seinen Beamtenkollegen, aber mit seinen Bloomsbury-Freunden sprechen. Dass er in Liebesdingen Männern den Vorzug gab, hatte seiner Karriere vor dem Krieg keinen Abbruch getan. Inzwischen war eine solche Vorliebe jedoch zu einem Klotz am Bein geworden, und auch dieser Umstand trug dazu bei, dass er viel besser nach Bloomsbury als in ein Ministerium passte.

Mit Maynards Ankunft kurz vor Vanessas und Clives großem Sommerfest hielt der Ernst, den man normalerweise geflissentlich übersah, über den man nicht sprach oder den man, mit den modernen Worten Freuds ausgedrückt, ganz einfach ins Unterbewusstsein verbannte, wieder im Charleston Farmhouse Einkehr.

Es war, als hätte Maynard einen schweren Brunnendeckel aufgehoben, woraufhin alle geblendet ins Licht blinzelten. Denn wenn er sagte, der Krieg sei bereits gewonnen, er dauere höchstens noch ein halbes Jahr, so war das etwas ganz anderes, als wenn es in der *Times* oder im *Telegraph* gestanden hätte, denn diese und alle anderen Zeitungen behaupteten das jetzt bereits seit 1914. Aber nun entsprach es also der Wahrheit.

Maynard hatte als Mitglied von Lloyd George' Delegation an der großen Friedenskonferenz in Versailles teilgenommen, bei der die zukünftigen Siegermächte die Bedingungen für den kommenden Frieden festgelegt hatten. Maynard hatte jedoch recht bald erzürnt das Handtuch geworfen, und jetzt wollte er im Charleston Farmhouse ein Buch über die Friedenskatastrophe schreiben.

Das war eine provozierende Formulierung, und nicht einmal der sonst an Politik demonstrativ uninteressierte

Bloomsbury-Kreis konnte umhin, Fragen zu stellen und sich so in das unbequeme Thema verwickeln zu lassen.

Wie könne er sich eines baldigen Sieges so gewiss sein? Und was unterscheide die momentane Lage von allen vorhergehenden, als derartige Erklärungen nachweislich eine Lüge gewesen seien?, wollte Clive wissen.

Die Finanzen, antwortete Maynard unwirsch. Im Krieg gehe es nicht, wie in England landläufig angenommen, um Mut und Tapferkeit, den unbeugsamen englischen Geist und was es sonst für Floskeln gebe. Im Krieg gehe es in erster Linie um finanzielle Mittel. Seit sie vor einem Jahr in den Krieg eingetreten seien, verschifften die Amerikaner Waffen und Soldaten nach Europa, und sobald diese nun nach langwierigen Vorbereitungen zum Einsatz kämen, würden sie das Gleichgewicht zerstören. Überraschend nahm Maynard einen Vergleich aus dem Boxsport zu Hilfe.

Man müsse sich zwei völlig erschöpfte, gleich starke Boxer in der 44. Runde vorstellen, die sich aneinanderlehnten, weil keiner der beiden in der Lage sei, den anderen k. o. zu schlagen. Dann trete plötzlich, gegen alle Regeln der Fairness, ein dritter, vollkommen ausgeruhter Boxer in den Ring und schlage auf einen der beiden ein. Genau das geschehe jetzt und habe sich seit Monaten angebahnt. Das reichste Land der Welt pumpe Waffen, Proviant und Treibstoff in den Konflikt und stelle eine Million schlechter, rasch ausgebildeter Soldaten in Frankreich und Belgien. Die Amerikaner könnten diesen Einsatz verdoppeln oder gar verdreifachen und dabei auch noch ihre eigene Wirtschaft ankurbeln.

Keiner der Freunde in der Laube widersprach Maynards

ruhigen und selbstverständlich logischen Erläuterungen. Außerdem interessierten sich die Freunde nicht sonderlich für das Thema. Sie unterhielten sich lieber über Farbe, Form, Sexualität und die Ballets Russes.

Einer nach dem anderen verschwand mit einer gemurmelten Entschuldigung, bis nur noch ein zutiefst zwiespältiger Sverre Maynard Gesellschaft leistete und darüber nachsann, wie der Krieg am besten zu beenden sei. Ein Unentschieden wäre vermutlich wünschenswert. Oder ein gemäßigter deutscher Sieg, der für England keine negativen Konsequenzen hätte. Deutschland war ja seine zweite Heimat, und in England wohnten alle seine Freunde.

»Weshalb hast du die englische Friedensdelegation in Versailles verlassen?«, fragte er schließlich. »Ist es, wenn man eine abweichende Meinung vertritt, nicht sinnvoll, bis zum Schluss zu bleiben und den Versuch zu unternehmen, die anderen zu überzeugen, statt aufzugeben?«

Maynard schüttelte den Kopf.

»Ich hatte keinerlei Einfluss«, meinte er. »Ich war nur einer von Lloyd George' kleinen Beamten, und die hohen Tiere waren vollkommen verrückt, allen voran die Franzosen. Clemenceau schlug allen Ernstes vor, die Siegermächte sollten Deutschland in passende Häppchen aufteilen und das Land auf immer zerschlagen. England vertrat den Standpunkt, Frankreich solle sich mit Elsass-Lothringen begnügen und Deutschland fünfzig Jahre lang Reparationen leisten. Das sei ein besseres Geschäft, als das Land zu besetzen und immer wieder aufflammende Aufstände niederschlagen zu müssen. Unter diesen Umständen wollte ich nicht mehr dabei sein. In Versailles sind sie damit beschäftigt, den Krieg zu gewinnen und den Frieden zu verlieren.«

Sverre runzelte die Stirn und schüttelte verständnislos den Kopf. Maynards Art, die Dinge zu erläutern, als handele es sich dabei um Selbstverständlichkeiten, die jedes Kind verstehe, machte es ihm nicht leichter.

»Lieber Maynard, ich begreife es nicht«, sagte Sverre nach einer langen Pause, während der Maynard geduldig gewartet hatte. »Bedenke bitte, dass ich wie vermutlich die meisten anderen hier von Politik keine Ahnung habe. Versuche trotzdem, es mir zu erklären. Weshalb werden die Siegermächte den Frieden verlieren?«

»Nun, das ist die entscheidende Frage«, antwortete Maynard. »Wir werden Deutschland jahrzehntelang andauernde Plagen auferlegen, die einen fürchterlichen deutschen Hass zur Folge haben werden. Deutschland bleibt dabei intakt und verfügt über die bedeutendsten technischen und wissenschaftlichen Errungenschaften Europas. Das kann nur auf eine Art enden: Deutschland wird sich grausam rächen und einen Krieg anzetteln, der aufgrund der technischen Entwicklung noch fürchterlicher ausfallen wird als der, den wir gerade beenden.«

»Und davon soll dein Buch also handeln?«

»Ja. Ich habe bereits angefangen. Anderthalb Kapitel sind fertig.«

»Und wie soll das Buch heißen?«

»Das weiß ich noch nicht. Der Arbeitstitel lautet ›Die wirtschaftlichen Folgen des Krieges‹.«

»Wenn man etwas Wichtiges zu sagen hat, ist es natürlich angebracht, das öffentlich zu tun«, meinte Sverre nachdenklich. »Genauso, wie man ein sehenswertes Kunstwerk ausstellen sollte.«

»Das ist kein schlechter Vergleich«, meinte Maynard.

»Hätte ich die englische Friedensdelegation nicht verlassen, wären meine Ansichten nie aus den Konferenzräumen herausgekommen, denn dann wäre ich an die Schweigepflicht gebunden gewesen. Du hast also sicher recht. Wann willst du eigentlich deine Werke ausstellen? Roger ist überzeugt, dass du deinen Durchbruch erleben wirst und dein Name dann weltweit in aller Munde ist.«

»So etwas lässt sich nur schwer vorhersagen«, wandte Sverre verlegen ein. »Ich habe Verträge für zwei Ausstellungen in New York unterschrieben, die stattfinden sollen, sobald der Krieg vorüber ist. Eine, die wir die Afrikanische Ausstellung nennen …«

»Die, die mit der Titanic untergegangen ist?«

»Ja, aber ich habe sie rekonstruiert. Die zweite ist eine allgemeinere Ausstellung mit recht unterschiedlichen Motiven. Albie und ich sind der Meinung, dass die Voraussetzungen in den USA besser sind als hier in England.«

»Davon kann man zweifellos ausgehen.« Maynard lachte. »Die Nachwelt wird sich über die englische Kunstkritik kaputtlachen. Aber wie geht es Albie eigentlich?«

»Ich weiß nicht. Das ist das Schlimmste. Ich habe seit fünf Monaten nichts mehr von ihm gehört.«

*

Daressalam, 23. April 1918

Lieber Sverri,
entschuldige, dass ich so lange nicht geschrieben habe, aber das war praktisch unmöglich. Unsere Jagd auf die letzten hartgesottenen Hunnen war nur in Maßen erfolgreich. Sie ziehen

sich immer wieder zurück und lauern im Hinterhalt, statt sich uns im offenen Kampf zu stellen.
Diese feige Taktik bereitet uns einigen Kummer. Insbesondere da zwei ihrer Heckenschützen sich darauf spezialisiert haben, unseren Offizieren die Helme vom Kopf zu schießen. Einige meiner Offizierskameraden setzen ihre Helme schon gar nicht mehr auf, um dieser Geschmacklosigkeit nicht noch weiter Vorschub zu leisten, mir würde so etwas natürlich nie einfallen. Du kennst mich und verstehst sehr gut, warum.
Jetzt ist Regenzeit, und wir haben uns nach Dar zurückgezogen, um uns auszuruhen, da man während der starken Regenfälle ohnehin nicht kämpfen kann. Ich bin jedoch überzeugt davon, dass wir, sobald der Regen endet, mit den Heckenschützen kurzen Prozess machen werden. Die Armeeführung hat demjenigen, dem es gelingt, sie abzuknallen, eine Prämie von 50 Pfund ausgesetzt. Das wäre also geregelt.
Apropos Regen: Das Klima hier in Tanganjika ist um einiges beschwerlicher als im Hochland Kenias bei Lord Delamere. Außerdem locken uns die Hunnen unentwegt in Regionen, in denen die Insekten unseren Pferden besonders zusetzen.
Ich kann natürlich nicht mit Sicherheit wissen, welcher Sieg zuerst kommt, unserer hier in Afrika oder der Sieg Englands und unserer Alliierten auf den europäischen Schlachtfeldern. Aber da der Sieg in jedem Fall gewiss ist, können wir jetzt mit Gottvertrauen meiner baldigen Heimreise entgegensehen. Man hat mich zum Major befördert, mir einige Orden verliehen, derer ich mich nicht unbedingt verdient gemacht habe. Aber bald, wenn ich wieder zu Hause bin, können wir uns gemeinsam darüber freuen.
Viele herzliche Grüße an Margie.
Dein Freund Albie

PS: Wäre es nicht an der Zeit, dass ihr heiratet, Margie und du? Auch darüber müssen wir sprechen, wenn ich wieder zu Hause bin.

Bei dem Brief handelte es sich um eine codierte Mitteilung, die die englische Militärzensur täuschen sollte, wie bereits aus den ersten Zeilen hervorging. Der Text hätte Albies Persönlichkeit und Ausdrucksweise nicht ferner liegen können. Eines war Albie jedenfalls gelungen: Sein Brief hatte die Zensur passiert, obwohl er darin höchst unzulässige Zweifel an einem Sieg und seinem eigenen Überleben übermittelt hatte.

Sverre war sich dennoch nicht sicher, ob er alles, was Albie geschrieben hatte, dechiffrieren konnte. Nur einer Person aus dem lärmenden, fröhlichen Charleston-Kreis traute er dies zu: Maynard, der die politische und analytische Intelligenz besaß, die den meisten anderen im Haus vollkommen fehlte. Außerdem kannte Maynard sich mit Waffen und militärischer Taktik aus.

Maynard hatte die Arbeit an seinem Buch äußerst diszipliniert in Angriff genommen. Morgens schrieb er an seinem Buch, am Nachmittag kniete er auf einem kleinen Teppich und jätete mit einer kleinen Schere Unkraut. Er behauptete, dass ihm diese Arbeit das Gefühl gebe, sich als Gast nützlich machen zu können. Gleichzeitig könne er so am besten vom Schreiben entspannen.

Er ließ sich jedoch nicht zweimal bitten, als ihn Sverre fragte, ob sie den Brief gemeinsam durchgehen und den eigentlichen Inhalt analysieren könnten. Sie holten Bier und zogen sich auf eine entlegene Bank an einem Seerosenteich im Garten zurück.

In mehreren Punkten waren sie sich rasch einig.

Die Jagd auf die deutschen Truppen war vollkommen erfolglos, nichts deutete darauf hin, dass der Sieg für die britische Seite in greifbare Nähe gerückt war.

Die Bedingungen waren aufgrund der Sümpfe, der Dschungelvegetation und der abscheulichen Temperaturen, aber auch wegen der Malariamücken und der Tsetsefliegen, die die englischen Pferde töteten, höllisch.

Weiterhin schien es unmöglich zu sein, die deutsche Taktik, sich zurückzuziehen, auf die Verfolger zu warten, einige englische Offiziere mit Kopfschüssen zu töten und sich dann erneut zurückzuziehen, zu parieren.

Ganz genau: sie zu töten. Albie hatte berichtet, dass die Hunnen, ein Wort, das er sonst nie verwenden würde, sich einen geschmacklosen Scherz mit den britischen Offizieren erlaubten, indem sie ihnen den Helm vom Kopf schossen, was sehr glaubwürdig klang. Maynard wies darauf hin, dass es um ein Vielfaches schwieriger sei, jemanden mit einem Streifschuss den Helm vom Kopf zu schießen, als direkt ins Ziel. Natürlich schossen sie, um zu töten, und das mit fürchterlichem Erfolg.

Eine Andeutung in diesem Zusammenhang verwirrte Maynard jedoch. Warum folgte Albie nicht dem Beispiel seiner Offizierskollegen und nahm die deutliche Zielscheibe, den weißen Helm, einfach ab, wenn sie sich dem Feind näherten? Im Brief hieß es, Sverre verstehe sehr wohl, warum nicht. Was war wohl damit gemeint?

Es gehe darum, Mut zu beweisen, erklärte Sverre mit düsterer Miene und erzählte von der Diskussion, die sie darüber geführt hatten, warum Albie überhaupt Zeit bei der kämpfenden Truppe verbringen sollte, obwohl allein der Gedanke schon so abstoßend war. Dann erzählte er, wie sie von einem Mob vor dem St. James's Theatre beinahe gelyncht worden wären und daraus die Schlussfolgerung gezogen hatten, dass jene Männer, die Männer liebten, nach Kriegsende ein fürchterliches Schicksal erwartete, da man sie als feige und damit als Landesverräter abstempeln würde. Das Hauptproblem bestand also darin, dass Feigheit, Homosexualität und Landesverrat gleichgesetzt wurden. Albie fiel folglich der Auftrag zu, mutig zu sein und den lebenden Gegenbeweis zu bieten.

Auf diese Erklärung hin murmelte Maynard besorgt, dass Albie aber ein unnötig großes Risiko einginge, um seinen Mut unter Beweis zu stellen. Der Umstand, dass man für die Tötung eines Scharfschützen eine Belohnung von 50 Pfund ausgesetzt hatte, deute auf eine verzweifelte Lage der King's African Rifles hin. 50 Pfund! Eine unglaubliche Summe, besonders für einen schwarzen Soldaten. Also musste die britische Seite eine große Zahl gefallener Offiziere aufweisen.

Am deprimierendsten war jedoch, dass Albie weder an einen Sieg glaubte noch daran, je wieder nach Hause zurückzukehren. Am Ende des Briefes wiederholte er drei Mal, dass er nach Hause zurückkommen würde, und dieser Nachdruck ließ nur diesen Schluss zu.

Und was hatte das rätselhafte Postskriptum zu bedeuten? Warum befürwortete er eine Heirat Sverres und Margies?

Möglicherweise wollte er der Briefzensur gegenüber betonen, dass sich weder er selbst noch Sverre kriminellen sexuellen Neigungen hingaben. Das war die optimistische Deutung.

Es gab jedoch auch eine niederschmetternd pessimistische Lesart. Maynard zögerte, diesen Gedanken zu Ende zu führen, aber er hatte bereits zu viel gesagt und fuhr mit der Entschuldigung fort, wahrscheinlich nur, um den Teufel an die Wand zu malen.

Wenn Albie weder an den Sieg noch an sein Überleben, glaubte, dann war ja die ganze Idee, an einem vermeintlich ungefährlichen Frontabschnitt Flagge zu zeigen, sinnlos.

Also schlug er Sverre eine andere Methode vor, um nicht seiner verbotenen Liebe wegen gelyncht zu werden: eine Heirat zwecks Tarnung. Wobei er nicht unbedingt Margie ehelichen musste, obwohl diese sich sicherlich dazu bereit erklären würde.

Wie Duncan, der zwar mit Vanessa verheiratet war, aber trotzdem die Nächte mit Bunny verbrachte. Selbst Lytton Strachey lebte im Augenblick mit einer jungen Frau zusammen, obwohl er sich sexuell ausschließlich für Männer interessierte. Es war klug zu heiraten, bevor die Verfolgungen begannen, sobald der Frieden eintrat. Maynard fand ein solches Arrangement durchaus sinnvoll, zumindest sollten die Freunde die Sache diskutieren. Unter den Frauen des Bloomsbury-Kreises waren sicherlich einige, die sich dazu bereit erklären würden.

Sverre verspürte nicht das geringste Verlangen, die Diskussion fortzuführen, denn Maynards wahrscheinlich fürchterlich korrekte Deutung von Albies Brief hatte ihn vollkommen niedergeschmettert.

Albie glaubte weder an einen Sieg in Afrika noch an sein eigenes Überleben. Das erfüllte Sverre mit unaussprechlicher Trauer.

Maynard versuchte ihn damit zu trösten, dass Albie vermutlich nicht wusste, dass er nur noch eine kurze Zeit ausharren musste, denn dann sei auch in Afrika alles ausgestanden. Wenn Deutschland in ein oder zwei Monaten kapitulierte, war es auch mit den Kämpfen in anderen Teilen der Welt vorbei. In Versailles hatte man bereits die deutschen Kolonien unter den Siegermächten aufgeteilt. England erhielt Deutsch-Ostafrika und indirekt durch Südafrika auch Deutsch-Südwestafrika. Belgien fiel der Westteil Deutsch-Ostafrikas, die Gebiete, die Burundi und Ruanda genannt wurden, zu. Frankreich belegte Kamerun und Togo mit Beschlag.

Albie und Sverre konnten also nur auf einen möglichst raschen Sieg in Europa hoffen. Denn auch für sie ging es jetzt in diesem Krieg um Leben und Tod.

*

Sie begannen mit einem kleinen Wettbewerb, welche der politischen Karikaturen, die Sverre aus Tageszeitungen ausgeschnitten hatte, am abscheulichsten war.

Im Halbfinale schieden die Abbildungen deutscher Soldaten, die mit dem Bajonett Kinder aufspießten, aus, das seit 1914 mit Abstand häufigste Motiv und daher banal und ohne Überzeugungskraft, wie Lytton meinte, worin ihm die meisten zustimmten.

Ins Finale kamen zwei Karikaturen, ein Motiv mit Schweinen und eines mit einem Gorilla, die für die Propagandakunst ebenso repräsentativ waren wie die Bajonettbilder, diese jedoch noch an Entsetzlichkeit übertrafen.

Das Schweinebild gewann recht schnell die meisten Stimmen. Neun fette Schweine mit Pickelhaube, zwei mit Monokel und eins mit Eisernem Kreuz an seinem Schwänzlein machten sich über eine weiß gekleidete Jungfrau her, die tot oder sterbend im Schweinekoben lag. Eines der Schweine leckte bereits ihr Blut auf, das über den Boden lief. Drei Schweinen stand die Gier ins Gesicht geschrieben.

Vanessa, Clive, Lytton und Maynard waren sich sofort einig, dass dieser Karikatur die Goldmedaille der Ausstellung verliehen werden müsse. Die Deutschen waren nicht nur in metaphorischer Hinsicht Schweine – die Bildunterschrift lautete »Den Schweinen vorgeworfen« –, sondern auch Halbmenschen und somit Kannibalen. Das Bild zeigte den Moment, die Sekunden, ehe die geifernden Schweine/Deutschen die weiße Jungfrau in Stücke rissen und verschlangen. Eine unmenschlichere Darstellung des Feindes war kaum vorstellbar. Deswegen musste dieser Karikatur die Goldmedaille für das abscheulichste Bild zufallen.

Sverre und Roger hingegen favorisierten die andere Karikatur in der Endrunde. Das Motiv war allerdings nicht außergewöhnlich, sondern recht konventionell. Ein schwarzer Gorilla mit deutschem Helm und blondem Bart trug über der linken Schulter eine wehrlose Frau mit entblößter Brust, die wohl Marianne, das vergewaltigte Frankreich, repräsentieren sollte. In der Rechten trug der deutsche Gorilla seine einzige Waffe, eine blutige Keule, auf der (auf Deutsch) KULTUR stand.

Die gefährlichste Waffe, die jetzt gegen die Zivilisation gerichtet wurde, war also die deutsche Kultur: Goethe, Schiller, Heine, Beethoven, Bach und die deutschen Philosophen stellten eine tödliche Bedrohung der Menschheit dar.

Roger Fry meinte, diese Denkart mache den Kern der kulturverachtenden Propaganda aus, die es schon lange vor dem Krieg gegeben hatte. Der Hass auf die Kultur als vorbereitendes Scharmützel um die öffentliche Meinung. Diese Psychologie hatte bereits hinter den Pressekampagnen gegen die postimpressionistischen Ausstellungen 1910 und 1912 gesteckt.

Virginia teilte seine Meinung nicht und fand seine Deutung zu subtil. Keiner der Propagandalakaien, die hinter diesen Bildern steckten, hatte auch nur einen Gedanken an Beethoven oder Goethe verschwendet und möglicherweise nie von ihnen gehört. Dass die Öffentlichkeit beim Anblick der Keule an die Gefahr dachte, die von der kontinentalen Dekadenz ausging, war ebenso unwahrscheinlich. In Deutschland existierte keine andere Kultur als die der Keule. Also war das Bild des Gorillas ebenso banal konventionell wie die aufgespießten Säuglinge. Fette deutsche menschenfressende Schweine waren da schon viel suggestiver.

Virginia ging siegreich aus dieser Diskussion hervor. Sverre legte die Karikaturen beiseite, und Vanessa holte noch ein paar Flaschen Burgunder von der Domaine de la Romanée-Conti, den James ganz besonders für festliche Anlässe empfohlen hatte. Rasch war er allerseits zum Lieblingswein erkoren worden, und der Vorrat näherte sich der letzten Flasche.

Clive überlegte, wie wohl die deutschen Entsprechungen aussahen, da sich doch sicher auch der Gegner in seiner Kriegführung der Propagandakunst bediente. Diese Art der Überzeugungsarbeit mit künstlerischen Mitteln richtete sich jedoch nur an das einheimische Publikum.

Kein Deutscher bekam je die englischen Schweine- und Gorilla-Karikaturen zu Gesicht. Ebenso wenig bestand in England die Möglichkeit, die entsprechenden deutschen Karikaturen in Augenschein zu nehmen. Anhand welcher Tiere wurden die Engländer dargestellt? Was war schlimmer als Schweine und Gorillas? Ratten vielleicht?

Die Frage war an Sverre gerichtet, da er sich im Freundeskreis am besten mit der deutschen Kultur auskannte. Er antwortete, dass er das genauso wenig wisse wie alle anderen Anwesenden. Er bezweifele jedoch, dass man in Deutschland Menschen als Ratten abbilde oder andere ähnlich unmenschliche Karikaturen publiziere. Aber wahrscheinlich war das reines Wunschdenken. Wenn die Kunst schon in England aufgrund des Krieges derart verroht war, so ließ sich eine ähnliche Entwicklung in Deutschland befürchten. Der Krieg korrumpierte und verdarb einfach alle Menschen.

Oder auch nicht. Denn worauf hätte er sich wohl als deutscher Propagandazeichner konzentriert? Anfänglich auf Offensichtliches. In Deutschland gab der Kaiser ein dankbares Opfer ab, in England war es der fette König. Während die Engländer die Deutschen als Gorillas und Schweine darstellten, konnte man von den Deutschen erwarten, dass sie sich etwas Intelligenteres einfallen ließen, als die Tiere zu verunglimpfen, mit denen sich die Engländer selbst identifizierten, wie den englischen Löwen und die englische Bulldogge.

Sverre strahlte, zeigte auf seine Schläfe, um einen Geistesblitz anzudeuten, und verschwand Richtung Haus.

Nach über einer Stunde kehrte er zurück. Er hatte rasche Skizzen von gebrechlichen, zahnlosen Löwen mit eingeklemmten Schwänzen, von ausgezehrten Bulldoggen, die Richtung Front kläfften und von deutschen Stiefeln beiseitegetreten wurden, von einem fetten König mit Glubschaugen und Bierfassrumpf und denselben König noch einmal, der sich im Spiegel betrachtete und darin einen brüllenden Löwen sah, angefertigt.

Sie wurden mit zerstreutem Gelächter belohnt, aber die Unterhaltung war in Sverres Abwesenheit fortgesetzt worden und hatte das Thema Politik weit hinter sich gelassen.

Lytton befand sich mittlerweile in Gesellschaft einer jungen Frau namens Dora Carrington, die aber darauf bestand, einfach nur mit Carrington angeredet zu werden. Sie hatte an der Diskussion über die Karikaturen nicht teilgenommen und fast demonstrativ mit den Jungen von Vanessa und Clive Fußball gespielt, die unbeschwert nackt im Garten herumtollten.

Jetzt nahm sie scheu neben Lytton Platz. Sie schienen eine sehr seltsame Beziehung zu unterhalten. Lytton war bislang nie von seinem festen Kurs abgewichen, was Männer betraf, außer einmal in seiner Jugend, als er in einem Anfall von geistiger Verwirrung um die Hand Virginias angehalten und einen Korb bekommen hatte. Carrington sah zwar aus wie ein junger Mann, sie war ungeschminkt und trug eine Jungenfrisur, einen Pagenkopf, sowie Arbeitshosen, aber sie war zweifellos eine Frau.

Sie weckte Sverres Neugier, nicht zuletzt ihres Namens wegen war es nicht ganz ausgeschlossen, dass der einbeinige Hauptmann, den er auf Manningham porträtiert hatte, mit ihr verwandt war. Da sie sich schüchtern immer an Lyttons Seite hielt, war es nicht einfach, mit ihr ins Gespräch zu kommen.

Ebenso plötzlich wie unerwartet löste sich dieses Problem mitten in einer langen Diskussion über Form, in der Virginia den Gedanken entwickelte, dass sich Text mit Farbe und Form zu einem neuen Romantyp vereinigen lasse. Sverre hörte nur mit halbem Ohr zu, was wohl Lytton aufgefallen war, denn er erhob sich aus seinem tiefen, bunt bemalten Korbstuhl und gesellte sich zu Sverre, indem er neben dessen Stuhl in die Hocke ging.

»Ich würde dich gerne um einen Dienst bitten, Sverri«, flüsterte er.

»Kein Problem«, erwiderte dieser erstaunt. »Worum geht's?«

»Um ein Gemälde, das Carrington gemalt hat und das wir dabeihaben.«

»Aha«, antwortete Sverre, dem nichts Gutes schwante. »Und was habt ihr damit vor?«

Lytton war verlegen und verunsichert, was nicht zu seinem üblichen überheblich-ironischen Auftreten passte.

Carrington hatte ein Porträt Lyttons gemalt, das ihm selbst sehr gut gefiel. Aber sein Urteil wurde möglicherweise von einer persönlichen Voreingenommenheit getrübt.

Wenn Sverre also – Roger Fry hatte Lytton anvertraut, dass sich Sverre künstlerisch auf einem ganz anderen Niveau befand als die anderen malenden Freunde –, wenn Sverre also ein privates Urteil abgeben könnte, ehe man das Gemälde eventuell den anderen Freunden zeigte?

Carrington führte Sverre in ihr Zimmer im Obergeschoss, das sie mit Lytton teilte. Sverre war unbehaglich zumute, er rechnete mit dem Schlimmsten, ähnlich den Dingen, wie sie die anderen Freunde eben zuwege brachten. Was sollte er dann sagen? Lytton hegte sicher hohe Erwartungen.

Immerhin hatte er auf dem Weg ins Obergeschoss ein geeignetes Gesprächsthema für die schüchterne Carrington. Nein, mit dem Offizier war sie nicht verwandt, der Name war nicht ganz selten, normannischen Ursprungs und stammte aus einem Dorf in der Normandie, das Carendon hieß. Wie das Leben so spielte.

Das Porträt Lyttons war zu Sverres großer Erleichterung erstklassig ausgeführt und zeigte ihn als typischen Intellektuellen, aber ohne seine Arroganz, Bösartigkeit und Überheblichkeit. Er lag zurückgelehnt auf einer Couch und las konzentriert und ohne spöttische Miene ein Buch. Seine sensiblen Hände mit den langen, schmalen Fingern hielten das Buch behutsam, fast hätte man sagen können: liebevoll. Der rote Bart harmonierte mit dem roten Einband des Buches und der roten Decke, und das Bild war nicht nur so ähnlich, dass man den Porträtierten sofort erkannte, es war auch zärtlich und zeigte einen anderen und viel sympathischeren Lytton.

»All right, Carrington«, sagte Sverre erleichtert und froh, als er sich an die nervöse Künstlerin wandte, die seines Urteils harrte. »Einfach ausgedrückt ist dieses Porträt abgesehen vom Selbstbildnis van Goghs im Erdgeschoss das absolut beste Porträt im ganzen Haus. Das verrate ich aber nur Lytton und dir, und du weißt sehr gut, warum. Da ist dir wirklich etwas gelungen. Ich gratuliere.«

Carrington warf sich ihm spontan um den Hals und küsste ihn. Erst auf beide Wangen, dann fast erotisch auf den Mund. Selbst im Bloomsbury-Kreis war das unter neuen Bekannten ein höchst ungewöhnliches Verhalten.

Als sie sich wieder zu den Weintrinkern in der Laube gesellten, die unter Führung Virginias immer noch über literarische Formen sprachen, stellte Sverre mit Genugtuung fest, dass Lytton nervös wirkte. Er erhob sich und eilte ihnen entgegen.

»Komm«, sagte er und hakte sich bei Sverre ein. »Wir gehen zum Seerosenteich. Da hört uns niemand.«

Sverre bereitete Lyttons Nervosität rasch ein Ende, indem er ihm ungefähr das Gleiche mitteilte wie Carrington. Außerdem fügte er hinzu, dass Roger Fry sicherlich seiner Meinung sei, falls sie eine zweite Meinung einholen wollten. Es war ein ausgezeichnetes Porträt, das sie der übrigen Gesellschaft bedenkenlos vorführen könnten.

Aber ihm sei noch etwas aufgefallen, fuhr Sverre nachdenklich fort. Das Bild zeigte einen harmonischeren und freundlicheren Lytton als jenen, den Sverre vor über zehn Jahren kennengelernt hatte. Was war mit ihm geschehen, welche geheime Seite hatte Carrington in ihm entdeckt?

»Das ist eine intelligente und höchst berechtigte Frage«, gab Lytton zu. »Nächstes Jahr erscheint mein erstes Buch, auf das ich wirklich stolz sein kann. Den Vertrag habe ich bereits unterschrieben. Alles ist fertig. Ich glaube, dass es sich gut verkaufen wird. Jetzt bin ich also endlich allen Ernstes Schriftsteller und rede nicht nur meisterhaft über die Schriftstellerei. Das ist eine große Erleichterung. Aber wie du selbst vorhin sagtest: Das erzähle ich nur dir. Du musst ein geübtes Auge besitzen, da du einem Porträt so viel entnehmen konntest.«

»Ganz und gar nicht«, erwiderte Sverre. »Carrington hatte diesen Blick. Ich gratuliere im Übrigen. Wie soll das Buch denn heißen?«

»Eminent Victorians, Bildnisse aus der Viktorianischen Zeit.«

»Bitte?«

»Du hast richtig gehört.«

»Ich vermute, dieser Titel ist ironisch gemeint?«

Lyttons Lachen war unvergleichlich. Heiser und pfeifend.

»Durchaus«, gab er zu. »Das ist ein ironischer Titel.«

*

Als es Herbst wurde, zog sich Sverre immer mehr zurück. Im Charleston Farmhouse hatte er einen Kreis großzügiger, herzlicher und künstlerischer Freunde. Sie waren die einzigen Menschen in England, die ihm etwas bedeuteten. Den Sommer über war es ein ständiges Kommen und Gehen, gelegentlich waren sie nur zu fünft oder zu sechst, hin und wieder ein Dutzend, und wenn ein seltener Gast wie Bertrand Russell erschien, der in der zweiten Augusthälfte eine Woche lang blieb, so gab es ein Fest.

Eigentlich war dies ein ausgesprochen angenehmes Dasein, eine kleine grüne Insel der Vernunft und Liebe in einem roten Meer des Hasses. Aber Sverres Sorge um Albie wuchs stetig. Mitten im Gespräch verlor er den Faden, und der vollkommen sorglose Lebensstil bereitete ihm immer größere Mühe, denn schließlich kämpfte Albie täglich um sein Leben. Sverre war der Einzige aus dem Freundeskreis, der um jemanden bangte.

Nachts lag er wach und malte sich abwechselnd aus, wie Albie in einem afrikanischen Sumpf an Malaria starb oder mit ausgebreiteten Armen durch die Tür trat. Er rekapitulierte ihr gemeinsames Leben, angefangen mit der Sturm-und-Drang-Zeit in Dresden über die naiven Träume von einer gemeinsamen Ingenieursfirma bis hin zu der Zeit, in der er sein Leben der Kunst und Albie seins den ererbten Verpflichtungen gewidmet hatte und alles so ganz anders gekommen war, als sie es sich zu Beginn vorgestellt hatten. Sie hatten einander verändert. Albie hatte ihn endgültig zum Künstler gemacht, und Sverre hatte, was schwerer nachzuvollziehen war, Albie zum Geschäftsmann und Kunstmäzen gemacht.

Eigentlich war das nicht schlechter, als wenn sie beide Ingenieure geworden wären, ganz im Gegenteil. Ohne den Krieg, der sie womöglich für immer entzweite, hätte ein langes glückliches Leben vor ihnen gelegen.

Ohne Albie hatte er kein Leben, jedenfalls war es ohne Albie nicht mehr lebenswert, ohne Albie war er verloren. Ohne Albie war alles zu spät. Er konnte nichts mehr bereuen, nichts mehr ungeschehen machen, nicht mehr von vorn anfangen.

Vor langer Zeit in Antwerpen, ehe sie an Bord des Postdampfers nach England gegangen waren, war die Entscheidung gefallen. Wenn er damals gezögert und der Pflicht den Vorrang vor seinen Gefühlen eingeräumt hätte, hätte er bereits vor zehn Jahren die schweren Jahre auf der Hardangervidda hinter sich gehabt. Dann würde er jetzt zusammen mit Lauritz Lauritzen & Haugen die größte Ingenieurbaufirma Bergens betreiben, und das dank des Geldes, das Oscar ausgerechnet in Afrika verdient hatte.

Wo war der übrigens jetzt? Oscar hatte Daressalam vor der Besetzung nicht mehr verlassen können. Saß er womöglich in einem englischen Kriegsgefangenenlager? Oder hatte man ihn gar zwangsweise in die deutsche Schutztruppe in Deutsch-Ostafrika eingezogen?

Wenn er nicht gefallen war, kämpften Albie und Oscar jetzt also auf verschiedenen Seiten, und Oscar war ein außerordentlich geschickter Schütze.

Nein, dieser Gedanke war zu furchtbar, zu schwer und außerdem zu unsinnig. Aber es quälte ihn mehr als alles andere, dass er seit dem pessimistischen, verschlüsselten Text nun schon seit Monaten nichts mehr von Albie gehört hatte.

Sverre entzog sich seinen Freunden immer öfter und reiste für zwei oder drei Tage nach Brighton, um dort an einem Nachtbild zu arbeiten, auf dem das blaue Meer mit weißem Nebel und dem sich spiegelnden weißen Schein des Mondes sowie die geschwungene schwarze Küste mit roten und gelben Lichtpunkten zu sehen sein würde. All dies ließ sich mit einem Blick einfangen, wenn man um Mitternacht am Ende des Brighton Piers stand. Dann wurde der Pier geschlossen, und alle Menschen wurden verscheucht, um der Unzucht zahlender Männer mit Frauen oder, noch schlimmer, der Unzucht zwischen Männern mit und ohne Bezahlung Einhalt zu gebieten. So sollte verhindert werden, dass die Nacht für Lustbarkeiten genutzt wurde, die laut Gesetzbuch als besonders unmoralisches Verhalten einzustufen waren.

Erst im November, als die Küste in kaltem Nebel versank, die Dämmerung immer früher hereinbrach und ab elf Uhr nachts in vollkommene Dunkelheit übergegangen war, hatten alle Komponenten des blauen Märchenbilds Brightons ihren Platz gefunden.

Eines Nachts, als die Bedingungen für sein Unterfangen besonders günstig waren und er sich anschickte, sich so in seine Malerei zu vertiefen, dass er stundenlang nicht an Albie denken würde, wurde er von der Polizei aufgegriffen und musste eine Nacht in einer Zelle der Brighton Constabulary mitten in der Stadt verbringen.

Man hatte ihn als deutschen Spion denunziert. Das Verhör mit einem Detective Superintendent und zwei Constables begann um acht Uhr morgens.

Er sei also Deutscher?

Nein, er sei Norweger und die Behauptung, er habe einen deutschen Akzent, sei eine ziemliche Übertreibung.

Aber er spreche doch Deutsch und habe sogar in Deutschland studiert?

Ja, das sei wahr. Er sei Ingenieur, aber sein Examen habe er im Jahre 1901 abgelegt in einer anderen Zeit und einer anderen Welt.

Aha! Er sei also Ingenieur. Er bereite also einen deutschen Angriff vor. Mit U-Booten? Lege er mit mathematischer Präzision mögliche Angriffsziele fest?

Nein, er sei Künstler. Sein Nachtbild Brightons sei eine ausschließlich ästhetische Komposition und zum Auffinden militärischer Ziele vollkommen ungeeignet.

Das beschlagnahmte und so gut wie fertiggestellte Gemälde wurde im Verhörzimmer an die Wand gelehnt. Drei misstrauische Polizeibeamte betrachteten es voller Ernst.

Er möge also Blau in verschiedenen Nuancen?

Durchaus, gab Sverre zu. Diese Vorliebe habe er im Laufe der letzten Jahre entwickelt. Ob den Herren das Gemälde gefalle?

Das tue nichts zur Sache. Wo in England er wohne, nach Brighton käme er ja gemäß vorliegender Berichte nur gelegentlich. Wo seine Basis sei?

Selbstverständlich habe er keine »Basis« und sei auch kein Spion. Im Augenblick wohne er bei Freunden in Sussex nordöstlich von Brighton, aber sein fester Wohnort sei Manningham House in Wiltshire.

Manningham House? Womit beschäftige er sich dort?

Dort betreibe er ein kleines Ingenieursbüro zusammen mit seinem Kompagnon, dem 13. Earl of Manningham, Lord Albert Fitzgerald.

Damit war das Verhör abrupt zu Ende. Die Beamten baten Sverre, seine Behauptung zu dokumentieren, und dieser zog einige Vollmachten aus der Tasche, angefangen vom Verfügungsrecht über den Weinkeller über die Erlaubnis, die Automobile von Manningham House zu benutzen, bis hin zu Anweisungen hinsichtlich des Frühstücks in der Ingenieursvilla.

Die Beamten, die nun ein förmlicheres und höflicheres Verhalten an den Tag legten, teilten mit, sie müssten die Dokumente überprüfen, und baten angesichts des Umstands, dass Sverre gleich wieder vom Schließer abgeführt werden würde, mit erstaunlicher Höflichkeit um ein bisschen Zeit für diese Aufgabe.

Als er noch am gleichen Tag aus seiner Zelle entlassen wurde, wurden ihm unter vielen Entschuldigungen sein Gemälde, seine Staffelei, sein Skizzenblock und alle anderen Habseligkeiten ausgehändigt. Man sagte, die Sache sei »erledigt«.

Eine Kirchenglocke begann zu läuten, als er zu seiner Pension an der Strandpromenade schlenderte. Dann begannen die Glocken der nächsten Kirche zu läuten, und bald hallte ganz Brighton von Kirchenglocken wider.

Erst glaubte Sverre, es handele sich um einen Alarm. Aber als die ersten glücklichen und schreienden Menschen auf die Straße rannten, wusste er, was geschehen war.

Sverre brauchte fast den ganzen Tag, um von Brighton zum Charleston Farmhouse zu gelangen. Im allgemeinen Glücksrausch über den Frieden war der gesamte Verkehr zusammengebrochen.

Als er durch die Pforte trat, versuchte er zu enträtseln, was nicht stimmte. Es war die Stille. In der Laube standen fünf oder sechs leere Champagnerflaschen zwischen umgekippten Gläsern und Aschenbechern auf einem dekorierten Gartentisch. Sie hatten den Frieden gefeiert, die Feier war jedoch vorbei. Waren sie alle nach London gefahren?

Er stellte die Tasche mit seinen Malsachen und die Staffelei ab und ging durch den Garten. Beim Seerosenteich entdeckte er Margie auf einem von Unkraut überwachsenen Gartenstuhl. Offenbar war sie an diesem Tag aus London eingetroffen. Sie trug ein förmliches Reisekostüm aus Tweed und saß reglos mit gefalteten Händen da. Etwas an diesem Bild stimmte nicht. Sverre konnte nicht umhin, einen Gedanken an die Komposition zu verschwenden, daran, wie sich die sehr aufrecht sitzende Margie zwischen den Seerosen des Teichs spiegelte.

Dann erblickte er den schwarzen Trauerflor an ihrem Ärmel.

Unbewusst verlangsamte er seine Schritte, er wollte es nicht wissen. Als er nur wenige Schritte von ihr entfernt war, entdeckte sie ihn. Sie erhob sich sofort, eilte auf ihn zu und umarmte ihn. Die Tränen liefen ihr über die Wangen.

»Geliebter Sverri!«, schluchzte sie. »Es tut mir so furchtbar, so furchtbar leid. Es geht um Albie. Er war einer der Letzten, die in Afrika gefallen sind. Er starb sofort, er musste nicht leiden. Es war ein Kopfschuss.«

Die Welt blieb stehen. Beide schwiegen. Eine Ewigkeit verharrten sie, einander sachte wiegend, in ihrer Umarmung.

XII

UND DIE BARBAREN VERBRANNTEN FAST ALLES

Manningham, 1. Dezember 1919

Margie saß dicht neben Sverre. Sie spielten wieder das verlobte Paar. Sverre hatte behauptet, nicht ohne Margie nach Manningham zurückkehren zu können, und seine Freunde glaubten ihm.

Gewisse Dinge mussten einfach getan werden, zumindest um der Kunst willen, und zwar in vielerlei Hinsicht.

Jetzt saßen sie also in der Küche der Ingenieursvilla an dem modernen, einfachen Küchentisch, der in einen Konferenztisch verwandelt worden war. Ihnen gegenüber saßen die Anwälte des 14. Earl of Manningham, Mr. Clarke und Sir Travers Humphrey, die beide wie Bestattungsunternehmer gekleidet waren und eine ihrem Beruf gemäße Miene aufgesetzt hatten. Lord Horace Fitzgerald hatte sich nicht die Mühe gemacht, persönlich zu erscheinen. Die Anwälte richteten aus, wichtige Geschäfte erforderten seine Anwesenheit in Bristol. Offenbar stammte seine Familie von dort. Natürlich hatte er vor dem Umzug nach Manningham House alle Hände voll zu tun.

»Um mit dem Einfachsten zu beginnen«, begann der

ältere der beiden Anwälte, Sir Travers Humphrey, »so erhebt Seine Gnaden keine Einwände gegen das Legat, das sein Vorgänger seiner Schwester Lady Margrete zukommen lässt, obwohl ihm die Summe von fünftausend Pfund recht großzügig bemessen scheint. Andererseits sind Sie ja noch unverheiratet, Mylady.«

Die beabsichtigte Unverschämtheit verfehlte ihre Wirkung. Margie verzog keine Miene. Ihr bedeuteten fünftausend Pfund kaum mehr als Twopence, aber für die Omega Workshops und vielleicht auch für Roger Fry und seine unermüdlichen Anstrengungen, die französische Kunst in England durchzusetzen, sah das sicher anders aus.

Weder Margie noch Sverre äußerten sich. Sie warteten schweigend auf die Fortsetzung.

»Hingegen«, fuhr derselbe Anwalt mit einem gedehnten Seufzer und nach einer übertrieben dramatischen Kunstpause fort, »erachtet Seine Gnaden ein Legat in derselben Höhe an Mr. Lauritzen als ungebührlich, da dessen einzige Verbindung mit der Familie aus einer zweifelhaften Verlobung mit Lady Margrete zu bestehen scheint. Einem Außenstehenden eine derart große Summe zukommen zu lassen grenze schon fast an Nachlassraub. Wer den Titel erbt, erbt auch das Gut und den gesamten Besitz, der daher nicht beliebig anderen Personen vererbt werden kann.«

Der Anwalt verstummte und rechnete mit Einwänden.

»Es handelt sich trotz allem um den Letzten Willen meines Bruders«, sagte Margie laut und deutlich in normalem Konversationston.

»Das ist kein ganz unbegründeter Einwand«, erwiderte der zweite, vermutlich nachgeordnete Anwalt Mr. Edward

Clarke. »Die Sache ist, das geben wir bereitwillig zu, juristisch nicht ganz unkompliziert. Daher bietet Seine Gnaden tausend Pfund, was meiner Meinung nach als großzügig zu erachten ist. Wie stellen Sie sich zu diesem Angebot, Mr. Lauritzen?«

»Was geschieht, wenn Mr. Lauritzen das Angebot ablehnt und Klage einreicht? Schließlich kann er sich auf den Letzten Willen meines Bruders berufen?«, fragte Margie, da Sverre kein Wort über die Lippen brachte.

»Ich gestatte mir, diese Frage vollkommen aufrichtig zu beantworten, Mylady«, ergriff der ältere Anwalt das Wort, lehnte sich zurück und faltete zufrieden die Hände auf dem Bauch. »Ein Prozess würde sich über Jahre hinziehen. Der Ausgang wäre offen gestanden vollkommen ungewiss. Eines ist jedoch sicher. Ein Prozess kostet viel Geld. Daher gewinnt in der Regel, wer sich die teuersten Anwälte leisten kann. Also, Mr. Lauritzen, sind Sie bereit, den großzügigen Vergleich Seiner Gnaden anzunehmen?«

»Natürlich«, erwiderte Sverre heiser. Auch ihm bedeutete dieses Geld nichts, alles war bedeutungslos geworden.

»Ich muss sagen, ich weiß Ihr Verständnis für den Sachverhalt zu schätzen, Mr. Lauritzen«, erwiderte der ältere Anwalt mit einem zufriedenen Seufzer. »Dann wären nur noch ein paar praktische Fragen zu klären. Sie haben vermutlich ein Konto bei der Bank of England, Mr. Lauritzen. Nennen Sie uns die Kontonummer, dann werden wir Ihnen tausend Pfund überweisen, sobald Sie dieses Dokument unterzeichnet haben.«

Er schob einen anderthalbseitigen Vertrag und einen Federhalter zu ihm hinüber, und Sverre unterschrieb, ohne zu lesen.

»Dann kommen wir zur Frage des Wohnrechts«, fuhr der rangniedrigere Anwalt fort. »Lady Elizabeth scheint de facto bereits bei ihrem Schwiegersohn eingezogen zu sein. Was ihren persönlichen Besitz betrifft, der sich noch auf Manningham House befindet, Ziergegenstände, geerbte Möbel, Kleidung oder was auch immer, ist es ihr Recht, jederzeit und wann Ihre Gnaden es praktisch findet, diese Habe zu requirieren. Was Sie betrifft, Lady Margrete, sollten Sie in der Lage sein, mit Ihrem Legat von fünftausend Pfund die Londoner Wohnung, in die Sie bereits eingezogen zu sein scheinen, weiter zu unterhalten. Sind wir uns so weit einig? Seine Gnaden möchte so rasch wie möglich mit seiner Familie über Manningham House verfügen. Sind wir uns in diesen Punkten einig?«

Margie und Sverre nickten ergeben.

»Excellent!«, rief Sir Travers Humphrey. »Dann ist alles geklärt. Diese Besprechung lief ja wirklich wie am Schnürchen. Unglücklicherweise ist dem nicht immer so. Wir wären also fertig, ich gehe davon aus, dass die Herrschaften zum Bahnhof in Salisbury gebracht werden möchten?«

»Wir sind noch nicht ganz fertig, sofern nicht alle Gemälde bereits transportfähig verpackt worden sind«, wandte Margie unwirsch ein.

»Gemälde? Verpackt? Ich fürchte, ich verstehe nicht recht, wovon Sie sprechen Mylady?«, heuchelte der ältere Anwalt.

»Sie verstehen nur allzu gut«, fauchte Margie. »Mein Bruder hat alle Gemälde, die nach 1901 gekauft wurden, meinem Verlobten hinterlassen. Nicht wahr? Sollen wir die einfach unter den Arm klemmen?«

Die Anwälte seufzten tief und theatralisch und blätterten in den Papierstapeln auf dem Tisch, bis sie das Gesuchte gefunden hatten.

»Well, hier ist das Inventarverzeichnis«, begann Sir Travers Humphrey, räusperte sich und klemmte sich einen Zwicker auf die Nase. Dann las er schleppend vor: »Fünf Dutzend pornografische Männerbilder, zehn skandalöse, pornografische Frauenbilder, vier Dutzend geschmacklose Negerbilder ... Die Beurteilung stammt weder von Lord Horace Fitzgerald noch von mir. Wir haben einen Kunstexperten aus London angefordert, um in Erfahrung zu bringen, was wir vor uns hatten. Erlauben Sie mir, fortzufahren. Etwa zwei Dutzend französische Gemälde, außerordentlich degenerierte Kunst, jedenfalls Kunst französischen Zuschnitts, Namen wie Ganginn, Ruiss, Vangogg, Manett, Monett, Degass und Sesanni ...«

»Gauguin, Picasso, van Gogh, Manet, Monet, Degas und Cézanne«, berichtigte Margie ihn wütend.

»Sehr gut möglich, dass die Namen dieser Schlawiner so ausgesprochen werden, ich bitte sehr darum, mein mangelhaftes Französisch zu entschuldigen, Mylady. Wenn ich jetzt zum letzten, etwas komplizierteren Punkt kommen dürfte. Es gab auch ein knappes Dutzend größerer Gemälde, die das Arbeitsleben auf Manningham darstellten, die von den Kunstexperten der *Times* und des *Telegraph* regelrecht gelobt wurden, woraufhin Seine Gnaden beschloss, auch diese Gemälde, aber aus anderen als, sagen wir mal, ästhetischen oder moralischen Gründen zu konfiszieren.«

»Ich finde auch, dass diese Gemälde nach Manningham gehören«, räumte Sverre mit leiser Stimme ein.

»Entschuldigen Sie bitte, aber auf den Gemälden mit

der angeblich so skandalösen Pornografie bin ich abgebildet. Gestatten Sie mir also die Frage, worin das Skandalöse besteht?«, fragte Margie mit kühler, beherrschter Stimme.

Der ältere Anwalt seufzte tief.

»Ich befürchte, dass Sie die Frage bereits selbst beantwortet haben, Mylady. Gerade der Umstand, dass es sich auf den Bildern zweifellos um Sie handelt und nicht um eine Tänzerin oder eine Vertreterin der leichtlebigen Londoner Garde, falls Sie den Vergleich entschuldigen wollen, ist das Entrüstende. Eben das ist der Skandal. Es wäre unerträglich peinlich, wenn diese Gemälde auf Abwege gerieten, und Seine Gnaden hat sie demgemäß konfiszieren lassen, weil er um den guten Namen und den Ruf der Familie fürchtet.«

Sverre und Margie tauschten einen raschen Blick. Einige Wochen zuvor, in einer anderen Welt, wären sie in lautes Gelächter ausgebrochen.

»Wir werden gegen diese Beschlagnahmung selbstverständlich gerichtlich vorgehen und so lange prozessieren, bis wir unsere Kunstsammlung zurückhaben«, erklärte Margie und wollte bereits aufstehen. Sverre folgte ihrem Beispiel.

Die beiden Anwälte blieben jedoch reglos und mit todernster Miene sitzen.

»Ich fürchte, Mylady, dass sich kein Rechtsstreit mehr über diese minderwertigen Gemälde führen lässt«, sagte Sir Travers Humphrey leise. Dann holte er tief Luft und fuhr fort:

»Lord Horace Fitzgerald sah einen solchen peinlichen Prozess, der zweifellos zu einem Skandal geführt hätte, voraus. Deswegen ließ er sämtliche Gemälde, von denen soeben die Rede war, verbrennen.«

Margie und Sverre sanken wieder auf ihre Stühle und starrten die beiden Anwälte fassungslos an, die sich weiterhin um ungerührte Mienen bemühten.

Plötzlich erhob sich Sverre so rasch, dass sein Stuhl umfiel, und rannte aus der Küche. Margie wusste sofort, was er vorhatte, und folgte ihm.

Als sie die vierzig Yard lange Galerie erreichten, sahen sie, dass kein einziges Gemälde mehr an der hohen weißen Längswand hing. Vereinzelte Schatten verrieten, wo die Bilder einmal gehangen hatten.

Kein Wort kam ihnen über die Lippen, als sie auf das Unfassbare starrten.

Ein paar Yards vor den Fenstern der Galerie lag ein weißer Aschehaufen, der noch leicht qualmte. Sverre entdeckte ihn als Erster und rannte auf die der Werkstatt gegenüberliegende Tür zu.

Wenig später standen sie vor dem drei Fuß hohen Aschehaufen. Rundherum lagen noch einige Trümmer, die schonungslos von dem Vorgefallenen zeugten: die Ecke eines Goldrahmens, ein Holzstück mit einem Stück verkohlter Leinwand, die von einem rot leuchtenden Kupfernagel gehalten wurde, und ein Stück Leinwand mit Farbresten, das Sverre aufhob und Margie zeigte. Ein Teil der Signatur ließ sich noch entziffern, die Buchstaben »anne«.

»Hast du deinen Fotoapparat dabei?«, fragte Sverre. »Du bist doch nie ohne deinen Fotoapparat unterwegs?«

Margie nickte schweigend, zog ihre Kamera hervor, klappte das Objektiv auf und stellte die Belichtungszeit ein. Sverre postierte sich vor dem Aschehaufen und hielt das Fragment der Cézanne-Signatur in die Höhe.

Nachdem Margie einige Aufnahmen gemacht hatte, legte

Sverre ihr den Arm um die Schultern, und dann schickten sie sich an, zu den wartenden Anwälten zurückzukehren. Plötzlich bekam Sverre einen Lachanfall, der Margie einen ordentlichen Schrecken einjagte, dann fing er sich rasch wieder.

Demonstrativ langsam nahmen sie wieder am Küchentisch vor den beiden Anwälten Platz. Es war nichts mehr zu sagen. Die Katastrophe war ein Faktum.

»Begreifen Sie eigentlich …«, begann Sverre angestrengt nach einer quälend langen Stille, »was Sie da angerichtet haben? Haben Sie auch nur die geringste Ahnung, welche Schätze Sie da in die Flammen geworfen haben?«

»Nein, in der Tat nicht«, gab Sir Travers Humphrey zu. »Aber Seine Gnaden hat vorausgesehen, dass diese etwas radikale Methode, einem recht peinlichen Konflikt auszuweichen, eine Entschädigung erforderlich machen könnte. Was für ein Wert schwebt Ihnen denn vor? Ich bin ermächtigt, großzügig auf eventuelle Forderungen einzugehen.«

Sverre lachte nochmals kurz und hysterisch auf, fing sich jedoch auch dieses Mal wieder.

»Was für ein Wert?«, erwiderte er. »Wenn man einmal davon absieht, dass Sie mein Lebenswerk zerstört haben, das vielleicht keinem sonderlichen Geldwert entsprach, haben Sie Gemälde verbrannt, deren Wert recht bald den Wert von ganz Manningham übersteigen dürfte. Trotzdem haben Sie nicht in erster Linie Geld verbrannt, sondern die Menschheit eines unersetzlichen Kunstschatzes beraubt. Weder mich noch die Menschheit können Sie entschädigen. Haben Sie etwas dagegen einzuwenden, dass ich einige Kleider aus meinem alten Zimmer mitnehme?«

Die Anwälte verneinten und legten regelrechte Munterkeit und ungewöhnliches Entgegenkommen an den Tag, da ihnen offenbar lange Verhandlungen um Geld erspart bleiben würden.

Im Zug nach Paddington schwiegen sie die meiste Zeit. Die grausame Wirklichkeit sprach für sich.

Sverre fiel während der ersten halben Stunde nur eine Frage ein. Wer denn dieser Horace Fitzgerald sei, der, ohne sich dessen bewusst zu sein, in der Kunstgeschichte neben Herostratos Platz genommen hatte.

Ein Cousin zweiten Grades, teilte Margie lustlos mit. Ihr Vater hatte ja keinen, ihr Großvater hingegen einen jüngeren Bruder gehabt. Die beiden hatten sich zerstritten und jeglichen Umgang abgebrochen. Lord Horace war also der Enkel des jüngeren Bruders ihres Großvaters.

Margie befürchtete von Neuem, dass sich Sverre das Leben nehmen könnte. Vier oder fünf Tage lang hatte er im Charleston Farmhouse apathisch das Bett gehütet, ohne etwas zu essen oder zu trinken. Dann war Roger Fry angereist, um ihn wieder auf die Beine zu bringen.

Alle hatten sich natürlich um Sverre Sorgen gemacht, aber Roger war es als Einzigem gelungen, ein Argument vorzubringen, das Sverre tatsächlich dazu veranlasst hatte, sich am Riemen zu reißen. Er musste die Kunst retten. Nicht nur seine eigene, sondern auch die französische, die bald zusammen mit Picasso und van Gogh in allen großen Kunstmuseen der Welt hängen würde.

Und jetzt hatten die Barbaren alles verbrannt. Sverres zwei amerikanische Ausstellungen waren vernichtet. Margie wagte es kaum, darüber nachzudenken, wie sie sich selbst in derselben Situation gefühlt und was sie getan hätte. Sverre wirkte vollkommen apathisch. Bleich und reglos starrte er aus dem Fenster. Irgendwie musste sie ihn wieder aufrichten.

»Sverri, du musst mir versprechen, nichts Dummes zu tun«, sagte sie und kam sich sofort plump und unbeholfen vor.

»Seltsamerweise gibt es zwei Dinge, die mich freuen«, sagte er überraschend, nachdem er sich ihr zugewandt hatte.

»Zum einen natürlich«, fuhr er fort, »dass Seine Gnaden, Horace, unser 14. Earl, nicht genug Verstand besaß, um jene Kunstwerke zu behalten, die ihn schwerreich hätten machen können. Zum anderen die Hoffnung, dass es seinen Handlangern noch nicht gelungen ist, in das Atelier in Bloomsbury vorzudringen.«

»Welche Gemälde hast du dort noch stehen?«, fragte Margie.

»Zwei Schätze«, antwortete Sverre mit einem schwachen Lächeln. »Das Bild Albies, wie er die Sonne auf der Hardangervidda anbetet. So möchte ich mich immer an ihn erinnern, so wird er immer bei mir sein. Der andere Schatz sind zwei Van-Gogh-Gemälde, die ich dort vergessen hatte. Erinnerst du dich, wie ich dir die Technik van Goghs erläuterte? Seit dieser Zeit stehen diese Bilder in einer Abstellkammer im Atelier.«

»Ja, ich erinnere mich noch sehr gut. Zwei südfranzösische Landschaften. Wir sollten uns beeilen, damit es dir noch gelingt, deine eigenen Gemälde zu stehlen.«

»Das blaue Bild von Manningham«, fuhr Sverre nach einer Weile fort, »sollst du behalten. Und das blaue Bild

Brightons in einer Spätherbstnacht soll bei Vanessa und Duncan im Charleston Farmhouse hängen.«

»Hast du vor, dich umzubringen?«

»Nein, ich wüsste nicht, warum. Wirklich nicht.«

»Du willst England verlassen?«

Sverre nickte.

»Wohin gehst du?«

»Für immer weg aus England. Das ist die Hauptsache. Vermutlich fahre ich nach Hause.«

Sie verstummten. Sie saßen beengt in einem Wagen der zweiten Klasse. In der ersten Klasse war kein Platz mehr gewesen, und sie verfügten nicht mehr über den privaten Waggon Manninghams.

Als sie sich der Paddington Station näherten, zog Sverre das verkohlte Fragment der Cézanne-Signatur aus der Tasche und reichte es Margie.

»Hier. Nimm das«, sagte er. »Lass es einrahmen oder verwende es für eine Collage, betrachte es als mein letztes, definitives Bild Englands.«

XIII

EIN NEUER ANFANG

Berlin, April 1919

Es entstand eine Pause. Niemandem fiel etwas Erwähnenswertes ein. Sie standen unter dem Brandenburger Tor und lächelten einander verlegen an.

Da näherte sich ein Mann in der Uniform eines Hauptmanns, der vermutlich an der Parade teilgenommen hatte.

Er ging mit energischen Schritten auf Lauritz zu, der wie versteinert dastand und ihn anstarrte. Ingeborg konnte seinen Gesichtsausdruck nicht deuten.

Die beiden Männer fielen einander um den Hals, umarmten sich innig und klopften sich gegenseitig auf den Rücken. Keiner sprach ein Wort. Als sie voneinander abließen, bemerkten die anderen, dass sie beide weinten und sich die Tränen mit dem Handrücken abwischen mussten.

»Das hier«, sagte Lauritz mit schwacher Stimme, »ist mein Bruder Oscar, der gerade aus Afrika zurückgekehrt ist. Darf ich vorstellen, Christa Freiherrin von …«

»Ach was!«, sagte Christa und reichte ihm ihre Hand zum Kuss. »Wir sind uns schließlich in unserer grünen Jugend schon einmal begegnet.«

Ingeborg umarmte Oscar und küsste ihn auf beide Wangen.

Dann stellte sie ihm ein Kind nach dem anderen vor.

Sie konnte sich an Oscar noch schwach aus der Dresdner Zeit erinnern. Aber damals war er noch ein Junge gewesen. Jetzt stand, den Orden nach zu urteilen, ein Held vor ihr, der noch dazu wie ein Held aussah. Er hatte breite Schultern, war größer als Lauritz und außerdem bedeutend schlanker. Sein Gesicht war zerfurcht und von Narben übersät, und die Augen hatten einen fast traurigen Ausdruck. Ein Mann, der sehr viel durchgemacht hatte. Ingeborg warf einen Blick zu Christa hinüber und stellte rasch fest, dass sie denselben Eindruck gewonnen hatte oder die Situation genauso analysierte, um Christas Jargon zu benutzen, wie sie. Sie wirkte geradezu überwältigt.

»Und«, meinte Oscar und breitete die Arme aus. »Alles, was ich noch besitze, sind die Kleider, die ich trage. Die Engländer haben mir in Afrika alles weggenommen. Ich kann heute Abend also leider nicht die Zeche zahlen.«

»Du hast keinen Grund, dir Sorgen zu machen«, meinte Lauritz. »Du hast eine bedeutende Goldreserve im Tresorgewölbe der Norwegischen Bank in Bergen liegen. Du bist Teilhaber dreier Baufirmen, unter anderem von Heckler & Dornier hier in Deutschland. Es wird neue Brücken geben, mach dir keine Gedanken, die Welt wird wieder aufgebaut werden, Ingenieure werden immer gebraucht. Was Dornier betrifft, so erwägen wir, mit dem Bau von Flugzeugen zu beginnen.«

»Ausgezeichnete Idee«, erwiderte Oscar sichtlich erleichtert.

»Ich bin mir sicher, dass den Flugzeugen eine strahlende Zukunft beschieden ist.«

Damit endete ihre Unterhaltung, da sie es beide etwas peinlich fanden, in Damengesellschaft von Geschäften zu sprechen. Das Notwendigste war ohnehin gesagt, und Oscars Erleichterung war deutlich spürbar. Innerhalb einer Sekunde war aus einem möglicherweise mittellosen ein erneut sehr vermögender Mann geworden.

In diesem Augenblick hätte man auf alltäglichere Dinge zu sprechen kommen können wie das kühle Frühjahr oder welches Restaurant sie besuchen wollten. Stattdessen nahm Lauritz Oscar zur Seite und begann sich flüsternd mit ihm zu unterhalten. Die anderen sahen fragend zu ihnen hinüber. Oscar nickte nachdenklich und betrachtete dann die Kinder. Daraufhin trat er unvermittelt auf Harald zu und beugte sich vor, sodass sein großes, schwarzes Halskreuz mit Silberkante vor den Augen des Jungen baumelte.

»Das Großkreuz des Eisernen Kreuzes!«, rief Harald beeindruckt und deutete auf den Orden. »Und das Eiserne Kreuz Erster Klasse!«, fuhr er ebenso aufgeregt fort.

Meine Güte!, dachte Ingeborg, wo lernen die kleinen Jungen das alles nur?

»Ganz richtig, mein lieber Neffe«, erwiderte Oscar auf Deutsch.

Bislang hatten sie nur Deutsch gesprochen, was angesichts von Christas Anwesenheit eine Selbstverständlichkeit war. Aber jetzt wechselte Oscar plötzlich ins Norwegische, als er Harald an seinen dünnen Schultern fasste und fragte:

»Aber so ein kleiner kluger Neffe kann mit seinem Onkel Oscar doch wohl auch Norwegisch sprechen?«

»Natürlich können wir Norwegisch sprechen, Onkel Oscar. Ich bin nicht nur Deutscher, ich bin ebenso sehr Norweger!«, antwortete er in dem ausgeprägt westnorwegischen Dialekt, in dem er auch angesprochen worden war.

Der Sprache, die ihm seit zwei Jahren nicht mehr über die Lippen gekommen war.

Fröhlich plaudernd mit den Brüdern Lauritzen an der Spitze, setzte die Gesellschaft ihren Weg Unter den Linden fort. Lauritz erzählte seinem Bruder von den traumatischen Erlebnissen des kleinen Harald in Bergen, als dieser als »deutscher Balg« schwer misshandelt worden war und sich daraufhin geweigert hatte, Norwegisch zu sprechen. Aber jetzt hatte also ausgerechnet ein Eisernes Kreuz dieses Problem gelöst. Anschließend entwarfen die Brüder großartige Pläne für die Erfüllung ihres einstigen Kindheitstraums, die Ingenieursfirma Lauritzen & Lauritzen. Sie schlenderten gemächlich einher, früher oder später würden sie ein Restaurant finden, in dem es einen freien Tisch für sie gab und in dem sie mit ausländischer Währung zahlen konnten.

Die höllischen Zeiten waren vorüber. Eine neue Welt musste aufgebaut werden, und sie konnten sich bereits vorstellen, wie Deutschland sich, dem Vogel Phönix gleich, aus der Asche erhob und wie sie selbst zu dieser großartigen Entwicklung beitrugen. Es würde zwar kein Zuckerschlecken werden, jedenfalls nicht zu Anfang, aber es würde gehen. Schließlich waren sie in Deutschland.

Sie sprachen Norwegisch, eine Sprache, die Oscar seit achtzehn Jahren nicht mehr gesprochen hatte und die ihm, da ihm manchmal die Worte fehlten, inzwischen gewisse

Schwierigkeiten bereitete. Nur wenige Schritte hinter den Brüdern gingen Ingeborg, Christa und die Kinder und unterhielten sich Christas wegen auf Deutsch.

Plötzlich blieb Oscar wie angewurzelt stehen und packte Lauritz am Arm. Nur wenige Meter vor ihnen stand ein gut gekleideter Herr mit einem zerfurchten Gesicht, der sie soeben rasch überholt und sich dann umgedreht hatte. Nun starrte er sie mit aufgerissenen Augen an. Als die Frauen und Kinder Lauritz und Oscar einholten, blieben auch sie stehen und verstummten. Es war ein gespenstischer Augenblick.

»Seid ihr es wirklich?«, fragte der starrende Mann und zwar nicht nur auf Norwegisch, sondern noch dazu in einem ausgeprägten westnorwegischen Dialekt.

»Ja«, erwiderte Oscar. »Ich bin dein Bruder und dieser rundliche Bursche neben mir auch.«

Im nächsten Augenblick tat er einen Satz nach vorn und umarmte Sverre. Einige Sekunden lang verharrten sie schweigend, während Ingeborg Christa flüsternd die Situation erläuterte.

Sverre befreite sich als Erster aus der Umarmung, drehte sich um und trat zögernd auf Lauritz zu. Die Luft zwischen ihnen war aufgeladen, und keiner der beiden wusste, was er sagen sollte. Lauritz fing sich als Erster.

»Was um alles in der Welt hat dich nach Berlin verschlagen … lieber Bruder?«, fragte er.

Er hatte vor den letzten beiden Worten gezögert, sie aber dann doch ausgesprochen.

»Ich habe England verlassen und bin nach Berlin gekommen, weil ich die hiesige Sprache beherrsche und davon ausging, dass ich dir hier nicht begegnen würde …

lieber Bruder«, antwortete Sverre aufrichtig und ohne jede Ironie.

»Ich habe mir die Parade der afrikanischen Schutztruppe angesehen«, fuhr er fort. »Dann habe ich euch am Brandenburger Tor entdeckt und bin euch gefolgt. Erst als ich euch Norwegisch sprechen hörte, war ich mir meiner Sache sicher.«

Lauritz schüttelte den Kopf, wobei unklar war, was er dachte. Die anderen warteten nervös ab, Ingeborg sprach flüsternd mit Christa.

»Eines möchte ich als Allererstes sagen«, ergriff Lauritz endlich das Wort. »Dein Porträt unserer Mutter ist das Schönste, was ich je gesehen habe. Es hängt in Bergen in unserem Haus über dem offenen Kamin. Ich betrachte es jeden Abend eine Weile, und seltsamerweise denke ich dann mehr an dich als an Mutter. Und jetzt hat Gott uns drei Brüder zusammengeführt. Oscar bin ich erst vor einer halben Stunde begegnet. Und jetzt dir.«

Damit war mit altgewohnter, auf der Osterøya üblicher Wortkargheit alles gesagt.

Sie waren versöhnt.

Lust auf mehr von Jan Guillou?

Dann lesen Sie weiter in

Jan Guillou

DIE HEIMKEHRER

Roman

ISBN 978-3-453-41920-9

Aus dem Schwedischen von Lotta Rüegger
und Holger Wolandt

LESEPROBE

HEYNE

Über das Buch

Schweden, 1918: Der wohlhabende Ingenieur Lauritz residiert mit seiner deutschen Frau Ingeborg und den vier Kindern im vornehmen Saltsjöbaden nahe Stockholm. Als Bauunternehmer hat er es zu einigem Reichtum gebracht. Seine Brüder Oscar und Sverre wohnen unterdessen in Berlin, wo Oscar über den größten Immobilienbesitz der Stadt verfügt. Auch er ist mit einer Deutschen verheiratet, der Adeligen Christa von Moltke. Während in Deutschland der Faschismus wächst, sorgt sich Lauritz um seinen ältesten Sohn Harald, der Gefallen an den nationalsozialistischen Parolen findet. Die Zeit nach dem ersten Weltkrieg, die mit Modernität und Avantgarde begann, mit Filmen von Chaplin, Gemälden von Grosz und Romanen von Döblin, entwickelt sich mehr und mehr zu einem Albtraum, in dem Verfolgung und Schikane den Alltag beherrschen. Oscar und Sverre beschließen, Berlin zu verlassen, was sich jedoch als riskantes Unterfangen herausstellt.

Leseprobe

Karlsson war mit dem Auto vorgefahren und hatte das Tor geöffnet. Ingeborg und die vier Kinder standen vor der Garage, um Vater, der nun in den Krieg zog, zum Abschied zu winken.

Sie hatte es wie ein Spiel organisiert, aber als er jetzt vor seiner Familie stand, fand Lauritz das Arrangement eher peinlich und melodramatisch als verspielt. Zur Not, aber wahrhaftig nur zur Not, konnte man behaupten, er »zöge in den Krieg«, wobei seine militärischen Einsätze ebenso nichtssagend wie kurz ausfallen würden.

Spiel oder nicht, jetzt war es zu spät für einen Rückzieher. Er nahm Rosa auf den einen und Johanne auf den anderen Arm und küsste sie zum Abschied. Harald und Karl gab er männlich die Hand, und Ingeborg küsste ihn theatralisch und tat so, als müsse sie sich eine Träne aus dem Augenwinkel wischen.

Diese Ironie wusste er in diesem Augenblick gar nicht zu schätzen und hatte das Gefühl, dass sie sich über ihn lustig machte.

Er trug einen Wolfspelzmantel über dem Arm, da die Nächte im April noch empfindlich kalt sein konnten und die Einberufenen aufgefordert worden waren, warme Kleidung mitzubringen. Der Landsturm stellte keine Uniformen, nur ein Gewehr mit Bajonett sowie einen Dreispitz im Stil des 18. Jahrhunderts, wie ihn die schwedischen

Truppen Karl des XII. getragen hatten, die in Norwegen besiegt worden waren.

Es war jedoch ein schöner Morgen, und Karlsson hatte für ihn das Verdeck heruntergeklappt. Lauritz zog seine Ledermütze auf und klappte seine Schutzbrille herunter, setzte sich hinters Lenkrad, salutierte scherzhaft, legte den ersten Gang ein und beschleunigte Richtung Tor. Auf dem Källvägen blickte er noch einmal zurück. Seine Familie winkte hinter ihm her, als würde er ans andere Ende der Welt reisen. Erst da sah er ein, wie rührend und komisch die Situation eigentlich war. Er lachte und winkte zurück.

Unterhalb des Källvägen öffnete sich der Blick auf die Hotelbucht und das strahlend weiße Grand Hotel zwischen den niedrigen, windgebeugten, für die schwedischen Schären typischen Kiefern, die so anders aussahen als die mächtigen, hohen Tannen auf Osterøya. Er bog nach links auf die Strandpromenade ein und schaltete in einen höheren Gang.

Jetzt war er zumindest auf dem Weg, daran ließ sich nichts ändern. Jeder Mann musste seinen Einsatz für das Vaterland leisten, obwohl es für ihn nicht selbstverständlich war, Schweden als das Vaterland zu betrachten. Aber er war nun einmal gebürtiger Staatsbürger der schwedisch-norwegischen Union und jetzt auf dem Weg, seine Pflicht zu tun, obwohl rein militärisch betrachtet nicht ganz nachvollziehbar war, worin diese Pflicht bestand. Deutschland würde das ihm freundschaftlich verbundene Schweden wohl kaum angreifen, Russland war bereits besiegt und hatte ohnehin genug mit seiner Revolution um die Ohren. Gegen welchen Feind sollte er Saltsjöbaden also überhaupt verteidigen?

In Kürze würde er seinen Dienst beim Landsturm antreten, den er sich als eine Kombination aus Pfadfindern und Heimwehr vorstellte, bei dem die zu Jungen oder zu Alten ihren Militärdienst ableisteten. Er war mit seinen fast 43 Jahren auch bald zu alt für den Landsturm.

Körperliche Arbeit scheute er nicht, im Gegenteil. Das war es nicht. Aber mit Dreispitz, Gewehr und Bajonett Saltsjöbaden gegen einen nicht existierenden Feind zu verteidigen kam ihm geradezu lächerlich vor. Sollten die Russen aller Wahrscheinlichkeit zum Trotz ausgerechnet Saltsjöbaden angreifen, würden sie sich kaputtlachen, wenn sie auf die in die Jahre gekommenen Soldaten aus dem 18. Jahrhundert stießen. Das konnte er im Stillen hoffen, nur war es wenig wahrscheinlich.

Aber hier ging es nicht um Wahrscheinlichkeit, sondern ums Prinzip und um Gerechtigkeit, denn es war die Schuldigkeit aller, die Last mit den Brüdern zu teilen, reichen wie armen. Dagegen ließ sich nichts unternehmen, und er musste sich wie alle anderen zum Dienst einfinden.

Natürlich hatte er gewisse Vorkehrungen getroffen, um sich die kurze Zeit in dieser Witzarmee zu erleichtern. Deswegen saß er auch selbst am Steuer des Wagens, der nun zum »Hauptquartier«, einem Zeltlager am Pålnäsviken, fuhr. Das Normale wäre gewesen, Karlsson mit dieser Aufgabe zu betrauen.

Er hätte auch einen stärkenden Spaziergang dorthin unternehmen können. Von der Strandpromenade nach Neglinge, über die Brücke zum Arbeiterviertel von Saltsjöbaden, hätte er nicht länger als eine halbe Stunde gebraucht. Zügig lange Strecken zurücklegen konnte er immer noch.

Es war natürlich kein Zufall, dass das Quartier im Arbeitergebiet nördlich der Bahn lag. Hätte man einen russischen Angriff von See befürchtet, wäre eine Befestigung weiter östlich, Richtung Algö, sinnvoller gewesen. Aber die Hungerkrawalle im Vorjahr hatten den Ausschlag gegeben. Sie hatten nicht nur in Saltsjöbaden, sondern im ganzen Land stattgefunden. Es war nicht ganz klar, was die Randale in Saltsjöbaden ausgelöst hatte, und Ingeborg und er waren ohnehin erst später zugezogen. Offenbar war es um eine Schiffsladung verrotteter Rüben und um hungrige Kinder gegangen. Die Proteste waren ausgeartet und als Krawalle bezeichnet worden, und man hatte den Landsturm herbeizitiert. Und hier war man also immer noch stationiert, obwohl es hieß, Saltsjöbaden habe die anstelligsten Arbeiter in Schweden, die allesamt für Wallenberg tätig waren.

Als er auf den provisorischen Kasernenhof am Pålnäsviken zwischen den Zeltreihen einbog, fand er dort keinen ausgewiesenen Parkplatz vor und hielt daher vor dem größten Zelt mit der schwedischen Marineflagge und den Fahnen des Landsturms. Er stieg aus und schob seine Schutzbrille in die Stirn.

Da sich schwerlich an eine Stofftür klopfen ließ, betrat er ohne Umschweife das Zelt, das offenbar dem Stab zur Unterbringung diente. An ein paar wackligen Tischen saßen vier Offiziere, zwei davon in ordentlichen Armeeuniformen mit deutlichen Rangabzeichen, die ihm jedoch nichts sagten. Er ging davon aus, dass der dickste in der Mitte das Sagen hatte, weil die zwei anderen nur provisorische Uniformen trugen. Alle vier schauten verstört hoch und starrten ihn feindselig an.

»Was fällt Ihnen ein, hier so nassforsch reinzuplatzen?«,

fragte der Dicke in der Mitte. Er trug genau wie ein echter deutscher Offizier ein Monokel.

»Ich bin Direktor Lauritz Lauritzen und melde mich zum Dienst«, entgegnete er. »Mit wem habe ich die Ehre?«

»Ich bin Major von Born. Warten Sie bitte draußen, bis Sie gerufen werden, Direktor Lauritzen!«, befahl der Obermotze.

»Wo kann ich bitte meinen Wagen abstellen?«, erkundigte sich Lauritz so ungerührt, wie er nur konnte. Ein unbehagliches Gefühl beschlich ihn.

»Was wollen Sie damit sagen, Herr Direktor? Sind Sie mit dem Auto gekommen?«

Vor Verblüffung ließ der Major sein Monokel fallen, fing es aber elegant mit der rechten Hand auf.

»Ich muss allerdings nicht nur das Automobil versorgen, im Kofferraum steht außerdem eine Kiste Kognak, die vielleicht an einem passenderen Ort verwahrt werden sollte«, sagte Lauritz, als sei es das Selbstverständlichste der Welt.

Dem war natürlich ganz und gar nicht so. Kognak war wie alle anderen alkoholischen Getränke streng rationiert.

Ungläubig starrten die vier Offiziere ihn an.

»Inspektion!«, befahl der Major, und alle vier erhoben sich und verließen das Zelt. Sie versammelten sich um den Wagen und versuchten, sachkundig auszusehen, einer von ihnen trat sogar vor und versetzte dem Vorderreifen probeweise einen Tritt.

Bei dem Wagen handelte es sich um einen Hispano-Suiza, 1917 gebaut, von dem es, soweit Lauritz wusste, nur drei Exemplare in Schweden gab. Die lange Motorhaube glänzte schwarz, die runden Scheinwerfer aus Messing waren frisch poliert und der Rahmen, der den silbernen Kühlergrill umgab, ebenfalls. Das Innere des Wagens war mit blutrotem Leder ausgekleidet.

Lauritz beantwortete einige Fragen über Pferdestärken und Höchstgeschwindigkeit und öffnete dann den Kofferraum, von dem er annahm, dass er das eigentliche Objekt der Inspektion darstellte. Die vier Offiziere betrachteten andächtig die stabile Holzkiste, in der die mit Holzwolle gepolsterten Kognakflaschen standen.

»Hauptmann Johansson, angenehm!«, stellte sich der Mann vor, den Lauritz für die Nummer zwei hielt, und streckte seine Hand aus.

Auf dieselbe Art stellten sich die beiden Landsturmoffiziere vor.

»Lauritzen wird zum Dienst im Stab abgestellt!«, befahl Major von Born.

Die Dinge begannen sich in wünschenswerter Weise zu entwickeln, und so ging es auch weiter, nachdem die Kiste mit dem Kognak diskret in das Stabszelt getragen worden war.

Die Abteilung 117 Saltsjöbaden des Landsturms hatte zwei Aufgaben, erfuhr Lauritz, als der Major mit ihm das Quartier und die Bauarbeiten inspizierte, deren Ziel ein langer Schützengraben fünfzig Meter oberhalb des Strandes war. Verschwitzte, grimmige Männer gruben auf einer fast hundert Meter langen Strecke. Als Lauritz nach dem Zweck dieser Baumaßnahme fragte, erhielt er eine vage Antwort, die er dahingehend deutete, dass der Russe, falls er Schweden trotz seiner Revolution angreifen und für die Landung ausgerechnet Saltsjöbaden wählen sollte, und zwar just jenen Strand, an den der Landsturm verlegt worden war, dann würden alle Mann den Schützengraben besetzen, um von dort aus den Feind niederzukämpfen.

Lauritz konnte nicht glauben, dass diese militärische Aufgabe ernst gemeint war. Sie kam ihm eher wie eine Art Placebo vor, wie seine Ehefrau es ausgedrückt hätte, eine Maßnahme, die Männer zu beschäftigen, nachdem sie nun einmal den Regeln und Prinzipien gemäß zu den Fahnen gerufen worden waren, um das Vaterland zu verteidigen.

Die Abteilung 117 Saltsjöbaden des Landsturms erfüllte sicherlich noch eine andere, ernsthaftere Funktion.

In der Tat war ihr die Aufgabe zugefallen, die Kommunisten zu internieren und zu bewachen, und zu diesem Zweck war nach geltendem Recht die Tennishalle neben dem Grand Hotel als Gefangenenlager requiriert worden. Eine gründliche Inventur der Kommunisten Saltsjöbadens hatte ergeben, dass es hier nur ein Exemplar gab, den Tischler Gottfrid Lindau. Dieser Kommunist saß jetzt ordnungsgemäß in der Tennishalle ein, und es oblag dem Landsturm, ihn zu bewachen. In Drei-Stunden-Schichten wurde tagsüber um die Tennishalle patrouilliert. Nachts wurde Gottfrid unter der Bedingung, dass er nicht ausriss, sich selbst, seiner Lektüre und seinem Schlaf überlassen.

Lauritz hatte den Eindruck, dass die bescheidene Präsenz des Kommunismus in Saltsjöbaden geradezu eine Enttäuschung darstellte. Und nicht zuletzt den Tennisspielern der Gemeinde musste unangenehm aufstoßen, dass die Tennishalle auf diese Art blockiert wurde, wenn auch mit Verweis auf die Sicherheit des Reiches. Die Tennisenthusiasten konnten sich jedoch damit trösten, dass man bald wieder im Freien spielen konnte.

Wie auch immer gehörte es zu den angenehmeren Aufgaben, mit einer Mauser M/96 mit aufgepflanztem Bajonett um Gottfrid und die Tennishalle zu patrouillieren.

Daher ergab es sich fast von selbst, dass Lauritz, der zusammen mit seinem Kognakvorrat beim Stab einquartiert worden war, diesen Dienst versah, der überdies dadurch vereinfacht wurde, dass er mit dem eigenen Auto zum Grand Hotel fahren konnte.

Er kam sich ausgesprochen albern vor, als er zum ersten Mal mit Wolfspelz – das schöne Frühlingswetter war Kälte und Schneeregen gewichen –, Gewehr, Bajonett und Dreispitz auf dem ausgetretenen Postenweg seinen Rundgang um die Tennishalle begann. Nicht nur, dass ihm diese Aufgabe vollkommen sinnlos vorkam und von nützlicher Arbeit in seinem Büro in Stockholm abhielt, sondern es war fast schlimmer noch, so lächerlich ausstaffiert gute Miene zu sinnlosem Spiel zu machen und Respekt vor der Landesverteidigung an den Tag zu legen.

Als er sich das nächste Mal zum Dienst einfand, war der Kollege, den er ablösen sollte, unauffindbar, ehe er zu Lauritz' großem Erstaunen durch die angeblich abgeschlossene Haupttür der Tennishalle ins Freie trat, in derselben Aufmachung wie er selbst, jedoch ohne Pelz, und ihm zuwinkte. Lauritz war Architekt Westman nur einmal flüchtig bei einem Frühstück auf dem Stützpunkt begegnet und hatte bei dieser Gelegenheit mit ihm vereinbart, sich bald einmal ausführlicher über den Bau von Eigenheimen zu unterhalten.

Als er Westman nun erstaunt fragte, ob es passend oder überhaupt zulässig sei, den Kommunisten sozusagen von innen zu bewachen, erhielt er erst nur ein wegwerfendes

Lachen zur Antwort, gleich darauf aber eine scherzhafte Erläuterung, dass Bewachung aus nächster Nähe noch sicherer für das Reich wäre. Außerdem stelle Gottfrid eine äußerst interessante Bekanntschaft dar, er sei sowohl gebildet als auch höflich, vielleicht ein wenig reserviert, aber das sei im Hinblick auf die Umstände durchaus verständlich. Jedenfalls solle er nur hineingehen und ihm Guten Tag sagen, Gottfrid habe gegen Gesellschaft nichts einzuwenden. Und auch das sei nachvollziehbar, schließlich sei er ein einsamer Kommunist.

Lauritz nutzte diese erste Gelegenheit nicht, den Kommunisten in der Tennishalle kennenzulernen. Er wusste nicht warum, doch irgendwie erschien es ihm noch undenkbarer, als mit Mauser-Gewehr, Dreispitz und ernst patriotischer Miene herumzulaufen. Aber seine Neugier war geweckt und schon bald stärker als seine recht diffusen Vorstellungen von der Etikette beim Bewachungsdienst.

Drei Tage später, als der Stab nach Stockholm reiste, um dort an einer geheimen Besprechung der Verbindungsoffiziere teilzunehmen, die in einem der besseren Restaurants der Stadt stattfand, versah er den Abenddienst. Es war immer noch kalt, der Frühling ließ auf sich warten.

Der Kommunist saß unter dem Netz des Centre-Courts, vermutlich weil dort die Beleuchtung am besten war. Auf dem Tisch vor dem Internierten waren Bücher aufgestapelt, recht viele davon sogar auf Deutsch. Lauritz stellte sich vor und erklärte, sein Kollege Westman habe gesagt, man dürfe durchaus zu einem kleinen Plausch eintreten. Der Kommunist erhob sich, gab Lauritz die Hand, holte einen Stuhl und schob ihn an den Tisch. Dann bedeutete er Lauritz, Platz zu nehmen. Lauritz wusste nicht recht, wie er das Gespräch beginnen sollte, und versuchte das Eis zu brechen, indem er einen silbernen Flachmann mit Kognak aus der Tasche zog. Der Kommunist erwies sich jedoch als Abstinenzler.

Ein peinliches Schweigen folgte, während sie einander betrachteten. Lauritz hatte sich eher einen grobschlächtigen Mann mit schwarzer Schirmmütze und einem roten Rauschebart vorgestellt, Gottfrid stellte in dieser Hinsicht eine klare Enttäuschung dar. Er war recht groß und schlank und trug einen kleinen, gepflegten Schnurrbart, und sein gewelltes Haar lenkte die Gedanken eher auf Tanzrestaurants als auf brüllende Volksmassen im Winterpalast in Petrograd.

Die Unterhaltung war anfangs recht zäh.

»Es gab also nur einen Kommunisten unter den dreitausend Einwohnern des Ortes?«, fragte Lauritz.

»2826, sofern es seit meiner Internierung keinen Zuwachs gegeben hat«, berichtigte ihn Gottfrid. »Aber im Übrigen stimmt es, dass alle anderen Sozialdemokraten sind, das heißt natürlich nur nördlich der Bahn. Aber dort wirst du ja wohl kaum wohnen?«

»Nein«, gab Lauritz zu und beschloss zu ignorieren, dass ihn der andere duzte. »Ich wohne an der Strandpromenade 2.«

»Dann bist du also ein ganz legaler Rechter?«

»Wie zu hören ist, bin ich eigentlich Norweger.«

»Was ja nun keine politische Zuordnung ist.«

»Meine Gattin Ingeborg ist jedenfalls Sozialdemokratin«, versuchte sich Lauritz aus der Affäre zu ziehen.

Erstaunlicherweise funktionierte seine Taktik. Gottfrids Miene hellte sich auf.

Lesen Sie weiter:

DIE HEIMKEHRER

von Jan Guillou

ISBN 978-3-453-41920-9

Jeffrey Archer

Die große *Clifton-Saga*

978-3-453-47134-4

978-3-453-47135-1

978-3-453-47136-8

978-3-453-41991-9

978-3-453-41992-6

978-3-453-42167-7

978-3-453-42177-6

Leseproben unter **www.heyne.de**

HEYNE <